Y BYW SY'N CYSGU

Y BYW SY'N CYSGU

KATE ROBERTS

GWASG GEE

DINBYCH

© Gwasg Gee 1995

Argraffiad Cyntaf 1956
Ail argraffiad 1958
Argraffiad newydd 1995

ISBN 0 7074 0268 9

Dymuna'r cyhoeddwyr gydnabod cymorth Adrannau'r Cyngor Llyfrau Cymraeg.

Dychmygol yw holl gymeriadau'r nofel hon.

Argraffwyr a Chyhoeddwyr:
GWASG GEE, LÔN SWAN, DINBYCH

I'M HEN DDISGYBL

GWENALLT

PENNOD I

Yr oedd yn ddydd Llun siriol ym mis Mai, a Lora Ffennig, wrth fynd ymlaen â'i gwaith, yn ymdroi gymaint ag a fedrai yn y mannau hynny o'r tŷ lle tarawai'r haul arni. Mewn tŷ yng nghanol rhes hir o dai cyffelyb nid oedd y mannau heulog hynny'n aml. Am fod Iolo, ei gŵr, wedi mynd i fwrw'r Sul, yr oedd wedi golchi a smwddio ddydd Sadwrn, rhag iddi fod wrthi yn chwythu ac yn stagro heno wedi iddo gyrraedd yn ôl. Ar ôl un mlynedd ar ddeg o fywyd priodasol yr oedd o hyd yn cael ias wrth ddisgwyl ei gŵr adref wedi iddo fod i ffwrdd. Gwir nad oedd yr ias heddiw yr un mor gyffrous â phan ddisgwyliai ef adref ar dro o'r fyddin neu o'r rhyfel. Byddai honno wedi ei chymysgu ag ofn a phryder, ofn ei weld wedi newid, a'r cyffro yn methu ei gadw ei hun i'r foment o ddisgwyl heb redeg ymlaen i'r foment pan âi'n ôl a throi'n dristwch. Heddiw yr oedd pethau'n wahanol; nid oedd yr ymadawiad yma yn ddim ond seibiant ar ganol gwaith, i fynd i aros at gyfaill a wnaethai yn y rhyfel — Sais o sir Amwythig. Rhyfedd hefyd, meddyliai hi wrth fynd yn ôl a blaen o'r gegin i'r parlwr i baratoi te i'r athrawes a letyai gyda hi, nad oedd byth yn sôn am y cyfaill yma wedi iddo fod yn aros gydag ef. Nid atebai ei chwestiynau wrth iddi holi, a throai'r sgwrs at rywbeth arall. Ni phoenai hi lawer am hynny, oblegid nid oedd erioed wedi cyfarfod â'r ffrind yma, ac ni wyddai ddim amdano, heblaw ei fod yn fab ffarm. Rhyfedd hefyd, erbyn meddwl, na châi Iolo damaid o fenyn neu rywbeth ganddo i ddod adref, ac yntau mor brin, neu gig moch neu rywbeth. Rhyfedd hefyd na soniodd Iolo erioed am ei wahodd i aros gyda hwy.

Deuai haul y prynhawn i mewn i'r gegin, a'i goleuo a gwella ei golwg. Yr oedd y papur ar y muriau yn hen, ac er mwyn sirioli tipyn ar y gegin lle y treulient gymaint o amser ynddi, aethai Lora allan y bore hwnnw i brynu *matting* newydd glas a choch, un mwy nag a oedd arni o'r blaen, i'w roi ar y llawr teils coch, ac yn wir edrychai'r ystafell yn llawer mwy clyd. Yr oedd wedi golchi llenni'r ffenestri a gorchuddion y clustogau, a'u smwddio ddydd Sadwrn, a'u rhoi yn eu holau, fel bod yr holl le, efo lliain gwyn glân ar y bwrdd, yn edrych yn ddeniadol iawn. Rhoes fatsen yn nhân y gegin, ac un arall yn nhân ystafell Miss Lloyd, gan nad oedd yn llawn digon cynnes i fod hebddo. Nid oedd hi'n un o'r gwragedd llety hynny a wnâi ddeddf adeg glanhau'r gwanwyn nad oedd mwg i faeddu'r un simnai hyd ddechrau'r gaeaf. Yr oedd yn dda iddi gael arian Miss Lloyd yn ogystal â'i chwmni dros y rhyfel, ac yr oedd yn dda iawn iddi yn awr gael ei harian a phrisiau pethau'n codi.

Gyda'r un balchder disgwylgar ag a gymerai yn ei chegin, rhoesai siwmper las gwan â llewys cwta amdani, a sgert lwyd olau, y tro cyntaf y gwanwyn hwn iddi wisgo llewys cwta. Yr oedd canol oed yn ymgripio'n araf, meddyliai, oblegid ni allai wisgo llewys byr yn y gaeaf yn awr. Ond wrth edrych arni ei hun yn y drych ni thybiai ei bod yn edrych llawer hŷn na phan briododd, yn fwy o ddynes efallai, ac yn llai o hogen. Yr oedd ei gwallt o liw mêl golau, ac ymdonnai'n donnau llydain, naturiol, cymesur o'i thalcen i'w gwegil. Yr oedd ei llygaid o'r glas tywyllaf, bron â bod yn las llongwr, ac nid oedd ond yr arlliw lleiaf o liw yng nghroen glân ei hwyneb. Yr oedd yn ysgafn o gorff ac yn weddol dal, a symudai o gwmpas ei gwaith heb iddi hi ei hun na neb arall deimlo ei bod yn symud.

Daeth Derith a Rhys adref o'r ysgol, a rhoes eu mam lymaid o lefrith a chacen iddynt yn y gegin bach i aros y pryd mwy a gaent pan ddychwelai eu tad rhwng pump a chwech. Yr oedd y cig Sul wedi ei gadw i wneud pastai gig eidion a lwlen erbyn y pryd hwnnw, a'r braster wedi ei gynilo i'w gwneud hi a tharten riwbob. Yr oedd y pethau hyn bron â bod yn barod.

Ar hynny canodd cloch y ffrynt, ac aeth Lora i'w agor a rhybuddio'r plant i aros yn y gegin bach. Yr oedd yn syndod mawr ganddi weld Mr Meurig, twrnai a chyflogydd ei gŵr, yn y drws. Ni chofiai iddo alw yno erioed o'r blaen. 'Ga i siarad efo chi am funud, Mrs Ffennig, os gwelwch chi'n dda,' oedd ei eiriau cyntaf, 'ac ar ben eich hun.'

Aeth hithau ag ef i'r parlwr ffrynt.

'Rhyw newydd heb fod yn dda sy gen i, Mrs Ffennig,' meddai ar ôl eistedd.

'Mae rhywbeth wedi digwydd i Iolo?'

'Wel oes, ond nid dim byd fuasech chi'n ddisgwyl fuasai wedi digwydd iddo fo. Does dim rhaid i chi ddychryn. Mae o'n fyw ac yn iach.'

'Diolch am hynny.'

'Yr oeddech chi'n ei ddisgwyl yn ôl heno, a finnau bore yfory. Mi ges i lythyr ganddo fo efo'r post pnawn yma, wedi ei bostio yn Llundain, yn dweud nad ydi o ddim yn dŵad yn ei ôl o gwbl.'

'Pam? Ydi o wedi cael lle arall ynte beth?'

'Digon posib. Ond y gwir ydi, yn blaen, mae o a'm howsciper i wedi rhedeg i ffwrdd efo'i gilydd.'

Ni allai Lora gymryd y peth i'w deall. Yr oedd yr un fath â stori dylwyth teg.

'Y fo oedd yn dweud hynny?'

'Y fo oedd yn dweud hynny. I mi y sgwennodd o, a gofyn imi ddweud wrthoch chi.'

'Rydw i'n gweld,' meddai hi, heb newid mynegiant ei hwyneb o gwbl.

'Ydi o'n newydd annisgwyl iawn i chi, Mrs Ffennig?'

'Hollol annisgwyl.'

'Dydi o ddim mor annisgwyl i mi, wyddoch chi. Roeddwn i wedi ffeindio bod Ffennig i ffwrdd bob tro y byddai Mrs Amred i ffwrdd. Ac fe fyddai ambell un yn rhoi rhyw hym weithiau eu bod yn ffrindiau, wyddoch chi fel y mae pobol.'

'Ddaru mi 'rioed feddwl bod dim rhwng y ddau.'

Hyd yn oed petasai wedi cael lle i amau, nid wrth ddyn dieithr fel Mr Meurig y buasai'n dweud hynny yn awr.

'Mae'n ddrwg iawn gen i, oes yna rywbeth alla i wneud i chi?' meddai ef dan godi. 'Alla i fynd i nôl rhywun atoch chi?'

'Dim diolch, rydw i'n clywed sŵn Miss Lloyd yn dŵad i mewn rŵan. Ond . . .'

'Beth? Dwedwch os galla i wneud rhywbeth.'

'Dwn i ddim pwy ga i i fynd i ddweud wrth ei fam a'i chwaer. Does arna i ddim eisio torri'r newydd iddyn nhw. Mi fydd yn ddigon imi dreio dweud wrth Miss Lloyd neu Mrs Roberts drws nesa rŵan.'

'Mi a' i â chroeso. Y fi ddylai fynd.'

'Fedra i ddim diolch digon i chi.'

'Mi alwa i i mewn eto.'

Aeth hithau i'r gegin bach. Agorodd ddrws y popty, ac wedi canfod fod y pethau'n barod, troes y fflam allan. Yr oedd y plant wedi gorffen eu byrbryd.

'Oes yna amser i fynd i chwarae cyn daw Tada adre?' meddai Rhys.

'Oes,' meddai ei fam. 'Dydi Tada ddim yn cyrraedd yn ôl heno. Dyna oedd Mr Meurig yn 'i ddweud rŵan.'

'Ydi o ddim yn sâl?'

'Nag ydi, mae o'n iawn, ond mae rhywbeth yn 'i gadw fo . . . tan nos yfory.'

Aeth y ddau allan, ond daeth Rhys yn ôl i ogordroi o gwmpas y drws, ac edrych ar ei fam. Ond gan na welai ei bod yn crio nac yn edrych yn ddigalon, penderfynodd nad oedd ei dad ddim yn sâl. Yr unig beth y sylwodd arno oedd bod ei hwyneb yn gochach nag y gwelsai ef erioed.

Aeth hithau i'r gegin arall, ac eistedd wrth y tân. Yr oedd ei fflamau disglair erbyn hyn yn ychwanegu at gysur yr ystafell. Synfyfyriodd, ac yna penderfynodd mai wrth ei chymdoges y dywedai'r newydd. Cerddodd i fyny lwybr yr ardd ac i ardd y drws nesaf, i lawr y llwybr yno, ac at ddrws cefn ei chymdoges. Cafodd Mrs Roberts dipyn o fraw ei gweld, oblegid gwyddai na buasai Mrs Ffennig yn dod i lawr at y tŷ heb fod rhywbeth o'i le. Galw arni dros ben wal yr ardd a wnâi gyda phethau dibwys. Parodd iddi ddod i'r tŷ, a dywedodd Lora Ffennig ei newydd gan sefyll ar lawr cegin ei chymdoges, fel petai'n adrodd y Deg Gorchymyn.

'Mi ddo i efo chi i'r tŷ rŵan,' meddai Mrs Roberts. 'Mi ddaw rhai o'r plant yma i'r tŷ mewn muund.'

Arweiniodd hi'n ôl, a rhoes Lora i eistedd yn ei chegin ei hun.

'Beth fedra i wneud i chi, Mrs Ffennig?'

'Y gymwynas fwya fydd cadw pobol oddi wrtha i, ond cymwynas amhosibl reit siŵr. Fasa chi mor garedig â dweud wrth Miss Lloyd, os gwelwch chi'n dda? Mae hi yn y parlwr cefn. Ac os basa chi mor garedig â rhoi ei the iddi — tamaid o'r bastai gig yna a tharten riwbob.'

Wrth weld Mrs Roberts yn pasio drwy'r gegin efo chrwst aur y pasteiod y medrodd Lora grio. Y peth nesaf a wyddai oedd fod llawer o bobl yn y gegin, yn cynnwys ei chwaer-yng-nghyfraith, Esta, a bod Esta wedi dweud yr âi â'r plant adref gyda hi.

Yng nghanol y siarad, gofynnodd Lora am iddynt ei hesgusodi, er mwyn iddi gael ysgrifennu gair i'w chwaer, a chynigiodd rhywun fynd ag ef i'w bostio. Wedi iddi orffen nid oedd gan neb fawr ddim i'w ddweud. Yr oedd hwn yn achos gwahanol i farw. Fe ellid siarad am y marw wrth ei wraig, ond ni ellid siarad am y byw a adawsai ei wraig. Felly ymwahanodd pawb ac eithrio Mrs Roberts, a gallodd hithau ddarbwyllo Mrs Ffennig i fynd i'w gwely, gan addo dod i mewn yn ddiweddarach. Aeth Lora i fyny'r grisiau, tynnu amdani a mynd o dan ddillad y gwely fel un mewn breuddwyd. Toc clywodd glep ar ddrws y ffrynt a Miss Lloyd yn mynd allan.

PENNOD II

Eisteddai Loti Owen wrth bioden o rât yn ei pharlwr, grât du gwag a gwyntyll o bapur gwyn yn ymledu fel pâr o esgyll ar ei draws. Disgynasai ei phapur newydd o'i llaw ers meityn, a bu hithau'n synfyfyrio i'r grât yn union fel y gwnâi yn y gaeaf pan fyddai darluniau yn y marwor. Câi fwyniant o fath arall heno, sef llunio cosb i bobl a gasâi, a'r pennaf o'r rhai hynny ar y funud oedd ei gwraig lety. Tarawsai ar gosb addas iddi, ei rhoi mewn cwpwrdd rhewi am noson. Ystyr gwyliau'r Pasg i wragedd llety yn gyffredinol oedd rhoi barnis du ar y grât; i'w Mrs Jones hi, golygai'n ychwanegol wneud gwyntyll o bapur gwyn i'w rhoi ar ei ganol. Y wyntyll oedd y gair terfynol a'r mowrnin card i'r tân am y tymor. Gallai Loti ddychmygu'r grym a roddai Mrs Jones ar y brws barnis, a'r bleten yn ei gwefusau wrth bletio'r wyntyll, a'r wên foddhaol wedyn. Ac yr oedd yn sicr ei bod ar y funud honno'n eistedd yn braf wrth ei thân yn y gegin yn rhostio ei choesau a mwynhau ei phapur darluniau Saesneg gwamal. Troes ei golwg at y bwrdd, a ddisgwyliai am ei glirio, y llestri tew rhad, ac ar ganol y lliain llipa y botel saws heb ddim odani. Fe ddôi i mewn rywdro, mae'n debyg, i'w glirio, a gadael y lliain gwyn, y briwsion, a'r botel saws arno hyd y bore. Yr oedd ei ffrind Annie'n lwcus o fod gyda Mrs Ffennig. Yr oedd yn sicr fod ganddi hi dân heno, a bwrdd del yn ei disgwyl gartref o'r ysgol; a châi'r bwrdd yn rhydd i ddechrau ar ei gwaith ar unwaith os mynnai. Da mai felly yr oedd hi hefyd. Nid oedd pobl ddiniwed fel Annie yn cael lwc mewn llety fel rheol. Yr oeddynt yn ysglyfaeth i raib gwragedd llety hafin. Wrth feddwl am Mrs Ffennig aeth ei meddwl at ei gŵr, i ba le yr oedd o wedi mynd tros y Sul yma tybed? Yr oedd yno ryw ddrwg yn y caws yn y fan yna. Nid oedd yn hoffi'r olwg a gawsai ar ei lyfrau yn y swyddfa heddiw, a sut yr oedd y ddynes bach yna o'r wlad yn dŵad i dalu'r tâl am ei thŷ heddiw heb sôn dim am y chwarter dwaethaf? Tybed a oedd Iolo Ffennig wedi —? Naddo, erioed. Ond yr oedd rhywbeth yn bod. Nid oedd mor ystig wrth ei waith. Yr oedd wedi mynd i wneud sŵn dioglyd wrth symud; a'i feddwl fel petai'n bell. Nid oedd yn arfer bod felly. Faint o wir oedd yn y stori amdano fo a'r wraig a gadwai dŷ i Mr Meurig? Yr oedd llawer yn siarad dan eu dannedd am y ddau. A dyma ffrwyn i'w chasineb eto. Yr oedd y Mrs Amred yma yn un o'r bobl a gasâi heb eu hadnabod. Yr oedd ei hwyneb yn ddigon. Amser a ddangosai a oedd gwir yn y stori. Yr oedd yn hen bryd i amser ddangos rhywbeth yn y dref bach gysglyd yma. Ac eto, yr oedd popeth yn digwydd ynddi pan oedd hi ac Arthur yn caru. Ni buasai'r ystafell ddi-haul a di-dân yma, na'r wraig lety oer, yn ddim y pryd hynny. Efallai y dôi Annie i roi tro heibio iddi toc, neu efallai yr âi hi yno. Mae'n siŵr fod ganddi dân. Cododd i nôl ei gwau, ac ar hynny dyma gloch y drws yn canu, a Mrs Jones yn dod â rhywun ar hyd y lobi at ei hystafell hi. Annie oedd yno hefyd a golwg gyffrous arni.

'Glywis di'r newydd?' meddai ar ôl cau'r drws.

Rhoes Loti ei bys ar ei gwefus a nodio at y drws. 'Eistedd, a bydd yn gall.'

Daeth Mrs Jones i mewn i nôl rhai o'r llestri.

'Taw,' meddai Loti, wedi cael cefn y wraig lety, 'nes dweda i wrthat ti.'

Wedi i'r bwrdd gael ei wagio hyd at y botel saws a'r lliain, rhoes Loti'r arwydd.

'Be sy? Siarad yn ddistaw.'

'O bobol,' meddai Annie, bron tagu, 'mae Mr Ffennig wedi dengid i ffwrdd efo Mrs Amred.' Yr unig gyffro a gymerodd Loti oedd codi ei golwg oddi ar ei gwau, ac aeth y natur llygad croes a oedd ganddi yn llygad croes llawn.

'Pryd y bu hyn?'

'Dwn i ddim. Y cwbwl wn i ydi fod Mr Meurig wedi cael ei ginio yn y dre heddiw, ac wedi mynd adre braidd yn gynnar.'

13

'Do, mi 'r oedd gynno fo gur yn 'i ben.'

'Ac efo'r post pnawn mi ddaeth llythyr i'r tŷ oddi wrth Mr Ffennig yn dweud y newydd, ac yn gofyn iddo fo ddweud wrth Mrs Ffennig. Roedd hynny cyn imi ddŵad adre o'r ysgol. Mrs Roberts drws nesa ddaeth â'r newydd i mi, a dweud nad oedd ar Mrs Ffennig ddim eisio gweld fawr neb ar y pryd. Ond yn ôl y sŵn, mi'r oedd yna lot yn y gegin.'

'Oedd, mi wranta.'

'Pam wyt ti'n dweud dim byd? Wyt ti ddim wedi dychryn?'

'Wel ydw a nac ydw. Mi'r oedd pobol yn siarad dan 'u dannedd am y ddau ers tro. Ond cysidro'r ydw i.'

'Cysidro beth?'

'Wel, yn reit ryfedd, amdanyn nhw'r oeddwn i'n meddwl pan ddaru i ti ganu'r gloch.'

'Taw.'

'Wedi cael rhyw ddiwrnod digon rhyfedd yr ydw i, ac wedi bod yn meddwl fod rhyw ddrwg yn y caws yn fan yna.'

'Oeddat ti'n gwybod am y ddau ynta?'

'Na, ddim ffordd yna. Ond . . . y . . . dwn i ddim ddylwn i ddweud.'

'Paid os nad oes arnat ti eisio.'

Yr oedd hynny'n ddigon i Loti borthi ei balchder o'i chraffter i synhwyro digwyddiadau cyn eu digwydd, ac i osod pethau wrth ei gilydd fel y bydd storïwr yn chwarae â digwyddiadau. Aeth ei hawydd i ddangos ei chraffter yn drech na'i challineb.

'Cadw fo i chdi dy hun. A chym ofal beth bynnag wnei di, na wnei di ddim sôn wrth Mrs Ffennig.'

'Rydw i'n rhoi fy ngair.'

'Wrth fod Ffennig i ffwrdd heddiw, roedd yn rhaid i mi ddefnyddio'i lyfrau o, a mi ddaeth rhyw ddynes bach o'r wlad i lawr i dalu benthyciad ar ei thŷ. Mi welis 'i bod hi wedi colli tri chwarter heb dalu, a soniodd hi ddim am y rheiny. A phan ofynnais i iddi mai talu'r ôl-ddyled oedd hi, mi edrychodd reit hurt. "Na," meddai hi, "does arna i ddim ond hyn." Roeddwn i am siarad efo Mr Meurig am y peth, ond mi ffeindis 'i fod o wedi mynd adre'n gynnar.'

'O Dduw, am helynt! A Mrs Ffennig druan! Gobeithio na ddaw hi ddim i wybod hynna.'

Fel petai hi'n dechrau edifaru am ei diffyg doethineb dyma Loti'n dweud:

'Cofia, ella mai dim ond blerwch ydi o. Ella bod y cyfri yn rhywle arall.'

'Dyna beth mae rhyfel yn 'i wneud i ddyn.'

'Paid titha â dechrau ar y gân yna. Mae rhyfel yn cael y bai am bob dim. Os ydi dyn yn dwyn, ar y rhyfel y mae'r bai. Os ydi dyn yn hel diod neu'n hel merched, ar y rhyfel y mae'r bai.'

'Wel, mae cael blas ar grwydro yn gwneud pobol yn anniddig.'

'Ella, ac yn gwneud pobol eraill yn fwy ffond o'u cartrefi. Ond mae rhyfel wedi gwneud pobol yn fwy digwilydd. Mi'r oedd digon o'r petha yma'n digwydd o'r blaen, ond mi'r oedd pobol yn 'u cuddio nhw.'

'Ac yn fwy anonest o achos hynny. Ond dwn i ddim beth oedd Mr Ffennig yn 'i weld yn yr hen Mrs Amred bach yna.'

'Wyddon ni ddim beth mae dyn yn 'i weld mewn dynes, nid 'run peth â chdi a fi reit siŵr. Ac mae gynno fo gartre mor dda.'

'Ychydig o ddynion sy'n priodi er mwyn cysur, ond pan fyddan nhw'n hen. Mae'n siŵr fod rhywbeth yn Mrs Amred i lygad-dynnu Iolo Ffennig.'

'Mae hi'n ddigon clws, a dyna'r cwbwl yn ôl fel yr ydw i'n dallt, a mae hi'n siriol bob amser. Ond gwae ni o'r bobol sy'n siriol bob amser,' meddai Loti, gan roi grym newydd yn ei gwau a'i llygaid yn croesi mwy.

'A dyna'r plant,' meddai Annie.

'O, mi anghofian nhw reit fuan. Petha hollol hunanol ydi plant i gyd fel 'i gilydd.'

'O diar, mi'r wyt ti wedi mynd yn eithafol, Loti. Dwn i ar y ddaear be 'di'r mater arnat ti'n ddiweddar.'

'Yli, Annie Lloyd, mae'n rhaid i rai pobol fod yn eithafol er mwyn i'r lleill fedru bod yn gymedrol. A rhyw ddynes oer, bell ydw i wedi gweld Mrs Ffennig erioed.'

'Dydi hi ddim yn hawdd i' nabod, rydw i'n cydnabod, ond

mae yna fwy o betha'n dŵad i'r golwg fel mae rhywun yn dŵad i' nabod hi'n well.'

'Mae hynny'n wir am bawb ohonom ni.'

'Mwy o betha hoffus ydw i'n feddwl, a fasa dim posib i mi gael gwell lojin.'

'O, mi ella i feddwl 'i bod hi'n egwyddorol iawn ac yn onest, ac yn gwneud 'i gorau efo phob dim. A mae hi'n hardd iawn. Ond does yna ddim tân ynddi, ac ella y basa'n well gan Iolo Ffennig gael llai o gysur a mwy o newid tywydd.'

'Dydi o ddim yn fy nharo fi felly.'

'Fedri di ddim deud, Annie. Dwyt ti mwy na finna ddim yn rhai o'r merched a digon o swyn ynddyn nhw i dynnu gwŷr priod oddi wrth eu gwragedd.'

Edrychodd Annie ar y grât, a rhedodd syniad ar draws ei meddwl fod Loti yn ceisio dangos ei chlyfrwch, a bod pethau'n dod i'r golwg ynddi hithau na wyddai amdanynt o'r blaen. Dechreuodd Loti chwerthin.

'Be sy rŵan?'

'Meddwl am Esta 'i chwaer o oeddwn i. Mi dyrr hyn dipyn ar 'i chrib hi.'

'Mae Esta'n siŵr o ffeindio rhyw ffordd i wneud 'i brawd yn angel, a rhoi'r bai i gyd ar rywun arall.'

'Dyna'r gwaetha o fod yn un o ddau o blant.'

Stopiodd Annie'n stond. Teimlai fod y siarad yn mynd yn rhy bell. Gallai ddweud rhywbeth y byddai'n edifar ganddi amdano, a daeth y meddwl iddi'n sydyn y gallai ei chyfeillgarwch â Loti ddod i ben.

'Rydw i'n credu bod yn well imi fynd,' meddai. 'Rhaid imi dreio gweld Mrs Ffennig cyn iddi fynd i'r gwely, er mor gas ydi hynny.'

'Yli,' meddai ei ffrind, 'wyt ti'n meddwl y basa Mrs Ffennig yn fy nghymryd i i aros? Mae ganddi lofft yn sbâr rŵan.'

'Sut felly?'

'Mi alla hi gymryd Derith ati i gysgu, ac mi gawn i lofft Derith.'

'Mi'r ydw i'n licio'r ffordd yr wyt ti'n trefnu bywydau pobol erill.'

'Mi fydd yn rhaid iddi gael arian o rywle.'

'Mi fydd yn rhaid i'w gŵr roi arian at 'i chadw hi, a mi fedar fynd yn ôl i'r ysgol os licia hi. Petai hynny'n digwydd, mi fydda raid i mi fynd oddi yno.'

'Petai hi'n cael dynes i llnau, mi allai wneud hynny a'n cadw ni'n dwy.'

'Rhaid imi fynd.'

Cododd Loti ei phen oddi ar ei gwau, ac edrych ar Annie. Tybed yn wir a oedd mwy yn Annie na rhyw eneth bach garedig ddiniwed?

Cerddai Annie'r palmentydd rhwng llety Loti a'i hun ei hun fel dyn yn gohirio ei benyd. Nesâi at y tŷ fel un yn mynd i dŷ galar. Yn wir, byddai hynny'n haws, gan y gwyddai amcan beth i'w ddweud mewn amgylchiadau felly. Yr oedd cam-flas ar ei cheg ar ôl y sgwrs efo'i ffrind Loti. Aethai yno efo'r newydd gan ddisgwyl cael cydymdeimlad i Mrs Ffennig, ond yn lle hynny, fe gafodd ryw hen siarad gwirion, awgrymiadol, hanner clyfar. Nid oedd Loti'n ffrind i Mr Ffennig, ond gellid tybio heno ei bod, neu ei bod am ganfod bai ar Mrs Ffennig, ac yr oedd hynny fel rhoi pigiad ar le tyner iddi hi. Pan ddaeth i Aberentryd yn syth o'r coleg yn athrawes, yr oedd wedi hoffi Loti a'i hedmygu hi a'i siarad gwahanol i bawb, wedi cyflwyno ei chyfeillgarwch iddi'n gyfan gwbl, yn ddi-weld bai, ac wedi rhoi ei charedigrwydd a'i chydymdeimlad pan ddaeth y cwbl i ben rhwng Loti a'i chariad.

Ond heno, gwelodd rywbeth arall yn ei ffrind, rhyw hen siarad awgrymiadol, caled, difeind, fel petai hi'n trin ffigurau yn y swyddfa ac nid pobl, a'r rheiny mewn trybini. Yr oedd yn wir fod Loti wedi suro, ond yr oedd hi'n rhy ifanc i suro fel yna. A thynnu'n groes am bob dim. Yr oedd yn syndod ei chlywed yn dweud gair o blaid Esta, gan ffeindio esgus dros gariad cibddall yr olaf at ei brawd. Yr oedd yn dda ganddi na ddywedodd hi ei hun ragor am Esta, mor hawdd y gallasai fynd ymlaen i sôn am ei hanghysur yn yr ysgol, trwy fod Esta'n cario straeon i'r brifathrawes, dan yr esgus o wneud ei gwaith fel ysgrifennydd iddi. Gan nad oedd yr ysgol yn dod o fewn cylch ei sgwrsio â Mrs Ffennig nid oedd y demtasiwn o siarad am ei chwaer-yng-nghyfraith wrthi yn bod o gwbl. Wrth Loti y beiddiai sôn am ei hofnau mwyaf

17

mewnol yn yr ysgol. Heno, am y tro cyntaf erioed, fe'i rhybuddiwyd hi gan rywbeth i beidio â mynd ddim pellach â'i chyfrinachau. A phaham na dderbyniodd yr awgrym i Loti ddod i gyd-letya â hi gydag unrhyw bleser? Fe gofiai amser, ychydig iawn yn ôl, pan fuasai'n croesawu hynny. Ymgripiodd rhyw deimlad oer drosti, rhyw anghysur bach, coslyd, mae'n wir, wrth y peth mawr, a ddigwyddasai yn ei llety. Beth oedd yr anghysur a roesai Loti iddi wrth ochr profedigaeth fawr Mrs Ffennig? Eto, teimlai trwy reddf fod a wnelo un â'r llall, er na fedrai ei egluro, fel petai wedi gollwng pellen edafedd yn ei llety ei hun, ac wedi llusgo'r edafedd gyda hi i lety ei ffrind. Cyn troi at ei thŷ ei hun, gallai weld rhywun o flaen tŷ Aleth Meurig, y tŷ pellaf ar y chwith i'r stryd, a golau bach coch wrth ei ymyl. Y twrnai ei hun ydoedd reit siŵr, yntau mewn digon o benbleth heno, ei glarc wedi rhedeg i ffwrdd efo'r un a gadwai dŷ iddo. Wrth iddi agor ei llidiart troes y golau bach coch yn gylch wrth iddo chwifio ei sigarét, cododd hithau ei llaw, a'i gollwng ei hun i mewn i'r tŷ.

Yr oedd pobman yn berffaith dawel, a thywyllwch ym mhobman. Sbiodd i mewn i'r gegin. Yr oedd y tân wedi diffodd, a'r *matting* wedi ei droi'n ôl. Aeth i fyny'r grisiau, ac wedi cyrraedd y landin, clywodd Mrs Ffennig yn galw arni o'i llofft.

'Miss Llovd, dowch i mewn, maddeuwch imi am weiddi arnoch chi.'

Yr oedd Lora Ffennig yn ei gwely, a'i hwyneb yn goch ffefrus.

'Mi ddois i i 'ngwely, roeddwn i wedi blino ar siarad pobol, a'r gegin wedi mynd yn boeth.'

'Mae'n ddrwg iawn gen i,' meddai Annie gan faglu ar draws ei geiriau. 'Doeddwn i ddim yn licio dŵad i'r gegin cyn mynd allan, wrth weld cymaint o bobol. Fedra i ddweud dim byd arall wrthoch chi, ond bod yn ddrwg gen i.'

'Be sy 'na i'w ddweud? Fedra i ddim dweud fawr fy hun. Rydw i wedi fy sgytio ormod. Ches i ddim rhybudd o gwbl.'

'Treiwch beidio â siarad, Mrs Ffennig, os nad oes arnoch chi eisio. Gymwch chi baned o de? Eiliad fydda i'n gwneud un.'

18

'O wel,' petrusodd Lora, ac yna dywedodd yn eiddgar, 'Os gwelwch chi'n dda, a dowch ag un i chi eich hun.'

Yn y funud honno wedi i Annie fynd i lawr i'r gegin, teimlai fel petai un sbotyn o oleuni wedi dod i'r tywyllwch. Petrusodd fel pe na bai ganddi hawl i'r mymryn goleuni hwnnw. Cafodd flas ar y te a'r frechdan.

'Peidiwch â mynd,' meddai wrth Annie, 'fedra i ddim cysgu. Os nad ydi o wahaniaeth gynnoch chi, mi wnâi les imi siarad.'

'Croeso, os teimlwch chi'n well.'

'Fedrwch chi ddim gwneud cwarfod pregethu o'ch trybini,' meddai, 'ac wrth fod pawb yn treio siarad gynnau, fedrwn i ddweud dim wrth neb. Mi ddaw Jane, fy chwaer, i lawr 'fory. Mi anfonis air ati, ond mae Jane yn perthyn yn rhy agos imi fedru dweud fy nhu mewn wrthi. Dwn i ddim ydach chi'n dallt teulu fel yna.'

'Ydw'n iawn. Cuddio pob dim oddi wrth fy nheulu y bydda i.'

'Maddeuwch imi am ofyn. Oeddach chi'n gwybod fod rhywbeth rhwng Iolo a'r ddynes yna?'

'Welis i ddim byd erioed â'm llygad, ond mi'r oedd pobol yn siarad.'

'A fasa siarad felly byth yn dŵad i 'nghlustia i heb imi fynd i chwilio amdano fo, a doedd dim rhaid imi fynd i chwilio am ddim, a ninna'n deulu digon hapus efo'n gilydd, a mi'r oedd Mrs Amred i mewn ac allan yma o hyd.'

Lawer gormod, meddyliai Annie rhyngddi a hi ei hun.

'Cofiwch,' meddai Lora wedyn, fel petai arni eisiau siarad rhag cael amser i feddwl, 'wyddai Mr Meurig fawr o'i hanes pan gafodd o hi, ond mae'n rhaid i bobol fel y fo gymryd rhywun rywun rŵan, heb gael cymeriad iddyn nhw gan neb.'

'Rhaid. Ddim fel erstalwm.'

'A dweud y gwir, doeddwn i'n hitio fawr amdani y naill ffordd na'r llall. Mae yna rai pobl y mae pob dim maen nhw'n ddweud fel petai o'n dŵad allan o dop jwg wedi ei stwffio efo phapur. Mi wyddoch nad oes yna ddim byd odano fo. Mi'r oedd Mrs Amred yn siriol bob amser, ac yn dweud pob

dim yr un fath bob amser, ond dw i ddim yn credu y byddai
hi'n meddwl beth oedd hi'n ddweud.'

'Well i chi fynd i gysgu, Mrs Ffennig. Mi goda i yn y bora
i wneud brecwast i chi a'r plant.'

'Mae Esta wedi mynd â'r plant adre. Fedrwn i ddim
gwrthwynebu o flaen pobol. Diolch yn fawr i chi.'

Wedi mynd i'w gwely, bu Annie'n troi holl ddigwyddiadau'r
nos yn ei meddwl. Neithiwr yr oedd pob dim yn dawel, ac
wythnos newydd wedi dechrau fel degau o wythnosau o'r
blaen. Diflastod o edrych ymlaen at fore Llun yn yr ysgol,
yr un diflastod â phob nos Sul ers wythnosau a misoedd.
Heno, yr oedd rhywbeth wedi digwydd heblaw bod Iolo
Ffennig wedi gadael ei wraig; yr oedd hi ei hun ar gors
ansicr o ddechrau adnabod pobl. Yn lle bod Loti yn ddelfryd,
yr oedd yn fod dynol i'w beirniadu. Yn lle bod Mrs Ffennig
yn wraig lety, yr oedd yn rhywun y dechreuasai ddweud ei
chyfrinachau wrthi. Yr oedd yn ddrwg ganddi drosti, ond ni
allai byth fynd i mewn i'w phrofiad. Yr oedd yn rhaid i
brofedigaeth Mrs Ffennig aros ar ei phen ei hun ar wahân
fel mwdwl ar ganol cae, a'i phroblemau hithau fel y cudynnau
gwair a grogai o gwmpas eu godre. Un broblem mae'n debyg
fyddai chwilio am lety arall. Y ddau beth a wnâi iddi fodloni
yn Aberentryd oedd cyfeillgarwch Loti a'i llety cysurus.

Am y pared â hi gorweddai Lora Ffennig yn gwbl effro,
yn troi un peth yn ei meddwl a dod ag ef yn ôl i'r unfan
wedyn fel asgell corddwr. Ni allai ei meddwl gyffwrdd â dim
ond un ffaith, sef fod ei gŵr wedi ei gadael. Ni allai edrych
gam i'r dyfodol a meddwl am y newid a ddeuai i'w bywyd.
Ni allai feddwl am y plant, ni allai feddwl am Iolo fel person,
dim ond am yr hyn a wnaethai. Ni allai ei meddwl hyd yma
edrych allan i chwilio achos yr hyn a ddigwyddasai i ganfod
bai. Yr oedd fel dyn dall wedi ei daro yn ei ben, heb wybod
pwy a daflodd y garreg na pham, nac o ba le y daethai, heb
deimlo dim ond y boen ei hun. O flinder fe gysgodd, a'r
darlun a welai cyn cau ei llygaid oedd Esta ei chwaer-yng-
nghyfraith, yn eistedd wrth ddrws y gegin yn y prynhawn, a
golwg fel bwch wedi ei goethi arni, fel plentyn wedi pwdu,
ac fel petai siarad y cymdogion a ddaethai i gydymdeimlo yn

20

ffiaidd ganddi nes iddi godi'n sydyn a dweud yr âi hi â'r plant adref gyda hi. Hoffasai Lora wrthwynebu, ond gadawodd iddi. Yr oedd osgo unbenaethol Esta wedi glynu'n dynnach wrthi na dim a ddywedasai'r lleill.

Safai Aleth Meurig o flaen ei dŷ yn pwyso ar y llidiart, yn myfyrio ar ddigwyddiadau'r dydd. Er ei fod yn drist ac yn ddig, gallai weld rhywbeth digrif yn y sefyllfa. Ei glarc a'i wraig cadw tŷ wedi dianc gyda'i gilydd, ac yntau heb neb i edrych ar ei ôl yn y tŷ, yn brin o help yn y swyddfa. Ond yr oedd yn braf mewn un ffordd, gallai anadlu'n rhydd yn ei dŷ beth bynnag, hyd yn oed os byddai raid iddo wneud ei fwyd a golchi llestri. Yr oedd tunnell o hunanoldeb wedi mynd oddi ar ei wynt. Nid oedd wedi cael munud o ffeindrwydd er pan gollasai ei wraig, ac eithrio'r ffug garedigrwydd a gawsai gan Mrs Amred am ychydig wythnosau cyn iddi ddarganfod na châi fod yn ail Mrs Meurig.

Buasai gan gwsmeriaid y Red Lion air anweddus gweddus am un o'i bath. Llygaid tegis oedd ganddi'n dawnsio gan ryw ddisgleirdeb yn perthyn i'w llygad ac nid i'w theimlad. Yr oedd yn rhy grintachlyd i roi ei lo ei hun iddo ar ei dân ei hun, nac i roi iddo'r bwyd y talai ef ei hun amdano. Y llygaid hynny yn ei wylio bob munud y byddai yn y tŷ, yn edrych ffordd y cymerai'r bwyd sâl a rôi o'i flaen, yn edrych beth oedd yr ymateb i'r negeseuau y deuai â hwynt iddo. Ychydig a wyddai Iolo Ffennig amdani, na beth a'i harhosai. Mae'n rhaid fod y ddau dros eu pennau a'u clustiau mewn cariad â'i gilydd. Ni allai ddweud ei fod yn hoff o Ffennig. Un anodd, digon o ryw fath o allu, gallu i ddweud yr hyn a ddywedid gan bobl eraill, ac yn ymddangos yn wreiddiol. Eithr sylwasai ers talwm mai gwybodaeth penawdau papur newydd oedd ganddo. Dylsai fynd ymlaen â'i arholiadau, ond ni wnaethai. Nid diogi oedd hyn, gallai weithio pan fynnai. Rhyw ddiffyg uchelgais; na, nid hynny'n hollol ychwaith, ond rhyw agwedd fyddar, ystyfnig o wneud yr hyn a ddymunai ef, ac nid yr hyn a ddymunai rhywun arall. Hoffi aros yn stond yn yr unfan am fod hynny'n wahanol nid yn unig i'r hyn a ddymunai pobl eraill, ond i'r hyn a wnaent. Eisiau bod ar wahân a hanner tynnu'n groes heb ddangos hynny, ond trwy fod yn fud-fyddar

21

a'i gloi ei hun i mewn ynddo'i hun. Ni welodd ef erioed mo Iolo Ffennig wedi gwylltio. Gymaint gwell fuasai hynny na'r dymer annealladwy yr âi iddi os dangosid rhyw ffordd wahanol o wneud rhywbeth. Tybed ys gwyddai ef sut y byddai ei wraig yn ei drin pan fyddai'n gwrthwynebu heb ddangos hynny o gwbl. Yr oedd eisiau rhywun galluog iawn i'w adnabod a'i drin. Wel, yr oedd y storm wedi torri. Yr oedd yn sicr na wyddai Mrs Ffennig ddim am yr hyn a âi ymlaen o dan ei thrwyn megis. Meddyliodd am ei Elisabeth ef. Yr oedd hi wedi marw pan oedd eu cariad yn ieuanc a ffrwydrol a chynhyrfus, ac yr oedd yn anodd gwneud hebddo.

Edrychodd ar y rhesiad tai o'i flaen, llawer ohonynt â golau yn y parlwr, yn edrych fel lleuad mewn niwl, pob un bron a'i lenni wedi eu tynnu yn glòs at ei gilydd, a thu ôl i bob un yr oedd cyfrinachau na wyddai'r byd tu allan ddim amdanynt. Cyfrinachau digon diniwed gan rai mae'n debyg, pryder ynghylch gwaeledd neu fethu cael y deupen llinyn ynghyd, ofn i'r plant fethu cael ysgoloriaeth i'r Ysgol Ramadeg, (plant felly oedd y tu ôl i rai o'r llenni yma'n awr). Rhai yn byw dan ffraeo, eraill yn ofni dweud dim rhag ffraeo, ac yn cadw'u teimladau dan gaead. Euogrwydd ei fywyd yn poeni ambell un efallai, ond y ploryn o hyd yn dal heb dorri. Yr oedd un mawr iawn wedi torri yn nhŷ Iolo Ffennig, wedi bod yn magu am hir. O ran hynny, efallai bod digon yn barod i dorri yn y tai eraill. Ni thorrai rhai ohonynt fyth efallai, ond gostwng a mynd i'r gwaed. Rhoed y golau ymlaen yn llofft ei hen glarc, gwelai Mrs Ffennig yn tynnu'r llenni at ei gilydd, a chyn iddi orffen tynnu'r olaf cafodd gip ar ochr ei hwyneb a'i gwddf alarchaidd. Dim rhyfedd fod rhai pobl yn credu mai hi oedd y ddynes harddaf yn y dref. Am wastraff ar harddwch mewn tref fel Aberentryd. Yn Llundain neu Baris y dylai fod, yn gwisgo dillad a weddai i'w harddwch, yn troi gyda phendefigion cymdeithas. Mae'n debyg na allai sgwrsio llawer hyd yn oed yn ei hiaith ei hun; distaw y cafodd hi erioed, ond ni chawsai'r cyfleusterau i ymarfer siarad gyda gwŷr a gwragedd diwylliedig. Digon posibl hefyd nad oedd y siarad y darllenai amdano mewn llyfrau'n ddim gwell na siarad Loti ei glarc arall. Efallai mai nofelwyr a'i gwnâi'n ddiwylliedig wrth ei ddisgrifio.

A phetai gan Mrs Ffennig fodd i brynu dillad bonheddig pa bryd y câi gyfle i'w gwisgo yn y dref lwyd, gyffredin yma? Y capel ddydd Sul, a rhedeg adref i'w tynnu rhag eu baeddu wrth wneud bwyd. Diwrnod marchnad wrth gymysgu â phobl y wlad ar y strydoedd. Diwrnod rhannu gwobrwyon yn yr ysgol unwaith yn y flwyddyn. Ac yr oedd merched fel Lora Ffennig yn fodlon ar fywyd fel hyn o allor eu priodas hyd eu bedd, heb ddim ond rhyw wythnos o wyliau yn yr haf. Ond i beth y breuddwydai freuddwydion pobl eraill? Felly'n union yr oedd ef ei hun wedi byw. Gweithio er mwyn i ddiwedd dydd ddod yn gynt, ond ar un adeg fe fyddai Elisabeth yn ei ddisgwyl adref. Byth er hynny nid oedd dim.

Clywai sŵn troed ar y palmant yn y pellter yn dod yn nes ac yn troi i dŷ Mrs Ffennig. Dyna Annie Lloyd yn dod i'r tŷ o gymowta. Cododd ei law arni heb wybod a welai hi ef. Geneth bach glên o'r wlad yn dysgu plant y dref yn lle bod yn y wlad efo'r gwartheg a'r lloi. Byddai ganddi wyneb eithaf tlws mewn bonet cotwm, gallai ei gweld yn dawnsio o gwmpas coes cribyn a'i phen-ôl yn dowcian. Tybiodd y byddai'n well iddo fynd i'r tŷ ac i'w wely. Teimlai'n wir ddiflas, ond troes ei feddwl at y wraig tros y ffordd. Yr oedd yn amhosibl iddo ddirnad ei meddyliau hi. Yfory, y fath fêl a fyddai ar fysedd pobl y dref, y fath chwilio bai gan bechaduriaid, y fath ddylyfu gên ymhlith y saint, a phawb yn chwilfrydig i wybod manylion. Y fath gelwyddau a geid!

PENNOD III

Rhedodd y ddau blentyn i'r tŷ ar ruthr rywdro tuag un ar ddeg y bore, a disgynnodd Rhys ar ei liniau ar y gadair freichiau a phlannu ei wyneb i'w chefn, ei gorff fel bach yn camu tuag allan, a dechrau beichio crio. Safodd Derith wrth gongl y bwrdd, yn lled-wenu'n swil.

'Tyd ti,' meddai'r fam, 'mi ddaw pethau'n well eto, paid â thorri dy galon.'

Eisteddodd ar ei chadair ei hun, ei gefn yntau ati, ac wrth edrych ar Rhys felly, aeth y lwmp poen yn ei chalon yn drymach.

'Rhaid inni i gyd godi ein calonnau, a bod reit ddewr, ella y daw Tada yn ôl eto.'

Rhedodd Derith at ei mam, eistedd ar ei glin, a chuddio'i hwyneb yn ei mynwes. Troes Rhys at ei fam a dywedodd yn herfeiddiol, 'Ylwch, nid am fod Tada wedi dengid yr ydw i'n crio.'

'Am beth ynta?'

'Doedd arna i ddim eisio mynd at Nain ac Anti Esta neithiwr. Roedd arna i eisio bod efo chi. Wnes i ddim cysgu dim drwy'r nos.'

'Na finna chwaith.'

'Felly, mi fasa'n well inni'n dau fod yn effro efo'n gilydd.'

'Mi'r oedd Anti Esta yn meddwl y basa fo'n llai o waith i mi.'

'Does arna i ddim eisio mynd yno eto.'

'Pam wyt ti'n dweud peth fel yna?'

'Eisio bod efo chi sydd arna i.'

'Does dim byd yn dy rwystro di rhag bod efo mi, a mynd i edrych am dy nain a dy fodryb.'

'Mae petha wedi newid rŵan.'

24

Aeth at ei fam ac eistedd ar fraich ei chadair.

'O, Mami' — rhoes ei ben ar ei hysgwydd a dechrau crio eto. 'Dydw i ddim yn licio Anti Esta.'

'Nac wyt?'

'Dyna pam does arna i ddim eisio mynd yno eto.'

'Ydi hi wedi gwneud rhwbath iti?'

'Ddim i mi, ond mi'r oedd hi a Nain yn siarad dan 'u dannedd amdanoch chi neithiwr.'

'Yli, Rhys, wyddost ti ddim beth ydi siarad dan 'u dannedd.'

'Gwn yn iawn — siarad yn ddistaw heb agor ych ceg.'

'A mi wn i,' meddai Derith gan godi ei phen ac edrych i wyneb ei mam am y tro cyntaf er pan ddaethai i'r tŷ.

'Na wyddost siŵr, peidiwch â gwrando arni, Mam, mi aeth i gysgu cynta y cyrhaeddodd hi.'

'Mi greda i, roedd hi wedi hurtio'n lân yng nghanol yr holl bobol.'

'A mi'r oedd Anti Esta yn dweud,' meddai Rhys, 'na fasa Tada ddim wedi dengid tasach chi yn iawn.'

'O!'

'Ych bod chi'n meddwl mwy ohonom ni a'r tŷ nag ohono fo.'

'Felly. Ddwedaist ti rwbath?'

'Ddim am sbel. Yn y diwedd dyma fi'n dweud, "Ylwch, Mrs Amred wnaeth i Tada ddengid efo hi nid Mam". Yntê Mam?'

'Ia, cariad.'

'Deudwch pam oedd arno fo eisio dengid efo hi, a nid efo chi?'

'Dwn i ddim.'

'Am 'i fod o'n 'i licio hi'n well na chi?'

'Ia am dipyn; ond mi'r wyt ti'n rhy ifanc i ddallt petha fel yna, 'y mach i.'

'Nac ydw wir, mae'r hogia'n siarad lot yn iard yr ysgol.'

'Siarad beth?'

'Wel, mae'n gas gen i ddweud wrthoch chi; yr oeddan nhw'n fy mhryfocio fi erstalwm, ac yn dweud y bydda gen i ddwy fam ymhen tipyn, a phetha gwaeth na hynna.'

'Wel? — Na, paid â dweud.'

'Dim byd drwg. Dweud y bydda gan Tada ddwy wraig, a doeddwn i'n dallt dim beth oeddan nhw'n 'i feddwl.'

'Pam na fasat ti'n dweud wrth dy fam?'

'Mi'r oeddwn i yn 'i weld o fel pysl, a mi wyddwn i mai chi oedd fy mam i, a na fasach chi byth yn gadael i Mrs Amred ddŵad i fyw yma. A roeddwn i'n meddwl y basa fo'n bysl gwaeth i chi, ac y basach chi'n medru dallt tipyn arno fo, ac y basach chi'n poeni.'

'Oeddat ti ddim yn poeni am 'i fod o'n bysl?'

'Oeddwn, ond mi dreiais 'i anghofio fo.'

'A methu reit siŵr.'

'Ambell dro, ond mi fyddai'n dŵad yn ôl o hyd, pan fyddai Mrs Amred yn dŵad yma.'

'Byddai reit siŵr.'

'Ych, doeddwn i ddim yn licio'i hen lygada hi, Mam. Mi'r oedd hi'n sbio arnoch chi o hyd.'

Dyma fo'n dechrau crio eto, ac ymunodd Derith ag ef y tro hwn. Tynnodd Lora bennau'r ddau at ei gilydd a rhoi ei gên arnynt. Yn yr ystum honno yr oeddynt pan gerddodd Jane, chwaer Lora, i'r gegin. Fflonsiodd y tri drwyddynt.

'Gawn ni fwyd rŵan?' meddai Rhys. 'Rydw i dest â llwgu. Fedrwn i ddim bwyta dim yn nhŷ Nain.'

'Mi wna i ginio rŵan,' meddai Lora, a gwneud arwydd ar ei chwaer i beidio â siarad.

Wrth fwyta'r bastai oer i ginio heddiw, ni theimlai Lora gymaint o fin y siom ag a deimlai ddoe. Yr oedd presenoldeb ei chwaer yn swcwr, ac yr oedd y cyd-ddeall a oedd rhyngddynt yn ddigon iddi allu mwynhau'r pryd hwnnw beth bynnag.

Aeth y plant i'r ysgol yn y prynhawn, a gwyddai Lora yn ôl y ffordd yr oedd Rhys yn gogordroi ac yn loetran, mor gas oedd ganddo feddwl am wynebu'r plant eraill. Daeth iddi'r syniad o ysgrifennu at y prifathro i ofyn iddo liniaru pethau i Rhys, yn y ffordd a welai ef yn orau. Nid oedd angen iddi ofyn, ond gwyddai y byddai'r llythyr ei hun yn llaw Rhys yn help iddo ef wynebu'r plant yn yr ysgol y prynhawn hwnnw.

'Wel d'wad i mi,' meddai Jane, wedi cael cefn y plant, 'beth sydd wedi digwydd?'

'Dim ond yr hyn a ddwedais wrthyt yn fy llythyr.'

'A mae o *yn* wir?' meddai Jane gydag amheuaeth pobl y wlad o bob newydd drwg.

'Nid newydd i smalio efo fo ydi peth fel yna.'

'Be wyddwn i nad oedd rhyw gamgymeriad.'

'Mae o'n berffaith wir. Mi sgrifennodd Iolo ei hun at Mr Meurig, a gofyn iddo fo ddŵad yma i ddeud wrtha i.'

'Y cena digwilydd! A mae hi'n waeth.'

'Dydw i ddim am ddweud dim byd rŵan beth bynnag. Mi eill amser ddŵad pan fydda i'n difaru.'

'Dwyt ti ddim yn mynd i gymryd y sgerbwd yn ôl?'

'Fyddwn i damad gwell o roi llysenwau ar ein gilydd.'

'O dyna fo. Beth wyt ti'n mynd i wneud?'

'Wneud beth?'

'Wel at dy gadw?'

Yr oedd Jane fel llawer sydd y tu allan i brofedigaeth yn symud i'r dyfodol fel corwynt, ac yn gadael y dioddefwyr ar ôl yn eu pensyfrdandod.

'Jane bach,' meddai Lora, 'dydw i ddim wedi meddwl am beth fel yna eto. Dydw i ddim wedi cael amser i lyncu'r hyn sy wedi digwydd, na'i gredu fo'n iawn.'

'Mi'r wyt ti dy hun yn dweud 'i fod o *wedi* dengid, a waeth iti ddechra meddwl am dy fyw yn fuan mwy nag yn hwyr. Ond fedran nhw ddim gwneud iddo fo dalu at dy gadw di a'r plant?'

'Pa nhw?'

'Dwn i ddim pwy sy'n gwneud petha fel hyn — y gyfraith am wn i.'

'Fedar y gyfraith ddim gwneud dim heb imi ofyn, a dydw i ddim am adael i f'enw fynd trwy lysoedd barn y wlad yma.'

'Mi fasa rhywun yn meddwl mai chdi sydd wedi dengid.'

'Dyna ydi effaith ein magu arnom ni.'

'Sgwn i lle cafodd y ddynas tros y ffordd yna 'i magu?'

'Mrs Amred? Duw a ŵyr. Doedd Mr Meurig ddim yn gwybod llawer amdani pan gafodd o hi.'

'A be wnaiff o'r creadur? Mi gollodd wraig ddymunol

27

meddan nhw.' A fel petai hi'n cael gweledigaeth, 'Pam nad ei di i gadw 'i dŷ o, neu'i gael o yma i lojio?'

'Jane, rhag cwilydd iti! Mi fasa yna hen siarad wedyn. Mi fasa pawb yn dweud fod gan Iolo achos rhedeg i ffwrdd, a meddylia fel y basa Esta a'i mam yn clepian eu dwylo.'

'Wnes i ddim meddwl am beth fel yna. Dyna iti ddiniweidrwydd dynas o'r wlad.'

'Piti na fasa'r byd mor ddiniwed.'

'Dydw i ddim yn gweld bod yn rhaid iti falio yn Esta na'i mam. Dydyn nhw ddim byd iti rhagor. Fedran nhw ddim deud dy fod ti wedi gwneud dim o'i le. Ond mi wn i beth wyt ti'n feddwl, mi fasa Esta wrth 'i bodd cael tynnu rhywun arall i lawr.'

Teimlai Lora nad oedd bosibl dilyn y mater ddim pellach efo'i chwaer. Nid oedd dim i'w ddweud. Aeth ati i glirio'r bwrdd.

'Sut mae Owen?' meddai.

'Digon symol.'

Rhoes calon Lora sbonc oherwydd y ffordd y dywedodd Jane y peth. Meddai Jane dan grychu ei thalcen,

'Mae o'n pesychu'n dragywydd, ac yn edrach yn wael.'

'Fuo fo'n gweld y doctor?'

'Do, mae o'n gorfod mynd dan *X-ray.*'

Anghofiodd Lora ei phoen ei hun am funud.

'Ydi o'n byta'n o lew?'

'Dim ond gyda'r nos.'

'Dydi'r hen chwarel yna ddim yn lle i ddyn o'i fath o.'

A dyma holl orffennol ei theulu yn rhedeg o flaen ei llygaid fel ffilm, y difrod a wnaethai'r chwarel arno, fel nad oedd ar ôl ond y hi a'i chwaer. Daeth teimlad a gawsai lawer gwaith yn ystod ei bywyd priodasol yn ôl iddi am eiliad.

Sawl gwaith y bu'n ymgysuro ynddo? Fod holl gysur ei bywyd priodasol wedi gwneud iawn iddi am golli ei theulu. Credai pe bai'n medru siarad galon wrth galon efo Jane, y buasai hithau'n gallu dweud yr un peth am ei bywyd gydag Owen. Beth os oedd y diciáe — gelyn pob chwarelwr — ar Owen? Yr oedd hithau'n bur hoff o'i brawd-yng-nghyfraith.

Wrth i'w chwaer gychwyn oddi yno addawodd fynd i Fryn

Terfyn i edrych amdanynt yn bur fuan, ond dywedodd Jane y byddai Owen yn siŵr o ddod i edrych amdani hi yn gyntaf.

Wrth gario ymlaen â'i gwaith yn y prynhawn meddyliai Lora mor ddifeddwl y bu yn gadael i'r plant fynd i'r ysgol o gwbl y diwrnod hwnnw. Wrth gofio'r hyn a ddywedodd Rhys am sylwadau'r hogiau, gallai ddychmygu mor ddidrugaredd y gallent fod heddiw. Yr oedd Derith yn rhy ifanc, a'i chyd-ysgolheigion, i hynny ddigwydd. Ond am Rhys . . .

Ac ar hynny cyrhaeddodd Esta'r tŷ a Derith yn ei llaw. Yr un olwg a oedd arni ag a oedd y noson cynt — golwg stylcaidd, bwdlyd, a phoenus heddiw. Er y noswaith flaenorol aethai gagendor rhyngddynt. Lora, yn ôl ei meddwl, oedd y fwyaf ymwybodol ohono. Daeth Rhys i'r tŷ a mynd heibio i'w fodryb i'r gegin bach.

'Hylô,' meddai Esta, ond nid atebodd Rhys hi.

'Gaiff Derith ddŵad adre efo mi am dro?'

'Ga i, Mami?'

'Wel . . . y . . . os oes arnat ti eisio mynd.'

'Oes,' a neidio ar ei huntroed.

'Liciet ti ddŵad, Rhys?'

'Dim diolch, Anti Esta.'

'Mae Mam yn 'i gwely,' meddai Esta.

Dyma'r munud cyntaf i Lora gofio am ei mam-yng-nghyfraith.

'Beth sy'n bod felly?'

'Wedi cael sgytwad ofnadwy y mae hi ar ôl i hyn ddigwydd.'

'Mae o'n sgytwad inni i gyd.'

'Ond rhaid i chi gofio mai hi ydi 'i fam o.'

'Ylwch, Esta, dydi rhyw siarad meddal ddim yn mynd i wneud lles i neb. Mae gen i ddau o blant, a rhaid imi 'u cadw nhw rywsut.'

'Mae rhai pobol yn medru bod yn iachach eu hysbryd efo phetha fel hyn, un galon-feddal iawn fu Mam erioed.'

'Rhaid i mi dreio dal wyneb at y byd, wyddoch chi na neb arall sut y mae fy nhu mewn i, a wnâi o ddim drwg inni i gyd fod dipyn mwy siriol.'

Dechreuodd Esta grio.

'Wnes i 'rioed feddwl y basa 'mrawd yn gwneud peth fel hyn,' meddai hi. 'Roeddwn i'n meddwl y byd ohono fo.'

'Mi'r oeddan ni i gyd yn meddwl y byd ohono fo. A mi eill ddŵad yn 'i ôl,' meddai Lora yn hollol ddiargyhoeddiad.

'Mi fydd wedi tynnu sgras ar ein teulu ni hyd yn oed petasa fo'n dŵad yn ôl.'

'Mae yna ddigon o betha gwaeth nag i ddyn ddengid efo dynes sy heb fod yn wraig iddo fo,' meddai Lora, 'a mae yna bobl yn y dre yma fasa'n licio gwneud yr un peth tasan nhw'n meiddio.'

'Rydw i'n synnu eich bod chi'n cymryd y peth mor ysgafn.'

'Dydw i ddim yn cymryd y peth yn ysgafn, treio gweld sut yr oedd Iolo yn edrach ar y peth yr ydw i. Mae'n rhaid 'i fod o'n licio'r Mrs Amred yma am bwl beth bynnag. Mi fasa'n beth gwaeth o lawer petai o wedi dwyn arian oddi ar rywun. Wrth gwrs, mi ellid cadw peth felly'n ddistaw. Gwrthwynebu fod hyn yn beth mor gyhoeddus yr ydach chi.'

'Wir, rydw i'n synnu ych bod chi'n medru cymryd y peth fel yna.'

'Nid 'i gymryd o na'i dderbyn yr ydw i, ond treio edrach yn gall ar y peth. Dwn i ddim fasach chi'n licio imi fynd o gwmpas fel petawn i wedi hel Iolo o'i gartre. Rydach chi'n anghofio'i fod o wedi mynd o'i wyllys ei hun.'

'Rydw i'n credu yr a' i rŵan,' meddai Esta. 'Tyrd, Derith. Mi ddo i â hi yn ôl.' Ac aeth Esta allan yn fwy trist nag o bwdlyd y tro hwn.

'Gobeithio y bydd eich mam yn well,' meddai Lora'n sych dros ei hysgwydd.

Eisteddodd wrth y tân i synfyfyrio, a throi pob dim yn ei meddwl. Difarai yn awr am y pethau a ddywedasai wrth Esta. Ond gwylltiodd ynddi hi ei hun wedyn wrth feddwl fel yr oedd wedi tynnu cydymdeimlad ati hi ei hun a'i mam, heb air o gydymdeimlad tuag at wraig ei brawd. Daeth Rhys o'r gegin bach ac eistedd wrth ei hymyl.

'Peidiwch â phoeni, Mam. Waeth befo Anti Esta na Nain.'

'Pam na fasat ti'n dweud fod Nain yn 'i gwely?'

'Wnes i ddim meddwl, achos mae hi yn 'i gwely o hyd.'

'Gwrando, Rhys, sut bu hi yn yr ysgol heddiw?'

'O, fel arfer.'

'Ddwedodd yr hogia rwbath wrthat ti?'

'Deud be?'

'Wel wyddost ti sut mae plant. Ddaru nhw dy bryfocio di?'

'Naddo neb, mi'r oedd pawb yn ddistaw yn y clàs, a mi'r oedd Dafydd yn treio fy nghadw fi oddi wrth yr hogia erill yn yr iard adeg allan chwarae.'

'Chwarae teg iddo fo. Gwrando di rŵan. Mi aiff yr helynt yma drosodd rywdro, a'r adeg hynny mi eill yr hogia ddechra dy bryfocio di, a deud hen betha brwnt ac edliw petha iti. Treia dy orau i beidio â gwrando arnyn nhw. Os cymeri di sylw ohonyn nhw, mi bryfocian fwy. Ond os troi di glust fyddar iddyn nhw, mi flinan.'

'Mi dreia i 'ngora, ond ella na fedra i ddim. Ydach chi'n poeni, Mam?'

'Ydw, 'ngwas i. Ond rhaid inni i gyd dreio peidio, er mwyn inni gael amser braf eto.'

'Tydi Derith ddim yn poeni nac ydi?'

'Na, mae hi'n rhy ifanc. Doedd hi ddim yn cofio fawr ar dy dad cyn iddo fynd i'r rhyfel.'

'Wyddoch chi, Mam, doedd 'nhad ddim yr un fath efo mi ar ôl dŵad adre o'r rhyfel.'

'Nac oedd o?'

'Nac oedd. Doedd arno fo ddim eisio siarad efo mi ddim llawar, na chwarae efo mi chwaith, fel bydda fo erstalwm.'

'Wel ia. Roedd o wedi bod i ffwrdd mor hir oddi wrthon ni.'

'A wedi mynd yn swil yntê? 'Run fath â fi, pan wnes i ail-ddechra mynd i'r ysgol wedi bod gartra yn sâl erstalwm.'

'Ella wir. Ond rhaid iti beidio â phendroni gormod. Well iti fynd allan i chwarae efo'r hogia, tra bydda i yn gwneud te i Miss Lloyd ac inni i gyd.'

'Does gen i ddim llawar o flas. Well gen i fod yn y tŷ efo chi.'

'Dim ond am chwarter awr.'

Allan yr aeth Rhys o lech i lwyn, yn ddigon di-ffrwt.

Ar ôl te, galwodd Mr Jones y gweinidog. Ni allai ddweud fod yn dda ganddi ei weld ar achlysur fel hyn. Yn y profedigaethau cyffredin a ddeuai i ran ei aelodau cydymdeimlo fel bugail y byddai ac nid fel cyfaill. Yr oedd hon yn brofedigaeth dipyn gwahanol iddo, ac yn un anodd cael geiriau cysur tuag ati.

'Mae'n ddrwg iawn gen i am yr hyn sydd wedi digwydd, a hefyd na fedrais ddŵad yma ddoe. Rydw i wedi bod yn cydymdeimlo mewn pob math o helyntion yn f'oes, ond nid mewn achos fel hwn.'

Nid oedd gan Lora ddim i'w ddweud.

'Dwn i ddim beth fyddai orau i'w ddymuno i neb,' baglodd ef ymhellach.

'Dymuno bod rhywun yn medru cadw'i synnwyr faswn i yn 'i ddweud.'

'Ydi pethau cyn waethed â hynny?'

'Mae pob ysgytwad cyn waethed â hynny.'

'Wel *mae*'n ddrwg gen i. Mae'n debyg fod llawer o bobl wedi dweud wrthoch chi am ymwroli er mwyn y plant.'

'Ddwedodd neb ddim arall ddoe.'

'Mae lot o wir mewn ystrydebau wyddoch chi.'

'Oes, gwaetha'r modd. Ond pan mae rhywun yn clywed peth fel yna o hyd ac o hyd, mae creadur yn mynd i feddwl pa un ai'r plant ynte fo'i hun sydd wedi cael cnoc.'

'Wel ie 'ntê? Mi faswn innau'n llawer callach taswn i'n dweud fel byddai'r hen bobl yn dweud, "Gobeithio y medar hi ddal y gnoc." '

Rhyddhaodd tafod Lora.

'Dyna ydw i'n ddweud wrtha i fy hun er ddoe.'

'Mi'r ydan ni'n greaduriaid rhyfedd welwch chi. Mi'r ydw i'n gallu dweud o'r pulpud am i bobl "fwrw eu baich ar yr Arglwydd", ond rydw i'n teimlo'i fod o'n beth anodd ei ddweud wrthoch chi mewn sgwrs fel hyn.'

'Ydi, dydach chi ddim wyneb yn wyneb â phobol mewn trybini wrth siarad o'r pulpud, a hawdd iawn ydi deud petha fel yna wrth bobol mewn tyrfa, rhai ohonyn nhw heb ddim yn 'u poeni nhw, a'r lleill â digon, ond na wyddoch chi ddim pwy ydyn nhw. Ond pan ddowch chi at rywun yn bersonol a threio dweud rhywbeth i'w gysuro, mae'n anodd iawn yn tydi?'

'Anodd iawn. Mae rhyw agendor rhyngoch chi a nhw.'

'Oes, mae o'n beth anodd iawn mynd yn agos at neb. Mae gagendor rhyngoch chi a'r rhai ydach chi'n eu caru weithiau.'

Tro'r gweinidog oedd mynd yn fud yn awr. Ond meddai wedyn, 'A mi'r oedd Mr Ffennig yn fachgen mor ddymunol.'

'Oedd.'

'Ond wyddom ni ddim beth yw cyfansoddiad neb. Mae yna ryw bethau yn natur rhai ohonom ni sy'n mynd ymhell iawn yn ôl, ac yn torri, fel dŵr codi, mewn lle annisgwyliadwy. Gobeithio y medrwch chi faddau iddo fo.'

'Fedra i ddim gweld fod a wnelo maddeuant ddim â'r peth. Pan ydach chi'n maddau i rywun am rywbeth, mae o'n eich gosod chi ar lwyfan uwchben y person hwnnw, a chitha ddim gwell na fo eich hun.'

'Mi rhown ni o mewn ffordd arall ynte. Gobeithio na wnewch chi ddim teimlo'n gas tuag ato, achos mae o wedi pechu, welwch chi.'

'Wyddoch chi, Mr Jones, dwn i ar y ddaear beth ydi pechod erbyn hyn.'

Cododd y gweinidog ei aeliau.

'Mae pethau'n newid pan maen nhw'n dŵad i'ch tŷ chi'ch hun.'

'Mi'r ydw i ar fai'n siarad yr un fath efo chi, Mrs Ffennig, ond y chi oedd yn codi tipyn o gwr y llen ar eich meddwl imi. Dŵad yma i ofyn sut yr oeddech chi yr oeddwn i. Ella i eich helpu chi mewn unrhyw fodd? Yn blaen, fy ngeneth i, oes gynnoch chi ddigon o arian?'

'Diolch yn fawr i chi, Mr Jones, dydw i ddim wedi cael amser i fynd o gwmpas dim eto, na gweld sut y mae hi arna i.'

'Wnewch chi ddweud wrtha i os bydd arnoch chi eisiau help? Dowch ata i i ddweud.'

'Mi wnaf, a diolch yn fawr.'

Yr oedd y gagendor rhyngddynt wedi mynd yn llai.

Daeth Derith adre a mynd i'w gwely. Mynnai Rhys aros ar ei draed i fod yn gwmpeini i'w fam a chael 'te bach', ys dywedai, gyda hi. Pan oeddent bron â gorffen canodd cloch drws y ffrynt.

'Does dim stop ar y bobol yma,' meddai Rhys, 'ella mai rhywun sy'n dŵad i weld Miss Lloyd.'

Ond Mr Meurig a ddaeth i'r gegin.

'Mae'n ddrwg gen i dorri ar eich pryd bwyd chi. Ewch chi ymlaen.'

'Yr oeddem ni *yn* gorffen. Mae Rhys ar fynd i'w wely.'

'Mi a' i rŵan, Mam, gan fod gynnoch chi gwmpeini.'

Wedi iddo fynd, meddai ei fam,

'Mae o am fod efo mi bob munud, fel tasa arno fo ofn imi fod ar ben fy hun ddim. Mae o wedi cymryd y peth yn arw.'

'Biti, biti.'

'Gymerwch chi damaid o swper, Mr Meurig?'

'Peidiwch â phoeni amdana i. Rydach chi wedi cael eich swper.'

'Eiliad na fydd o'n barod. Dydi Miss Lloyd ddim yn cymryd llawar o swper. Mae hi'n cael te go drwm ar ôl dŵad o'r ysgol.'

'Mi'r ydw i'n ddigwilydd iawn. Ond fedra i ddim gwrthod eich cynnig chi. Dydw i ddim wedi cael trefn ar fwyd ers dyddiau, na fawr o lun yn wir ers blynyddoedd.'

'Tewch, un fel yna oedd Mrs Amred?'

'Gwaeth o lawar. Ond, oes arnoch chi eisio siarad am y peth?'

Rhywsut, teimlai Lora yn nes at y dyn yma, yr adwaenai leiaf arno, nag at neb. Ni sylwasai fawr arno erioed o'r blaen. Yr oedd yn ddyn tal, yn tueddu i gwmanu. Talcen uchel ganddo o dan wallt du tew. Ni bu Lora erioed yn ddigon agos ato i weld fod caredigrwydd yn y llygaid glas, pell yn ôl yn ei ben. Ni feddyliasai hi erioed amdanynt ond fel llygaid craff twrnai.

'Ewch chi ymlaen,' meddai hi, 'mi wna les i mi siarad efo un oedd yn nabod y ddau yn weddol dda.'

'Wel, os ca i ddweud, hen gnawes oedd Mrs Amred, doedd hi'n dda i ddim i mi. Ond fel yna y mae merched rŵan. Hen gnawes oedd hi fel arall hefyd. Mi wnaeth bob ystryw i dreio fy nghael i'n ŵr. Dawn i ddim ar ôl y dulliau.'

'Bobol bach!'

'Rydw i'n dweud hyn i dreio codi'ch calon chi, achos mi

ellwch benderfynu 'i bod hi wedi denu'ch gŵr chi efo'i hystrywiau.'

'Rhaid bod Iolo yn ddyn gwan.'

'Oedd mewn ffordd. Mi'r oedd o'n anniddig.'

'Mi alla i gredu hynny.'

'Mae'n siŵr bod lot o bobol wedi dweud wrthoch chi er ddoe mai'r rhyfel ydi'r drwg.'

'Do.'

'Yn 'y marn i, nid y rhyfel 'i hun ydi'r drwg, ond y siawns mae dyn yn 'i gael i grwydro. Hynny sy'n gwneud i ddynion ddyheu am gael newid yn lle eistedd mewn offis trwy'r dydd.'

'A byw mewn hen dre bach anniddorol fel hon.'

'Ia, hen dre wedi colli'i diwylliant ers blynyddoedd.'

'Ond wedyn, y mae rhywbeth heblaw dyheu am grwydro wrth ddengid efo dynes arall.'

'Oes. Mae yna bobol na fedran nhw ddim treulio oes gyfa efo'u cymar-bywyd cynta, er eu bod yn meddwl y byd ohonyn nhw. Maen nhw'n diflasu. Does ganddyn nhw ddim diddordeb mewn dim arall. Mi fydda i'n treio cysuro fy hun ar ôl colli Elisabeth, fy mod i wedi 'i cholli hi cyn i ddim cynefindra diflas ddŵad i fywyd yr un ohonom ein dau.'

'Ella. Ond mi alla i ddychmygu y geill y peth ydach chi'n alw yn "gynefindra" droi yn gybyddiaeth aeddfed iawn, a gwneud canol oed a hen ddyddiau yn dymhorau braf iawn ar fywyd.'

'Efallai eich bod chi'n iawn,' meddai yntau gan syllu i'r tân.

Pam yr oedd hi'n siarad fel hyn â'r dyn yma, meddyliai Lora rhyngddi a hi ei hun. Ai am ei fod wedi cael colled ei hun, ai am ei fod yn adnabod Iolo yn well na'r lleill? Ai am ei fod yn siarad mor ddymunol am ei wraig?

Newidiwyd y sgwrs.

'Fasech chi'n hoffi cael gwaith eich gŵr yn yr offis?'

Rhoes calon Lora sbonc.

'Diolch yn fawr. Mae'r peth yn rhy sydyn. Dydw i ddim wedi cymryd amser i feddwl dim am fy nyfodol, ond mi fydd yn rhaid imi. Gan fy mod i wedi arfer dysgu plant, ella mai mynd i'r ysgol fyddai orau i mi.'

'Wel ia, feddyliais i ddim am hynny.'

Wrth fynd allan rhoes bum punt ar y bwrdd, ac yr oedd wedi dianc trwy'r drws bron cyn iddi gael diolch iddo.

Yr oedd Lora wedi blino, ac yr oedd yn dda ganddi na wnaeth Miss Lloyd ddim ond sefyll wrth ddrws y gegin i ddweud 'Nos dawch', a gobeithio y cysgai'n iawn.

Eithr ni ddeuai cwsg. Yr oedd y sgwrs â Mr Meurig wedi deffro ei chwilfrydedd. Yr oedd yr un fath â phetai wedi dechrau codi congl plaster ar friw, a hwnnw wedi dechrau cyrlio, ac fel petai arni hithau eisiau canlyn ymlaen a chael y plaster i gyd i ffwrdd.

Nid oedd yn hollol awyddus i weld beth oedd o dan y plaster yn ei chyflwr o flinder, dim ond bod y weithred o dynnu'r plaster yn rhoi pleser iddi, fel gweithio sym, neu dynnu cramen oddi ar friw. Y gwendid y soniasai Mr Meurig amdano, ni sylwasai hi arno erioed yn Iolo. Yn wir, ni ddaeth i'w meddwl erioed fod Iolo nac yn ddyn gwan nac yn ddyn cryf. Yr oedd eu bywyd wedi bod yn rhy dawel a dialw am ddangosiad o gryfder nac o wendid. Ni roesai'r plant erioed lawer o drafferth iddynt. Erbyn meddwl nid oedd ei gŵr wedi cymryd cymaint â chymaint o ddiddordeb yn y plant, ac yr oedd Rhys wedi sylwi mwy na hi ar hynny, ar ôl i'w dad ddychwelyd o'r rhyfel beth bynnag. Yr oedd wedi gwirioni ar Derith cyn iddo fynd i'r fyddin; nid oedd hi ddim ond dwy flwydd oed y pryd hynny, ond ar ôl dod yn ôl, yr oedd y ffoli wedi darfod, yn union fel plentyn wedi blino ar degan. Wrth feddwl fel hyn am ei berthynas â'r plant, daeth rhywbeth o gyfeiriad hollol wahanol yn ôl i'w meddwl. Cofiodd beth yr oedd wedi ei gladdu yng ngwaelodion ei meddwl ers blynyddoedd. Pan oeddynt yn caru, dywedodd Iolo gelwydd wrthi. Am wythnosau lawer, bu'r celwydd yma'n corddi yn ei meddwl. Ni allai gael gwared ohono ond pan fyddent yng nghwmni ei gilydd. Cyn gynted ag y gadawai Iolo, deuai'r celwydd yn ôl wedyn i'w phoeni. Un noswaith fe'i poenodd gymaint fel y penderfynodd roi'r gorau iddo, a pheidio â meddwl amdano'n gymar bywyd. Eithr rhoes y syniad y fath ing iddi fel y cymerodd ei meddwl lam i gyfeiriad arall, a gallodd ei darbwyllo ei hun i smalio na chlywsai'r celwydd, ac os na ddywedai ef gelwydd arall wrthi, y ceisiai ei gladdu am byth mewn ebargofiant. Yn wir, gallodd ei darbwyllo ei hun mor llwyr fel y llwyddodd i gladdu'r celwydd allan o'i chof, a chan na ddaliodd hi Iolo yn dweud celwydd wedyn, ni chododd i'w phoeni. Heno dyma hi'n cofio am y celwydd, cofio ei fod wedi ei ddweud, ond nid beth ydoedd. Ceisiodd gofio beth ydoedd. Ni allai. Ymbalfalodd yn ei chof ar y trywydd hwn a'r trywydd arall. Ailddechrau wedyn, ond ni ddeuai'n ôl. Ac wrth drio blinodd gymaint nes cysgu.

PENNOD IV

Yr oedd Loti wedi 'laru eistedd wrth rât gwag ac wedi mentro mynd i edrych am ei ffrind Annie i dŷ Mrs Ffennig. Ar ôl y 'trychineb' chwedl hithau, yr oedd braidd yn swil i ymweld â'i ffrind, am fod arni ofn cyfarfod â Mrs Ffennig. Er ei bod yn berffaith gyfarwydd â hi fel gwraig lety Annie, yr oedd erbyn hyn yn fod newydd iddi, fel petai wedi colli un o'i haelodau. Pan ganodd y gloch, daeth Mrs Ffennig i'r drws a'r ddau blentyn yn hongian un wrth bob braich iddi. Ni fedrai Loti ddweud dim ond, 'Sut ydach chi heno? Ga i weld Miss Lloyd os gwelwch chi'n dda?'

Rhuthrodd i ystafell Annie, ac ni fedrai ddweud dim am hir wrth ei ffrind ar ôl eistedd.

'Beth sy'n bod arnat ti?' meddai Annie.

'O diar,' meddai Loti, 'rydw i wedi gwneud peth dwl. Fedrwn i ddim dweud dim byd wrth Mrs Ffennig yn y lobi rŵan. Mae'n siŵr 'i bod hi'n meddwl 'mod i'n gweld bai arni wrth fod Ffennig yn gweithio acw, a 'mod i'n cymryd 'i ochor o.'

'Na, dydw i ddim yn meddwl.'

'Gormod o biti drosti oedd gen i wir, a fedrwn i ddim dweud dim wrthi, a mae arna i ofn fod gwaeth yn 'i haros hi.'

'Taw, ydi o'n wir?'

'Ydi, gwaetha'r modd. Doedd Ffennig ddim wedi entro arian y ddynes bach yna o'r wlad. A mi'r oedd yn rhaid imi ddweud wrth Mr Meurig.'

'Wel oedd, wrth reswm.'

'Tasa gen i arian, mi faswn i yn 'u talu nhw fy hun, er mwyn Mrs Ffennig, nid er 'i fwyn o, yr hen walch.'

'Ydyn nhw'n llawar?'

38

'Na, dydi'r rheina ddim. Ond wyt ti'n gweld, mi eill fod rhywbeth arall.'

'Biti, biti.'

'Roeddwn i'n teimlo fel llofrudd wrth edrach ar Mrs Ffennig a'r plant rŵan. Mae o'n beth ofnadwy edrach ar rywun sydd heb fod yn gwybod y gwaetha sy'n dŵad iddyn nhw, a thitha yn 'i wybod o.'

Yr oedd Loti bron â chrio.

'Lici di i mi ddweud wrth Mrs Ffennig dy fod ti wedi ypsetio am rywbeth arall cyn dŵad i mewn, ac na fedrat ti ddim dweud dim wrthi, a'th fod ti'n gofyn amdani?'

'Wnei di wir?'

Daeth Mrs Ffennig i mewn yn ôl efo Annie, a medrodd Loti egluro iddi heb ymddangos ei bod yn cuddio dim. Ymddiheurodd hefyd am na fuasai wedi dod yno'n syth wedi i'r peth ddigwydd.

'Peidiwch â phoeni,' meddai Lora, 'mi fydd yn dda gen i eich gweld chi eto pan fydd pawb wedi anghofio.'

'Diolch yn fawr i chi.'

Ar hyn canodd cloch y ffrynt a chlywent Rhys a Derith yn rhedeg am y cyntaf at y drws, a'r munud nesaf yn gweiddi,

'Yncl Owen!' ac yn mynd efo rhywun at y gegin.

'Maddeuwch imi,' meddai Lora, 'dyna fy mrawd-yng-nghyfraith dw' i'n siŵr.'

Sylwodd Lora fod Owen wedi newid yn arw er pan welsai ef ddiwethaf. Yr oedd ei wyneb llwyd a'i wallt brith fel petaent yn rhedeg yn un efo'i gilydd.

'Mae'n ddrwg iawn gen i, Lora bach,' meddai ef.

'Yli, Owen,' meddai hithau, 'mi beidiwn ni â siarad am yr hyn sydd ucha ar ein meddwl ni rŵan, mae cimint o bobl wedi bod yma y dyddia dwaetha yma, nes yr ydw i wedi byddaru wrth glywed sôn am bechod ac anniddigrwydd, a rhyfel a phlant.'

Rhoes winc ar Owen a throi ei llygad at y plant.

'Ylwch,' meddai yntau, 'fedrwch chi fynd ych dau i'r siop i nôl sigaréts i Dewyth Owen, a thipyn o fferins i chi ych hunain. Hwdiwch.'

'Hanner munud,' meddai eu mam, 'mae arna i eisio help

Rhys am eiliad i fynd â phaned o de i ryw ferch ifanc sydd wedi galw i weld Miss Lloyd. Roedd rhywbeth wedi 'i chynhyrfu hi cyn iddi ddŵad i mewn. Mi gawn ninnau baned wedyn.'

'Ond mi ges i damed cyn cychwyn. Mi ddois i o'r chwarel yn gynt er mwyn dal y bws.'

'Dim ods. Mi fedri wneud efo thamaid arall. Mi rydw i wedi bod yn lwcus i gael tamaid o gig moch at ferwi. Rŵan, Rhys, estyn yr hambwrdd.'

Cyn pen dim amser, yr oedd hambwrdd wedi ei baratoi efo brechdanau a chig moch oer i'r ddwy yn y parlwr, a phryd yr un fath i Owen yn y gegin.

'O,' meddai Loti pan welodd ef, 'dyma drêt i mi. Mae'r gnawes acw yn waeth nag erioed. Mae hi wedi gwrthod gwneud cymaint â thamaid o bysgodyn imi rŵan erbyn y do i adre o'r offis. Mae'r rhain yn ardderchog.'

'Bwyta di nhw. Mi ges i de iawn ar ôl dŵad o'r ysgol.'

'Dydi Mrs Jones byth wedi maddau imi am daflu'r botel saws allan drwy'r ffenest.'

'Be ddeudis di?'

'Wel y noson y buost ti acw, roeddwn i'n teimlo mor *fed up,* ac wrth weld y botel saws honno ar ganol y bwrdd fel colyn y gogoniant, mi wnes gocyn hitio o'r tun baw tu allan, a'i daro fo efo'r botel.'

'W . . . W . . . Oedd arnat ti ddim ofn iddi hi dy fwrdro di?'

'Dim ffiars. Mae hi'n gwybod na chaiff hi neb arall, a mae hi'n gwybod hefyd y bydd yn anodd i minna gael lle arall wrth fod fy ngwylia fi mor fyr rhagor na rhai athrawon. Wyt ti ddim wedi cael cyfle i siarad efo Mrs Ffennig?'

'Am beth?'

'Am i mi ddŵad yma.'

Gwyddai Annie'r cwestiwn cyn iddi ei ofyn.

'Naddo wir, dydw i ddim yn licio gofyn mor fuan. Dydi hi ddim wedi cael siawns i hel 'i meddylia at 'i gilydd eto.'

'Nac ydi, y greaduras, nac yn gwybod yr hyn sydd i'w wybod ychwaith.'

'A mae Esta fel *duchess* tua'r ysgol acw. Mi stopiodd fi ar y *corridor* heddiw, a wyddost ti beth ddywedodd hi?'

'Na wn i.'

' "Sut mae hi?" meddai hi. "Pa hi?" meddwn innau. "Lora", meddai hi. "Mae Mrs Ffennig yn dal yn rhyfeddol", meddwn innau. "Mae hi wedi cael ergyd ofnadwy". "O, mi ddeil fel merthyr", meddai hi'n sbeitlyd, a chyn imi gael 'i hateb hi roedd hi wedi diflannu.'

'Biti garw na châi wybod am anonestrwydd 'i brawd, ond ddwed Mr Meurig ddim. Cofia, mae biti drosto yntau hefyd.'

'Ydi, ond mae colli priod trwy farw yn felys wrth ymyl peth fel hyn.'

'Ydi,' meddai Loti, a syllu i'r tân.

Yr oedd Annie'n difaru mynd ar y trywydd yna, ond ni ddilynodd Loti mono heno.

*   *   *   *

'Pesychu yn y nos yr ydw i,' meddai Owen dan fwyta'i frechdanau.

'Mi gei fodlonrwydd wedi cael yr *X-ray*,' meddai Lora.

'Caf, neu ddedfryd marwolaeth.'

'Paid â siarad fel'na. Cofia maen nhw'n medru gwneud rhyfeddoda rŵan i wella pobol.'

'Ydyn, mi wn i. Ond mae'n rhaid cael arian at fyw. A be wnâi Jane tra baswn i'n cael triniaeth?'

'Rhaid inni i gyd ddiodda'r petha yna,' meddai Lora, 'a threio byw.'

Yr oedd yn edifar ganddi ddweud hynyna cyn gynted ag y daeth allan o'i genau. Yr oedd ôl dioddef ar Owen yn barod, ac nid ôl dioddef yn unig, ond ôl gwaith caled, oes o waith, er pan oedd yn bedair ar ddeg oed. Yr oedd ganddo wyneb glandeg, agored, a'i wallt yn britho'n hardd. Gallai fod yn Weinidog y Goron o ran ei wyneb, tybiai Lora, ond yr oedd llechi wedi lledu a chaledu'r dwylo hynny, y llwch wedi byrhau ei wynt a chodi ei ysgwyddau.

'On'd ydi o'n beth rhyfedd, Lora, fod y rhan fwya o'n diodda ni yn dŵad trwy rywun arall.'

41

'A lot trwon ni ein hunain.'

'Ia 'ntê? Ond meddwl yr oeddwn i am berchenogion y chwareli yna. Petasen nhw wedi meddwl am 'u gweithiwrs yn y gorffennol, mi fasan wedi meddwl am ryw ffordd i ladd y llwch yma. Ond yr elw oedd yn dŵad gynta. A dyna chditha rŵan. Nid dy fai di ydi o dy fod ti yn y picil yma.'

'Fy mai i oedd priodi Iolo.'

Hwnyna eto allan heb iddi feddwl.

'Ia, ond wyddet ti ddim y gallai'r peth yma ddigwydd.'

'Na, doeddwn i ddim digon craff, neu mi'r oeddwn i'n ddall. Mae'n siŵr gen i fod rhywbeth fel hyn yng nghymeriad Iolo o'r cychwyn, ond 'mod i heb 'i weld o.'

'Lora annwyl! Dydan ni byth yn gweld beia pan ydan ni'n caru. Cofia am bennod fawr Paul.'

'Ia, mi'r wyt ti a minna wedi mwynhau clywed y bennod yna lawer gwaith, pan nad oedd dim yn ein poeni ni. "Ni ddigwydd dim adwyth na niwed i *ni*" ydi hi o hyd. Ond sut y baswn i'n medru eistedd yn y capel heno, a gwrando ar "Cariad byth ni chwymp ymaith", wedi i'r adwyth *ddŵad* i mi? Mi allasa Paul fod wedi dweud y cwbwl mewn pedwar gair, "Mae cariad yn ddall".'

'Ond meddylia am y gollad fawr fasa hynny i lenyddiaeth y byd yma.'

'Ella,' meddai Lora'n chwerw. 'Mae'n ymddangos i mi fod llawer o lenyddiaeth wedi'i sgwennu ar bethau sy'n hanner gwir. Rydan ni'n dotio wrth glywed darllen y bennod yna, ond rywsut, dydi hi ddim yn dal dŵr pan ddown ni wyneb yn wyneb â bywyd.'

Dechreuodd Owen chwerthin a chael ei ddal gan beswch.

'Maddau i mi,' meddai ef, 'chwerthin yr ydw i wrth feddwl ein bod ni yn y fan yma yn trafod Paul ar noson waith.'

'Ydi, mae o'n beth reit ddigri. Dyn yn rhoi pethau ar stondin uchel oedd Paul. Pan wnawn ni yr un peth, mae rhywun yn rhoi pwniad i'r stondin, ac mae'r ornament yn dŵad i lawr yn deilchion.'

'Rwyt ti'n chwerwi, Lora. A fedra i ddim meddwl amdanat ti'n chwerwi. Fuost ti 'rioed heb rwbath i fyw er 'i fwyn o.

Wyt ti'n cofio fel y byddai arnat ti ofn i dy dad a dy fam gael dim cam?'

Methai Lora weld y cysylltiad.

'Mi'r oeddat ti'n byw er mwyn 'u hapusrwydd nhw, ac mi'r oeddat ti wrth dy fodd pan ddoth dy freuddwyd di'n wir, a'u gweld nhw wedi cael cartra iddyn nhw'u hunain, ar ôl gorffan magu'r plant. A chdi wnaeth hynny.'

'A mi aeth hynny'n deilchion hefyd.'

'Do, mi'r oeddan nhw wedi gweithio'n rhy galad cyn hynny, i'w hiechyd nhw fedru dal.'

'On'd ydi bywyd yn beth rhyfedd, Owen? Dyna iti 'Nhad a Mam yn gorfod gadael y byd yma'n weddol ifanc o achos tlodi. Dyna'u poen nhw. A dydan ninna fawr gwell efo phoena erill.'

'Dyna chdi eto, rwyt ti'n disgwyl gormod mewn rhyw fory o hyd. Mi ddalia i fod dy dad a dy fam yn reit hapus wrth ych magu chi mewn tlodi. Roeddan nhw'n medru mwynhau'r petha bach wrth fynd ymlaen, a rydan ninnau wedi mynd i edrach ymlaen am y moethau.'

'Oeddan,' meddai Lora'n synfyfyrgar. '*Mae* yna betha gwaeth na thlodi.'

'Oes, na'u tlodi *nhw*. Ymladd yn erbyn yr amgylchiada ddaru nhw. Ddaru nhw 'rioed ddiodda eisio bwyd, yr un fath â phobol Tseina, sy bob amser yn llwgu.'

Ond ni fedrai Lora feddwl am bobl Tseina nac unlle arall. Deuai ei meddwl yn ôl i'r un fan o hyd.

Daeth y plant yn ôl a daeth amser y bws. Aeth y tri i ddanfon Owen ato. Yr oedd yr awyr yn glir a chystal â photel ffisig i Lora. Yr un mor chwerw ei blas hefyd. Yn ddieithr ac yn rhyfedd. Byd arall oedd y byd tu allan erbyn hyn.

'Ta-ta, Yncl Owen, ta-ta-ta-ta,' a chymysgai'r lleisiau â sŵn y bws, tra ceisiai Lora ddweud,

'Gobeithio y cei di newydd da am dy iechyd.'

'Pryd cawn ni fynd i Fryn Terfyn, Mam?'

'Mi awn ni reit fuan. Mae hi'n ddigon gola i fynd ar ôl yr ysgol rŵan.'

'A chael aros allan yn hwyr?'

'Ia, a mi ddyliat ti, Derith, fod yn dy wely erbyn hyn.'

Sylwai Lora fod eu diddordeb wedi symud fymryn, er nad oedd Rhys yn fodlon iawn mynd i'w wely ar ôl cael swper.

Daeth Annie Lloyd i'r gegin i ddweud 'Nos dawch'.

'Roedd Loti'n diolch yn fawr i chi am y bwyd,' meddai. 'Roedd peth fel yna'n amheuthun iawn iddi hi. Mae hi'n hollol anhapus yn 'i llety. Wnaiff Mrs Jones ddim cwcio dim iddi, a mae petha'n waeth er yr wsnos yma. Mi daflodd Loti ei photel saws hi allan drwy'r ffenest, mewn ffit o wylltineb.'

Chwarddodd Lora.

'Dydi hi ddim yn wyllt wir, ond ambell dro mae hi'n syrffedu ar bethau, a mi'r oedd hi wedi syrffedu ar weld y botel saws yna'n cael ei gadael ar y bwrdd trwy'r dydd, a'r nos, am wn i.'

'Mi faswn inna'n syrffedu ar beth felly hefyd.'

'A mae hi wedi mynd i feddwl na chymer neb moni i lojio, am 'i bod hi'n cael cyn lleied o wyliau mewn blwyddyn.'

'Ac wrth gwrs, does ganddi hi ddim cartra, yn nac oes?'

'Nac oes, a wedyn mi wnaeth 'i chariad hi dro gwael efo hi, a does ganddi hi ddim golwg am gartre 'i hun.'

'Wir, mae hi reit ddigalon arni.'

'Ydi, a mae hi reit od weithia, fel efo thaflu'r botel saws yna. Mi fedar fod reit bigog hefyd. Doedd hi ddim yn arfer bod felly.'

'Gresyn garw.'

'Nid pigog 'chwaith. Ond os deudwch chi rywbeth, mae hi'n tynnu'n groes, er mwyn tynnu'n groes, a chitha'n gwybod 'i bod hi'n cytuno efo chi.'

'Mae'n amlwg 'i bod hi'n chwerw iawn.'

'Dyna ydw i'n dreio'i ddweud wrthi. Mae hi'n ddigon ifanc i ddal rhyw bysgodyn arall.'

'Ella'i bod hi'n un o'r merched hynny na fedran nhw ddim meddwl am neb arall wedi cael eu siomi unwaith, fod hwn yn golygu'r byd i gyd iddi.'

'Hyd yn oed os ydi hynny'n bod, mi ddylai godi ei chefn. Mae yna ddigon yn 'i phen hi iddi fynd ymlaen efo'i harholiadau a chael gwell lle, neu i gael rhyw ddiddordeb newydd mewn bywyd beth bynnag. Mae hi'n lwcus fod hyn wedi digwydd iddi cyn iddi briodi.'

44

Gwelodd Annie ei bod wedi rhoi ei throed ynddi ddwywaith ag un naid. Gwelodd Lora benbleth un ddibrofiad wedi pasio barn. Y cwbl a ddywedodd oedd, 'Fedrwch chi byth ddweud. Does dim dau beth byth yr un fath, a dydan ni'n gwybod dim ond am ein tu mewn ein hunain.'

Newidiodd y sgwrs.

'Tybed a liciai Miss Owen ddŵad yma i aros, petaech chi'n fodlon rhannu'r parlwr efo hi? Mi fydd gen i lofft arall rŵan.'

Ochneidiodd Lora. Cochodd Annie. Yr oedd fel petai wedi gofyn mewn ffordd gyfrwys am lety i'w ffrind wrth gwyno trosti.

'Mi neidiai at y cynnig.'

'Fasa gynnoch chi wrthwynebiad?'

Petrusodd Annie eiliad.

'Na fasa gen i wrth gwrs.'

'Cofiwch, mi fedrwn i adael iddi gael y parlwr ffrynt. Ond os a' i allan i weithio, mi fydd yn llai o waith a chost imi wneud un tân. Mi fydd yn rhaid imi gael help yn y tŷ, yn naturiol.'

'Wrth reswm. Alla i ddweud wrth Loti?'

'Cewch. Rydw i'n siŵr y medra i wneud efo hi, ac yr ydach chi'ch dwy'n ffrindia. Mae'n well o lawar na phetawn i'n cael rhywun diarth.'

' 'Sgwn i?' meddyliai Annie rhyngddi a hi ei hun.

45

PENNOD V

Yr oedd yn fore Gwener braf, y bore a elwir gan bobl a syrffedodd ar y gaeaf, yn fore cyntaf o haf. Yr oedd yn rhaid i Lora fynd allan i siopa, a gorau po gyntaf iddi dorri trwy'r garw a mynd i fysg pobl. Yr oedd wedi ei mygu gan y gegin a'r bobl a ddeuai i mewn. Yr oedd yn rhaid iddi wynebu pobl y dref yn ewyllysgar neu fel arall, a theimlai ei bod yn bryd iddi hi erbyn hyn ewyllysio mynd allan ac wynebu pobl, dim gwahaniaeth pa un ai eu hwynebau ai eu cefnau a droent arni. Fel popeth arall fe'i hanghofid cyn bo hir. Buasai'n hoffi gwisgo un o ffrogiau haf y tymor diwethaf, ond bodlonodd ar hen gôt a sgert lwyd a blows las. Hyd yma, diolch i anrheg Mr Meurig, yr oedd ganddi'r un faint o arian heddiw ag a fuasai ganddi o'r blaen i fynd allan i siopa. Byddai'n rhaid iddi alw yn y swyddfa addysg rywdro, ac yn y banc.

Yr oedd pob dim yn disgleirio yn yr haul. Neidiai'r disgleirdeb yn ôl i'w llygaid o'r ceir, o lawr y strydoedd ac o'r ffenestri. Toddai'r tar ar y ffyrdd, rhedai'n ffrydiau bach trioglyd a stopio, a sawdl uchel ambell wraig yn glynu ynddo. Yr oedd y ffenestri'n llawn, i bob ymddangosiad, beth bynnag, y siopau llysiau felly y tu mewn a'r tu allan, a'r merched yn gorfod hel eu gwisgoedd at eu cyrff, er mwyn camu trwy lwybr cul at y cownter. Yr oedd y strydoedd yn llawn o liwiau blodau a dillad, ceir a beiciau, cŵn a phlant, pawb yn ymddangos yn hapus, ac yn cyfarch bawb ei gilydd â rhadlonrwydd y bore cyntaf o haf. Âi Lora drwyddynt heb wneud ymdrech i edrych ar neb, dim ond cyfarch y sawl a'i cyfarchai hithau. Rhai yn dod ymlaen i siarad, heb gymryd arnynt fod dim wedi digwydd, eraill yn troi'n sydyn i edrych i ffenestr siop pan welent hi, gan allu ffugio'n berffaith fod y peth hwnnw yn y ffenestr wedi tynnu eu sylw ymhell cyn iddynt ei gweld hi, a'i fod wedi mynd â'u diddordeb yn llwyr nes byddai wedi pasio. Safai eraill yn dyrrau bychain ar y palmant, a stopient siarad yn sydyn wrth ei gweld, ac yna sisial wedi iddi fynd heibio.

Eisteddai rhai merched canol oed mewn dillad drud yn y tai bwyta gan edrych allan trwy'r ffenestri, yn smocio uwchben gwaelodion eu cwpanau coffi, gan ollwng y llwch yn ddioglyd i'r ddysgl lwch, a mwg eu sigarennau yn hongian yn yr awyr yn llwyd-olau ysgafn fel sanau neilon yn hongian mewn ffenestr siop. Troent eu pennau ar un ochr fel aderyn mewn cawell, ac edrych heibio i'r mwg yn ddigyffro ar y sawl a basiai, fel pe na bai dim o ddiddordeb iddynt. Codai ambell un ei golwg, heb ynddo fynegiant o ddim, ond bod rhywun yn pasio ac yn cuddio'r haul rhagddi.

Croesodd ei gweinidog y stryd tuag ati, a dweud dim ond, 'Mae'n dda gen i eich bod chi wedi ymwroli digon i ddŵad allan.' Yna, dihangodd fel petai arno ofn i Lora Ffennig gofio rhan ddiwethaf ei sgwrs gyda hi yn y tŷ.

Gwelodd Esta'n dod allan o'r banc, a chroesodd y stryd i gyfarfod â hi, ond y cwbl a gafodd ar ôl gwneud oedd,

'Rydw i ar frys, wedi bod efo'r arian cynilo yn y banc; mae gan Miss Emanuel ryw waith arall i mi cynta'r a' i'n ôl.'

Safodd Lora'n stond ac edrych ar ei hôl, a meddyliodd rhyngddi a hi ei hun ei bod wedi croesi gormod o strydoedd cymwynasau i gyfarfod â'r ledi yna. Y brifathrawes oedd ei duw rŵan pan oedd ei lle'n sicr iddi. Bu'n llyfu pobl eraill, a Lora yn eu mysg, cyn iddi gael y swydd.

Croesodd yn ei hôl ac aeth i siop y groser. Cyfarchodd yntau hi'n gynnes, gan ysgwyd llaw a rhoi cadair iddi eistedd.

'Dowch yma am funud,' meddai, ac agor y cownter iddi fynd i'r parlwr tu ôl i'r siop; ac wedi cyrraedd y fan honno, meddai,

'Ylwch, Mrs Ffennig, liciwch chi gael tipyn o goel nes bydd petha wedi dŵad yn well efo chi?'

Tagodd hithau a diolch yn drwsgl.

'Diolch yn fawr; mi fedra i wneud am yr wsnos yma. Ond os byddwch chi mor garedig ymhen tipyn eto, wedi imi benderfynu beth ydw i am 'i wneud, mi fydda i'n falch iawn.'

'Cyd ag y mynnoch chi, 'ngenath i, mae'ch enw chi fel aur yn y siop yma, a thrwy'r dre fel rydw i'n dallt.'

Ar hynny daeth ei wraig i mewn â chwpanaid o goffi a bisgedi ar hambwrdd bach.

'Cwpanaid bach i'ch cadw chi i fynd hyd yr hen strydoedd poethion yna. Mae'n dda gen i ych gweld chi allan. Gorau po leia ddwed rhywun ar amser fel hyn.'

Disgleiriodd llygaid Lora, a diolchodd am ei choffi drwy ddangos ei mwynhad mawr wrth ei yfed.

Wedi gorffen yn y siop cerddodd i gyfeiriad y swyddfa addysg, ond bu'n gogordroi cyn mynd i mewn. Yr oedd swyddogaeth yn disgleirio ar bob ffenestr iddi, ac ni allai feddwl am wynebu'r holl glercod na'r swyddog addysg ei hun. Sylweddolodd mai yn y rhan honno o'r dref yr oedd swyddfa Mr Meurig, a dychmygai nad oedd yn bosibl nad oedd Iolo i mewn yn rhywle yn y fan honno. Troes yn ei hôl heb fagu digon o wroldeb i fynd i mewn i'r swyddfa addysg, a mynd i gyfeiriad y banc. Nid aeth i mewn yno ychwaith. Yr oedd ar ei harfer yn hynny o beth; ni byddai ganddi byth awydd mynd i'r banc i ofyn beth fyddai ei chyfrif, oblegid byddai bob amser yn llai nag a dybiai. Byddai bob amser wedi anghofio faint o filiau a dalasai, ac ni siomwyd hi erioed ar yr ochr orau a'i gael yn fwy nag y tybiasai. Troes ar ei sawdl, ac aeth adref fel y gwnaethai ganwaith o'r blaen, pan fyddai'n prysuro i fod yn ôl i baratoi cinio i Iolo erbyn tuag ugain munud i un. Heddiw, nid oedd yn rhaid iddi frysio gan nad oedd ganddi ginio i'w baratoi. Llusgai ei thraed yn ddiamcan, ac wrth nesáu at y tŷ, gwyddai y byddai'n mynd i mewn fel gwraig weddw i dŷ gwag. Gwacter o ddisgwyl rhywun gartref oedd ei wacter cynt, ond gwacter diddisgwyl ydoedd heddiw.

Ond cyn iddi gael amser i dosturio dim wrthi hi ei hun, gwelodd rywun mewn dillad duon yn sefyll a'i ben i lawr wrth ei ddrws. Yr oedd mor hir ac unffurf â phensel. Gwelodd mai ei hewythr Edward ydoedd, yn gwisgo'r un dillad ag a wisgai ddechrau'r ganrif — trywsus du, cul, tyn, a chôt hir, gul, den yn botymu'n uchel, het galed am ei ben, a choler a thsiêt henffasiwn heb dei o gwmpas ei wddf, y tsiêt yn bochio allan uwchben ei wasgod fel bwa pont. Brawd ei mam ydoedd, a dim ond bob hyn a hyn y cofiai am ei fodolaeth, gan na wnaethai fawr â hi ar ôl iddi briodi. Pan oedd yn eneth ifanc câi ambell swllt a hanner coron ganddo, a weithiau bunt pan oedd yn y coleg. Ond ni chafodd anrheg briodas ganddo, ac ni ddaeth i edrych amdani o gwbl.

'Wel, Dewyth, o ble daethoch chi?'

'O'r wlad ac o ben fy helynt. Sut wyt ti?'

'Rydw i'n treio dal,' meddai hithau, 'a dyna'r cwbwl fedra i ddweud. Ond wnawn ni ddim siarad rŵan, mi wna i damaid inni.'

Ffriodd damaid o spam ac wy a thatws. Uwchben y bwyd dechreuodd yr hen Edward Tomos arni.

'I ble mae dy ŵr di wedi mynd?'

'Be wn i.'

'Mae o wedi mynd â dynas efo fo yn tydi?'

'Ydi, meddan nhw.'

'Wel, mae'r ddynas dros y ffordd yna wedi dengid yn tydi?'

'Ydi, a mae o'n edrach fel tasa'r ddau wedi mynd efo'i gilydd.'

Dyma'r unig ffordd i siarad efo'r hen ŵr. Nid oedd wiw dechrau sôn sut y daeth i wybod. Gwyddai'n rhy dda am ei dafod.

'Yr hen furgyn iddo fo! A dydi hitha fawr o snap. Mi'r oedd yn galad iawn arni am ddyn pan fasa hi'n mynd â gŵr rhywun arall.'

'Ylwch, Dewyth. Dydach chi ddim i roi blasenwa ar neb. Cofiwch 'i fod o'n ŵr i mi o hyd.'

'Dwyt ti ddim yn meddwl deud wrtho' i dy fod chdi'n dal i feddwl dim ohono fo?'

'Ddeudis i ddim byd o'r fath. Be wyddoch chi am betha fel hyn? Ddaru i chi 'rioed briodi, a fuoch chi 'rioed yn caru efo neb. Ond rydach chi'r un fath â phawb. Fynnwch chi ddim nad ydach chi rywdro wedi rhedeg ras garu.'

'Ia,' meddai'r hen ddyn, dan bwffian chwerthin, 'yr un fath â'r hen ferch honno ar ochor y Foel acw, a ddaliodd i obeithio am ŵr nes oedd hi'n bedwar ugian, a dal i ddangos 'i phais wen wrth godi'i sgert pan fydda hi'n mynd i'r capal a rhoi lliw papur te coch ar 'i bocha.'

'Stori ddigalon iawn,' meddai Lora, 'yr hen greaduras.'

'Ella basa hi'n stori fwy digalon tasa hi wedi dal rhywun. Biti garw na fasa rhywun yn chwilio hanas 'i deulu-yng-nghyfraith cyn priodi. Fuo 'rioed dda gen i deulu Iolo, pan oeddan nhw'n byw yn fancw wrth f'ymyl i.'

'Mae'n debyg nad oedd dda ganddyn nhwtha mono chi.'

'Roeddan nhw mor ffroenuchel i gyd, a'r hogan Esta yna fel petai'r haul yn codi yn 'i thin hi. Dâi hi ddim am dro i'r mynydd heb fenig am 'i dwylo.'

' 'I hanwybodaeth hi oedd hynny.'

'A wnâi hi byth chwarae efo'r plant heb gael chwarae ysgol bach, a hi fod yn fòs ar bawb, a slasio'r plant efo chansan.'

'Mae'n siŵr bod rhai o'i hen deidiau hi wedi bod yn edrach ar ôl blacs yn Jamaica.'

'Paid â siarad fel ynfyd. Eisio bod yn ben ar bawb oedd arni hi, a doedd hi na Iolo byth yn dweud y gwir.'

'Anaml mae plant yn dweud y gwir. Mi fasan nhwtha wrth 'u bodd yn ych rhempio chitha am hel pres.'

'Mae hynny'n beth digon gonast.'

'Does neb yn hel pres yn onest.'

'Pam rhaid iti fod mor grafog? Roeddat ti'n arfar bod yn hogan glên. Dwn i ddim be sy arnoch chi bobol sydd wedi cael tipyn o addysg a mynd i fyw i'r dre. Rydach chi wedi mynd i siarad yr un fath â rhyw Domos Charles o'r Bala.'

'Os ydi byw yn y wlad yn gwneud pobol yr un fath â chi, well gen i fyw yn y dre.'

Ond nid oedd dim a ddywedai Lora'n mynd o dan groen yr hen ŵr. Yr oedd mor groendew â'i ferlod mynydd ei hun, a'i gwestiwn nesaf oedd,

'Rydw i wedi dŵad yma i wneud cynnig iti. Fasat ti'n licio dŵad acw efo'r plant i edrach ar f'ôl i? Mi gaech ych lle am ddim, ond fedrwn i ddim rhoi bwyd na chyflog iti.'

'Y nefoedd fawr! Be 'dach chi'n feddwl ydw i, ddyn?'

'Ia, dyna fo. Roeddwn i'n meddwl y basat ti'n ormod o wraig fawr.'

'Ylwch yma, Dewyth. Rydach chi ar ôl yr oes, y chi a'ch dillad. Efo beth ydach chi'n meddwl imi gael dillad a rhoi addysg i'r plant?'

'Mae plant yn cael 'u haddysg am ddim rŵan, a mae'n siŵr gin i fod gen titha ddigon o ddillad i bara am d'oes.'

'Oes, taswn i'r un fath â chi. A beth gâi'r plant?'

'Mi gaen nhwtha help, a siŵr gin i fod gen ti geiniog mewn hosan yn rhwla, wedi bod yn cadw lojars ers cyd.'

Ochneidiodd Lora, a rhoes y gorau iddi. Yr oedd ei hewythr yn anobeithiol.

Meddai ei hewythr drachefn yn ddigyswllt,

'Rydw i wedi mynd i fethu gneud fawr efo'r hen gricymalau yma.'

'Roeddwn i yn ych gweld chi'n reit gloff wir.'

'Does acw ddim llawar o waith, a mae acw dŷ braf.'

'Cofiwch, Dewyth, mae arna i ofn na fasem ni ddim yn byw heb ffraeo efo'n gilydd.'

'Pam y basa'n rhaid inni ffraeo?'

'Dwn i ddim, heblaw 'mod i'n gweld pawb sy'n byw efo'i gilydd yn ffraeo. Ydach chi ddim yn 'i gweld hi'n braf arnoch chi yn byw ar ben ych hun?'

'Fuo mi 'rioed yn treio byw efo neb yn naddo?'

'Naddo, a mae hi braidd yn hwyr i chi ddechra. Pam na chymerwch chi ddynes i mewn i llnau i chi?'

'Mae merchaid yn codi'n ddychrynllyd.'

'Faint ydach chi'n feddwl 'i fyw eto? A be 'dach chi am wneud efo'ch pres?'

Cwestiwn rhy ddelicet i'w ateb i'r hen ŵr.

'Mi'r ydw i'n medru gwneud pob dim yn weddol ond golchi.'

'Mi wnaiff un o'ch cymdogion hynny i chi, siŵr gen i.'

'Does arna i ddim eisio i bawb sbecian ar fy nillad i.'

'Liciwch chi i mi olchi'ch dillad chi?'

'Fedrat ti?' meddai yntau'n awchus.

'Os medrwch chi eu hanfon i lawr a'u cael odd'ma. Mi ellwch eu hanfon efo'r bws.'

Yn lle diolch, chwarddodd Edward Tomos ryw chwerthiniad aflafar direol, fel petai wedi colli'r ffordd wrth adael ei wddf. Ni wyddai Lora pa un ai o falchder ai o sylweddoli ei fod wedi cael ffŵl arall i wneud rhywbeth iddo am ddim.

Aeth Lora i'w ddanfon at y bws, ac wrth weld ei

anystwythder yn dringo iddo, daeth rhyw deimlad rhyfedd drosti. I'r sawl na wyddai ei amgylchiadau yr oedd ei hewythr yn wrthrych tosturi. Nid oedd arno ef ofn mynd i'r banc er hynny. Mor chwithig yr oedd pethau! Ond ni buasai'n ffeirio ei bywyd ag ef am y byd. Daliodd i syllu arno'n eistedd yn ei sedd, heb droi ei ben i edrych arni — ni allai mae'n debyg, dim ond edrych yn syth o'i flaen, a'i fwstás dyfrgi'n taro yn erbyn ffenestr y bws, a'i het bron yn cuddio ei lygad. Symudodd hi yn nes i ben blaen y bws i gael golwg arno, ond ni welodd ef moni, ac felly y gadawodd ef, yn edrych o'i flaen fel petai'n eistedd mewn capel.

Wedi mynd i'r tŷ ni allai feddwl am wneud dim gwaith. Yr oedd y llestri bwyd o hyd ar y bwrdd, ond yr oedd diflastod yn yr awyr, ac eisteddodd ar y gadair freichiau i synfyfyrio am wythnos yn ôl, y diwrnod dwaethaf iddi weld Iolo; pan oedd wrthi'n brysur tua'r adeg yma yn gosod ei grys glân, ei goleri a'i sanau ar y gwely, a rhoi hyd yn oed y lingiau yn sbandiau ei grys. Gwelai ei fag ar lawr y llofft yn agored a phedair hances boced lân yn un gornel iddo, coleri glân yn y llall, pâr arall o sanau, a'i sliperi. Daeth chwys drosti wrth gofio eu pwrpas. Cododd yn sydyn ac aeth o gwmpas ei gwaith gydag egni chwerw. Fe ddeuai'r plant adref o'r ysgol, a Miss Lloyd i'w the, a phenderfynodd hithau y mynnai noson dawel o orffwys.

Pan alwodd Mr Meurig y noson honno, nid oedd arni eisiau ei weld ef na neb arall. Yr oedd wedi blino ar siarad a siarad, a siarad mewn lle gwag, a phawb yn meddwl amdano'i hun, nid yn cydymdeimlo â hi. Ni fedrai neb ddeall ei theimladau, ac ni fedrai hithau ddweud ei theimladau wrth neb. Yr eironi oedd mai'r sawl y gallai ddweud ei theimladau wrtho oedd yr achos bod arni eisiau dweud yr hyn oedd ar ei meddwl. Ni wnaeth Mr Meurig unrhyw osgo i aros. Yr oedd ar frys, meddai, wedi cael hanes dynes dda a allai ddod yno i lanhau'r tŷ bob dydd, dim ond iddo ef ofalu am ei swper. Wedi dod yno gyda phythefnos o gyflog Iolo yr oedd. Wrth i Lora brotestio eglurodd fod pythefnos o wyliau yn ddyledus iddo, oni ddeuai'n ôl cyn i'r pythefnos ddod i ben.

Cyn iddi allu diolch yn iawn eto, yr oedd allan drwy'r

drws fel corwynt. Yr oedd tawelwch dros y tŷ, y plant allan yn chwarae, Miss Lloyd wedi cael ei the ac yn eistedd yn y parlwr. Aeth i nôl llestri Miss Lloyd, er mwyn iddi gael pum munud o eistedd yn y gegin cyn galw ar Derith i fynd i'w gwely. Edrychodd ar y cas llythyr a adawsai Mr Meurig ar gongl y bwrdd. Wrth edrych arno teimlai'n od, ac fel petai arni ofn ei agor. Cofiodd am ffrind iddi a gafodd y fath newydd drwg mewn llythyr unwaith, fel na wnâi byth agor llythyr wedyn am oriau ar ôl ei gael. Weithiau gadawai'r ffrind yma i ddyddiau fynd heibio cyn darllen llythyr. Teimlai hithau fod newydd drwg ym mhob dim caeedig erbyn hyn. Mentrodd ei agor, a chafodd ynddo swm o arian nas gwelsai gyda'i gilydd er pan briodasai. Wrth reswm, meddyliai, yr oedd yn arian pythefnos. Aeth i weithio sym yn ara' deg, ei rannu yn ei hanner, tynnu'r arian a gadwai Iolo yn bres poced, yr arian a roddai iddi hi, a chael nad oedd y sym yn iawn. Mynd drosti wedyn a chael yr un canlyniad. Bwriodd fod Mr Meurig wedi rhoi rhywfaint dros ben iddi. Ond nid oedd hynny'n debyg ychwaith, oblegid yr oedd cyfrif o'r sylltau a'r ceiniogau yma. Cyfanswm crwn a fyddai petai yno rodd dros ben. Cofiodd am y teimlad a gafodd yn ei gwely y noson o'r blaen, wedi i Mr Meurig fod yn sôn am ddyn gwan, a hithau'n ei gweld ei hun fel petai yn codi tamaid o blaster gerfydd ei gongl oddi ar friw. Dechreuodd ei meddwl dynnu rhagor ar y plaster a gweld mwy. Tybed fod Iolo yn cadw mwy o arian poced nag a ddywedai wrthi? Nid oedd yn gwario llawer arno ef ei hun, dim ond ar sigarennau, ac nid oedd yn smociwr trwm, a thipyn o fferins i'r plant weithiau. Dechreuodd fynd ar drywydd yr amheuaeth yma eto, a daeth dywediad ei hewythr y bore, am Iolo a'i chwaer yn dweud celwyddau, i'w chof. Cofiodd am y celwydd a ddywedasai Iolo wrthi cyn priodi, y celwydd na allai ei gofio. Ar hynny, rhedodd y plant i'r tŷ a Derith yn crio,

'Be sy rŵan?'

'Mae arni eisio dŵad efo mi i dŷ Dafydd i weld 'i gwt cwningod newydd o.'

'Wnei di mo'i licio fo, pwt.'

'Ond mae arna i eisio mynd efo Rhys.'

'Yli,' meddai'r fam, 'mi awn ni'n tri i'r pictiwrs 'fory.'

'Gaiff Dafydd ddŵad?' gofynnodd Rhys.

'Caiff wrth gwrs.'

'Mi a' i i ddweud wrtho fo rŵan, a pheidio ag aros dim, er mwyn imi gael aros yn y tŷ efo chi.'

'Na, aros di efo Dafydd am dipyn tra bydda i'n rhoi Derith yn 'i gwely.'

'Does arna i ddim eisio mynd i 'ngwely.'

'Mi gei aros yn y gegin am dipyn ynte, wrth 'i bod hi mor ola.'

Dechreuodd grio wedyn.

'Mae Rhys yn cael mynd i bobman.'

'Mae o'n fwy na chdi.'

'Mi fedra i gerad cystal â fynta.'

'Twt, hen betha budr ydi cwningod, tyd rŵan, mae gen Mam dipyn o siocled iti ar ôl dy lefrith.'

Stopiodd y crio, a thoc yr oedd Derith wedi cyrraedd gwaelod y bocs siocled.

'Ydan ni'n cael mynd i'r pictiwrs 'fory?'

'Ydan wrth gwrs.'

'Wir — yr?'

'Wir yr.'

'Ddaru chi addo o'r blaen, a chaethon ni ddim mynd.'

'Mi'r ydan ni *yn* mynd yfory, a mae Dafydd yn dŵad efo ni, a mi gawn ni swper neis yfory. Rŵan tyd i molchi a mynd i dy wely.'

Am ryw reswm arhosodd ei mam wrth erchwyn ei gwely yn yr atig hyd oni ddaeth arwyddion cwsg.

A rhwng cwsg ac effro meddai Derith,

'Tasa Tada'n dŵad efo ni i'r pictiwrs fory, mi fasan yn llond sêt yn basan.'

'Basan.'

A'r munud nesaf yr oedd Derith yn cysgu'n sownd.

Pan ddaeth Rhys adref cafodd ei fam yn synfyfyrio i'r tân.

'Ydach chi wedi blino, Mam?'

'Dipyn.'

'Mae tad Dafydd wedi gwneud cwt iawn i'r cwningod. Un

54

mawr a digon o le ynddo fo. Mae'n biti i'w rhoi nhw mewn hen focsys bach, yn tydi Mam?'

'Ydi.'

'Mi faswn inna'n licio cael cwningod.'

'Mi fasat yn blino arnyn nhw reit fuan cofia. Mae lot o drafferth efo nhw pan fydd rhywun yn mynd i ffwrdd.'

'Ond dydan ni byth yn mynd i ffwrdd.'

'Nac ydan gwaetha'r modd. Ond cofia rhaid watsio'r cathod a phetha felly. A mi fasat yn torri dy galon tasat ti'n 'u gweld nhw'n marw.'

'Baswn wir.'

'Rŵan am dy swper. Rydw i am fynd i 'ngwely'n gynnar heno.'

'Mae arna i eisio bwyd hefyd.'

Daeth Miss Lloyd i mewn i ofyn am rywbeth, ac wrth weld golwg mor flinedig ar ei gwraig lety, aeth i'w llofft i nôl tabled iddi at gysgu. A'r noson honno cafodd gysgu noson ar ei hyd.

PENNOD VI

Cododd Lora am chwech fore trannoeth gan deimlo'n hurt effro, a'r amheuon a'i blinai y noson cynt wedi symud ymhellach oddi wrth fyd ffaith, fel na flinent hi mor finiog. Dechreuodd ar ei gwaith ag eiddgarwch nas teimlasai ers dyddiau, a theimlo fod arni ei angen, gan na chawsai'r tŷ ddim ond slemp o lanhau ers dyddiau. Yr oedd Miss Lloyd yn mynd i ffwrdd am y diwrnod, felly ni byddai angen cinio arni hi, a phenderfynodd wneud cinio didrafferth iddi hi a'r plant. Âi trwy ei gwaith yn chwipyn, a cheisio chwipio'r amheuon i ffwrdd oddi ar ei meddwl fel buwch yn chwipio'r pryfed oddi ar ei chefn efo'i chynffon. Eithr wedi llwyddo i daflu'r amheuon i ffwrdd, deuai pethau eraill i gymryd eu lle. Yr oedd ei dau blentyn wedi ei chyhuddo neithiwr nad oeddynt yn cael mynd i lefydd, ac yr oedd y ddau yn dweud y gwir. Yr oedd Derith yn dweud y gwir ei bod wedi torri ei gair iddynt ynglŷn â mynd i'r pictiwrs, ac yr oedd Rhys yn dweud y gwir nad oeddynt byth yn cael mynd i ffwrdd. Wrth edrych yn ôl ceisiai ei chyfiawnhau ei hun am fod yr arian yn brin, ac mae'n rhaid hefyd fod peth o galedi ei magu wedi mynd yn rhan o'i natur, yr ysbryd 'Ches i ddim mynd i'r pictiwrs yn d'oed di'. Erbyn meddwl, nid oedd pictiwrs yn bod yn ei hen ardal, ac yr oedd seiat, cyfarfod gweddi a chyfarfod plant yn ddiddorol am na wyddai plant ei chenhedlaeth am ddim gwell, ac yr oedd hithau wedi gosod safonau ei hoes ei hun i'w phlant gan feddwl mai hynny fyddai o les iddynt, heb gofio fod ar blant eisiau'r hyn y mae plant eraill yn ei gael. Mor anodd oedd mynd i mewn i feddwl plentyn a gwybod beth oedd ei ddiddordeb a hefyd beth oedd orau iddo! Ac yr oedd dywediad olaf Derith cyn mynd i gysgu yn gwneud iddi feddwl faint yn wir a hiraethai hi am

56

ei thad. Edrychai ymlaen erbyn hyn at fynd i'r darluniau os rhoddai hynny gysur i'r plant.

Cannoedd o blant a sŵn fel rhaeadrau diderfyn, fel miloedd o rugod grug, storm o fellt a tharanau wedi eu cymysgu. Aroglau chwys, budreddi, sebon, oel gwallt, a hithau Lora, yng nghanol yr holl stŵr a'r dwndwr, a'r chwain reit siŵr, yn medru anghofio pob dim ond y peth oedd o'i chwmpas mewn gwlad arall dywyll am hanner prynhawn. Dŵad yn ôl i gynefin poen oedd dod allan i'r awyr agored.

'Beth oeddach chi'n 'i licio orau, Mam?' meddai Rhys uwchben ei de.

'Y nythod adar a'r cywion a'r bwyd yn mynd i lawr eu gyddfa nhw.'

'Ych,' meddai Dafydd, 'yr oeddwn i dest â mynd yn sâl wrth weld y bwyd yn un lwmp ym mos y cyw bach. Roedd o'n gneud i chi feddwl y basa fo'n dŵad allan drwy'r croen.'

'Ydi, a mae 'u corn gwddw nhw mor hir,' meddai Lora.

'Ac yn hyll,' meddai Rhys.

'Dydi cywion adar ddim yn betha clws iawn,' meddai Lora.

'Ddim fel cywion cwningod,' meddai Dafydd.

'Y ceffyla-mynd-fel-diawl oeddwn i yn 'u licio,' meddai Derith.

'W!' meddai pawb.

'Lle clywis di beth fel yna,' gofynnodd ei mam.

'Yr hogia wrth yn ochor i oedd yn deud fel'na.'

'Cofia di nad wyt ti ddim i ddeud o eto.'

'Pam?'

'Dydi o ddim yn beth neis i ddeud.'

'Pam?'

'Am 'i fod o'n hyll. A dwyt ti ddim i fod 'i iwsio fo.'

Gwir deimlad y fam oedd fod gan y bechgyn a'i defnyddiodd allu i ddisgrifio. Felly'n union y rhedai'r ceffylau, ac yr oedd golwg felly arnynt pan ddoent i wyneb y llu. Pam yr oedd yn rhaid ffugio efo pob dim? A fuasai ei phlant rywfaint gwaeth petaent yn galw pob dim wrth ei enw gwerinol? A oedd plant Stryd y Slym yn y dref rywfaint gwaeth?

Wrth fynd allan i chwarae gofynnodd Rhys a gâi Dafydd

ddod i swper wedyn, yr oedd ef am fynd i nôl pysgod a thatws iddynt i gyd, meddai, i arbed trafferth i'w fam. Ond dywedodd hithau fod ganddi bysgod yn y tŷ, ac y gwnâi datws efo hwynt, ac y câi Dafydd swper. Yr oedd yn rhaid paratoi swper i Miss Lloyd erbyn y trên wyth, a'r un faint o waith fyddai gwneud pryd iawn i bawb. Yr oedd mor dda gan Lora weld Dafydd yn tynnu Rhys oddi wrth yr hyn a fuasai ar ei feddwl ers dyddiau.

Pan ddaeth Miss Lloyd i'r tŷ mynnodd gael swper gyda hwy yn y gegin.

'Mi fuo ni yn y pictiwrs,' meddai Derith wrth Miss Lloyd.

'Do wir? A be welsoch chi yno?'

'Ceffylau yn mynd' — edrychodd yn gyfrwys ar ei mam a gwenu — 'fel dwn i ddim be.'

Yna chwarddodd fel petai wedi cael buddugoliaeth — hew - mi - gnes - ichi - rŵan ar ei mam, ac aeth ymlaen, 'A mi'r oedd yno gywion bach, bach, yn cael bwyd, a'u gwddw nhw'n hir fel gwddw clagwy Anti Jane, yn mynd fel yna' (ymestynnodd ei gwddf i'w lawn hyd), 'a mi'r oedd 'u tad a'u mam nhw yn 'u bwydo nhw, y tad yn rhedeg i ffwrdd yn bell i nôl 'u bwyd nhw, a'u mam nhw yn 'i roi o yn 'u pig nhw, a hwnnw'n mynd i lawr 'u gwddw nhw, a mi'r oeddan ni yn 'i weld o'n mynd i lawr 'u gwddw nhw.'

'Pwy ddwedodd hynna wrtha ti?'

'Yr hogia wrth yn ochor i, mi'r oeddan nhw'n deud geiria hyll.'

'Does ar Miss Lloyd ddim eisio clywed y rheiny.'

Amlwg hefyd nad oedd ar Miss Lloyd eisiau clywed dim ychwaneg o ddim ychwaith, oblegid cododd ymhen tipyn, a dweud ei bod am fynd i'w gwely'n gynnar.

Yr oedd Lora wedi meddwl y câi sgwrs â hi wrth y tân wedi i'r plant fynd i'w gwelyau, ni wyddai i beth ychwaith, onid er mwyn cael siarad am unrhyw beth rhag i'w meddwl fynd yn ôl at yr amheuon a'i blinai y noson cynt. Cawsai ryw gymaint o gysur y diwrnod hwn, cysur megis pyst o'r haul ar ddiwrnod heb fod yn rhy braf.

Wedi iddi fynd i'w gwely, bu'n troi a throsi heb gysgu, a phob llen gêl a roesai'r diwrnod ar ei hamheuon wedi ei thynnu ymaith erbyn hyn. Yr un fath â'r ffigurau yn y tŷ darluniau, daethant i flaen y llun i rythu arni. Tybiai y byddai'n well pe gallai rannu ei chyfrinach â rhywun. Ei ffrind, Linor Ellis, yn Llundain oedd yr unig un y medrai fod yn hollol onest â hi. Ond ni allai gyfleu ei hamheuon mewn llythyr, gan mai amheuon oeddynt. Anfonasai ati i fynegi'r ffaith fod Iolo wedi ei gadael, ond ffaith oedd hynny. Yr oedd yn berygl creu camargraff wrth ysgrifennu am amheuon; a hyd yn oed wrth eu dweud. Pe soniai amdanynt wrth Owen neu Miss Lloyd, gwyddai y cedwid ei chyfrinach, ond beth fyddai'r adwaith? Beth pe baent yn newid yn hollol ac yn ei chondemnio hi? Onid hyn fu ei hofn erioed? Ofn i'r rhai a hoffai newid eu barn amdani. Onid dyna ei siom yn Iolo? Onid amdani hi ei hun yr oedd ei gofid yn y pen draw? Ynteu a oedd arni eisiau gwneud rhyw fath o amddiffyniad iddi hi ei hun drwy roi gwybod iddynt, fel y byddai rhywun arall yn *gwybod* petai rhywbeth yn digwydd iddi hi? Penderfynodd gadw'r amheuon ynghylch cyflog Iolo iddi hi ei hun, ac nid eu cadw'n unig eithr eu gwthio allan o'i chof. Wedi'r cyfan efallai bod ganddo ryw bethau eraill i'w talu o'i gyflog na wyddai hi amdanynt.

59

PENNOD VII

Gadawsai Lora i wythnos gyfan fynd heibio heb fynd i'r banc nac ar gyfyl y Cyfarwyddwr Addysg. Yr oedd fel petai'n nofio mewn môr o synfyfyrdod o hyd heb eisiau dod allan ohono, rhag ofn i hynny ddod ag amheuon newydd. Gwnâi ei gwaith am fod yn rhaid ei wneud, heb unrhyw ddiddordeb ynddo. Wrth baratoi ystafell wely Loti Owen ar gyfer yr wythnos ddilynol, ceisiai beidio â meddwl pam y gwnâi, a cheisiai anghofio mai ei hystafell hi ydoedd unwaith. Edrychai arni fel ystafell y cyflawnasid llofruddiaeth ynddi, ac nid oedd yn boen arni ei gildio i rywun arall.

Bore Llun yr ail wythnos daeth iddi lythyr oddi wrth y Cyfarwyddwr Addysg yn gofyn iddi alw yn ei swyddfa yn fuan. Ni allai ddyfalu pam y mynnai ei gweld. Efallai fod Mr Meurig wedi bod yn siarad ag ef. Gwnaeth esgus o'i golchi i beidio â mynd i'w weld y diwrnod hwn. Fe âi drannoeth. Byddai'n rhaid iddi fynd i gael arian at fyw.

Yr oedd y Cyfarwyddwr Addysg yn hynod garedig. Nid oedd sawr swyddogaeth arno o gwbl. Gwnaeth iddi deimlo'n fwy na chartrefol. Rhoes yr argraff arni mai hi a wnâi ffafr ag ef, ac nid fel arall, pan ofynnodd iddi ddechrau ar waith athrawes yn adran genethod ysgol Derith. Edrychai arni gydag edmygedd, ac wrth estyn cadair iddi, siaradai gyda'r fath oslef hynaws a wnâi iddi deimlo mai hi oedd yr unig ddynes yn y byd. Yr oedd ei dôn wrth ddweud wrthi y byddai'n hapus yn yr ysgol yn gwneud iddi feddwl am fam yn cychwyn ei phlentyn i'r ysgol am y tro cyntaf. Yr oedd gofal fel hyn amdani yn beth mor ddieithr iddi ers blynydd-oedd fel y dychmygodd y gallai'r Cyfarwyddwr fod wedi ei chamgymryd. Aethai i feddwl nad oedd yn bosibl fod dynion fel hyn yn y byd.

Cododd ei chalon ac ymwrolodd i fynd i'r banc i ofyn am ei llyfr. Yr oedd hwnnw mewn cas llythyr tew, graenus. Nid oedd yn demtasiwn o gwbl ei agor ar y ffordd i'r tŷ. Rhoes ef ar y dresel tra byddai'n gwneud tamaid o ginio iddi hi ei hun, a phenderfynu ei agor wedyn. Edrychai'n dwt iawn ar y dresel, yn ddigon twt i fod yno am ddyddiau. Gan mai hi oedd yr unig un a gâi ei chinio gartref erbyn hyn, ni thrafferthai lawer ynghylch ei bwyd, ac ar hyd yr wythnos diwethaf edrychai ymlaen at yr amser a enillai yn ei hawr ginio fel amser i orffwys a synfyfyrio, cyn ailddechrau ar ei gwaith a pharatoi te i'r plant ac i Miss Lloyd.

Felly heddiw. Ar ôl bwyta tamaid o botes eil-dwym a ffrwythau ar ei ôl, eisteddodd yn y gadair esmwyth a synfyfyrio. Yna aeth i nôl y llyfr banc oddi ar y dresel, eistedd cyn ei agor, a'i agor yn ofalus a chadw'r cas llythyr yn gyfan. Yna mentrodd ei ddarllen. Wedi ei ddarllen teimlodd fel petai'r gwaed yn gadael ei hwyneb a'i bod ar fin mynd yn anymwybodol. Syrthiodd y llyfr o'i llaw ar lawr. Daeth ati ei hun a sylweddoli'r gwir. Yr oedd Iolo wedi codi deugain punt o'u cyfrif ar y cyd y diwrnod cyn iddo fynd i ffwrdd, a gadael rhyw ddwybunt ar ôl. Yna daeth rhyw deimlad trosti tebyg i'r un a gafodd pan oedd yn blentyn, pan dorrodd lein y cloc mawr yn y gegin gefn, trymedd nos, a hithau'n clywed y pendil yn disgyn yng nghanol y distawrwydd heb wybod ar y ddaear beth ydoedd, a meddwl mai hynny oedd Dydd y Farn, a rhedeg i lofft ei mam mewn braw. Cnul o rywbeth ofnadwy ar fin disgyn arnynt oedd y sŵn unig hwnnw yn y nos, a theimlai'r munud yma mai cnul o bethau gwaeth oedd y ffaith yma ar y llyfr.

Yna cododd yn sydyn o'i chadair fel pe bai gwenynen wedi ei phigo, a heb ailfeddwl na rhoi het am ei phen, allan â hi ac i swyddfa Mr Meurig. Os oedd Iolo wedi dwyn oddi arni hi, tybiai y byddai wedi twyllo rhywun arall yn gyntaf, a'r arall hwnnw fyddai ei feistr. Yr oedd y ffordd rhwng ei thŷ a'r swyddfa megis dim, ac ni sylwodd ar ddim nes cyrraedd y drws yr oedd yn rhaid iddi guro arno. Gofynnodd am gael gweld Mr Meurig a'r geiriau yn baglu ar draws ei gilydd. Nid oedd ganddi gof o ddim a welodd nes cyrraedd ei ystafell breifat, ac yntau'n gofyn iddi eistedd yn ffurfiol. Yna ystwythodd ychydig a dweud,

'Mae rhywbeth wedi'ch cynhyrfu, Mrs Ffennig.'

'Oes,' meddai hithau oddi ar ymyl y gadair, 'mae arna i eisio gwybod gynnoch chi a ydi Iolo wedi mynd â'ch arian chi?'

Yr oedd y cwestiwn mor annisgwyliadwy fel y taflwyd y twrnai oddi ar ei echel am eiliad, a daeth ychydig atal ar ei leferydd.

'A-arian? P-pa arian?'

'Ydi, mae o'n wir,' meddai hi.

'Be sy'n wir?' gofynnodd yntau'n fwy hunanfeddiannol.

'Fod Iolo wedi cymryd arian o'r swyddfa yma.'

'Pwy sydd wedi dweud hynna wrthoch chi?'

'Neb, dim ond fy ngreddf i. Mae o wedi dwyn fy arian i,' meddai yn sych.

'Dydi hynny ddim yn dweud 'i fod o wedi cymryd arian oddi yma.'

'Fedra i ddim credu hynny,' meddai a'i llygaid yn melltennu.

'Treiwch ymdawelu, Mrs Ffennig,' meddai ef, ond nid yn garedig. Tybiodd am eiliad y gallai Loti Owen fod wedi siarad wrth ei ffrind, a bod honno wedi dweud wrth Mrs Ffennig. Ond taflodd y syniad ymaith.

'Fedra i ddim ymdawelu nes cael y gwir a'r holl wir. Rydw i newydd ddŵad adre o'r banc, ac wedi ffeindio fod Iolo wedi cymryd deugain punt oedd yn ein henw ni ein dau yn y banc, ond fy arian i oeddan nhw, ac mi trawodd fi'n sydyn y basa fo'n siŵr o dreio mynd ag arian rhywun arall cyn mynd â'm rhai i.'

'Gawsoch chi le i amau hyn o'r blaen, cyn ffeindio hyn heddiw?' gofynnodd ef yn ei ddull twrneiol.

Yr oedd hi'n dawelach erbyn hyn, ac ar fin crio. 'Do,' meddai hi'n ddistaw, 'mi welais fod rhyw fistêc pan ddaethoch chi â'i gyflog o imi, mi welais 'i fod o'n cadw mwy o arian poced nag a ddwedodd o 'rioed wrtha i.'

'Rydw i'n gweld.'

'Doeddwn i ddim yn hollol sicr chwaith, meddyliwn fod gynno fo rywbeth arall i dalu amdano fo, ond yr ydw i'n sicr erbyn hyn.'

Ni ddywedodd ef ddim ond astudio ei ewinedd. Wrth ei weld felly, dyma hi'n ailddechrau'n daer. 'Mr Meurig, ga i wybod gynnoch chi, os gwelwch chi'n dda, oedd yna rywbeth o'i le yma yng ngwaith Iolo? Mi fydda i'n dawelach fy meddwl wrth fod yn sicr nag wrth amau.'

Petrusodd yntau eiliad. Yna wrth edrych arno felly, syllodd yn graffach arno, a'i gwefusau'n ymwahanu ychydig oddi wrth ei gilydd, fel petai rhywbeth newydd wedi gwawrio ar ei meddwl.

'Mr Meurig, ydach chi 'rioed yn meddwl bod rhywun o'r offis yma wedi cario straeon a bod rheiny wedi fy nghyrraedd i?'

'Dim o'r fath beth, Mrs Ffennig. Nid fel y daethoch chi i mewn rŵan dest y basach chi'n dŵad i mewn petai rhywun wedi'ch rhoi chi ar ben y ffordd i ddŵad yma i holi. Roedd rhywbeth wedi'ch cynhyrfu'n arw y munud cyn ichi ddŵad yma.'

'Oedd, yn union fel y dwedais i. Does dim ugain munud er pan ddarllenais i'r llyfr banc yna; ac mi ddoth y syniad arall imi, a dyma fi'n rhedeg yma fel yr oeddwn i. Ga i ddweud wrthoch chi, Mr Meurig?'

'Cewch, ond 'rhoswch funud.'

Canodd gloch ar ei ddesg a daeth geneth ieuanc i mewn. Gofynnodd yntau iddi ddod â dwy gwpanaid o de i mewn heddiw yn lle un. Yna estynnodd blât a chacennau arno a'u rhoi ar y ddesg.

'Dwn i ddim sut y des i i amau'r hyn yr ydw i yma yn 'i gylch rŵan, Mr Meurig, heblaw ar hyd yr wsnos dwaetha, ar ôl imi ddechrau amau ynghylch y pres poced, wnes i ddim ond synfyfyrio a meddwl, troi a throsi amheuon. 'Dec i ddim i'r Swyddfa Addysg fel y dylwn i, y bore 'ma y bûm i. Roedd fy meddwl i'n mynd rownd ac yn dŵad yn ôl i'r un fan.'

'Mi fedra i ddallt peth fel'na,' meddai ef yn dynerach.

'Heddiw pan welis i'r llyfr banc yna, yr oeddwn i'n sicr o'r pethau erill, a faint bynnag o sioc a ges i wedi darllen hwnna, yr oedd hynny fel awyr iach drwy ffenestr, ac yn gwneud imi deimlo'n benderfynol yn lle mwydro. A'r penderfyniad cynta a ddaeth imi oedd dŵad i'ch gweld chi cyn gynted ag y daeth yr amheuaeth i mi, yn lle dechrau mwydro wedyn. Os oes rhywbeth yn bod, rydw i'n *crefu* arnoch chi ddweud wrtha i, er mwyn imi fod yn hollol sicr ohonof fy hun, a gwybod sut yr ydw i'n mynd i weithredu. Fedra i ddim diodda cerdded ar gors.'

Ni bu'r twrnai erioed yn y fath gyfyngder meddwl. Yr oedd yn rhaid i'w feddwl weithio'n gyflym. Os oedd hi wedi darganfod un peth, ni roddai gymaint poen iddi wybod y peth arall. Buasai'n wahanol pe na wyddai am ddim anonest-rwydd arall. Dyna a barodd iddo ddweud,

'Mae synnwyr yn hynny, a rydw i'n meddwl erbyn hyn mai dyna'r peth calla, ond faswn i byth yn dweud wrthach chi fy hun.'

'Mi wn i hynny.'

'Wel mi'r oedd tipyn o gamgyfri yng nghyfrifon Ffennig yn ddiweddar, ond dim llawer. Roedd o heb roi i lawr ryw dri thaliad yn perthyn i ryw wraig o'r wlad fyddai'n dŵad yma i dalu am 'i thŷ. Doedd o fawr fwy nag ugain punt.'

'Rydach chi'n sicir o hynna.'

'Yn berffaith sicir. Ga i ddweud beth ydw i'n feddwl rŵan?'

Nodiodd hithau. Yr oedd hi'n berffaith hunanfeddiannol erbyn hyn.

'Nid cymryd yr arian yna er 'i fwyn 'i hun a wnaeth eich gŵr, neu mi fuaswn wedi gweld rhywbeth cyn hyn, dim ond yn ddiweddar y mae hyn wedi digwydd, ac mae'n amlwg mai eu cymryd i fynd i ffwrdd efo Mrs Amred yr oedd o. Fel'na y gwnaeth o efo chitha. Fedrwch chi ddim dweud fod y peth yn 'i waed o.'

'Na fedrwch,' meddai hithau dan orffen ei the.

'Cwpanaid eto?'

'Dim diolch, roedd hwnna'n dda iawn.'

'Faswn i ddim yn poeni gormod, Mrs Ffennig, dim ond meddwl am hwn fel rhan o beth arall. Mi wn i fod peth anonest fel hyn yn ych taro chi i'r byw, ond nid dyn anonest yn y bôn ydi Ffennig.'

'Mae o wedi gwneud peth anonest.'

'Ydi er mwyn rhywun arall.'

Ni ddywedodd hi ddim. Cododd i gychwyn.

'Diolch yn fawr i chi, Mr Meurig. Mi dala i'r arian yna yn ôl bob dima i chi, wedi imi gael fy nghefn ata dipyn.'

'Wnewch chi ddim o'r fath beth, Mrs Ffennig. Mae pobol fel ni yn gorfod dygymod â phethau fel yna bob hyn a hyn.'

'Mi fasa'n well gen i dalu er mwyn fy nghysur fy hun.'

'Fynna i ddim clywed sôn am hynny.'

Aeth i'w hebrwng i'r drws allan drwy'r ystafell arall. Cododd Loti Owen ei phen a dweud 'Pnawn da' wrthi.

Rhaid imi sgrifennu hwn neu farw. Mae fy nhu mewn fel grifft yn siglo ar wyneb dŵr codi. Yr oedd dianc Iolo fel mêl wrth ymyl peth fel hyn. O'r dydd y bûm yn y banc ni chefais funud o heddwch na dydd na nos. I feddwl bod yr un y rhoddais fy holl ymddiried ynddo wedi cymryd yr arian y bûm yn eu hel mor ddiwyd drwy gadw lletywr, er mwyn eu cael at wasanaeth dynes arall, ac i feddwl ei fod wedi twyllo ei feistr hefyd. Yr oeddwn i'n gallu deall rhyw gymaint pam yr oedd o wedi ei lygaddynnu gan ddynes arall, ac yr wyf yn gallu cofio heddiw fel y byddai'n dweud yn ein dyddiau caru y gallai wneud rhywbeth dwl unrhyw amser, megis rhoi'r gorau i'w waith heb unrhyw reswm. Ond y mae dwyn, lladrata, ie, dyna beth ydyw, tu hwnt i'm dirnad i, a hynny oddi ar yr olaf y dylai eu dwyn oddi arni. Dyma fi mewn atig glòs, bron wrth y to, ni allwn feddwl am gysgu yn y llofft lle bu cymaint o gyfrinachau rhyngom, a da bod Loti Owen wedi dŵad yma i aros, a bod yn rhaid imi ei rhoi i fyny. Mae hi'n noson braf o haf, a'r nos wedi cau'n sydyn am y wlad a'i hoeri. Daw aroglau hyfryd gerddi haf drwy'r ffenestr, a dyma fi a'm geneth fach yn y fan yma. Mae hi wedi cicio'r dillad i ffwrdd ac yn cysgu'n braf, a'r olwg ddiniweitiaf ar ei hwyneb. Efallai bod digon o ddefnydd pethau heblaw diniweidrwydd yn ei hwyneb hithau. Fe anghofia hi ei thad. Gobeithio y gwna. Ond ni wna Rhys, neu o'r hyn lleiaf, nid anghofia fo yr helynt yma. Mae o'n fy nilyn i bobman fel ci ffyddlon. Mae o'n broblem, ac ni wn beth i'w wneud ag ef. Yr oeddwn i'n meddwl y diwrnod y bûm yn y sinema a chael y swper rhyfedd hwnnw ei fod yn dechrau dod ato'i hun (a'r fath hapusrwydd a oedd yn y diwrnod hwnnw yn ymyl heddiw). Mae fy meddwl yn crwydro i bobman ac yn dod yn ôl i'r un fan o hyd, yn crwydro i geisio dod o hyd i'r pam. Y pam na allaf ei ateb am nad yw Iolo yma i'w ateb drosto'i hun. Ef allai ddweud petai'n ddigon gonest i ddweud. A'r fath siarad a chlebran a fu y dyddiau cyntaf wedi iddo fynd i ffwrdd, pawb yn cynnig esboniad, fel petai hynny'n rhyw eglurhad i un oedd wedi byw efo fo yr holl flynyddoedd, ac yn meddwl, beth bynnag, ei bod yn ei adnabod. Am wn i mai Dewyth Edward oedd y gonestaf ohonom i gyd, mi ddwedodd o beth oedd arno eisiau ei ddweud, ac mi eglurodd yn ddigon pendant pam nad oedd wedi dod ar fy nghyfyl ar ôl imi briodi. Y siopwr a'i wraig oedd y callaf a'r caredicaf, gyda'u hychydig eiriau a'u cwpanaid coffi. A minnau'n siarad cymaint â neb, dim ond er mwyn mygu'r hyn oedd y tu mewn imi. Nid oedd yn bosibl iddi fod ond fel yna ychwaith, gan nad oeddwn wedi fy mharatoi ar gyfer y peth. Beth petawn wedi cael lle i amau ers talwm ei fod ef a Mrs Amred yn ffrindiau? Ac y mae hynyna'n amwys. Efallai bod lle i amau ond nad oedd gennyf y gallu i amau. Ond os yw un wedi rhoi ei ymddiriedaeth unwaith ac am byth, pa raid amau?

Dyna gwestiwn arall, a ydyw rhoi ymddiriedaeth yr un peth â bod yn ddifater? Digon posibl mai meddwl na wnâi Iolo dro gwael â mi yr oeddwn, am fod gennyf feddwl mawr ohonof fy hun, a meddwl yng ngwaelod fy mod yn rhywle, 'Wnâi o byth fel yna â mi'. Dyma fi yn ddeunaw ar hugain oed yn anterth fy nyddiau. Pan fyddwn yn un ar hugain, fe fyddwn yn edrych ymlaen at yr oed yma, ac yn meddwl mai deunaw ar hugain oedd yr oed yr hoffwn aros ynddo o hyd. Fe'm cawn fy hun yn meddwl y byddwn yn gryf o gorff ac o feddwl, ac wedi cael digon o brofiad i allu gwneud pob gwaith yr oedd arnaf eisiau ei wneud, ac na wnawn y camgymeriadau a wnawn pan oeddwn ifanc, ac y byddai bywyd yn dawel am fy mod yn gwybod fy meddwl fy hun ac wedi dysgu. Ond dyn a'm helpo! Ond yr wyf yn crwydro eto. Beth petawn i wedi amau ac wedi canfod? Nid bywyd tawel a gawswn ers tro, ond ffraeo, ffraeo, a chwilio bai. Byw o hyd mewn drycin, y plant yn dioddef, a'r un dianc yn y diwedd. Ond buaswn yn barod i'w dderbyn. Yr ysgytwad yma sy'n ddrwg. Tybed a oedd rhyw reswm heblaw ei gymeriad ei hun pam y cuddiodd, ynteu a ydyw cuddio yn rhan o'i natur, peidio â gwneud dim yn y golwg? Yr wyf finnau yn siarad yn wirion, fel petai gŵr priod yn dymuno caru efo dynes arall ar bennau'r tai. Ynteu a oes rhywbeth ynof fi a wnâi iddo guddio pethau? Ofn cael ei gondemnio? Mae'n sicr y gwyddai na châi ei gyfiawnhau. Ond a fuasai rhyw ddynes arall yn fwy trugarog ac yn gallu cyd-ymddwyn yn well? Ai ofn y condemniad llym yna oedd arno, ai ynteu a oedd gwneud pethau dan din fel yna yn ail natur iddo? Dyma fi'n holi'r cwestiynau yma am un y bûm yn byw agos i ddeuddeng mlynedd gydag ef, ac yn methu eu hateb, nac ychwaith yn methu rhoi ateb pendant am y ffordd y buaswn i fy hun yn ymddwyn. Nid ydym yn ein hadnabod ein hunain ac y mae hynny'n fy nychryn. Caf arswyd wrth feddwl fy mod wedi byw mor agos at Iolo, yn ddigon agos i allu darllen ei feddyliau, a'i fod yntau'n caru efo dynes arall. Ond nid yw hynyna'n brifo. Dychryn y mae. Mynd â'r hyn a gesglais trwy lafur sy'n brifo.

Y fath wahaniaeth y gall tair wythnos ei wneud! Dyma ni heno yn llond tŷ o bobl wahanol, er ein bod yr un nifer. A'r wythnos nesaf byddaf yn dysgu plant eto, a dynes arall yn llnau fy nhŷ.

'Mae'r te yma'n dda,' meddai Loti wrth fwyta ei the cyllell a fforc ar ôl dod adref o'r swyddfa. 'Rydw i wrth fy modd.'

Ysgydwodd ei gwallt byr crychlyd ymaith oddi wrth ei llygaid, ac edrych ar y teisennau ar ganol y bwrdd. 'Ydi, mae o,' meddai Annie, 'ond rhaid inni beidio â disgwyl cystal ffar rŵan, gan nad ydi Mrs Ffennig ddim yma trwy'r dydd.'

'Mae hwn cystal ag sydd arna i ei eisio byth,' meddai Loti, gan dorri ei salad. 'Y peth mwya ydw i'n 'i werthfawrogi ydi'r cysur a'r haelioni.'

'Fedra i ddim dallt rhywun fel dy hen landledi di, na fasa hi'n rhoi lle gweddol i rywun er mwyn rhywdro eto.'

'Pa rywdro eto?'

'Wel, beth petaset ti wedi priodi neu symud i rywle arall?'

'Gwybod nad oedd hynny ddim yn debyg yr oedd hi i 'nhrin i fel y gwnaeth hi. Mae crintachrwydd yn ail natur i'r gnawes.'

'Be wyddost ti na chei di le gwell i fynd o'r dre yma, neu daro ar rywun wrth dy fodd?'

'Dydi hynny ddim yn debyg. Mae eisio ynni i wneud y naill a'r llall, a does gen i mono fo.'

'Paid â siarad yn wirion. Rwyt ti dan dy ddeg ar hugain.'

'Yli, Annie, mae arna i eisio diolch iti am adael imi ddŵad atat ti i fyw.'

'Diolch i Mrs Ffennig.'

'Ia, mi wn i, ond mi'r wyt ti'n gorfod fy niodda fi tan amser gwely.'

'Paid â chyboli efo dy ddiodda.'

'Rydw i wedi mynd i deimlo 'mod i'n bla ar bawb.'

'Paid â siarad lol.'

(Y siarad yma yr oedd Annie wedi ei ofni wrth i Loti ddod ati i letya.)

'Wyt ti'n gweld, Annie, petasa gen i deulu, a 'mod i'n cael mynd adre bob hyn a hyn, y nhw fasa'n gorfod diodda gwrando ar beth fel hyn.'

Am funud, teimlodd Annie drueni dros ei ffrind.

'Dyna fo, defnyddia fi yn lle dy deulu, ond iti beidio â gwneud hynny'n rhy amal.'

'Wyt ti ddim yn gweld Mrs Ffennig wedi gwaelu yn ddiweddar yma?'

'Ydi, mae hi fel petasa hi wedi cael rhyw gnoc arall, mae hi'n edrach fel petai ei pherfedd wedi ei dynnu o'i chorff.'

'Ydi, ond mae hi'n harddach nag erioed. O'r blaen, mi fyddwn i'n dotio ar y gwallt amber golau yna, y llyg'd glas tywyll, a'r croen hufen, ond doeddwn i'n gweld dim byd ond hynny cyn imi ddŵad yma. Dwn i ddim beth ydi o, mae rhywbeth yn 'i llyga'd hi sy'n gwneud iti feddwl 'i bod hi'n diodda'n ofnadwy.'

'*Mae* hi'n diodda allwn i feddwl.'

'Ond nid heb ymladd yn 'i erbyn o allwn i feddwl. Fyddi di ddim yn gweld ambell fflach yn 'i llygad hi sydd cystal â dweud, "Gwnewch ych gwaetha, mi fydda i byw"?'

'Bydda. A thro arall olwg dosturiol fel petai hi ar fin torri i lawr.'

Troes y ddwy oddi wrth y bwrdd ac eistedd yn y cadeiriau esmwyth.

'Ys gwn i ydi hi'n gwybod am y busnes acw yn yr offis?' gofynnodd Loti.

'Dwn i ddim.'

'Ar ôl hynny mae hi wedi mynd i edrach fel petai hi wedi ei dirdynnu yntê?'

'Ia, roeddwn i'n meddwl y diwrnod hwnnw y bûm i yn Llandudno, pan ddois i adre a chael swper efo nhw i gyd, 'i bod hi fel 'tai hi'n codi ei chefn ati, a fel 'tai hi wedi penderfynu bod y plant i fod yn hapus, beth bynnag.'

'Yr wsnos wedyn y gwelis i hi yn yr offis acw yn gofyn am weld Mr Meurig yn breifat, a golwg gynhyrfus a phoenus ofnadwy arni. Roedd hi'n mynd allan fel dynes wedi ei tharo efo gordd.'

'Doedd dim posib iddi wybod am yr anonestrwydd yna ond trwy Mr Meurig. Ddaru mi ddim sôn yr un gair.'

'Mi wn i hynny, a dŵyr y ddynes bach o'r wlad ddim. Mae popeth yn iawn efo hi. Meddwl yr ydw i y geill fod yna bethau eraill hefyd,' meddai Loti yn y dôn broffwydol, nodweddiadol ohoni.

'Ia,' meddai Annie, 'os ydi dyn yn medru gwneud peth unwaith mewn un lle, mi eill 'i wneud o mewn lle arall hefyd.'

'Fydda Esta'n dŵad yma yn amal o'r blaen?'

'Bron bob dydd.'

'A dydi hi byth yn dŵad rŵan yn nag ydi.'

'Roedd hi yma y noson cyn y bore y bu Mrs Ffennig yn ych offis chi.'

'Faswn i'n synnu dim nad oedd Esta'n gwybod rhywbeth am y garwriaeth yna.'

'Dydw i ddim yn meddwl bod neb yn gwybod,' meddai Annie. 'Sut yr oeddan nhw'n medru cario ymlaen, dwn i ddim. Ond mi'r oedd o oddi cartre o hyd.'

'A mi'r oedd Mr Meurig yn hael iawn efo'i ddyddiau rhydd i Mrs Amred, er mwyn cael rhywfaint o heddwch allswn i feddwl.'

Ar hynny clywsant y gloch yn canu, a Rhys yn gweiddi yn y lobi: 'Dowch i mewn, Mr Meurig.'

'Wyt ti ddim yn gweld y geill rhywbeth ddigwydd yn y fan yma?' meddai Loti.

'Be wyt ti'n feddwl?'

'Wel petasa Mrs Ffennig yn cael ysgariad, mi allai'r ddau yna briodi.'

'O taw, Loti.'

'Mae petha rhyfeddach yn digwydd mewn bywyd.'

'Does dim rhaid i ni benderfynu hynny.'

'O, dyna fo ynta.'

Cymerodd Annie lyfr i'w ddarllen.

Yn y gegin yr oedd Mr Meurig yn ymesgusodi dros alw ar fater preifat, yn gynhyrfus ac yn aflonydd, nid gyda'r un tawelwch na'r feistrolaeth ag a ddangosai yn ei swyddfa. Anfonodd Lora y plant allan ar neges.

'Meddwl yr oeddwn i,' meddai'r twrnai, 'y dylech chi gael arian oddi wrth eich gŵr at eich cadw.'

Pan ddywedodd 'eich gŵr' teimlai Lora ei fod yn cyfeirio at rywun nad adwaenai o gwbl, rhywun hollol ddieithr, a sylweddolodd mai fel hyn y byddai, ac yr âi Iolo yn fwy a mwy dieithr iddi. Mae'n debyg mai fel troseddwr yr edrychai Mr Meurig arno bellach, dyn o'r tu allan, ac nid un a fuasai'n gweithio iddo. A oedd yn bosibl y deuai hi i'r un tir ryw ddiwrnod? Gwibiai pethau fel hyn trwy ei meddwl yn yr eiliad cyn i Mr Meurig ofyn ei gwestiwn nesaf.

'Ydach chi wedi meddwl o gwbl am y peth?'

'Ddaeth y fath beth ddim i 'mhen i.'

'Bwriwch petai gynnoch chi bedwar o blant, ac na fedrech chi wneud dim at 'u cadw nhw.'

'Mi faswn yn medru gwneud rhywbeth reit siŵr, a sut y mae neb yn mynd i gael gafael ar Iolo?'

'Fydd hynny ddim yn anodd, heb iddo fo newid 'i enw, a chael cerdyn insiwrans newydd. Mi ddylai'ch cadw chi a'r plant.'

'Ella, ond dydi hynny ddim yn rheswm dros i mi ofyn.'

'Ffŵl,' meddyliai yntau rhyngddo ac ef ei hun, ond dywedodd: 'Y chi ŵyr orau wrth gwrs.'

'Mae'r peth yn mynd i dir prynu a gwerthu fel yna.'

'Yn nhir prynu a gwerthu mae pob dim y dyddia yma.'

'Petai Iolo'n teimlo rhywbeth, mi fasa'n anfon heb imi ofyn. Ond,' meddai hi, gan droi ei phen yn sydyn ac edrych i'r grât, 'i be'r ydw i'n siarad? Fasa fo ddim wedi fy ngadael i o gwbl.'

Edmygai hi am nad oedd arni eisiau dial, a mynegodd hynny'n gloff trwy ddweud,

'Ella mai dial fyddai hynny.'

Ni allai ef ddeall y diffyg awydd yma i ddial. Onid ar ddial yr oedd yn byw?

'Naci, Mr Meurig. Oeddach chi'n dallt yr hen bobol pan fyddan nhw'n gwrthod mynd ar ofyn y plwy?'

Teimlai'r twrnai nad oedd ar y trywydd iawn i ddod i adnabod Lora Ffennig, a phan ddaeth Esta i mewn drwy ddrws y cefn, yr oedd yn dda ganddo gael esgus i ddianc, a dweud yn unig, 'Meddyliwch am y peth'.

Gallai Lora felltithio'r ffawd a ddaeth â'i chwaer-yng-nghyfraith yno y munud hwnnw. Edrychai Esta yn llawer llai pwdlyd nag a wnâi y troeon blaenorol, ond yn fwy nerfus, fel petai arni ofn. Anaml y gallai hi ymddwyn yn naturiol. Yr oedd fel petai ar lwyfan o hyd, a phobl yn ei gwylio, ac yr oedd ei symudiadau yn drwsgl. Nid eisteddodd erioed ar gadair, dim ond disgyn iddi. Yr oedd yn fwy nerfus nag erioed heno.

'Rydach chi'n edrach fel petaech chi wedi cael braw,' meddai wrth Lora.

Ni allai Lora ddweud dim am eiliad yn ateb i'r fath sylw digyswllt.

'Os ydw i wedi cael braw,' meddai, 'nid rŵan y ces i o.'

Ni ddywedodd Esta ddim.

'Eisteddwch,' meddai Lora.

Disgynnodd Esta i gadair, a bu tawelwch wedyn. Ond meddai Esta ymhen tipyn,

'Meddwl yr oeddwn i ych bod chi'n edrach yn llawar mwy cynhyrfus nag oeddach chi.'

Oni bai ei bod yn ddig wrth ddiffyg teimlad Esta, teimlai Lora y gallai chwerthin am ben y fath sylw trwsgl.

'Ella, mae petha'n digwydd, un ar gefn y llall.'

Brathodd ei thafod, ond aeth ymlaen.

'Dydw i'n cael fawr o help gan neb. Dŵad yma yr oedd Mr Meurig rŵan i awgrymu bod Iolo'n rhoi rhywbeth at fy nghadw i a'r plant.'

Llawenhâi ddarfod iddi allu dweud hynyna mor ddiatal dweud.

Cochodd Esta, a gofynnodd,

'Ydach chi'n gwybod lle mae o?'

'Nac ydw. Ydach chi? Ond mae'n siŵr gen i na fyddai'n

anodd dŵad o hyd iddo fo, efo'r holl gardiau y mae'n rhaid i ddyn eu cael y dyddiau yma.'

'Ond mi fydd yn rhaid iddo fo gael gwaith.'

'Mi fydd cyn hawsed iddo fo gael gwaith â minnau. Ond tra medra i weithio fydd arna i ddim eisio dim gin neb. Mi fasa'n rhy ffiaidd gen i dderbyn cardod Iolo.'

Rhag iddi orfod sylwi ar y dywediad yna, dywedodd Esta yn gyflym.

'Fedar ych chwaer ddim helpu tipyn arnoch chi nes cewch chi ych cyflog?'

Edrychodd Lora arni, ac yr oedd ar fin gofyn iddi a oedd yn dechrau drysu, ond sylweddolodd na wyddai'r eneth beth oedd yn ei ddweud, mai dweud rhywbeth yr oedd am ei bod yn methu gwybod beth i'w ddweud, a meddai:

'Na fedar yn siŵr, ac Owen mor wael a thri o blant i'w magu. Ond raid imi ddim poeni. Mi ga i goel gan siopwyr y dre yma. Mi ddwedodd un ohonyn nhw hynny wrtha i bythefnos yn ôl.'

'Da iawn,' meddai Esta yn hollol ffurfiol.

Yn ffurfioldeb dywediadau yr un fath â'r 'da iawn' yma y byddai Lora yn gweld crintachrwydd ei chwaer-yng-nghyfraith, yr un fath ag yn ei 'diolch yn fawr'. Byddai hwnnw fel petai yn dod o gonglau ei cheg bob amser ac yn swnio'n lledieithog a chaled. Buasai'n hoffi dweud pethau eraill hefyd, megis bod y Cyfarwyddwr Addysg wedi dweud wrthi y câi le mewn ysgol ar ei hunion, ond gwyddai y byddai hynny fel halen ar friw Esta, am mai bod yn athrawes a fu ei huchel-gais hithau erioed. Cofiodd am ryw gath o wraig yn dweud wrthi rywdro ar ôl i Esta gael y lle yn ysgrifennydd i brif-athrawes, y byddai wrth ei bodd am fod hynny'n nesaf peth i fod yn athrawes, ac y câi fusnesa digon. Ar y pryd yr oedd yn ddig iawn wrth y wraig honno, ond yn awr yr oedd rhywbeth yn ymddygiad Esta a wnaeth iddi droi fel ceiliog gwynt i gyfeiriad teimlad y wraig honno.

Cafodd ras i ymatal, os gras ydoedd.

'Liciwch chi i Mam a finna gymryd Derith i' magu am dipyn? Mi fasa hynny'n ysgafnhau tipyn ar bethau i chi.'

'Diolch yn fawr i chi. Ond rydw i'n credu mai yma efo mi

y mae 'i lle hi. Mae hi'n ddigon o faich ar neb ar hyn o bryd. Mae hi'n rhy ifanc i sylweddoli beth sydd wedi digwydd, a mae hi wrth 'i bodd yn gwneud pob dim yn groes i ddymuniad 'i mam. Ond ella y callith hi. Mae un peth yn dda, mai i'r drws nesa i'w hysgol hi yr ydw i'n mynd i ddysgu.'

'Pa bryd yr ydach chi am ddŵad acw?'

'Pa bryd mae'ch mam am ddŵad yma?'

'Mae hyn wedi dweud yn arw arni. Mae'n anodd iawn gynni hi symud.'

'Mi alla inna ddweud yr un peth.'

'Mae hi gryn dipyn hŷn na chi.'

'Dydi trigian oed ddim yn hen iawn rŵan, a mi'r oedd hi'n medru mynd i bobman fis yn ôl.'

'Mi ddeuda i wrthi.'

'Mae gen i wsnos gartra cyn dechrau'r ysgol.'

Nid oedd gan Esta fawr ychwaneg i'w ddweud. Aeth adref fel pe bai'n dda ganddi ddianc.

Pan aeth Lora i glirio'r llestri o'r parlwr, cafodd ddwy yn y fan honno heb ddim i'w ddweud, un yn darllen a'r llall yn gwau. Pan aeth i chwilio am Derith i'w molchi cyn iddi fynd i'w gwely cafodd nad oedd gyda'r plant eraill, a chael gwybod gan Rhys ei bod wedi mynd adref gyda'i modryb Esta. Gyrrodd Rhys i'w nôl, nid oedd am ddechrau ildio iddi.

Mae pobl yn mynd yn anos i'w nabod o hyd. Dim rhyfedd fod y ddynoliaeth yn addoli Duw sy'n ddigyfnewid. Ni buaswn yn credu hyd heddiw fod yn bosibl i Miss Lloyd edrych mor surbwch. Ni welais olwg fel yna arni o'r blaen er pan mae'n aros yma. Ni wn am y llall. Ond erbyn meddwl ni roddodd Miss Lloyd fawr o hym y noson yr awgrymais fod Miss Owen yn dŵad yma. Eto yr oedd y ddwy yn arfer bod yn ffrindiau mawr. Ymddengys i mi mai po nesaf y down at ein gilydd, mai mwyaf yn y byd y crafwn ar ein gilydd. A dyna Esta, nid oedd dim posibl gwneud na rhych na gwellt ohoni heno. Ni wyddai beth i'w wneud efo'i dwylo na'i llais. Wrth golli Iolo, mae hi fel petai wedi colli ei chefndir, neu efallai y patrwm a gymerai iddi hi ei hun. Sylwais lawer gwaith y byddai'n fwy naturiol pan fyddai Iolo o gwmpas na phan fyddwn yma fy hun. Ac y mae'r un cyndynrwydd sych ynddi ag oedd yn Iolo, pan fyddai ef yn cael ei ffordd ei hun drwy beidio â dweud dim, symud ei ên o un ochr i'r llall a'i ddannedd yn crensian yn ysgafn yn ei gilydd wrth iddo wneud hynny. Ni fedrwn i, beth bynnag, wneud dim ond ildio i'r styfnigrwydd hwnnw. Ni ellir ymliw â distawrwydd. Mi fynnodd Esta fynd â Derith adre heno. Ond nid wyf am ildio iddi. Nid wyf am adael i Derith gael ei moldio yn y fan yna. Pam mae fy meddwl mor ymchwilgar y dyddiau yma? Yr wyf fel ffured yn mynd ar ôl cwningen, yn methu cael hyd i'r gwningen, ond yn cael pethau eraill. Yr wyf yn dychmygu y bydd gennyf docyn o bethau wedi eu hel wrth geg y twll yn o fuan. A fydda i rywfaint gwell wedi eu cael allan, fel y mae'r tir yn well wedi cael gwared o drychfilod? Cefais i dameidiau o fywyd hapus pan oedd fy meddwl heb amheuon. Am wn i mai dyna'r unig ffordd i fod yn hapus. Ond rhydd ryw ryddhad imi gael ysgrifennu hwn. Teimlaf fod y tŷ yn rhy lawn a phawb ar fy ngwynt, ac er fy mod wrth y to yma, mae'n haws anadlu. Yma'n unig yr wyf yn cael siawns i siarad â mi fy hun. Rhaid imi dreio cysgu. Gwyn fyd y bobl sy'n medru credu'n syml yng ngofal Duw amdanynt.

PENNOD IX

Cerddai Lora ôl a blaen o gwmpas beudái ei hen gartref, lle
yr oedd Jane, ei chwaer, yn byw. Daethai yno efo bws plant
yr ysgol amser te, ac yn awr yr oedd yn tynnu at yr amser i
Owen ddod o'r chwarel. O'r pellter deuai sŵn ei phlant hi a
phlant ei chwaer yn gweiddi nerth esgyrn eu pennau o'r
gwahanol feudái a'r cytiau. Wrth eu clywed gallai dyngu mai
sŵn ei brodyr a'i chwiorydd hi ei hun pan oeddynt yn blant
chwarter canrif yn ôl ydoedd. Yr un dinc, yr un ce. Cerddai
o gwmpas, â'i phen i lawr, fel petai'n chwilio am rywbeth
a gollasai. Nid chwilio yn ei chof yr oedd am y pethau a
oedd yn eiddo iddi pan oedd yn blentyn; dylifai'r atgofion
drosti fel dŵr. Profi ei chof yr oedd wrth blygu a chwilio.
Yn y fan yma wrth ben y grisiau cerrig a âi i lawr i gefn y
beudy o'r gadlas y dylai'r garreg lefn honno fod. Yn y fan
yma y dylai bach fod yn taflu allan o'r wal. Yn y fan yma y
dylai ei henw hi ac Iolo fod wedi ei gerfio â chyllell ar bostyn
y llidiart. Ac yn y mannau hynny yr oeddynt. Yr oedd y cwbl
fel sym yn dod yn gywir. Yr oedd sylfaen y das yn barod i'r
gwair — trwch tew o rug. Safodd arno a'i glywed yn murmur
o dan ei thraed, a'i aroglau sych, iach yn llenwi ei ffroenau.
Âi ei meddwl ymlaen i'r gaeaf, pan ddeuai mwg meddal gwyn
allan ohono drwy'r simnai. Crogai cangau'r coed dros y
gadlas fel cawod o law taranau yn dymchwel. Yr oedd y
pladurwyr wedi bod yn lladd y gwair o gwmpas y cae i wneud
lle i'r peiriant a ddeuai yfory, a deuai aroglau melys ei
wneifiau tuag ati. Rhwng y gadlas a'r cae yr oedd y pistyll, yn
rhedeg yn fain heddiw heb ei fwa pontiog, a'r piser odano'n
union fel yn adeg ei rhieni. Ymhen yr wythnos byddai'r
gadlas yn llawn i'r top o wair, sidanaidd ei sŵn, a'r gwacter
wedi ei lenwi â distawrwydd. Cudynnau ysgeifn y gwair yn

76

ysgwyd fel plu yn yr awel cyn twtio'r das. Yr oedd y maen llifio yno, heb wisgo llawer gan anamled y defnyddid ef heddiw. Aeth i lawr y grisiau i gefn y beudy, a phlygu ei phen yn reddfol wrth fynd drwy'r drws. Bron na ddywedai fod yr un gwe pry cop yno ag oedd chwarter canrif yn ôl, a'r un darn o lechen yn taflu allan o'r wal i ddal y gannwyll.

Yr un llwch o dan y gwartheg ar y llaesod, y rhigolau'n sych fel pob haf. Daeth i'w chof y cryndod a ddeuai i'w chorff wrth glywed llygoden fawr yn crafu yng nghefn y beudy, ac weithiau yn ysgwrlwgach o dan y gwair, a'r ofn mwy a ddeuai iddi wrth ei gweld yn dod allan fel cysgod ac yn diflannu'n chwipyn i dwll, a chofio'n hwy ei chynffon na'i chorff. Cofio am y degau cathod bach a aned yn y gwair yn y gornel, a'u mam mor falch ohonynt wrth iddynt sugno, yn dangos ei thethi'n ddigwilydd, a rhyw law greulon yn dod a chipio'r cathod bach i'w rhoi mewn pwced. Trwynau seimlyd y lloiau bach a'u tafodau rasp. Hiraeth tridiau'r fuwch am ei llo, a'r llo'n brefu ei hiraeth yn y lladd-dy. Yr oedd y cwt ieir yn union yn yr un fan ag y buasai erioed. Cofiai fel y swatiai'r ieir yn y gaeaf, a'u pennau yn eu plu pan yrrid hi ym min tywyllnos i gau arnynt. Y nyth cacwn yn y clawdd pridd a'u su undonog am ddyddiau wedi i rywun godi'r nyth; a'r cloddiau pridd eu hunain yn llawn blodau grug ac eithin a choed llus. Aeth i edrych a oedd llus ar y coed erbyn hyn, ond ni chafodd ddim ond y blodau yn glychau cochion. Yr oedd y plant yn chwarae yn y gwair, ac wedi chwalu'r gwneifiau wrth ymwthio odanynt. Yr oedd yn falch o weld Rhys yn ei fwynhau ei hun cystal â'r un, a Margiad wedi gwneud mwng ceffyl am ei wddw gyda'r gwair.

Cerddodd oddi wrth y tŷ tuag at y llwybr i'r mynydd i gyfarfod ag Owen. Cofiai fel y byddai'n mynd i gyfarfod â'i thad pan oedd tua'r un oed â Derith, er mwyn cael cario'i biser bach chwarel am y canllath diwethaf, ac fel yr hoffai ei ysgwyd ôl a blaen fel cloch yr ysgol. Yr oedd y mynydd y tu allan i libart Bryn Terfyn fel erioed yn llawn o blu a baw ieir a gwyddau a defaid, a hen duniau ers oes y byd. Cofiai fel y byddai'n gwneud ynys iddi hi ei hun yng nghanol y 'nialwch yma, er mwyn cael lle i eistedd i wnïo a gwisgo'i dol. Gwelodd Owen yn dod, gan lusgo ei draed yn flinedig, a safodd yntau i gymryd sbel a rhoddi ei bwys ar gilbost y llidiart. Edrychai'n waelach na phan welsai ef cynt, ei wynt yn fyr, a'i chwys yn rhedeg yn ffrydiau bychain oddi ar ei arlais a'i dalcen.

'Digon symol,' oedd ei ateb i gwestiwn Lora — 'mi fydd yn rhaid imi aros gartra o'r chwaral gyda hyn.'

'Gorau po gynta. Mi wnaiff gorffwys iawn a bwyta bwyd maethlon lawar iawn o les iti.'

'Gwnaiff. Ond rhaid cael arian i fagu'r plant.'

'Wel, mi helpa i dipyn, mi fydda i'n ennill cyflog yn o fuan.'

'Lora bach, mae gen ti ddigon o faich.'

Yr oedd yr olwg hoffus ar ei brawd-yng-nghyfraith yn ddigon i ddod â'r dagrau i'w llygaid. Tybiai Lora nad oedd yn bosibl i'r wyneb agored, onest hwnnw fod yn ddim heblaw yr hyn a fu iddi er pan adnabu ef gyntaf, dyn y gallai ymddiried ei bywyd iddo.

'Rwyt titha'n edrach yn ddigon pigfain,' meddai wrth Lora, 'ond syndod dy fod ti cystal.'

A rhywsut yr oedd y caredigrwydd yn ei lais yn ddigon iddi fwrw'i holl gyfrinachau diwethaf arno, heb falio beth fyddai ei ymateb iddynt.

'Wel dyn a'th helpo,' meddai, 'y ni ddylai dy helpu di. Rwyt ti wedi mynd trwy betha mawr er pan welis i di.'

'Mi fedra i wneud yn iawn os ca i iechyd. Mi fydda i'n siŵr o ddŵad trwyddi hi.'

'Oes rhywun arall yn gwybod hyn?' gofynnodd Owen.

'Dim ond Mr Meurig trwydda i beth bynnag. Ac fel y gweli di, nid fel ffrind y mae o'n gwybod. Yr oedd yn rhaid iddo fo wybod un hanner, petawn i heb ddweud yr hanner arall wrtho fo.'

'Dydw i ddim yn meddwl y dywed o wrth neb. Mae enw digon da iddo fo tua'r dre acw,' meddai Owen.

'Maddau i mi am fwrw fy mherfadd wrthat ti, ond yr ydw i bron wedi torri ar fy nhraws o eisio dweud wrth rywun. Fedrwn i ddim dweud wrth Jane dest rŵan. Mi gei di ddweud wrthi. Mi fasa hi'n dweud petha cas am Iolo, a faswn i ddim yn medru diodda hynny.'

'Na, mi wn i, mae'r hyn sydd wedi bod yn golygu rhywbeth iti.'

'Ydi, er na fedra i mo'i asio fo wrth ddim eill ddŵad eto. Brifo mae'r peth rŵan, Owen, a dim byd arall, a phan mae pethau'n brifo, mae ar rywun eisio tipyn o gydymdeimlad, a dydw i ddim yn 'i gael o. Edrach arno fo fel twrna mae Mr Meurig; mae o'n ddigon hael.'

'Ydi Esta'n gwybod am hyn?'

'Nac ydi, a chaiff hi ddim trwydda i. Mae hi o'r un gwaed â fo. Ond mae hi mor ddideimlad â charreg admant. Dydi hi ddim wedi cymaint â dweud fod yn ddrwg ganddi drosta i, a fu'i mam hi byth acw. Mae'r ddwy'n meddwl mai iddyn nhw y mae'r gnoc ac nid i mi.'

'Y nefoedd fawr! Fedra i ddim dallt pobol.'

Ar hyn, dyma'r plant yn rhedeg dan weiddi, a dweud bod y bwyd yn barod. Wyth o gwmpas y bwrdd yn hen gegin ei mam — bron fel yn yr hen ddyddiau. Penwaig picl a thatws newydd, dysglaid o fenyn a digon o frechdanau a bara ceirch ar y bwrdd. A phawb yn bwrw iddi. Edrychai Owen yn well ar ôl ymolchi a rhoi ei got noson waith amdano, ac yr oedd yn mwynhau ei fwyd. Wrth ymyl Lora, eisteddai Now Bach, y rowlyn-powlyn o hogyn bach mwyaf digrif yr olwg, tua'r un oed â Derith. Ei wallt fel brws sgwrio ac yn sefyll fel petai troell gorun ym mhob congl ar ei ben. Syllai heb dynnu ei lygaid oddi ar ei fodryb Lora, dim ond pan ddaliai hi ef. Yna rhôi ei ben i lawr a chwerthin hynny a fedrai, a diweddu trwy roi ei ben ar fraich Margiad. Geneth fawr heglog oedd Margiad, a cheg fawr, dannedd cryfion, gwynion, ei llygaid fel petaent heb orffen agor, ond fe agorent ryw ddiwrnod, meddyliai Lora, ac fe lygad-dynnent ryw fachgen efo'r geg fendigedig a'r croen hufen yna. Yr oedd ei gwallt gwinau'n gynhinion o gwmpas ei phen, ond fe ddeuai diwrnod mewn pwl o falchder pan gâi ef i drefn. Bachgen bach swil oedd Guto, yn eistedd wrth ochr ei fam, yn rhy swil i godi ei ben bron — yn debyg iawn i Rhys o ran pryd a gwedd, ei wallt yn olau a'i lygaid yn las tywyll. Edrychai Jane yn ddigon bodlon yn eu canol. Yr oedd hi'n hynod debyg i Lora, ond yn fyrrach ac yn dewach.

79

'Rŵan, Now,' meddai'r tad.

Dyna Now Bach yn cael ffit eithafol o chwerthin, a rhywsut fe aeth pawb arall i chwerthin.

'Chwerthin am ben dim byd ydi peth fel yna,' meddai Owen.

'Ychi'n deud "Rŵan, Now", yr un peth ddwywaith,' meddai Now Bach.

Dechreuodd pawb chwerthin wedyn, a thynnwyd ef i ben pan ofynnodd Jane i Lora,

'Pryd y gwelis di Dewyth Edwart ddwaetha?'

'Welis i byth mono fo ar ôl iddo fod acw yn gofyn imi gadw'i dŷ o.'

'Y creadur rhyfadd! Mi fûm i yno ryw ddiwrnod. Mae o wedi mynd reit fusgrall, ond y mae o'n dal i llnau'r tŷ o hyd. Mae o fel y lamp, ac mae o'n byw ar uwd a bara llaeth a phethau felly. Roedd o cyn falched â singo pan eis i â phryd o datws newydd a llaeth enwyn iddo fo. Mi ddalia i 'i fod o wedi cael tatws laeth cyn i mi gyrraedd adra.'

'Mae hi'n rhy hwyr imi alw yno heno, yn tydi?'

'Ydi, well iti ddŵad i fyny ryw bnawn Sadwrn. Mi eill fod yn 'i wely. Mae o'n sôn am ddŵad â'i wely i'r parlwr, a gadael i'r llofftydd heb 'u llnau.'

'Mae'r hen dŷ yna'n rhy fawr iddo fo, dwn i ddim beth wnaeth iddo fo brynu tŷ mor fawr.'

'Tasa gynno fo wraig, mi fasa'n iawn,' meddai Owen.

'Taw sôn am ferchaid wrtho fo. Mae o'n meddwl mai nhw ydi achos holl drwbwl y byd,' meddai Jane.

'Na, mae o'n licio Anti Lora,' meddai Now Bach.

'Sut gwyddost ti?' meddai ei fam.

'Now sy'n gwneud negesau iddo fo rŵan,' eglurodd Owen.

'A mae o'n deud, "biti iddi briodi 'rioed efo'r hen sgerbwd yna",' meddai Now Bach.

Edrychodd teulu Bryn Terfyn i gyd fel llofruddion ar y lleiaf ohonynt, a dechreuodd yntau grio.

'Yli, Now Bach,' meddai ei fodryb, 'paid ti â malio dim yn neb. Does gen ti mo'r help fod Dewyth Edwart yn hen-ffasiwn. Mae gynno fo dafod fel miniawyd.'

'A mwstás fel cath,' meddai Derith.

Chwarddodd pawb ac eithrio Now Bach.

'Paid â thorri dy galon, Now,' meddai Lora, 'hen fistêc bach oedd hwnna. Mae dy dad a dy fam wedi gwneud mistêcs mwy lawar gwaith.'

Cymerodd Lora ei hances poced a sychu ei lygaid.

'Mae gynnoch chi sent neis, Anti Lora.'

'Oes dywad? Tyd, gorffen dy bennog.'

Tan gyfaredd ei fodryb daeth ato'i hun.

'Sôn am laeth enwyn,' meddai hithau, 'wyt ti'n cofio fel y byddan ni'n yfad llaeth efo pryd fel hyn, allan o bowlia glas a gwyn rhesog? Fydda i byth yn gweld rhai felly rŵan.'

'Mae yma un yn rhywla,' meddai Jane.

Ar hynny dyma Now bach yn rhedeg i'r tŷ llaeth ac yn dod â'r bowlen bach henffasiwn, a'i gosod ar y bwrdd o flaen ei fodryb.

'Yfwch o honna, Anti Lora,' meddai, a thywalltodd hithau ei llaeth enwyn o'r gwydr i'r bowlen.

'O, mae o'n dda.'

'Gaiff Anti Lora y bowlan i fynd adra?' meddai Now Bach.

'Gaiff hi, Mam?' meddai Guto, a fuasai'n ddistaw hyd yn hyn.

'Caiff, wrth gwrs.'

Sylwodd Lora fod Rhys yn edrych yn freuddwydiol pan âi'r holl sgwrsio yma ymlaen, yn sipian ei laeth enwyn yn araf, ac edrych dros ei ben ar ryw un sbotyn ar y lliain bwrdd. Gwyddai ei fam nad oedd yn ymdoddi dim i'r cwmni, a gwyddai mai chwerthin gwneud oedd ei chwerthin gyda Now Bach, fel gwaed mewn coes bren. Cochodd at ei glustiau pan wnaeth Now Bach y camgymeriad. Ond pan ddaeth yr olaf â'r bowlen i'w fam, daeth gwên foddhaus i'w wyneb prudd.

Gorffenasant eu pryd efo phwdin reis henffasiwn ardderchog, a mwy o wyau nag o reis ynddo. Ar ôl y pryd dyma Margiad yn mynd at ei modryb a gofyn,

'Ga i dipyn bach o'r sent yna gynnoch chi pan ddo i acw, Anti Lora, os gwelwch chi'n dda?'

'Wrth gwrs. Hwda, cadwa honna.' A rhoes ei hances poced iddi. Cuddiodd Margiad hi tu mewn i'w ffrog.

Cerddasant i gyd yn rhes hir ar hyd y comin i'r lôn i

ddisgwyl am y bws. Meddyliodd Lora eu bod yn hollol yr un fath â'r 'lladron yn dŵad tan wau sana' yn yr hen rigwm. Pan oedd yn blentyn ni welodd y rhai hynny erioed ond fel rhes hir o bobl a'r lleuad yn taro ar eu gweyll wrth iddynt wau. Teimlai'n oer wrth fynd i mewn i'r bws, fel petai siôl wedi disgyn oddi ar ei hysgwyddau wrth i deulu Bryn Terfyn ei gadael.

'Mi'r ydw i'n meddwl mai Anti Lora ydi'r ddynas glysa yn y byd,' meddai Guto, yn swil, ar ei ffordd yn ôl.

'Wir, mae dy lygad ti yn well na dy dafod ti,' meddai ei dad.

'Rydw inna hefyd,' meddai Margiad, 'a mae hi wedi gaddo potal sent i mi.'

'A mae hi'n ffeind,' meddai Now Bach, 'mae Dewyth Edward yn deud na fuo ddim gwell hogan mewn croen.'

Wrth ddychwelyd i'w tŷ hwy yn y stryd yn y dref, meddai Derith,

'Rydw i'n licio Now Bach, ond bod gynno fo wallt hyll.'

'Mi gawson ni fwyd da, yn do, Mam? A mi'r ydw i'n licio Dewyth Owen,' meddai Rhys.

'A Margiad wyt ti'n licio,' meddai Derith.

'Dew, mae gynni hi freichia cry.'

'Lle cest ti'r "dew" yna?' gofynnodd y fam.

'Mi'r oedd pawb yn 'i ddeud o.'

'A mi welis i Margiad yn rhoi cusan i ti,' meddai Derith.

'Y hi ddaru, nid y fi. Doeddwn i ddim yn licio'r ffordd yr oedd hi'n gafael yn fy mhen i, i 'ngneud i'n geffyl.'

'Mi'r wyt ti'n rhy dendar o lawar,' meddai ei fam, 'rhaid iti ddysgu cymyd dy gnocio.'

'Ddim gin genod.'

Erbyn hyn yr oeddynt wedi cyrraedd eu stryd eu hunain, ac yr oedd lleithder nos o haf wedi disgyn ar y palmant. Y plant yn dal i barablu ymlaen am eu noson, a Lora'n meddwl amdani hefyd, ond nid fel peth byw a'i hudai yno wedyn. I'r plant yr oedd y noson hon fel pacio bag i fynd ar wyliau, yn ernes o rywbeth yr oeddynt am ei gael o hyd ac o hyd. I'w mam, cist o drysorau ydoedd, rhywbeth i'w chau a'i hanghofio, ond bob tro yr ailagorai hi teimlai nad oedd arni awydd ei hailagor yn fuan eto. Yr oedd yr holl bethau yr oedd wedi eu hail-fyw heno fel llun pobl o'r un cyfnod, efo'u coleri stic-yp dwbl, y llabedi cotiau uchel, y trywsusau tyn a'r cotiau cwta. Yr oeddynt yno'n llonydd, wedi bod a heb fod; ni chodent unrhyw gynnwrf y tu mewn iddi. Nid arweiniai hiraeth hi i unman ond i bwll o ferddwr. Rhyw ddiwrnod fe ddiflannai'r lluniau yna oddi ar y cerdyn, ni byddai dim ar ôl ond smotiau brychni. Fe gâi drafferth i alw'r lluniau o flaen llygaid ei dychymyg. Ond yr oedd rhywbeth o'i blaen ar y palmant yma heno, rhywbeth anodd ei ddiffinio. Yr oedd ar dân am gael mynd i'r tŷ, rhoi'r plant yn eu gwelyau, a mynd ati i sgrifennu yn ei dyddlyfr. Y hi ei hun oedd yn y fan honno, y hi ei hun fel yr oedd heddiw, yr unig hi ei hun mewn bod, y hi ei hun wedi dod trwy bethau na freuddwydiasai y deuent i neb ond i bobl eraill, a'r rheiny'n bobl mewn papur newydd. Yrŵan yr oedd yn mynd i gyfarfod â hi ei hun, a dweud ei chyfrinachau wrthi hi ei hun. Brysiai ei chamau ymlaen. Yr oedd hi ei hun newydd yn symud o'i blaen fel smotyn, a hithau yn ei ddilyn.

Penderfynodd fynd i'r tŷ trwy'r cefn. Yr oedd golwg ddigalon ar y gegin wrth edrych drwy'r ffenestr ar un eiliad, golwg fel petai ei pherchenogion wedi mynd oddi cartref am byth, ond yr eiliad nesaf yr oedd fel petai'n disgwyl ei pherchenogion yn ôl. Yr oedd tân bychan yn y grât, y gath yn rhowlyn ar glustog y gadair, ac ar y bwrdd yr oedd hambwrdd a llestri te arno, heb iddi hi ei osod yno. Daeth tagfa i'w gwddw am eiliad, ond gwthiodd hi i ffwrdd yn benderfynol. Daeth Loti ac Annie i'r gegin i egluro presenoldeb yr hambwrdd — meddyliasant yr hoffai gael cwpanaid o de wedi dod i'r tŷ.

Mynegasant hefyd fod ei mam-yng-nghyfraith wedi galw tra bu allan. Crychodd Lora'i thalcen a dweud yn boeth ei thymer,

'Ond yr oeddwn i wedi dweud wrth Esta 'mod i'n mynd i dŷ fy chwaer heno.'

Ni ddywedodd ddim arall, dim ond meddwl a meddwl a brathu ei gwefus.

' 'Rhoswch funud,' meddai wrth y genethod, 'mi ro i Derith yn 'i gwely, a mi ddo i i lawr atoch chi.'

83

Cymerodd Rhys lyfr ac fe aeth i'w lofft. Daeth ar ôl ei fam i'r atig, a throi o'i chwmpas. Gwyddai Lora'n iawn ei fod wedi darllen ei hwyneb yn y gegin.

Troes hithau ato'n sydyn,

'Yli, Rhys,' meddai, 'dos i dy lofft i ddarllen, a phaid â malio yno' i. Mae dy fam siŵr o baffio drosti 'i hun. Dim ots am neb. Mi awn ni i fyw i'r wlad.'

'Gawn ni, Mam?'

'Cawn, ryw ddiwrnod.' A dechreuodd ganu tros y tŷ: 'Mam-yng-nghyfraith ddoth trwy'r afon. Gweld fy nillad i'n rhy wynion.'

Aeth Rhys i lawr i'w lofft ei hun dan chwibanu.

Yr oedd Loti ac Annie yn ei disgwyl ac wedi rhoi dŵr poeth ar y tebot.

'Mae gen i dipyn o fenyn bach wedi 'i gael gin fy chwaer; mi rhown i o ar y bara ceirch yma.'

Ac felly y buont yn yfed te ac yn eu mwynhau eu hunain am hir. Yr oedd y ddwy ferch ifanc fel pe baent am amddiffyn eu gwraig lety hyd onid âi i gysgu, ac yn ymwybodol bod rhagor o drwbl yn ei haros. Cyn iddi ddod i mewn buasai'r ddwy'n dadlau pa un oedd orau iddi, cael gwybod beth a ddywedasai ei mam-yng-nghyfraith, ai ynteu byw mewn anwybodaeth ohono.

Wedi canfod nad oedd Lora yno, yr hyn a wyddai ymlaen llaw, yr oedd Mrs Ffennig yr hynaf wedi troi ar ei sawdl yn ffroenochlyd. Yn wir troesa'n barod cyn clywed yr ateb, a dweud,

'Mae hi'n braf arni, yn medru mynd i gymowta mor fuan.'

Yr oedd hyn yn ormod i Loti. Methodd ddal ei thafod.

'Wedi mynd i gymowta efo'r plant y mae hi, ac nid efo gŵr neb arall.'

Yr oedd Annie am ei lladd. Dyma hi, meddyliai, wedi bod yn ei llety ddim ond am ychydig wythnosau, ac yn dangos y fath ddiffyg chwaeth. Buasai arni gwilydd dweud y fath beth wrth Mrs Ffennig. Dim ond o un peth yr oedd yn falch, fod Mrs Ffennig yr hynaf wedi clywed y gwir, ac yna'r munud wedyn, teimlai na wnâi'r gwir ddim lles i un yr un fath â hi. Nid ar gyfer pobl fel y hi yr oedd y gwir.

Er mor braf oedd cwmni'r ddwy eneth yna heno, yr oedd yn rhy hwyr gennyf gael dod i'r gwely i sgrifennu hwn. Y munud hwn sy'n cyfrif ac nid y munud nesaf. Y munud y dylwn i fod yn ysgrifennu oedd y munud y dywedwyd wrthyf fod fy mam-yng-nghyfraith wedi galw, er mwyn cael ysgrifennu'r hyn oedd ar fy meddwl, gan na fedrwn ei ddweud wrthynt hwy, sef 'Yr hen gnawes'. A hen gnawes oedd hi'n galw pan wyddai yn iawn nad oeddwn yma. Mae gwir ystyr y gair yna wedi gwawrio arnaf heno wrth feddwl am ei dichell. Mi eill ddweud yrwan ei bod hi wedi galw, a mae hynny'r un peth iddi hi â'i bod wedi gwneud ei dyletswydd tuag ataf. Gwyn fyd na fedrwn i daflu pethau heibio heb boeni. Mae'n debyg y cawn i fwy o drugaredd ganddi hi a'i merch petawn i wedi gwneud yr hyn mae Iolo wedi ei wneud. Mi fuasai'r ddwy yn smalio trugarhau yn fy nghefn ac yn dangos peth mor sâl fuaswn i. Ond am mai gwrthrych eu haddoliad hwy sydd wedi pechu, rhaid i'w hymddygiad ataf fi droi'n fath o eiddigedd. Yr wyf yn siwr eu bod yn crensian eu dannedd mai i Iolo y daeth y ffolineb yma ac nid i mi! Fy nhemtasiwn fawr i rwan fydd cadw'r hyn sydd o'r golwg oddi wrthynt. Peth caled fydd cadw i mi fy hun y peth a allai eu taro i'r ddaear. Mae'n erfyn mor ddialgar, ac nid peth da ydyw bod y carn i gyd yn eich llaw chwi eich hun. Fe ellir ei ddefnyddio mor fyrbwyll a tharo eich gwrthwynebydd yn wastad â'r ddaear. Ni ddaw dim calondid i neb o hynny. Pan mae pobl ar eu traed y maent yn ddiddorol. Ond rhaid i mi ei gadw i mi fy hun. Dyna fydd fy maich ddydd a nos. Wedi i un peth ddigwydd, mae pethau eraill yn digwydd yn rhuthr ar ei ôl. Gynt, nid oedd dim byd ond bywyd tawel. Ni allwn ddweud fy mod yn or-hoff o deulu Iolo, ond gallwn fyw efo hwynt. Nid wyf yn gallu byw na ffraeo efo hwynt erbyn hyn. Ond bydd yn amhosibl medru brathu fy nhafod am byth. Nid wyf yn ddigon o seicolegydd i fedru deall pam y mae fy nheulu-yng-nghyfraith yn ymddwyn fel hyn.

Yr oeddwn i'n meddwl y byddwn i'n teimlo'n well

wedi cael dweud wrth Owen heno, ac mi'r oeddwn am funud. *Yr oeddwn i mor falch na ddywedodd o ddim gwael am Iolo, na gollwng glafoerion o gydymdeimlad drosof finnau ychwaith, dim ond gwrando'n gall a dangos ei ddealltwriaeth. Medrais fy mwynhau fy hun am dipyn. Yr oedd y plant ddigon o ryfeddod er gwaethaf y munudau poenus a gafodd Now Bach. Ond pam mae fy meddwl yn mynnu llamu i'r dyfodol a'u gweld yn bobl fel fy mam-yng-nghyfraith? Fy ngwneud yn ddigalon y mae ymddygiad Iolo, ond codi fy ngwrychyn y mae ymddygiad fy mam-yng-nghyfraith, a gollwng yn rhydd leng o ysbrydion aflan ynof. Pam y daeth yr hen gân yna am y fam-yng-nghyfraith i'm meddwl heno? Ai treio troi Rhys draw yr oeddwn i, a ffugio fy mod yn hapus? Tybed a fuasent wedi hoffi gwraig i Iolo a ofalai lai amdano ac am ei gysur? Cyflog da sydd wedi twtio gwisg Esta, ac nid dim cynhenid yn ei natur.*

Yr wythnos nesaf byddaf yn dechrau ar fy ngwaith yn yr ysgol, ac y mae'n rhyfedd cyn lleied y mae yn ei boeni arnaf. Bydd fy holl fyd wedi newid wedyn. Ond nid ar hynny y mae fy meddwl. Mae fy meddwl ar un smotyn o hyd, yn troi fel gwyfyn o gwmpas lamp.

PENNOD X

Deuent yno ati i'r gegin bob nos wedi swper, am wahanol resymau personol. Yr oedd Annie Lloyd yn blino ar siarad Loti, os byddai'r tywydd wedi eu cadw i mewn trwy gyda'r nos. Byddai Mr Meurig wedi blino ar sŵn tŷ gwag. Nid oedd yn chwaraewr golff nac yn gerddwr. Ni welai'r wraig a ddeuai i lanhau iddo ar ôl amser cinio. Efallai mai Loti oedd yr unig un a ddeuai er mwyn Mrs Ffennig ei hun. Digon posibl bod y ddau arall yn gallu eu darbwyllo'u hunain fod eu cwmni'n dderbyniol yn y gegin ac yn help i Lora anghofio. Ni wnaent hynny, oblegid yn ei unfan y byddai ei meddwl er ei bod yn siarad â hwy. Yr oedd yr holl siarad fel tanio ergyd dros ben tyrfa i'w dychryn. Weithiau fe'i câi ei hun yn siarad un peth ac yn meddwl peth arall, ac yr oedd hynny erbyn hyn yn hollol yr un fath â'i dull o fyw. Yr oedd un rhan ohoni yn ei meddyliau a'i dyddlyfr, a'r rhan arall yn ei gwaith bob dydd a'i hymwneud â phobl eraill. Yr oedd y cyntaf yn ddwfn a thywyll, fel petai mewn ogof, y llall yn ysgafn ac yn fas. Ni châi fyth eistedd yn y bywyd ysgafn yma. Yr oedd fel aderyn ar ei adain bob munud, yn hedeg o un peth i'r llall, yn pigo yma, yn pigo acw heb i ddim gyffwrdd â hi. Yr oedd yna fywyd arall ar dro, pan welai Owen, a siarad am y gyfrinach gydag ef. Ond anaml y byddai hynny. Nid oedd oleuni pellach yn y mater hwnnw. Tirio yn yr un fan y byddent yn eu sgyrsiau heb i ddim newydd ddod i'r golwg. Er y byddai'n ofni darganfod esiampl newydd o anonestrwydd Iolo, a bod anonestrwydd yn rhan o'i fywyd, eto ni ddaethai dim arall i'r golwg, a theimlai hithau erbyn hyn fod barn Mr Meurig yn iawn, fod y twyllo wedi digwydd i gynnal y garwriaeth efo Mrs Amred. Wrth iddi siarad ar y mater gydag Owen, fe wrandawai ef arni'n amyneddgar, ond fe wawriodd arni y gallai fod ei brawd-yng-nghyfraith yn syrffedu arni. Dal i dywallt dŵr i'r un ddysgl yr oedd, ac yn gwneud hynny heb gofio fod gan y gwrandawr ei boen ei hun yn ei wendid. Am Mr Meurig, nid ynganodd air am y peth wrtho byth wedyn. Damwain, ar funud o gynnwrf, oedd i fater y llyfr banc ddod i'w wybodaeth o gwbl. Gan nad adwaenai'r dyn yn rhy dda, ni byddai siarad am y peth wrtho o unrhyw gysur. Petai'n ffrind . . .

Ar ffin y bywyd hwn yr oedd bywyd arall, ei pherthynas ag Esta a'i mam. Er na wyddent y cyfrinachau a wyddai hi, yr oedd diflaniad Iolo yn boen iddynt na allent ei chyfrannu â'i gilydd er hynny. Daethai gagendor rhyngddynt. Fe fyddai hwnnw'n siŵr o ledu neu gau. Lledu yr oedd yn debyg o wneud. Teimlai eu bod wrth siarad â'i gilydd yn siarad dros ben rhywbeth — dros ben Iolo. Y fo oedd y bwgan a safai yn y canol.

Ar noson fel hyn, a hwythau eu pedwar yn y gegin, y glaw yn pistyllian y tu allan, y daeth Esta yno. Chwarae cardiau yr oeddynt am na fedrent gynnal sgwrs. Yr oedd yn gas gan Lora chwarae cardiau, fel yr oedd yn gas ganddi bob chwarae arall ar ôl gadael ei phlentyndod. Ni allai ddeall meddwl neb a gâi'r pleser o gael y gorau ar rywun arall drwy ei fedr, a dim ond er mwyn plesio a rhwystro sefyllfa annifyr y chwaraeodd heno. Yr oedd yn rhaid iddi roi ei holl ewyllys ar waith er mwyn chwarae rhyw fath o chwarae.

Yr oeddynt yn chwerthin am ben rhyw stori oedd gan Mr Meurig am ryw hen ŵr o'r wlad wedi dod ato rywdro i wneud ei ewyllys, ac yn lle dweud i bwy yr oedd am adael ei bethau yr oedd wedi enwi pawb nad oedd arno eisiau gadael dim iddynt. 'Hwn-a-hwn — dim. Hon-a-hon — dim.' Yr oedd yn werth, meddai, talu am ddangos i'r diawliaid hynny pa mor agos y buont i gael arian ar ei ôl. Ac felly y gwelodd Esta hwynt pan ddaeth i mewn trwy ddrws y gegin bach. Cynigiodd Lora ei lle iddi chwarae, ond ni fynnai. Gwrthododd gwpanaid o de. Dywedodd fod yn rhaid iddi fynd. Gofynnodd Lora iddi ei hun pam yr oedd yn rhaid iddi ddŵad. Aeth i'w danfon i ddrws y gegin bach, a

88

gofynnodd iddi yn y fan honno a oedd yna rywbeth neilltuol yr oedd arni ei eisiau. Na, ni wnaethai ddim ond galw.

'Ond mae'n amlwg bod gynnoch chi gwmpeini,' meddai.

Aeth allan heb wên ar ei hwyneb, ac ni ddywedasai 'Nos dawch' wrth y lleill.

'On'd ydi'r eneth yna'n surbwch?' meddai Mr Meurig. 'Ydi hi fel yna yn yr ysgol?'

'Ddim pan mae Miss Immanuel o gwmpas.'

'Dwn i ddim sut mae Mrs Ffennig yn 'i diodde hi,' meddai ef wedyn.

' 'I diodde hi mae hi,' meddai Loti Owen.

'Mae arna i ofn ein bod ni wedi tarfu eich chwaer-yng-nghyfraith,' meddai Mr Meurig pan ddaeth Lora i mewn.

'Nid y chi sydd wedi'i tharfu hi, mae hi fel'na ers tro.'

Ac edrychodd y ddau ar ei gilydd fel petai yna ddeall-twriaeth rhyngddynt ar hynny.

Rhywsut chwalwyd y cwmni, ac aeth Loti ac Annie i'w hystafell eu hunain, a gadael y ddau arall yn y gegin. Yr oedd y chwerthin wedi gadael yr ystafell, a phob awydd i siarad. Brathai Lora ei gwefus. Meddyliai yntau tybed a allai ef dorri trwy'r tew o amddiffyniad a roesai hi iddi ei hun.

'Ydach chi'n dweud mai fel yna y mae eich chwaer-yng-nghyfraith bob tro y daw hi yma?'

'Mae hi wedi newid yn hollol er pan aeth Iolo i ffwrdd.'

'Mi'r oeddach chi'n ffrindiau mawr cyn hynny, on'd oeddach chi? Mi fyddech yn mynd i'r fan yma a'r fan acw.'

'Byddan. Ond . . .'

'Mi'r ydw i'n ddigwilydd yn holi.'

'O nac ydach wir. Methu egluro yn iawn yr ydw i. Ydach chi'n gweld, fel chwaer i Iolo, yr oeddwn i'n naturiol yn rhoi croeso iddi yn fy nhŷ, ac yn mynd i ffwrdd efo'n gilydd a phethau felly. Ond fedra i ddim dweud 'mod i wedi teimlo tuag ati fel ffrind iawn.'

'Fedrwch chi ymddiried ych cyfrinachau iddi?'

'Mi'r oeddwn i'n ymddiried cyfrinachau oedd yn perthyn i Iolo a minna, pethau teulu felly, ond dydw i ddim yn meddwl y baswn i'n medru dweud fy nhu mewn wrthi hyd yn oed yr adeg honno. Faswn i byth yn medru sôn am grefydd, na fy nheimladau at bobol yr ydw i yn 'u caru wrthi.'

'Oes gynnoch chi rywun y medrach chi drin pethau felly efo hi? Maddeuwch i mi, Mrs Ffennig. Rydw i'n ych holi chi fel twrna on't ydw?'

'Does dim raid i chi ymddiheuro. Mi wna les i mi siarad fel hyn. Rydw i wedi mynd i ryw un rhigol o fyw, ac o feddwl, ac mi fydd yn beth da i mi fedru troi oddi wrth y peth sydd fwya ar fy meddwl i i ryw gyfeiriad arall. Dydw i ddim yn meddwl y ca i 'i wared o oddi ar fy meddwl byth, ond mi eill siarad amdano fo efo ffrind roi rhyw ryddhad i mi.'

'Geill, a mi eill ffrind roi golwg arall ar bethau i chi, a newid golwg y briw i chi.'

'Mae'n anodd gweld hynny rŵan.' Synfyfyriodd eiliad.

'Oes, mae gen i ffrind, ond y mae hi'n byw yn Llundain, a dim ond unwaith mewn blwyddyn y bydda i'n 'i gweld hi. A fedrwch chi ddim trin peth fel hyn mewn llythyr rywsut.'

'Na, mae'r geiriau'n oeri ac yn newid yn y post.'

'A fedrwch chi mo'i sgwennu fo i gychwyn. Cofiwch hefyd, doeddwn i ddim yn byw yma cyn priodi, a doeddwn i'n nabod neb yma ond fy chwaer-yng-nghyfraith.'

'Ac yn naturiol mi aethoch yn ffrindiau?'

'Do, y math o ffrind y soniais i amdani rŵan.'

'Piti mewn ffordd, yr oedd hi rhyngoch chi a rhyw ddynes arall y gallasech chi wneud ffrind ohoni. A rydw i'n siŵr ei bod hi'n falch o gael mynd allan efo dynes mor hardd.'

Oni bai fod wyneb Lora eisoes yn berwi ar ôl bod yn hebrwng Esta i'r drws, fe fuasai'n teimlo ei bod yn gwrido.

'Dydw i ddim yn meddwl y medrwch chi wneud llawer o ffrindiau ar ôl priodi,' meddai hi wedyn. 'Mae'ch gŵr gynnoch chi, rydach chi'n dweud pob dim wrtho fo. Does yna ddim lle i neb arall, yn enwedig os oes gynnoch chi blant.'

Tybiai Aleth Meurig fod digon o le i bethau eraill ym mywyd Iolo Ffennig beth bynnag, ond dywedodd, 'Dydi pawb ddim fel yna, cofiwch, ond mae'n amlwg mai eich teulu oedd eich bywyd chi.'

'Doedd gen i ddim llawer o bleser mewn dim y tu allan iddyn nhw. Na dim arian i fynd i grwydro.'

I Aleth Meurig yr oedd rhywbeth diniwed iawn yn y dywediad yna. Mae'n debyg na sylweddolai mai yn y fan yna y cafodd ei gŵr ffatsh arni, gan nad oedd ganddo ef ddim llawer o ddiddordeb yn ei dŷ, nac yn ei ardd, nac yn ei blant, nac mewn gweithio at gael swydd well. Ni allai dynnu ei lygaid oddi ar ei gwallt sidanaidd a orweddai yn donnau mawr ar hyd ochr ei phen hyd i'w gwegil, a'r ochr wyneb a welodd yn tynnu'r llenni rhyngddi a'r byd y nos yr aeth ei gŵr i ffwrdd.

'Ddaru ichi feddwl am fynd o'r lle yma i fyw, Mrs Ffennig?'

'Na, feddyliais i ddim am y peth. Fedra i ddim mynd oddi yma'n hawdd rŵan, wedi cael lle yma. Ac wrth gwrs, mi eill Iolo ddŵad yn 'i ôl.'

Dyna'r peth olaf y disgwyliai Aleth Meurig iddi ei ddweud.

*　　*　　*　　*

Wedi mynd i'r parlwr, meddai Loti,

'Wel, am fannars!'

'Be, yr Esta yna?'

'Ia.'

'Welais i 'rioed ffasiwn beth. Mae arna i ofn fod yna siarad yn yr ysgol acw. Mae hi a'r Miss Davies yna sy'n lojio dros y ffordd geg yng ngheg bob cyfle gân' nhw.'

'Faswn i'n synnu dim nad ydi honna'n watsio pwy sy'n dŵad yma, neu mae hi'n watsio Mr Meurig. Mi fu amser pan oedd hi'n rhedeg ar 'i ôl o, ac yn dŵad i'r offis. Rydw i'n credu 'i bod hi wedi newid 'i hwyllys ugain gwaith er mwyn cael esgus dros ddŵad acw.'

'Synnwn i ddim. Gobeithio na wna Mrs Ffennig ddim meddwl mai fi sy'n cega.'

'Wna hi ddim meddwl ffasiwn beth. Rhyngot ti a fi, rydw i'n meddwl 'i bod hi reit ddiniwed efo rhai pethau, neu "ddifeddwl-ddrwg" ella ydi'r gair. Dydi hi ddim yn amau digon ar bobol. Ella tasa hi wedi amau mwy ar 'i gŵr na fasa hi ddim yn y picl y mae hi rŵan.'

91

'Loti bach, tasa hi wedi dechrau amau, mi fasan wedi byw fel cŵn a moch.'

'Ella y basa hynny'n help iddi ddal y peth yn well. Mi fasa wedi cael 'i pharatoi, beth bynnag.'

'Ia, ond meddylia am y plant.'

'Mi fasa'r un fath efo'r plant,' meddai Loti. 'Mi fasa wedi gwneud drwg iddyn nhw ar y pryd. Ond rydw i'n meddwl fod Rhys wedi cael sioc ofnadwy, a'i fod o'n poeni. Wyt ti'n gweld fel y mae o'n glynu fel gelen wrth 'i fam.'

'Ydw.'

'Welis di fel y cychwynnodd o i'w wely pan aethom ni i'r gegin heno. Roedd o'n edrach fel petaem ni'n mynd â'i fam oddi arno fo.'

'Ddaru i mi ddim sylwi ar hynny.'

'On'd oes rhyw bethau rhyfedd yn digwydd, Annie? Ddeufis yn ôl, roeddet ti yn fan'ma'n dawel ac yn hapus, a finnau efo Mrs Jones yn dawel ac yn anhapus. A rŵan dyma chdi a finnau efo'n gilydd yn reit hapus, a rhyw ddrama fawr ar gerdded o'n cwmpas ni.'

'Dydw i ddim yn licio'r rhan sydd gen i ynddi hi, beth bynnag.'

'Pa ran ydi honno?'

'Y cymeriad eill gael 'i amau.'

'Os na chei di dy amau o rywbeth mwy na chario straeon i Esta Ffennig, mae eisiau cnocio dy ben di am boeni.'

'Wyt ti wedi sylwi,' meddai Annie, 'fel mae hi wedi mynd i sbio ar 'i thraed wrth gerdded?'

'Ydi, a does gynni hi ddim traed del yn tôl. Ond mi gei sbario edrach yn wyneb pobol wrth edrach ar dy draed.'

Chwarddodd Annie.

'Pam wyt ti'n chwerthin?'

' 'I weld o'n disgrifio Esta i'r dim yr ydw i.'

'A'i brawd hi.'

'Dydw i ddim yn meddwl hynny.'

'Wel, mi'r ydw i wedi bod yn sylwi arno fo yn yr offis acw. Roedd Iolo Ffennig yn cael 'i gyfri yn ddyn dymunol iawn am 'i fod o'n medru cau 'i geg, ond doedd o ddim. Mae pobol gegog yn cael 'u camfarnu'n amal.'

'Dydi pobol gegog ddim yn strêt bob amser chwaith. Ond beth oeddet ti'n mynd i'w ddweud am Mr Ffennig?'

'Mi'r oedd gynno fo'r enw 'i fod o'n weithiwr da, ond roeddwn i wedi sylwi ers tro mai medru rhoi'r argraff 'i fod o'n gweithio yr oedd o. Dydi 'i lyfrau o ddim yn dwt o gwbl.'

'Mi'r oeddwn innau wedi sylwi 'i fod o'n siarad fel petai o'n darllen lot, ond doedd o ddim. Medru gwneud sioe dda o benawdau papur newydd yr oedd o.'

'Ac Esta'n gwneud sioe ail-law o'r rheiny wedyn yn y gymdeithas ddeallus.'

'Bedi honno?'

'O, wyddost ti, rhyw gymdeithas Saesneg sydd yn y dre yma'n astudio celfyddyd.'

'Mae Mr Meurig yn ddyn dymunol yn tydi?' meddai Annie ar drywydd arall.

'Mae o'n feistr ardderchog. Ond faswn i byth yn 'i licio fo'n ŵr.'

'Fasa fo ddim yn gofyn iti.'

'Nid dyna'r pwynt. Treio dweud yr ydw i nad ydi dyn ardderchog ddim yn ddyn hoffus bob amser.'

'Be sy ddim yn hoffus ynddo fo?'

'Fedra i ddim dweud. Ond dydw i ddim nes ato fo nag oeddwn i bum mlynedd yn ôl.'

'Dyn pell?'

'Ia.'

'Ond roedd rhywbeth reit hoffus ynddo fo heno wrth ddweud y stori yna.'

'Oedd. Y tro cynta imi 'i weld o'n toddi cymaint.'

Ar hynny clywsant sŵn Mrs Ffennig yn cychwyn i'w gwely, a rhoesant y gorau iddi.

Wrth weld golau o dan ddrws Rhys, troes ei fam i mewn ato. Dyna'r lle'r oedd yn gorwedd ar wastad ei gefn a'i ddwylo wedi eu plethu o dan ei ben, yn syllu i'r nenfwd.

'Beth wyt ti'n wneud yn effro o hyd? Dwyt ti ddim yn darllen nac yn cysgu.'

'Mae hi'n rhy boeth. Am beth oeddach chi'n chwerthin, Mam?'

'Mr Meurig oedd yn dweud rhyw stori ddigri am ryw hen ŵr.'

Yr oedd wyneb y bachgen yn hollol ddifynegiant. Er mai tynnu ar ôl ei fam yr oedd o ran ymddangosiad, y munud hwnnw yr oedd yn debyg i'w dad pan fyddai ei wyneb yn gwrthod dangos dim o'i deimlad.

'Beth oedd ar Mr Meurig eisio?'

'Troi i mewn am sgwrs wnaeth o, a mi ddaeth Miss Lloyd a Miss Owen i mewn i'r gegin, a mi fuom yn chwarae cardiau.'

'Pwy ddaru ennill?'

'Neb. Ddaru ni ddim gorffen. Mi ddaeth Anti Esta yno.'

'Beth oedd arni hi eisio?'

'Dwn i ddim yn y byd. Mi aeth allan reit sydyn. Galw'r oedd hi, meddai hi. Mae'n siŵr 'i bod hi wedi dychryn gweld cimint ohonom ni.'

'Dŵad i sbecian oedd hi, reit siŵr.'

'Synnwn i ddim.'

'Deudwch, Mam. Ydach chi'n leicio Mr Meurig?'

'Dwn i ddim. Mae o'n ddyn reit ffeind. Ond wnes i ddim meddwl ydw i'n 'i leicio fo ai peidio. Pam wyt ti'n gofyn?'

'Yr hogia yn yr ysgol sydd yn fy mhryfocio fi, ac yn deud y bydd gen i ail dad.'

'A mi'r wyt ti wedi bod yn meddwl am hynny, on'd wyt? Mi ddwedais i wrthat ti am beidio â malio os byddai plant yn dy bryfocio di.'

'Dydw i ddim yn poeni, Mam. Meddwl yr oeddwn i, os oeddach chi yn 'i leicio fo y baswn innau yn 'i leicio fo.'

'Paid â stwnsio. Mae dy dad yn dad i ti, ac yn ŵr i dy fam; a does gan dy fam ddim hawl i gymryd neb arall yn ŵr. Cofia, dydi dy dad ddim wedi marw. Ella y daw o'n ôl ryw ddiwrnod.'

'Does arna i ddim eisio iddo fo ddŵad yn ôl.'

'Paid â siarad fel yna.'

Dechreuodd y bachgen grio.

'Dyna fo, dyna fo.'

Griddfanodd y fam. Yr oedd ganddi drueni drosto ar y munud. Yr oedd wedi ennill ysgoloriaeth i'r Ysgol Ramadeg, a neb heb wneud fawr o sylw nac o siapri o'r peth. Oni bai am y cwmwl oedd drostynt buasent wedi dathlu hynny mewn rhyw ffordd. Cododd ei hysbryd wedyn.

'Gwrando, Rhys,' meddai, 'd'wad wrth dy fam beth sy'n dy boeni di fwya?'

'Ofn ych bod chi'n poeni.'

'Mi'r ydw i'n poeni tipyn, wrth reswm. Mi fasa'n rhyfedd iawn petawn i'n peidio oni basa?'

'Ia, ond doeddach chi ddim yn poeni fel yna, wedi i Taid a Nain farw.'

'Na, mae hyn yn wahanol, a mi'r oedd dy dad gen i y pryd hynny.'

'Rydw i gynnoch chi rŵan.'

'Wel wyt, ond dwyt ti ddim llawn digon hen i ddallt pob dim, wsti.'

'Pryd bydda i?'

'O, dwn i ddim. Erbyn hynny mi fyddwn i gyd wedi anghofio amdano fo, a mi fyddi dithau'n meddwl am rywun arall.'

'Am bwy?'

'Am ryw hogan,' ebe'r fam dan chwerthin.

'Wel na wna wir! Hen gnafon ydi genod!'

'Mi fu dy fam yn hogan unwaith.'

'Fel hyn rydw i'n leicio chi.'

'Ond cha i ddim bod fel hyn am byth.'

'Biti yntê?'

'Dwn i ddim. Mae arnon ni eisio i'r hen amser cas yma fynd heibio on'd oes?'

'Oes wir.'

'Mi fydda i wedi newid. Mi fyddi dithau wedi mynd yn hogyn mawr, yn ddyn ifanc, a fydd dim byd yr un fath.'

'Biti hynny hefyd, yntê Mam?'

'Wel ia. Ond fel'na mae rhaid iddi fod. Fasat ti ddim yn leicio peidio â phrifio, a dal yn hogyn bach o hyd, yn na fasat? A phawb yn troi rownd i sbio arnat ti.'

'Na faswn.'

'Dyna fo. Leiciet ti baned o de yn dy wely rŵan?'

'O, Mam, ac un i chitha.'

Aeth y fam i lawr, a dod yn ei hôl gyda the a bara menyn ar hambwrdd.

'Dyma'r tret gorau gawsom ni, yntê Mam,' meddai Rhys wrth fwyta. 'Mi fedra i gysgu rŵan.'

'A gaddo i dy fam na wnei di ddim poeni.'

'Mi dreia fy ngorau, gwna wir-yr.'

'Fasat ti'n leicio symud oddi yma i fyw?'

'I ble?'

'I'r wlad i rywle. Mi fasan yn cael mynd i dŷ Dewyth Edward. Mae yno ddigon o le.'

Cysidrodd Rhys.

'Mi fasa'n rhaid imi ddŵad i'r ysgol efo bws.'

'Dydi hynny ddim llawer.'

Ar hynny dyma wyneb Derith yn dod heibio i'r drws.

'Dyma hon wedi dŵad i dorri ar ein sbort ni,' meddai Rhys.

'Chwarae teg iddi,' meddai ei mam, 'does neb yn meddwl dim amdani hi o'r naill wsnos i'r llall.'

'Mae arna i eisio te parti ganol nos,' meddai Derith.

'Mi gei un efo llefrith,' meddai ei mam, ac aeth i lawr drachefn. Erbyn iddi ddod yn ei hôl yr oedd Derith yn eistedd ar y gwely yn gorffen bwyta brechdan Rhys. Cafodd yntau gwpanaid o lefrith. Bu'r tri'n eistedd felly ac yn yfed heb ddweud dim, a theimlai Lora, er gwaethaf y boen yr oedd dau ohonynt, beth bynnag, yn ymwybodol ohono, mai yn y cwmni yma yr oedd hi hapusaf. Cwmpeini digyffwrdd oedd y lleill.

Yr oedd ei meddwl yn rhy gymysglyd o lawer i sgrifennu dim ar ôl iddi fynd i'r atig. Rhoes Derith yn ei gwely ac eistedd wrth ei hochr i synfyfyrio. Aeth yr eneth i gysgu gan ddweud fod y te parti yn un neis iawn.

Troai Lora amgylchiadau'r noson yn ei meddwl. Mae'n amlwg fod pobl yn siarad eisoes am fod Mr Meurig yn dod yno. Yr oedd yn rhaid iddi fod ar ei gwyliadwriaeth gan mai yng Nghymru yr oedd yn byw, a pheidio ag anghofio ei bod yn wraig briod o hyd. Ond dyna fo, beth bynnag a wnâi, byddai pobl yn sicr o siarad. Mater anos o lawer oedd Rhys. Gallai hi ei hun setlo mater Mr Meurig, ond sut i gael bachgen deg oed i ddileu oddi ar ei feddwl yr hyn a ddigwyddasai, nis gwyddai. Os gwnâi mynd i'r wlad i fyw les, yr oedd yn rhaid mynd i'r wlad. Y ffordd orau i geisio gwella Rhys fyddai iddi hi beidio â malio. Fe allai ymddwyn felly pe na wnaethai Iolo ddim ond mynd i ffwrdd. Ond yr oedd y pethau eraill — y pethau na wyddai'r bachgen ddim amdanynt. A dyna Esta. Yr oedd yn amhosibl gwneud na rhych na gwellt ohoni hi. Yr oedd ei hymddygiad heno'n warthus o flaen pobl eraill. Trwy drugaredd, gallodd gadw ei thymer heno o flaen y lleill heb wylltio wrth Esta. Ceisiai feddwl ym mhle yr oedd hi ei hun wedi bod yn byw cynt, a sut y gwawriodd ar un o'r tu allan fel Mr Meurig, fod ei chwaer-yng-nghyfraith wedi mynd rhyngddi a phobl eraill y gallasai wneud cyfeillion â hwy. Yr oedd hi wedi byw mewn rhyw baradwys ffŵl ers blynyddoedd, ddim ond am ei bod yn meddwl mai priodi oedd diwedd y daith. Ond y plant oedd yn bwysig. Byddai'n rhaid iddi fynd allan fwy gyda hwynt, a pheidio ag aros yn y tŷ i stiwio ac i siarad bob gyda'r nos.

*   *   *   *

Aeth Aleth Meurig i'w dŷ ac eistedd yn y parlwr i synfyfyrio. Yr oedd y parlwr yn lân a difywyd heb gymaint â sŵn tip cloc ynddo. Fe ddylai fod rhywbeth heblaw soffa a chadeiriau yn y parlwr hwnnw, meddyliai. Cerddediad ysgafn merch yn llithro dros y carped, a sŵn ei ffrog sidan yn sio wrth symud o gwmpas y cadeiriau'n gweini coffi neu de i ffrindiau, a'r goleuni'n taro ar ei gwddw gwyn. Nid oedd bywyd neb yn gorffen yn ddeugain oed. Yn ei fusnes yr oedd ar anterth ei lwyddiant. Gallai fforddio cael cyfeillion i mewn a rhoi trêt iddynt, a chael bywyd i'r tŷ. Yr oedd hynny o sŵn a fyddai yno drosodd pan âi ef i'r swyddfa yn y bore, a gadael y wraig yn glanhau. Nid oedd dim ond tawelwch glân dros y tŷ. Y Sadwrn a'r Sul, yr oedd hynny'n annioddefol. Dros y ffordd yr oedd tŷ yn rhy lawn o bobl a phlant, a gwraig yn poeni am ddyn nad oedd yn werth poeni yn ei gylch, yn gweithio'n galed. Hawdd gweld bod ei meddwl yn bell heno, yn dweud un peth ac yn meddwl peth arall. Yr oedd yn chwarae cardiau'n sâl, ac yr oedd yn wirion o ddiniwed. Pam yr oedd yn rhaid i'r Brenin Mawr roi'r fath harddwch i ddynes yr un fath, i gael ei daflu ymaith mewn rhyw dwll o le? A'i sylw olaf. Mae'n debyg y derbyniai ei gŵr yn ôl wedi i hwnnw flino ar yr iâr bach yr ha' y rhedasai i ffwrdd efo hi, dim ond er mwyn bod yn barchus o flaen pobl, neu efallai, yr hyn oedd yn fwy tebyg, am y medrai hi faddau iddo fo, ac anghofio'r hyn a wnaethai. Dal i fyw rhyw fath o fywyd efo fo, dal i fynd i'r capel, a dal i fynd i'r Ysgol Sul efo'r plant. Dal i fyw yn dda. Ffyliaid oedd pobl dda yn ei farn ef. Yr oedd hyn i'w ddweud am Iolo Ffennig, yr oedd wedi mentro torri'n rhydd o undonedd ei fywyd, a chael rhyw sbloet o garu. Pobl o'r wlad oeddynt o hyd, a Chymry at hynny, ac yr oedd pobl Cymru yn methu mwynhau eu pleserau am fod arnynt ofn peidio â bod yn dduwiol, ac yn methu mwynhau eu duwioldeb am fod arnynt eisiau dilyn eu chwantau. O, yr oedd gwraig Iolo Ffennig yn ddiniwed, yn ddall o ddiniwed, yn cyfaddef heno mai gartref yr oedd hi wedi bod, a heb weld ei bod hi wedi rhoi cyfle iddo fo ddengid. Ond mi ddywedodd un peth, nad oedd ganddi arian i grwydro. Hawdd oedd iddo ef siarad hefyd, meddyliai, wedi dynwared y cyfoethogion yr oedd Iolo Ffennig, efo arian pobl eraill. Ni allai'r tlawd fforddio rhedeg i ffwrdd efo gwragedd ei gilydd. Ond ni ddylsai Ffennig fod yn dlawd ychwaith, petai ganddo uchelgais, a gweithio ar gyfer ei arholiadau, yn lle bodloni ar fod yn glarc twrnai. Ni buasai'n rhaid iddi hi gadw lletywyr wedyn. Gallasai grwydro, a gallasai rhywrai heblaw pobl y stryd weld ei harddwch. Efallai y câi grwydro eto. Yr oedd yr hen Edward Thomas wedi cofio amdani yn ei ewyllys. Bu agos iddo roi ei droed ynddi heno. Ond weithiau yr oedd gan yr hen yr arfer o fyw'n hen iawn a goroesi'r ifanc.

Ond holodd ef ei hun. Onid, yn y bôn, eisiau i'w harddwch ddod trosodd i harddu ei dŷ ef oedd arno, a hithau wedi dweud efallai y deuai ei gŵr yn ôl? Daeth peth arall i'w feddwl. Sylwasai ei bod yn medru rhoi rhyw fath o amddiffyniad amdani o hyd. Gwnaethai hynny heno, pan ddaeth ei chwaer-yng-nghyfraith yno. Efallai, meddyliai, nad oedd hi ddim mor ddiniwed, ei bod yn gweld trwyddynt i gyd, a thrwy ei gŵr hefyd. Na, nid oedd hynny'n debyg ychwaith. Yr oedd yr amddiffynfeydd i gyd i lawr y dydd y daethai i'r swyddfa ar ôl canfod fod ei gŵr wedi mynd â'i harian. Dynes wedi ei siomi a welsai y diwrnod hwnnw, a dynes hollol onest. Cododd i fynd i'w wely. Amser a benderfynai a allai hi garu rhywun arall.

PENNOD XI

Yr oedd yn fore Sadwrn poeth yn niwedd Gorffennaf. Miss Lloyd wedi mynd i ffwrdd ar ei gwyliau y diwrnod cynt. Nid oedd Miss Owen yn dod adref i ginio am ei bod yn mynd i ffwrdd am y prynhawn yn syth o'r swyddfa. Câi Lora a'r plant edrych ymlaen at eu gwyliau hwy yr wythnos ar ôl y nesaf. Penderfynodd na wnâi lawer o waith heddiw er mwyn cael mynd allan am dro gyda'r plant. Drwy drugaredd yr oedd y wraig a ddeuai i mewn am ddwyawr bob dydd am y pum niwrnod y byddai yn yr ysgol, yn un dda ei gwaith. Codasai Lora heddiw am chwech y bore er mwyn gwneud cacennau a phwdin cyn iddi fynd yn rhy boeth. Yr oedd wedi gwneud y gwelyau ac wedi llnau'r gegin a'r gegin bach ac yn barod i ddechrau hwylio tamaid o ginio plaen. Ar hynny dyna gloch y ffrynt yn canu, ac am funud meddyliodd fod rhywun wedi dod i'w rhwystro ar yr union ddiwrnod y medrai fynd allan gyda'r plant. Erbyn iddi fynd i'r drws, dyna lle'r oedd Margiad, Guto a Now Bach yn sefyll yn rhes swil.

'Mae Mam wedi gofyn imi roi'r llythyr yma i chi,' meddai Margiad.

Dychrynodd Lora am eiliad, yr unig feddwl a ddaeth iddi oedd fod Owen yn waelach. Ond dyma beth oedd yn y llythyr:

'Annwyl Lora,

   Gobeithio na wnei di ddim dychryn wrth weld y fflyd plant yma. Yr oedd yn rhaid imi anfon Margiad i'r dre y bore yma i nôl rhywbeth oedd y doctor wedi ei ordro i Owen oddi wrth y drygist; nid yw ddim gwaeth, o drugaredd. A doedd na byw na marw gan Margiad heb ddŵad yna i nôl rhyw botel sent oeddet ti wedi ei addo

100

iddi. Y hi sydd wedi gofyn i mi sgwennu'r llythyr yma; mae hi'n rhy swil i ofyn. Wedyn mi elli feddwl fod yn rhaid i'r lleill gael dŵad efo hi wedi cael achlust ei bod hi'n dŵad i dy weld ti. A mi'r ydwyf wedi bod yn meddwl tybed fasech chi i gyd yn licio dŵad yma am wythnos ym mis Awst. Mae Owen am gymryd wythnos yn rhagor na'i wyliau o'r chwarel i dwtio tipyn o gwmpas y fan yma at y gaeaf, ac er mwyn ei iechyd. Mi fuasai'n beth braf petai hynny'n digwydd yr un wythnos â gwyliau Miss Owen, er mwyn iti gael bod yn hollol rydd dy feddwl. Cofion, dy chwaer Jane.'

Safai'r tri yn y lobi yn hollol fel tri phlentyn wedi cael gwahoddiad i Blas Buckingham, mewn ofn swil. Rhywun wedi plastro gwallt Now Bach efo oel gwallt. Margiad wedi clymu ei gwallt yn dwt y tu ôl, a Guto fel petai newydd ddod allan o fambocs.

'Margiad, wyt ti wedi cael dy neges?'

'Rydw i wedi gwneud pob neges cyn dŵad yma, Anti Lora, er mwyn cael mynd yn syth at y bws wedyn.'

Dyma Derith a Rhys i mewn a dyna le bu gweiddi a chroesawu.

'Roeddan ni wedi meddwl mynd dros yr afon ar ôl cinio, a mynd â'n te efo ni. Mi awn ni i gyd. Mae o'n well na mynd i'r pictiwrs.'

'O ydi,' meddai pawb.

'Rŵan, Margiad a Rhys, dowch i'n helpu i efo chinio. Derith, dos di a Now Bach i'r ardd i chwarae. Dwn i ddim be sydd yma i ti wneud, Guto.'

'Mi garia i'r bara menyn ar y bwrdd.'

'I'r dim. Mi gaiff Rhys a Margiad olchi'r letys a mi dorra inna frechdan.'

Yr oedd pawb reit ddistaw o gwmpas y bwrdd cinio, neb wedi gallu dechrau sgwrs, heb sŵn ond sŵn y cyllyll a'r ffyrc.

'Fyddwch chi fel hyn yn yr ysgol?' meddai Lora.

'Na fyddwn,' meddai pawb.

Ond nid oedd hynny'n ddigon i gychwyn sgwrs. Ar hynny,

dyma Now Bach, a deimlai, mae'n amlwg, nad oedd yn beth naturiol bod yn ddistaw lle'r oedd llawer o blant, yn dweud,

'Mi ddaru Mam ddeud wrthon ni am gofio ar boen ein bywyd beidio â sôn am Yncl Iolo.'

Chwarddodd pawb ac eithrio Rhys, a Lora'n fwy na neb.

'Dyna pam roeddat ti mor ddistaw, Now?'

'Ia, roedd arna i ofn deud dim, rhag ofn imi sôn.'

Chwarddodd Lora'n aflywodraethus, a Derith yn ychwanegu cynffon o chwerthin heb ddeall.

'O diar, mi'r wyt ti'n hogyn digri, Now,' meddai Lora, 'mi ei drwy'r byd yma dan roi dy draed ynddi o hyd, ond hitia befo.'

Ond ni welodd Now Bach ei fod wedi rhoi ei droed ynddi o gwbl. Bu'r sylw yn ddigon, modd bynnag, i gychwyn sgwrs.

Pan oeddynt bron â gorffen cinio, daeth Esta i mewn drwy'r cefn. Cafodd syndod o weld yr holl blant, ac ni ddywedodd ddim wrthynt. Nid oedd ganddi'r naturioleb graslon a'i tynnai at y cwmni. Meddai'n drwsgl,

'Wedi dŵad yma) i ofyn yr oeddwn i gaiff Derith ddŵad efo mi am dro i Fangor y pnawn yma?'

'O ga i, Mami?'

'Na chei, Derith,' ac wrth Esta, 'Mi'r oeddan ni wedi trefnu ein tri i fynd am dro tros yr afon y pnawn yma, a mynd â'n te efo ni. Mi ddoth plant fy chwaer i lawr, a rŵan mi'r ydan ni am fynd i gyd efo'n gilydd, rhag inni aros yn y tŷ trwy'r pnawn.'

'O wel,' meddai Esta, 'chi ŵyr.'

'Ia, fasa fo ddim yn iawn i Derith dorri oddi wrthon ni.'

Aeth Derith i weiddi crio, ac edrychodd Rhys fel petai ar fin codi i'w tharo.

'Dyna fo, Rhys. Gad iddi. Mi ddaw ati 'i hun. Chaiff hi mo'i ffordd 'i hun am bob dim.'

Daliodd Esta yno fel petai'n disgwyl i'r fam ildio.

Ond ni wnaeth, ac yr oedd distawrwydd poenus dros y gegin, a phlant Bryn Terfyn yn edrych fel petaent yn hoffi cael mynd i ymguddio i rywle.

'Rydw i'n treio cadw'r teulu'n gyfa, hynny sydd ar ôl ohono

fo, a mae'n rhaid i Derith ddysgu na chaiff hi ddim pob ffafriaeth.'

'O wel, mi a' i ynta.'

'Liciach chi ddŵad efo ni, Esta?'

Aeth gwep Rhys yn dduach.

'Na, ddim diolch,' o ben draw ei cheg.

Wedi i Esta fynd gorweddai rhyw anghysur dros bawb, fel petaent yn gwybod fod rhywbeth o'i le, ond heb wybod beth ydoedd. Ceisiodd Lora hel y cysur yn ôl, a cheisio ymddangos yn llawen. Aeth ati i olchi llestri, a gwneud y te yn barod i fynd allan. Gwyddai fod Margiad yn disgwyl am gael mynd i'r llofft. Dringasant i'r atig.

'Yn fan yma'r ydach chi'n cysgu rŵan, Anti Lora?'

'Ia. Mae yma le braf.'

' 'Run fath â tŷ ni, yntê?'

'Ia.'

Chwiliodd Lora yn y drôr am y botel sent.

'Dyma hi, yli.'

'O, neis. Bedi o?' gofynnodd Margiad fel petai hi'n awdurdod ar bersawrion.

'Jasmine ydi o. Darllen o. J-a-s-m-i-n-e yn Saesneg.'

'Hwn ydach chi yn 'i licio ora, Anti Lora?'

'Ia, y fo fyddai Iolo yn 'i roi imi bob amser. Y fo roth hwnna i mi y Nadolig dwaetha.'

'O biti i chi roi hwn imi. Oes gynnoch chi ddim rywbeth arall?'

'Na, mae'n well gen i iti gymryd hwnna.'

'Ydach chi'n siŵr?'

'Yn berffaith siŵr.'

'Mi gofia i rŵan pa sent ydach chi yn 'i licio. Mi bryna i botel i chi efo 'nghyflog cynta.'

'Bendith arnat ti,' meddai Lora, a gafael yn yr eneth, ei gwasgu a'i chusanu. A'i meddwl yn dweud wrthi ar yr un pryd y byddai'n rhaid iddi siarad yn blaen efo Esta, dim ots faint o bobl fyddai yn y tŷ pan ddeuai.

'Fydd arnoch chi hiraeth ar ôl Yncl Iolo, Anti Lora?'

'Ddim cymint â thasa fo wedi marw. Ond y mae o'n fwy o boen.'

Ni chymerodd Margiad lawer o sylw wedyn, dim ond chwilota drwy'r trincedi o un i un pan oedd ei modryb yn newid ei ffrog, eu hedmygu, a gofyn o un i un, 'Bedi hwn? Bedi hwn?'

'Liciet ti fynd i molchi i'r bathrwm?' meddai Lora.

'O, ga i?' Dyna'r union gwestiwn yr oedd Margiad yn disgwyl amdano.

'Mae yna lian glân ar ochr y bath.'

Yr oedd cael mynd i ystafell ymolchi mewn tŷ mewn tref fel cael mynd i'r nefoedd i'r eneth o'r wlad. Ar hynny daeth Derith i mewn, yn edrych yn druenus. Yr oedd yn drueni gan ei mam drosti fel dros bob gorchfygedig, ac fel gorchfygwr gallai fforddio bod yn fawrfrydig.

'Dos efo Margiad i'r bathrwm, mi wnaiff hi olchi dy wyneb di, a mi rydd Mam sent hyd dy lygaid ti.'

Aeth hithau yn llaw Margiad, ond yn ddigon penisel a difywyd.

'Yli, Derith,' meddai Margiad wrth sychu wyneb ei chyfnither, 'mi gawn ni fwy o sbort ar lan y môr o lawer. Cyn basat ti wedi bod ym Mangor ddeng munud, mi fasat wedi cael clyma gwithig yn dy goesa, cur yn dy ben, swigod ar dy draed, poen yn dy stumog, ac mi fasa'n rhaid dy gario di adra ar stretshar. Ond yng nglan y môr tros yr afon, mi gei gerdded yn droednoeth hyd y tywod, trochi dy draed nes byddan nhw fel melfed, mi gei orfadd ar dy fol yn yr haul, mi gei de gwell nag ym Mangor o lawer, ar dywod glân, ac nid mewn rhyw hen le budr, a phawb yn rhy brysur i ddŵad â llwy de iti, a hen de du wedi stiwio, dim lle iti eista yn iawn, a phawb yn rhoi hergwd iti wrth basio, nes bydd dy het di fel cap sowldiwr ar ochr dy ben di, ac yn y diwadd fasat ti ddim gwell. Mae ogla'r teisis yna yn y fasgiad yn ddigon i dy godi di o dy wely tasa'r beil arnat ti. A chofia mae gin ti fam iawn. Be naet ti tasa hi'n marw?'

'Mynd at Anti Esta.'

'Dim ffiars. Fasa arni hi ddim o d'eisio di yr adeg honno.'

Yr oedd Lora ar y landin yn clywed y darn diwethaf yma. Gallai ddychmygu ceg fawr Margiad yn rowlio dros y geiriau cyfoethog. Daeth Derith allan yn wên o glust i glust.

'Rŵan,' meddai Lora, 'tendiwch.' A chwistrellodd ddŵr cwlên dros wyneb y ddwy nes oeddent yn gweiddi.

Nid oedd 'dros yr afon' yn lle delfrydol i blant chwarae ynddo. Gormod o gerrig a rhy ychydig o dywod. Ond caent drochi eu traed, er na chaent redeg llawer hyd y tywod. Rhoes Lora hen gôt ar y cerrig a gorweddodd arni, ei choesau a'i thraed yn gorffwys ar y rhimyn tywod. Yr oedd yn braf clywed yr haul ar ei choesau, a'r awel yn dod at ei phen. Trwy gil ei llygaid gallai weld y plant yn cerdded yn y dŵr, lliwiau eu dillad yn croesi ei gilydd. Nid oedd y tonnau yn drystiog yn y fan yma wrth dorri ar y traeth, ond deuai distawrwydd tangnefeddus wrth i'r don fynd yn ei hôl o hyd, a lleisiau'r plant yn swnio'n bell, fel petaent mewn ystafell arall mewn tŷ, er eu bod yn ymyl. Medrodd alltudio pob dim o'i meddwl, a bod yn ymwybodol o ddim, ond ei bod hi yno'n gorfforol yn unig, yn gorffwys mewn tawelwch, a dim ond digon o sŵn i'w suo i gysgu. Yr oedd ei meddwl wedi stopio gweithio, a theimlai fel y meddyliai hi y teimla dafad wrth fynd i gysgu.

Unwaith y teimlasai fel hyn o'r blaen. Ar brynhawn yn y gwanwyn yn ystod y rhyfel, y bwyd yn brin, a hithau wedi blino o geisio dychmygu beth i'w gael yn fwyd o hyd i'r lletywr a'r plant cadw. Aethai i fyny i ymolchi ar ôl cinio, cyn cychwyn i'r dref i chwilio am rywbeth arall yn fwyd, ac fe'i gwelodd ei hun yn y drych yn edrych fel corff a fuasai'n farw ers deuddydd. Penderfynodd nad âi i'r dref, y gwnâi de o rywbeth oedd ganddi yn y tŷ. Aeth i lawr i wneud dŵr lemon poeth, cymerodd ddau asprin, rhoes botel ddŵr poeth yn y gwely, ac yfodd y dŵr lemon wedi mynd i'r gwely. Cysgodd fel darn o bren, ac yn y gwely y cafodd y plant hi pan ddychwelasant o'r ysgol. Peidio â malio oedd y peth.

Deffrôdd yn sŵn sisial, a rhywun yn dweud yn ddistaw,

'Piti ei deffro, y gryduras.'

Agorodd ei llygaid. Yr oedd y plant yno i gyd, a llais Margiad oedd yn 'y gryduras'.

'Gawsoch chi gysgu, Mam?' gofynnodd Rhys.

'Fel top. Rŵan am y basgedi yna. Rydw i'n teimlo fel y gog, ac mae arna i eisio bwyd.'

'A finna,' meddai pawb, a Derith cyn hapused â'r un ohonynt. Tynnwyd y danteithion allan.

'O!' meddai'r plant i gyd.

'Pwy fasa'n meddwl y basa bwyd yn brin!' meddai Guto.

'Wel diolch i dy fam am y menyn a'r wyau yna; rydw i wedi rhoi tipyn o fenyn siop efo'r margarîn yn y brechdanau yna, a rhoi wyau rhyngddynt. Mae yna sardîns, a marmeit ac wy yn y rheina, wy a chiwcymber yn y rheina, a banana a resyns a chnau yn y lleill.'

'Wel sbiwch ar y teisis yma!' meddai Now Bach.

' 'U bwyta nhw sydd eisio.'

A'u bwyta a wnaed, gan glirio pob dim.

'Dyna'r te parti gorau ges i 'rioed,' meddai Guto.

'Llawer gwell nag un Ysgol Sul,' meddai Margiad, 'dim ofn colli te hyd y llian na dim.'

'Oeddach chi yn 'i licio fo, Anti Lora?' gofynnodd Now Bach.

'Yn ofnadwy. Mi'r ydw i'n teimlo y medrwn i redeg ras rŵan.'

'Mi wnawn ni ynta,' meddai Rhys.

Rhedodd y chwech, a gadael i Now Bach a Derith ennill.

* * * *

Yr oedd y tŷ'n ddistaw unwaith eto. Pawb wedi mynd. Derith yn ei gwely a Rhys yn cychwyn. Lora'n dechrau hwylio swper i Miss Owen. Ar hynny dyna Mr Jones, y gweinidog, yn galw. Peth rhyfedd ym meddwl Lora oedd iddo alw ar nos Sadwrn, a daeth y syniad iddi y gallai fod ganddo ryw newydd arbennig — ynghylch Iolo oedd y meddwl cyntaf a ddaeth iddi. Bu'n gogor-droi o gwmpas cyn dod at bwrpas ei ymweliad, ac yr oedd yn ddigon amlwg oddi wrth ei ymddygiad nad wedi galw i ofyn sut yr oedd ei hiechyd yr oedd. Daliai i syllu ar ryw un smotyn ar y bwrdd o hyd, yn lle edrych arni hi, a hel ei law hyd-ddo. Yr oedd yn amlwg fod ganddo rywbeth nas hoffai i'w drosglwyddo.

'Mrs Ffennig,' meddai, gan edrych ar y smotyn fel petai arno ofn iddo fynd o'i gyrraedd, a throi ei ben ar un ochr, a rhwbio'r smotyn dychmygol â'i fys. Symudodd y smotyn ar fraich y gadair, a'i lygaid yntau a'i fys arno.

'Mrs Ffennig,' meddai drachefn, 'mae'n reit gas gen i ddweud yr hyn sydd gen i i'w ddweud' — (Rhywbeth ynghylch Iolo ydyw, meddai hi wrthi ei hun) — 'ond yr oeddwn i'n meddwl ei bod hi'n ddyletswydd arna i ddŵad yma i ddweud wrthoch chi, fod pobl yn siarad am fod Mr Meurig yn dŵad yma mor amal . . .'

'Dŵad yma'n amal?'

'Felly mae pobl yn siarad. Ella nad ydych chi ddim yn gwybod hynny?'

'Mae gan Mr Meurig berffaith hawl i ddŵad yma on'd oes?'

'O, perffaith hawl. Ond mi wyddoch chi cystal â minnau, unwaith y bydd pobl wedi dechrau siarad, y bydd pob math o gelwyddau yn cael eu taenu amdanoch chi.'

'Wnes i ddim meddwl am hynny.'

'Mi fyddai hynny'n biti am ddynes yr un fath â chi.'

'Dim gwahaniaeth gan mai'r gwir ydi'r gwir.'

'Nac ydi wrth gwrs, ond wyddoch chi, unwaith y bydd celwydd wedi'i ddweud, er iddo fo gael ei brofi'n gelwydd wedyn, mae yna ryw frwsiad ohono fo'n cael ei adael ar ôl, dest ddigon i guddio'r gwir o'r golwg, a thrwy hynny y bydd pobl yn eich gweld chi wedyn.'

'Wel ia, mewn byd fel yna mae'n rhaid i ddyn fyw, gwaetha'r modd.'

'A mewn rhyw achos o natur wahanol, fuasai o ddim yn gwneud gwahaniaeth o gwbl. Gadewch imi egluro. Dwn i ar y ddaear beth yw'ch cynlluniau chi, neu beth y mae Mr Ffennig am ei wneud.'

'Does a wnelo Iolo ddim â fo.'

'O oes. Fel hyn. Dwedwch chi eich bod chi'n meddwl cael ysgariad rhyw dro, am i'ch gŵr eich gadael chi. Mi fasa'n gwanio eich achos chi petai'r ochr arall yn medru codi rhyw hen straeon amdanoch chi i'r gwynt, er iddyn nhw fod yn gelwyddau noeth.'

'Ond yn siŵr, Iolo sydd wedi fy ngadael i, a fedar neb fy nghyhuddo fi o hel dynion.'

107

'Na fedr, ond mi wyddoch chi beth ydi twrneiod, maddeuwch i mi os geill hyn eich brifo chi . . .'

'Ddim o gwbl.'

'Twrnai'r ochr arall ydw i'n feddwl — mi wnân achos mawr i fyny yn eich erbyn chi, efo dim ond straeon pobl.'

'Ond y gwir a saif.'

'Nid bob amser, hyd yn oed mewn llys barn. A ydi Miss Ffennig yn dŵad yma rŵan?'

'Ydi, ond nid mor aml ag y byddai hi.'

'Ydi hi wedi digwydd dŵad yma a Mr Meurig yma?'

'Do, unwaith.'

'Cymerwch awgrym yn garedig, Mrs Ffennig, a maddeuwch imi am fusnesu, ond weithiau mae'r bobl sydd y tu allan yn gweld mwy na'r bobl sydd y tu mewn.'

'Ydi,' meddai hithau'n dawel ac yn drist, 'ond ga inna ddweud beth mae'r un y tu fewn yn 'i feddwl?'

'Mrs Ffennig bach, agorwch eich calon. I beth arall y mae gweinidog yn dda?'

'Ella na hoffwch chi ddim clywed y gwir plaen.'

'Mae'n well iddo fo fod allan.'

'Mae agos i dri mis rŵan er pan mae Iolo wedi mynd i ffwrdd, a does neb wedi malio beth sydd yn dŵad ohono' i a'r plant ond Mr Meurig a'r ddwy ferch ifanc sy'n aros yma.'

'Wel mi'r oedd yn naturiol i Mr Meurig ddŵad yma ar y cychwyn, a'ch gŵr chi'n gweithio iddo fo, ac yn ôl pob cownt yn glarc da iddo fo.'

'Mae o wedi bod yn fwy na meistar da, Mr Jones, a mi allasai pobol eraill fod wedi dangos eu cydymdeimlad efo mi, pobol y capel er enghraifft, drwy ddŵad yma i ofyn sut yr ydw i. Mi ddaeth digon yn yr wythnos gyntaf, nid o gydymdeimlad, ond o chwilfrydedd.'

'Doedd eich profedigaeth chi ddim yn hollol yr un fath â phetai Mr Ffennig wedi marw'n sydyn.'

'Mae pobol yr un fath efo hynny hefyd, Mr Jones; anghofio mae pawb. Ond mae Mr Meurig, Miss Lloyd a Miss Owen yn dŵad i mewn i'r gegin ambell noson i gael gêm o gardiau a dyna'r cwbl. Petai o o ryw wahaniaeth, fydd Mr Meurig byth yn fy nghael i ar fy mhen fy hun.'

'Ie, ond mae'n ddigon bod rhywun yn 'i weld o'n dŵad trwy'r drws, mae'n debyg.'

'Ddigon posib. A mi ddoth fy chwaer-yng-nghyfraith yma ryw noson pan oeddan ni i gyd yn chwerthin am ben rhyw stori ddigri ddwedodd Mr Meurig. Mae'n debyg 'i bod hi'n meddwl 'mod i yn mwynhau fy hun yn braf.'

'A mae un o athrawesau'r ysgol lle mae Miss Ffennig yn glarc yn lletya dros y ffordd yma on'd oes?'

'Wyddwn i mo hynny tan ddoe.'

'Wel maddeuwch i mi, Mrs Ffennig, os ydw i wedi rhoi poen i chi.' (Ac yr oedd ar fin dweud rhywbeth arall.)

'Diolch i chi, Mr Jones, am geisio fy helpu i, a mi *fydd* yn help i mi gael gwybod y pethau yna. Dwn i ddim ydach chi wedi sylwi fod pobol yn rhedeg o'ch blaen chi o hyd yn eich amgylchiadau chi eich hun. Yr ydw i yng nghanol fy helynt rŵan, a mae'n siŵr bod pobol y tu allan yn meddwl 'mod i wedi anghofio pob dim yn barod. Ymhen blynyddoedd y bydda i'n anghofio, os gwna i.'

Dywedodd hyn gyda'r fath ddigalondid yn ei llais fel na allodd y gweinidog ddweud ei neges arall. Daethai yno'n bennaf i ddweud y byddent yn torri Iolo Ffennig allan o'r seiat y nos Fawrth ddilynol. Ond ni allai ddweud hynny wrth ei wraig wedi clywed ei hymresymiad. Yr oedd am siarad â'i flaenoriaid nos drannoeth a cheisio cael ganddynt roi'r bwriad heibio.

Daeth Loti Owen i'r tŷ cyn iddo ymadael, a'i swper heb fod yn barod, ond nid oedd arni eisiau dim ond cwpanaid o de a brechdan, meddai. Cymerodd hi yn y gegin efo Mrs Ffennig. Bu'r ddwy yn hir yn sgwrsio efo'r te a'r frechdan a'r menyn bach.

Yr wyf yn teimlo — ni allaf ddweud sut yr wyf yn teimlo — heblaw y gwn mai da ydyw y medraf fwrw'r hyn sydd ar fy meddwl ar bapur. Mae'n amhosibl ei fwrw ar bobl, beth bynnag. Mae fy mhoen yn mynd yn fwy yn lle'n llai. Mae un peth yn sicr, mae rhyw bwerau'n gweithio y tu ôl imi'n ddiarwybod imi. Ar un wedd, busnesu yr oedd Mr Jones y gweinidog wrth ddŵad yma heno, a phe buaswn i wedi cymryd y ffordd honno, mi fuaswn wedi gwylltio a dweud wrtho am feindio ei fusnes ei hun. Ond mi glywais rywbeth yn ei lais oedd yn swnio'n wahanol i'r busneswyr arferol sy'n dŵad atoch yn wên deg, ac yn dweud mai eich lles sy ganddynt mewn golwg, a chwithau'n gwybod mai dod i'ch cyhuddo yr oeddynt. Mae o'n gwybod y gwir rŵan, pa ddefnydd bynnag a wna ohono. Ond mae cael gwybod pethau fel yna'n gwneud drwg mawr mewn ffordd arall. Mae wedi awgrymu pethau na feddyliaswn amdanynt cynt. Ai o gydymdeimlad y daw Mr Meurig yma? Ynteu a oes ganddo fwriad arall? Os oes ganddo, nid fy ymbellhau i oddi wrtho a wna'r meddwl yna ynof. Mae pob merch yn cael rhyw ias o deimlo fod dyn yn meddwl yn fawr ohoni. Efallai y gwna imi ddechrau meddwl amdano yn y goleuni yna rŵan, ac ni wybod ar y ddaear ble y diwedda hynny. Yr oedd yn dda i mi fod Loti Owen wedi dŵad i mewn pan ddaeth. Nid oedd wedi synnu pan glywodd am neges Mr Jones. Ymddangosai fel petai ganddi rywbeth ar ei meddwl, ond na hoffai ei ddweud, ond cytunai fod bwriad Mr Jones yn un cywir iawn a bod yn well imi wybod. Mae hi'n eneth ddymunol ar ei phen ei hun. Ond a ydyw'n well imi wybod na bod heb wybod?

A fuasai'n well imi wybod fod Iolo yn caru â Mrs Amred? Mater o amser ydyw fy mod yn gwybod rŵan ac nid y pryd hynny, ac y mae peidio â gwybod y pryd hynny wedi hel y gwybod i gyd at ei gilydd i'w unfan at heddiw, ac wedi fy nychryn. Mae'r pentwr o wybod yn mynd yn fwy a'r boen yn cynyddu. Mor braf oedd hi ar lan y môr ychydig oriau ynghynt efo'r plant, mor braf oedd y teimlad anifeilaidd hwnnw o gael ymollwng a chael gwared o feddyliau, a rhoi ei gorff yn ddiymadferth i gwsg. Yr oedd yn braf cael gwared o'r plant y munud hwnnw hefyd er mor annwyl oeddynt. Maent hwy heb wybod dim bron hyd yma, ond eu pleserau o ddydd i ddydd, ac yn gallu anghofio eu siom yn sydyn. Eu hanwybod yn peri iddynt roi eu traed ynddi. Peth mor naturiol yw hynny i'r rhai na throediodd y ffordd hon o'r blaen. Mae Rhys a Margiad yn rhyw hanner sylweddoli fy mod i mewn poen. Mi roes hi ei throed ynddi yn y llofft wrth geisio bod yn garedig, ac am wn i mai wrth geisio bod yn garedig y mae pobl yn rhoi eu traed ynddi. Yr oedd cael y botel sent yn beth mawr iddi hi, nid oedd ei chael y Nadolig gan Iolo yn beth mawr i mi. Yr oedd yr anrheg gyntaf a gefais ganddo erioed yn beth mawr iawn. Nid oedd ei rhoi i Margiad heddiw'n golygu dim imi; fe'i rhoddais iddi mor ddifeddwl ag y prynodd Iolo hi i mi reit siŵr. Peth fechan oedd hi — mae'n siŵr fod Mrs Amred wedi cael rhywbeth llawer drutach ganddo. (Dyna fi'n dangos cenfigen rŵan.) Petai Iolo wedi marw fe fuaswn yn ei rhoi gyda'r tynerwch hwnnw y rhoddir pethau'r marw i'r byw. Fe gafodd Margiad drysor, ac mor falch oedd hi o gael bachio fy nhrincedi a chael mynd i'r bathrwm — cael y pethau nad ydynt ganddi.

Bûm yn meddwl wrth olchi llestri heno ac yn ceisio cofio pa mor hael y bu Iolo yn ei anrhegion i mi, ac ni allwn gofio am fawr iawn. A ydyw'n bosibl fy mod i wrth roi wedi llwyddo i'm darbwyllo fy hun ein bod yn rhoi i'n gilydd. O'r nefoedd! Pam y dywedaf y fath beth, hyd yn oed wrth y dyddlyfr yma? Yr un fath y byddai Iolo'n ennill y dydd wrth beidio dweud dim pan ddadleuem ynghylch unrhyw drefniant. Mae'r gorffennol yn goleuo imi rŵan, ac yr wyf yn gweld pam y bu ein bywyd yn ymddangosiadol hapus. Rhaid i gariad fod i gyd ar un ochr cyn y bydd priodas yn hapus, meddai rhyw nofelydd enwog. Efallai mai dyn wedi suro oedd o. Mae cen ar lygaid pobl wedi suro hefyd, fel ar lygaid pobl ddall. Ffyliaid sydd yn dal i roi heb dderbyn, mae'n debyg, ac nid yw ffyliaid byth yn dysgu oddi wrth ei gilydd. Ys gwn i p'run fydd y ffŵl yn achos Mrs Amred? Ai fel hyn y bydd hi? Amau mwy a mwy, a mynd ymhellach fel efo miniawyd? Bûm yn meddwl y dylwn roi cloeau newydd ar y drysau — beth petai Iolo'n dod yn ôl tra byddaf i ffwrdd?

PENNOD XII

Yr oedd Lora wrthi'n twtio'r tŷ ar fore Sadwrn ac yn paratoi dillad y plant i gychwyn ar eu gwyliau i Fryn Terfyn. Yr oedd Loti Owen wedi cychwyn ar ei gwyliau'r bore hwnnw, a theimlai'r tŷ yn wacach nag y gwnaethai er y gwanwyn. Yr oedd yn hollol yr un fath ag ydoedd y Sadwrn cynt, ond teimlai'n wahanol am nad oedd yn disgwyl Loti Owen yn ei hôl. Ar adegau fel hyn byddai'r tŷ fel petai'n magu personoliaeth, ac yn edrych mor ddigalon â chi pan fo'i feistr ar fin ei adael, y dodrefn yn pincio allan ac yn edrych fel cyrff dan eu cynfasau llwch.

Meddyliai Lora am y llynedd, nid gydag unrhyw deimlad heblaw'r un o wacter ac o wahaniaeth. Yr oedd Iolo wedi mynnu cael mynd i Landudno. Nid oedd arni hi eisiau mynd; buasai'n well ganddi fod ym Mryn Terfyn y pryd hynny hefyd, ac ni fwynhaodd gymaint ar y gwyliau ag a gostiasant. Yr oedd y bwyd yn brin ac yn sâl, gorfod aros yn hir amdano, heb ddim i'w wneud ond gwagsymera hyd y tywod efo'r plant, a diogi. Wrth symud ôl a blaen yrŵan cofiodd yn sydyn fel y daeth Mrs Amred i'w gweld i Landudno ryw ddiwrnod, ac mor chwim yr aeth Iolo i'w boced i dalu am ei phryd bwyd. Nid aeth ymhellach ar ôl y peth yn ei meddwl yn awr, dim ond meddwl pa mor ddall y buasai. Ond nid oedd dim i'w ennill wrth gofio am ei diffyg gwelediad y pryd hwnnw. Ni allai gymryd Mrs Amred i mewn i gylch ei phoen. Y lladrata a'i poenai hi. Ym Mryn Terfyn fe gâi sôn am yr hyn a'i blinai. Fe fyddai Owen yn deall, beth bynnag, ac er y gallai ei chwaer fod yn ddistaw ar y pwnc, yr oedd hynny'n well na chael Esta, a ddeuai i'w thŷ i'w chyhuddo o hyd, debygai hi.

Am bedwar o'r gloch yr oedd popeth yn barod ganddi, a dechreuodd hwylio te. Erbyn hyn, yr oedd yn y stad feddwl honno pan allai gau'r pethau anghysurus allan fel cloi drws ystafell ar lanast er mwyn ei anghofio, a mwynhau'r hyn oedd o'i blaen. Fe wyddai y byddai allan o'r byd bron ym Mryn Terfyn. Câi wisgo beth a fynnai a mwynhau awelon y comin. Y peth mwyaf yno oedd cael byw ar wahân heb gymdogion, na neb i fusnesa pwy a ddeuai i'r tŷ.

Byddai wythnos o fyw felly fel dod allan o garchar, a gobeithiai y gallai anghofio llyffetheiriau'r carchar hefyd, y meddyliau oedd wedi ymgordeddu am ddigwyddiadau'r tri mis diwethaf. Rhoesai ei dyddlyfr yn ei bag, ond ni thybiai y byddai arni ei eisiau o gwbl. Yng nghanol y tawelwch hwn, daeth sŵn cloch y ffrynt, a gwyddai ei bod yn edrych yn flin wrth agor y drws i Mr Meurig.

'Wedi dŵad yma i ofyn yr ydw i, a ga' i redeg efo chi yn y car i dŷ'ch chwaer?'

Yr oedd y 'well gen i i chi beidio, diolch' allan o'i genau cyn iddo orffen ei gwestiwn bron, a'i 'Pam, neno dyn' yntau allan cyn gynted â hynny.

'Well gen i beidio.'

'Wel, pam?'

'Wna fo ddim ond rhoi gwaith siarad i bobl.'

'Gwrandwch. Mi fyddwch yn nhŷ'ch chwaer ymhen chwarter awr, heb orfod llusgo'r bagiau yma na rhoi'r plant ar y bws, ac mi'r ydach chi am adael i ragfarn pobol naca hynny o gysur i chi.'

'Os gwelwch chi'n dda, wnewch chi roi hynny o gysur meddwl imi wrth beidio â dŵad? Rydw i'n ddiolchgar iawn i chi am eich cynnig.'

'Ydach chi'n poeni cymaint â hynny ynghylch beth ddyfyd pobol?'

'Ydw, rŵan.'

'Pa bryd ydach chi am stopio poeni am hynny?'

'Pan na bydd neb yn cyfri dim imi.'

'Mae pobol yn siarad yn cyfri i chi, felly?'

'O nac ydyn. Ond waeth i chi heb roi gwaith siarad iddyn nhw'n ddi-achos. Mi fuasai'n bleser rhoi gwaith siarad iddyn nhw petai yna achos.'

'Beth ydach chi'n dreio ei ddweud, Mrs Ffennig?'

' 'Mod i'n rhoi achos i'r bobl yma feddwl yr hyn sy'n anghywir.'

'Rydw i'n gweld,' ac wrtho'i hun: 'Efallai eu bod yn gywirach nag y mae hi'n ei feddwl.'

Daeth y plant i'r tŷ.

'Arhoswch i gael te efo ni, Mr Meurig. Does gynnon ni ddim ond brechdan a letys ar ôl clirio'r pantri.'

Talodd yntau yn ôl iddi'n chwareus,

'Oes arnoch chi eisiau imi aros? Beth ddyfyd pobol?'

'Gan ych bod chi yn y tŷ, waeth i chi aros ddim. Dydi hynny o amser fyddwch chi yma'n gwneud dim gwahaniaeth.'

'Wel diolch yn fawr. Mae hyn yn bleser heb 'i ddisgwyl.'

Hoffodd Lora ef y munud hwnnw am iddo beidio â chymryd ei dramgwyddo ganddi. Daeth rhyw ochr fachgennaidd ynddo i'r golwg. Yr oedd ef yn llawer mwy unig na hi, ac yn llawer mwy digymorth yn y tŷ. Yr oedd rhywbeth mor blaen a phendant yn ei dafod.

'Dwn i ddim byd sut yr ydach chi'n medru gwneud bwyd mor dda ar adeg mor anodd, Mrs Ffennig. Mae'r plant yma'n lwcus.'

'Chawn ni ddim bwyd fel hyn yr wsnos nesa,' meddai Rhys.

'Mi gei fwyd gwell, 'y ngwas i, digon o fenyn bach a llaeth enwyn ac wyau.'

Gwnaeth Rhys ystumiau ar ei wyneb.

'Fasa well gin i fynd i Landudno nag i'r wlad,' meddai Derith.

'Mae dy fam yn cael mynd i'r lle y mae hi'n licio am dro,' meddai Lora.

'Ydach chi wir, Mrs Ffennig?'

'Wrth fy modd, yn enwedig rŵan. Rydw i wedi diflasu ar y tai yma ar benna'i gilydd.'

'Ac ar drigolion y tai,' meddai yntau'n bryfoclyd.

'Rhai ohonyn nhw. Fydd neb yn fy watsio i yn y fan honno.'

'Mae o'n fwy nag a wyddoch chi.'

'Beth ydach chi'n feddwl?'

'Dim ond bod digon o bobol ddrwg yn y byd yma.'

'Mae lot o'r rheiny ar eu gwyliau.'

'Mi wyddoch fod gan y diafol ei was.'

114

'Mae twrneiod yn gwybod mwy am bethau felly.'

Chwarddodd yntau fel petai'n mwynhau ei gweld yn llawen am dro.

Wrth fynd allan drwy'r drws gofynnodd ef fel petai'r peth wedi ei daro'n hollol sydyn,

'Fuoch chi ddim yn meddwl, Mrs Ffennig, cael clo newydd ar y drws ffrynt, gan eich bod yn mynd i ffwrdd?'

'Rydw i wedi cael rhai'n barod, ac ar y drws cefn hefyd.'

Ar ei ffordd i'w dŷ ceisiai'r twrnai ddyfalu beth a ddaethai dros Lora Ffennig. A oedd hi mor ddiniwed ag y tybiai? Y hi a ymddiriedai ym mhawb yn gofalu rhag ofn i'w gŵr ddychwelyd tra byddai hi i ffwrdd. Pa un ai ofn ydoedd, ai eisiau ei gau allan yn gyfan gwbl o'i bywyd? Ofn beth, nis gwyddai. A oedd arni ofn iddo ddod i'r tŷ a mynd â rhai o bethau ei mam oddi yno? Ni buasai'n synnu nad oedd mam a chwaer Iolo Ffennig yn gwybod ymhle yr ydoedd. Yn ei brofiad yn ei waith yr oedd yn ddigon cynefin â dulliau pobl o gyrraedd eu hamcanion. Efallai nad culni Piwritanaidd a wnâi i Mrs Ffennig wrthwynebu iddo ef ddod yno. Efallai ei bod yn ddigon craff i wybod y gallai ei ymweliadau ef â hi gael eu defnyddio yn ei herbyn rywdro. Âi'r amser ymlaen ac amlwg nad wedi mynd gyda'i gilydd i fwrw'r Sul yr oedd ei gyn-deuluyddes a'i glarc. Fe fyddai'r stryd yma'n wacach iddo am wythnos yrŵan nag y buasai erioed.

Wrth fwyta'i swper ym Mryn Terfyn teimlai Lora ei bod fil o flynyddoedd oddi wrth y te a fwytasai ychydig oriau cyn hynny yn ei thŷ ei hun, er bod pryd a delw'r ystafelloedd diannedd hynny yn mynnu rhuthro o flaen ei llygaid. Yr oedd bwyta swper yng nghegin Bryn Terfyn fel bwyta allan bron, gan fod awelon y mynydd yn cerdded trwyddi o ddrws y ffrynt i ddrws y cefn. Yr oedd ei hawyrgylch yn llai caeedig na'i hun hi, er bod wyth ohonynt o gwmpas y bwrdd, a llawer o dwrw. Teimlai hi ei hun fel plentyn wedi dod adref i gael mwythau. Ambell funud ymrithiai ei mam o flaen ei llygaid yn y gongl ger y tân, a gallai ddweud i'r dim sut yr ymddygasai ei mam pe daethai adref yn awr yn yr helynt hwn, a hithau'n fyw. Buasai'n edrych arni bob munud, yn ei dilyn â'i llygaid i bobman, ac yn edrych i fyw ei llygaid ar bob cyfle, i weld a oedd yn poeni. I'w mam yr oedd dioddef ei phlant yn ddioddef iddi hi, yn gorfforol bron. Ni allai ddisgwyl am ddim byd felly ym Mryn Terfyn erbyn hyn. Câi gydymdeimlad gan Owen fel gan bawb sy'n teimlo hyd i bwynt neilltuol, y pwynt hwnnw lle mae'r dioddefydd yn gorffen a hwy eu hunain yn dechrau. Am Jane, bron nad edrychai hi ar ryw helynt fel hyn fel pe bai'r sawl sy'n dioddef ar fai. Nid oedd ganddi amynedd efo rhyw bobl fel Iolo Ffennig, ac os oedd wedi dod â thrwbl i'w chwaer, ei bai hi oedd ei briodi. 'Dyna beth sydd i'w gael,' oedd ei hagwedd hi, yr oedd achos ac effaith pob dim cyn nesed yn ei meddwl afresymegol hi â ddoe a heddiw. Iddi hi, yr oedd Iolo Ffennig fel hyn pan briododd, ac ar ei chwaer yr oedd y bai na ddarganfuasai hynny. Ar wahân i Margiad a Rhys, ni theimlai'r plant ddim, ond fod rhywbeth wedi digwydd. Deallai Margiad rywfaint am fod ganddi ddychymyg. Deallai Rhys am fod ei berthynas â'i fam yn un a wnâi iddo deimlo fod unrhyw boen a ddeuai iddi hi yn boen iddo ef.

Dyma fi eto ar dranc. Meddyliais wedi dŵad yma na buasai arnaf angen hwn o gwbl. Meddyliais y gallwn anghofio pob dim, a mwynhau'r caeau, y comin, y bwyd, y gwynt, yr arogleuon a'r golygfeydd. Yn fwy na dim, y teimlad o fod yn dod at fy nheulu. Ond gwelaf nad oes gysylltiad yn unman. Yr wyf wedi fy nhorri i ffwrdd oddi wrth fy ngorffennol pell. Fy chwaer sydd yn fy hen gartref rŵan. Fe wn y byddant yn garedig wrthyf ym mhob modd ond yr un a ddyheaf, cael rhywun i ddeall fy nheimlad. Dyna'r unig garedigrwydd a ofynnaf a gofynnaf yr amhosibl. Arnaf fi y mae'r bai, yr wyf yn ddwl yn disgwyl i neb ddeall, ddim mwy nag y buaswn innau'n deall teimlad rhywun arall. Ni welaf ddim amdani, ond byw dau fywyd, cymryd arnaf wrth bobl fy mod yn dygymod, a bod yn onest yn unig gyda hwn. Gofynnaf ambell funud, am beth yr wyf yn poeni mewn gwirionedd. Am i Iolo garu rhywun arall? Nid wyf yn meddwl. Yr wyf yn berffaith sicr y blina ar y llall yn fuan. Tegan caled yw hi heb deimlad o gwbl, ac y mae rhyw gymaint o farddoniaeth yng nghyfansoddiad Iolo.

Ond ni chlywais i erioed mo Mrs Amred yn dweud dim i ddangos teimlad o unrhyw fath. Mae hi'n siarad am farw rhywun fel petai hi'n sôn am y tywydd, ac yn siarad am y tywydd fel petai hi'n sôn am dynged dyn.

Ni welais i ddim ynddi erioed ond wyneb tlws yn pefrio bob amser ar law a hindda. Ni raid imi genfigennu wrthi. Ond y boen y dof yn ôl ati o hyd ac o hyd ydyw, nad oedd Iolo'n deilwng o ymddiriedaeth ym mhethau cyffredin bywyd. Hawdd iawn yw i bobl golli eu pennau mewn cariad, a dod yn gall wedyn. Ond nid peth i'w daflu i ffwrdd fel yna yw ymddiriedaeth. 'Mae o wedi'i thwyllo hi,' medd pobl yn aml pan fo mab wedi rhoi'r gorau i ferch ar ôl bod yn ei chanlyn. Ond nid twyllo yw oeri o'r teimladau, twyllo yw'r hyn a wnaeth Iolo â mi, mynd â'm harian prin, nid am fod arian yn bwysig, ond am eu bod yn sefyll dros ein hymddiriedaeth y naill yn y llall. A dyna'r peth na all pobl ei weld. Y weithred yna sy'n dangos nad oeddwn i'n cyfri dim. Ai hynyna ydyw ein poen fwyaf yn y byd yma? Meddwl nad ydym yn cyfri i bobl y buom yn cyfri ar un adeg? Neu, a ydwyf yn fy holi fy hun am fy mod yng ngwaelod fy mod yn caru Iolo o hyd? Dod i lawr atom ni ein hunain yr ydym beunydd. A beth wyf i'w wneud ynglŷn â Mr Meurig? Mae arnaf ofn fy mod yn dechrau ei hoffi. Yr oedd yn hynod o hoffus brynhawn heddiw. A ydwyf i'w gadw draw rhag ofn i bobl siarad a minnau'n hoffi ei gwmni? Gwae fi fy myw mewn cymdeithas mor gul. Ond i beth y poenaf heno? Daw aroglau melys y gwair i mewn trwy'r ffenestr o'r gadlas. Mae rhyw aderyn yn cadw sŵn yn rhywle. Ni wn beth ydyw. Fe wyddwn ers talwm. Fe ddaw yn ôl imi eto fel darn o farddoniaeth i'r cof. Mae Derith yn cysgu a'i breichiau ar led heb boen yn y byd. Fe fûm innau felly unwaith, a'r cof yn rhy fyr i edrych yn ôl. Marw yw llawer peth yr edrychaf yn ôl ato heddiw, heb ynddo ddim i'm cyffroi. Tybed a fydd anonestrwydd Iolo rywdro'n rhywbeth marw yn fy nghof? Os bydd, bydd wedi peidio â'm hela, a finnau wedi dianc o'i afael. Ni allaf feddwl am y dydd hwnnw, rhaid mynd trwy chwys y rhedeg a'r osgoi heddiw.

PENNOD XIII

Yr oedd ar Lora eisiau mynd i Dŷ Corniog i weld Dewyth Edward ar ei phen ei hun. Ni wyddai pam ar ei phen ei hun. Yr oedd y sgwrs ddiwethaf a gafodd ag ef ar ei ben ei hun yn un anffortunus iawn; yn ffrae, a rhoi iddi ei henw iawn. Ond lawer gwaith wedyn bu'n meddwl amdano ac am ei eiriau. Yr oedd rhywbeth yn sych a glân yn Dewyth Edward, o'i ddillad hyd i'w eiriau. Dillad dyn cybyddlyd twt. Geiriau pagan gonest yn torri'r deunydd yn glir efo siswrn miniog heb adael dim raflins ar ei ôl. Yr oedd arni eisiau ei adnabod yn helaethach. Fel pob cybydd nid hawdd ei adnabod am fod ei gybydd-dod yn ei gadw draw oddi wrth bobl. Yr oedd ymwneud â phobl yn golygu rhoi — a derbyn. Ond gallai Dewyth Edward wneud heb y derbyn os câi beidio â rhoi. Gan ei chwaer, ei mam hi ei hun, y gwelsai ei hewythr yn derbyn yn llawen, am fod ei mam yn un a roddai'n llawen i gybydd a gwastraffwr fel ei gilydd. Yr oedd ei sgwrs-ffrae y dydd o'r blaen wedi dangos ei fod yn graff.

Nid hawdd oedd cael ymadael â neb ym Mryn Terfyn a cherdded ar hyd llethr y mynydd i Dŷ Corniog. Yr wythnosau diwethaf y sylwasai mor anodd oedd cael ymadael â phobl a chael bod ar ei phen ei hun. Dyna, mae'n debyg, paham y dechreuasai roi ei meddyliau ar bapur. Cael siarad â hi ei hun yr oedd heb i neb fod yn gwrando arni. Ond yr oedd i hynny ei gyfyngdra. Teimlai weithiau, wrth ysgrifennu, yr hoffai ledu ei phenelinoedd, a rhedeg i rywle at fod byw a barn wahanol ganddo, neu at unrhyw fod byw heb farn o gwbl. Dweud 'Amen' i'w meddyliau ei hun yr oedd ei dydd-lyfr. Byddai'n beth braf weithiau cael siarad â rhywun fel Dewyth Edward na wyddai ddim am yr amgylchiadau, na dim am gysylltiadau gŵr a gwraig. Tybiai'r lleill i gyd eu bod yn gwybod *peth* o'r amgylchiadau, a barnent a beirniadent yn ôl fel y gwelent hwy bethau drwy gil drws yr hyn a wyddent.

Dywedodd amser brecwast ddydd Llun yr hoffai fynd i weld Dewyth Edward ryw ddiwrnod.

'Mi ddo i efo chdi,' oedd gair cyntaf ei chwaer. 'Rydw i heb fod ers tro.'

'Fyddi di'n mynd yn amal?' gofynnodd Lora.

'Wel ddim yn amal iawn. Pam mae arnat ti eisio ei weld o rŵan?' Ni welodd Jane ergyd yr 'amal' yng nghwestiwn Lora.

'Am fy mod i wedi dŵad mor agos ato fo. A mi faswn i'n licio tro ar hyd ochor y mynydd yna.'

'Mi'r oedd h'n llawn nes iti o'r dre, efo bws y Bwlch; mae hwnnw'n stopio bron wrth 'i dŷ fo.'

Cochodd Lora. Fe welodd hi ergyd Jane. Ond nid oedd ei hesgeulustod o'i hewythr yn ddim ond rhan o'i hesgeulustod o bawb. Mae'n siŵr fod Jane yn meddwl ei bod ar ôl ei bres rŵan.

'Doedd gen i ddim amser i fynd i weld o na neb arall. A siŵr gen i na fasa arno fo ddim eisio fy ngweld i'n amal.'

'Roedd gen ti lawn mwy o amser na fi.'

'Oedd, mi'r oedd, ond peth gwirion ydi cerdded tai, pan fedar rhywun ddefnyddio'i amser i wella'i feddwl, trwy ddarllen llyfrau.'

'Fasa fo ddim wedi gwneud drwg iti roi tro o gwmpas dy hen deulu.'

'I ffraeo efo nhw. Doedd dda gen Dewyth Edward mo Iolo.'

'I be wyt ti am fynd i weld o rŵan ynta?'

'Mae arna i eisio 'i nabod o'n well.'

'Does dim llawar o waith nabod arno fo,' meddai Jane. 'Mae o'n gybydd a dyna fo.'

'Dydi o ddim mor gybyddlyd efo rhai pethau,' meddai Owen. 'Dyna fo wedi prynu'r tŷ yna sydd lawer rhy fawr iddo fo, a'i ddodrefnu fo'n dwt.'

'Mi faswn i'n licio mynd i' weld o, a dyna'r cwbwl,' meddai Lora. 'Dwn i ddim pam na chaiff dyn wneud yr hyn mae o'n 'i hoffi weithiau, dim ond am 'i fod o'n hoffi fo, heb orfod egluro o hyd pam mae o'n gwneud pob dim.'

119

Cododd ac aeth allan. Yr oedd y plant yn y cae o'i blaen. Addawsai wrthynt yr âi i weld eu barcud yn mynd i fyny.

Wedi cael ei chefn, dywedodd Jane,

'Dwn i ddim beth ydi'r mater ar Lora. Mae hi mor bigog â draenog. Fiw i neb ddweud dim nad ydi hi'n codi ei gwrychyn.'

'Synnu 'i bod hi cystal yr ydw i,' meddai Owen, 'dwn i ddim sut y basan ni, tasan ni wedi mynd drwy'r un peth.'

'Mi ddyla fod wedi ymysgwyd allan ohono fo bellach.'

'Paid â siarad mor greulon. Tasa hi wedi medru gwneud hynny, mi fasa'n dangos nad oedd gynni hi fawr o feddwl o Iolo.'

'Beth petai o wedi marw, mi fasa gynni hi fwy o le i gwyno wedyn?'

'Na fasa wir. Mi fasa'n gwybod lle basa fo, a mi fasa'n gwybod 'i theimlada tuag ato fo. Dŵyr y gryduras yn y byd lle mae hi rŵan.'

'O, wel,' oedd ateb Jane wrth glirio'r bwrdd.

* * * *

Yn y cae, teimlai Lora, oni bai am y plant, fod yn edifar ganddi ddod. Tybiasai y buasai bod allan yn y wlad yn tawelu ei meddwl. Ond ym mhle bynnag yr oedd pobol, yno yr oedd gwrthdaro beunydd. Ceisiodd gofio a fyddai pethau fel hyn bob amser. Ni allai gofio. Rhyw hwyl ddiniwed a chytuno ar bob dim oedd ymweliad â Bryn Terfyn cyn hyn. Mynd adref a theimlo eu bod wedi eu mwynhau eu hunain, beth bynnag oedd ystyr hynny. Ceisiai feddwl beth oedd y mwynhad, a'r unig ateb a gâi yn ei meddwl oedd eu bod yn mynd adref yn hollol fel y daethent yno, ond bod teirawr o'u bywyd wedi mynd heibio, eu bod wedi cael bwyd da a'i hoffi; wedi siarad heb ffraeo, yr hyn a wnâi iddynt deimlo ar yr wyneb eu bod yn hoffi ei gilydd. Yr oedd ymadawiad Iolo wedi gwneud i bob gair a leferid o'r ddeutu swnio fel carreg nadd ar lechen. Teimlai yr hoffai roi rhywbeth yn ei chlustiau rhag clywed.

Ymddygai Jane ati'n hollol fel y gwnâi pan oedd yn blentyn,

a hithau — Jane — yn llafnes. Dweud y drefn wrthi am bob dim a wnâi. Codasai hynyna i gyd y bore yma ddim ond am fod ar Lora eisiau mynd ar ei phen ei hun i weld ei hewythr, yn hollol fel yr hoffai fynd ar ei phen ei hun, pan oedd yn blentyn, i weld llo bach newydd ei eni, neu nyth aderyn, neu foch bach newydd, rhag ofn i neb y tu allan ddigwydd ei gweld yn dangos ei llawenydd, wrth edrych arnynt.

Nid oedd ei chalon gyda'r barcud y bore yma, a deuai i lawr yn sydyn bob tro y gollyngai ef i'r awyr.

'Rhaid i chi 'i ollwng o yn ara deg, Anti Lora,' meddai Margiad, 'a pheidio â rhoi gormod o raff iddo fo i gychwyn.'

'Dydi o na finna ddim mewn hwyl. Sbia, mae o'n chwerthin am fy mhen i.'

Ond nid oedd yr un o'r plant yn cymryd fawr sylw. Yr oedd arnynt i gyd eisiau treio ei ollwng i'r awyr. Cysur mawr i Lora oedd fod Rhys yn toddi i'r chwarae.

Mynnu cael dod efo hi a wnaeth Jane, er gwaethaf pob hym i'r gwrthwyneb, a Lora'n teimlo fel plentyn na adewid iddo fynd ei hunan i unman. Tŷ moel oedd Tŷ Corniog, ar y mynydd, ac ar yr un math o dir â Bryn Terfyn, ond ei fod â'i dalcen i ffordd gul a ddôi'n sydyn i ffordd well yr âi'r bws o'r dref ar hyd-ddi. Nid oedd lawn mor unig ychwaith, gan fod nifer o dai ar y ffordd arall lle rhedai'r bws. Yr oedd holl ryddid y mynydd o'i gwmpas, a'r olygfa o'i flaen yn ymledu i'r Eifl a Sir Fôn. Yr oedd yma ddigon o le i ledu adenydd a chael gwynt.

Eisteddai Dewyth Edward wrth y tân yn y gegin, mewn lle cyn laned â'r lamp, er na ddisgwyliai mohonynt. Yr oedd wedi synnu eu gweld, ac yr oedd Lora wedi synnu ei weld yntau mewn lle mor dwt a glân. Newydd olchi llestri cinio, meddai, a buasai wedi gwneud crempog pe gwyddai eu bod yn dod.

'Mi wna i un i chi,' meddai Lora.

'Na chei wir, gan dy fod ti wedi dŵad, well gen i siarad efo chdi. Mi faswn i wedi bod i lawr acw i ddiolch iti am olchi fy nillad i, oni bai am yr hen gricymalau yma.'

'Ydi o'n ddrwg iawn?' gofynnodd Lora.

'Ambell bwl. Dydw i ddim yn medru golchi'r lloriau'n dda

121

iawn rŵan. Mae yna ddynas o'r gwaelod yna'n dŵad i wneud hynny i mi ddwywaith yr wythnos.'

'Fedra hi ddim golchi i chi hefyd?' gofynnodd Jane.

'Gad ti hynny i Lora a mi. Mae'n ots gen i pwy i olchi 'nillad isa fi.'

'Chlywis i am neb mor gysetlyd,' meddai Jane.

'Dydi cysêt ddim yn beth drwg i gyd,' meddai'r hen ddyn.

'Dyna 'nheimlad innau,' meddai Lora wrthi ei hun. Efallai mai cysêt a wnâi iddi hithau ddymuno dod yno ar ei phen ei hun.

'Ga i fynd i weld ych llofftydd chi, Dewyth?'

'Dos di â chroeso.'

Yno wedyn yr oedd pob dim fel pín mewn papur. Pedair llofft digon helaeth, ac ychydig ddodrefn ynddynt. Yr oedd Lora wedi dotio. Rhoes ei phig i mewn yn y ddau barlwr, a'r pantri. Popeth yr un fath yno.

'Mae gynnoch chi le digon o ryfeddod,' meddai Lora wedi eistedd yn y gegin wedyn.

'Mae croeso iti ddŵad yma i fyw ata i,' meddai yntau.

'I be daw hi, a rhoi gorau i le da?' meddai Jane.

'Dydi o ddim o dy fusnes di, Jane,' meddai yntau, 'mi gâi fynd i'r ysgol yr un fath oddi yma, mae'r bws yn mynd o ben y lôn yna.'

Ni ddywedodd Lora ddim am ei bod yn cysidro. Ni ddaethai i'w meddwl fod gan ei hewythr le mor braf. Mwy na dim, fe hoffa'r moelni maith o'i gwmpas. Gardd heb lawer o ddim ynddi heblaw tatws a letys. Lein ddillad braf allan ar y mynydd, heb ddim coed ond rhyw un ddraenen yn yr ardd. Mor gas oedd hydref gwlyb yng ngerddi coediog, planhigog y dref, eu gwlybaniaeth yn hel hyd y dillad a'r slwtsh dan draed. Cofiai mai fel hyn y byddai gartref ers talwm ym Mryn Terfyn, eithr rŵan y sylweddolodd peth mor braf oedd y moelni yma, a'r ehangder llwm a rôi ddigon o awel i ddyn — mor wahanol i'r stryd fyglyd, straegar yn y dref. Digon posibl fod pobl yr un mor straegar yma, ond yr oedd yn amhosibl iddynt bwyso cymaint ar ei gwynt. Nid oedd cynnig ei hewythr yn un mor ddwl yn ei meddwl erbyn hyn, ac yr oedd yn bosibl gwneud y tŷ'n ddelach nag oedd hyd yn oed.

'A mi gaet fod ar ben dy hun efo'r plant,' meddai Dewyth Edward, 'tŷ handi ydi'r tŷ yma, efo'r lobi yma'n mynd reit trwyddo fo. Mi gawn i'r gegin a'r parlwr sydd yr ochor yma, a mi gaet titha y pantri a'r parlwr sydd yr ochor acw, ac mi allan fwyta i gyd yn y gegin yma.'

'Wir, rydach chi wedi planio pethau'n dda,' meddai Jane.

'Dydw i wedi planio dim,' meddai yntau'n groes, 'deud sut dŷ sy gen i 'r ydw i.'

'Wel, ia,' meddai Lora, 'digwydd bod yn dŷ hwylus i ddau deulu fyw ynddo fo y mae o.'

'Siŵr iawn, ond mae Jane yn meddwl bod dyn yn cynllunio'i fywyd wrth gael ei eni,' meddai'r hen ŵr, 'a mae croeso iti ddŵad yma efo'r plant i fyw, Lora.'

'Diolch,' oedd yr unig beth a ddywedodd hithau.

'Mi fydd yn wirion iawn, os gadewith hi'r tŷ braf yna sy gynni hi yn y dre; mae gynni hi ddigon o ddŵr poeth a phob dim yn hwnnw.'

'Meindia dy fusnes, Jane,' meddai yntau, 'mae pobol yr oes yma'n meddwl dim ond iddyn nhw gael dŵr poeth a bathrwm fod y mil blynyddoedd wedi gwawrio. Yr unig adeg y mae dŵr berwedig yn handi ydi diwrnod lladd mochyn, a does yna ddim o hynny rŵan.'

Cafodd Lora amser i feddwl dros y cynnig wrth groesi'r mynydd yn ôl gan fod Jane yn bur dawedog.

'Dwn i ddim pwy fasa'n licio byw efo'r hen greadur,' oedd un o'i sylwadau.

'Wel mae un peth o'i blaid,' meddai Lora, 'dydi o ddim yn un busneslyd.'

PENNOD XIV

Yr oedd yr wythnos yn dirwyn i'w therfyn. Buasai'n wythnos braf mewn llawer ystyr. Cafodd Lora ddigon o waith, digon o chwarae a digon o sgwrsio. Bu'n helpu Jane yn y tŷ, ac Owen allan. Yr oedd y gwair i mewn ers tro, ond yr oedd llawer o redyn a brwgais o gwmpas y cloddiau, a bu hi ac Owen yn cribinio hwnnw a'r plant yn chwarae barcud o'u cwmpas. Ar y bore Gwener aeth Lora a'r plant i gyd ar ôl brecwast i ochr y mynydd i hel gruglus. Yr oedd yn rhy gynnar i fwyar duon ac yn rhy hwyr i lus. Buont wrthi'n hir ac yn ddyfal yn hel y ffrwyth mân, ond casglodd chwe phâr o ddwylo gryn dipyn cyn deg o'r gloch. Addawodd wneud teisen iddynt i de. Aeth i'r llofft wedyn i wneud y gwelyau, a chan fod gwynt ffafriol i farcud, addawodd fynd allan efo'r plant i'r caeau pellaf i chwarae. Pan ddaeth i'r buarth yr oedd Margiad a Rhys yno yn ei disgwyl ac yn peri iddi frysio gan fod y barcud yn hedeg yn uchel. Ar hynny clywsant bib y postmon wrth y llidiart, a rhedodd hithau i gyfarfod ag ef, a chael mai llythyr iddi hi ydoedd. Cerddodd yn ôl yn araf gan ei ddarllen.

'Oddi wrth pwy mae, Mam?' gofynnodd Rhys.

'Oddi wrth Mr Meurig,' meddai hithau, yn hollol ddifeddwl.

Yr oedd ei chwaer ar riniog y drws yn ei chlywed yn dweud hyn, wedi rhedeg yno ar ôl clywed y bib.

'I beth mae ar Mr Meurig eisio sgwennu i ti?' gofynnodd.

Cochodd Lora. Gwelsai gip ar gynnwys y llythyr.

'Dim byd neilltuol.'

'Oes gynno fo ryw newydd am Iolo?'

'Nac oes. Pam?'

'Meddwl yr oeddwn i mai fo fasa'n cael y newydd gynta, gan mai fo oedd 'i fistar o.'

124

'Na, petasa yna newydd o gwbl, 'i fam o a'i chwaer o fasa'n clywed gynta.'

'Sut hynny?'

'Rydw i'n digwydd 'u nabod nhw — erbyn hyn.' Mae'n amlwg mai curo'r post i ladd amser yr oedd ei chwaer.

'Ydi o'n wir bod Mr Meurig acw o hyd?'

'Ymhle o hyd?'

'Yn dy dŷ di?'

'Mae gynno fo dŷ 'i hun.'

'Mi wyddost yn iawn beth ydw i'n feddwl. Mae sôn 'i fod o'n byw a bod acw.'

'Os ydi taro i mewn ambell gyda'r nos yn fyw a bod, mi mae o.'

'Mi wyddost beth mae hynny'n 'i feddwl.'

'Na wn i, ddim ond 'i fod o wedi dangos mwy o gydymdeimlad na llawer o bobol.'

'Cydymdeimlad, wir! Mae o'n ŵr gweddw, a mae arno fo eisio gwraig.'

'Fedar o mo 'mhriodi i, yn na fedar?'

'Mi fedar baratoi'r ffordd ar gyfer hynny.'

'Pan oeddat ti acw mi'r oeddat ti'n meddwl 'i fod o'n beth doeth i mi fynd i gadw tŷ iddo fo.'

'Roedd hynny'n wahanol.'

'Rydw i'n gweld. Roeddat ti'n meddwl y basa hi'n saffach i bobol beidio â charu wrth fyw dan yr unto, nag wrth i ddyn ddŵad acw ambell noson at dair o ferched.'

Aeth Jane i'r tŷ yn ffwr-bwt, ond nid cyn cael y gair olaf.

'Siŵr gen i mai nid i weld y ddwy arall y mae o'n dŵad. Roedd gynno fo bob siawns i weld y ddwy honno cynt.'

Yr oedd Rhys wedi symud tipyn yn ei flaen cyn dechrau'r sgwrs yma, a phan welodd ei fam yn ei ddilyn i'r cae, rhedodd yn ei ôl i gyfarfod â hi. Gwyddai oddi wrth wyneb gwridog ei fam nad oedd pethau'n iawn.

'Yli,' meddai hi, 'tyd i eistedd efo mi am funud i gysgod y mwdwl brwgais yma, rhag i neb ein gweld.'

Rhoes ei braich amdano wedi eistedd.

'Be sy, Mam?'

Yr oedd hithau mor gyforiog o deimladau fel y dechreuodd

wneud y peth ffôl o fwrw ei chyfrinach ar blentyn, peth y buasai hi yn ei gondemnio mewn rhywun arall. Ond gallodd ymatal cyn mynd yn rhy bell.

'Anti Jane sydd wedi bod yn gas.'

'Am Mr Meurig?'

'Ia.'

Stopiodd yn y fan wrth gofio cynnwys y llythyr. Mae'n wir nad oedd ond nodyn, yn dweud fod y stryd yn wag hebddi, a'i fod yn dyheu am ei gweld yn dod yn ôl. Dyna'r cwbl. Ond yr oedd yn ddigon iddi weld beth oedd ei feddwl. Ni allai hithau deimlo'n gas tuag ato am ddweud hynny.

'Rŵan, Rhys, wnei di aros yn y fan yma, a pheidio â dŵad ar f'ôl i. D'wad wrthyn nhw 'mod i wedi mynd i'r pentra.'

'I be, Mam?'

'Dim ots. Am fynd i weld Dewyth Edward yr ydw i, ond does dim eisio i neb ond chdi a fi wybod hynny.'

Teimlai Rhys fod hynny'n well na'i bod yn mynd i'r pentref. Gallai hynny olygu unrhyw beth.

Aeth hithau drwy'r buarth i lwybr y mynydd a throi i lawr i gyfeiriad y pentref. Wedi cyrraedd y ffordd troes yn ôl i'r mynydd gan ddilyn llwybr defaid i gyfeiriad arall nes dod at y llwybr lletach a arweiniai at dŷ ei hewythr. Poenai ei bod wedi dechrau dweud dim wrth Rhys. Byddai'n pendroni beth oedd cynnwys y llythyr.

Yn y cyfwng yma, yr oedd Jane ac Owen yn cael sgwrs bur ddifrifol yn y tŷ. Yr oedd Jane yn ei thymer wedi bwrw ei chwynion am ei chwaer wrth Owen, gan ychwanegu geiriau heilltion amdani. Ond ni fargeiniodd y buasai ei gŵr yn troi arni. I Jane, nid oedd ond un safbwynt, sef safbwynt crefyddwyr y bedwaredd ganrif ar bymtheg. Mi startiodd drwyddi pan ddywedodd Owen,

'Rwyt ti wedi bod yn frwnt iawn wrthi hi.'

'Sut felly?'

'Wyt ti'n cysidro beth mae hi'n ddiodda?'

'Dydi hi ddim yn edrach fel petai hi'n diodda dim.'

'Nac ydi. Rhaid iddi ddal gwyneb er mwyn y plant, a mae o'n costio reit ddrud iddi.'

'Sut y gwyddost ti?'

'O, does dim rhaid i neb ddweud 'u cyfrinachau wrtha i i wybod hynny. Ond mi ddangosodd ddigon y noson y soniodd hi am yr arian wedi mynd. Rhaid iti gofio bod Lora yn ddynes onest iawn.'

'Nid y hi sydd wedi mynd â'r arian.'

'Naci, ond treia roi dy hun yn 'i lle hi. Dynes fel y hi yn cael 'i thwyllo gan 'i gŵr. Cofia 'i fod o'n dad i'w phlant hi. Beth bynnag ddigwydd iddo fo rŵan, mi fydd hyn fel blotyn du rhyngddi a'r hyn fuo.'

'Beth bynnag am 'i phoen hi, mi ddyla beidio â rhoi gwaith siarad i bobol.'

'Ar y bobol sy'n siarad y mae'r bai ac nid arni hi.'

'Mi alla hi 'i rwystro fo rhag dŵad yno.'

'Mae'n debyg na tharodd o rioed i'w meddwl hi 'i fod o'n dŵad yno i ddim ond i gael sgwrs.'

'O wel, dyna fo — mi gafodd agor 'i llygad y bore yma, beth bynnag.'

'Do, mewn ffordd frwnt iawn.'

Dyna'r tro cyntaf erioed i Owen ddweud gair cyn gased wrth ei wraig.

Pan gyrhaeddodd Lora Dŷ Corniog yr oedd ei hewythr yn codi taten ar flaen fforc o'r sosban datws trwy'u crwyn i edrych a oeddynt yn barod. Byddai'n cael cinio tuag un ar ddeg. Trawodd hi'n ôl yn y sosban ac edrych yn hurt ar Lora.

'Be yn y byd mawr sy'n bod?'

'Rydw i wedi dŵad yma i ddweud ella y bydda i'n dŵad yma i fyw atoch chi yn gynt nag yr oeddwn i'n meddwl.'

'Gora po gynta. Be sy wedi gwneud iti benderfynu?'

'Jane fy chwaer.'

'Ond doedd gynni hi ddim gwynt iti ddŵad y diwrnod o'r blaen.'

'O na, nid y hi sydd wedi fy narbwyllo fi.'

'Eistedd a chym bwyll i ddeud dy stori.'

'Mi ddigwyddis gael llythyr y bora yma oddi wrth Mr Meurig, a mi glywodd Jane fi'n dweud wrth Rhys mai oddi wrtho fo yr oedd o.'

'Pwy, y twrna yna?'

'Ia, hen fistar Iolo.'

'A mi ddeudodd mewn ffordd neis nad ydi'i fwriad o ddim yn onest wrth ddŵad acw.'

'Ydi o'n dŵad acw?'

'Mi fydd yn taro i mewn ambell gyda'r nos, a mi fyddwn ein pedwar yn chwarae cardiau.'

'Be 'di'r ots i Jane pwy sy'n dŵad acw?'

'Dyna ydw inna yn 'i ddeud.'

'Mae pobol yr un fath efo minna, yn busnesa faint o arian sy gen i, a faint o ddefaid a merlod hyd y mynydd yna. A chyn gyntad ag y dengith y merlod i'r lôn, maen nhw ar fy ngwar i mewn eiliad. I'r llys â mi, a ffein. Eisio iddyn nhw feindio'u busnes 'u hunan sydd. Fuo Jane yn gas?'

'Do, yn gas iawn.'

'Mi fedar fod, mae Owen yn well siort. Ond hitia befo. Tyd yma ata i.'

'Mi ga i weld wedi mynd yn f'ôl.'

'Yli, gloyfa'r tatws yna, a thyd â llaeth enwyn a menyn o'r pantri ar y bwrdd.'

Fel llawer gwaith o'r blaen, teimlai Lora fod bwyta yn lleddfu rhyw gymaint ar ei briw. Yr oedd y tatws yn wynion ac yn sychion fel blawd, y menyn a'r llaeth enwyn yn odidog.

'Byta ddigon o'r menyn yna,' meddai'r hen ŵr, 'dwyt ti ddim yn rhy dew.'

Aeth ymlaen.

'Rydw i wedi penderfynu peidio â chadw merlod mynydd eto. Mi geith y ddwy yma ddiweddu'u hoes ar y mynydd yn fanma yn lle mynd i'r pwll glo.'

'Peth creulon iawn ydi gyrru'r creaduriaid i'r fan honno.'

'Ddim creulonach na lladd ŵyn bach erbyn y Pasg. Mi geith Rhys, a be'di enw'r hogan acw . . .?'

'Derith.'

'Lle cest ti'r hen enw gwirion yna?'

'Mae o'n enw Cymraeg.'

'O wel, mi geith Rhys a hitha chwara efo nhw hyd y mynydd yna.'

'Mi fyddan wrth 'u bodd.'

Wrth groesi'r mynydd i Fryn Terfyn, teimlai Lora'n ysgafnach wedi cael dweud wrth rywun, ac wedi cael prawf pellach o gyn lleied y maliai ei hewythr mewn pobl. Gresyn, meddyliai, na allai hithau falio cyn lleied mewn pobl fel Jane, ac mewn pobl eraill. Mae'n debyg na ellid cyrraedd y tir yma o beidio â malio, ond pan fyddai rhyw un peth mawr neu ryw un person wedi mynd â'i bryd yn gyfan gwbl, fel yr oedd ei hewythr wedi ymgolli mewn hel arian, ac yn medru rhoi clec ar ei fawd ar bawb a'i beirniadai. Ar adeg arall buasai plu'r gweunydd a'r mwsog, yr holltau a'r ffrydiau dŵr haearn yn y mynydd yn rhoi pleser iddi. Deuent yn ôl iddi fel hen gynefin, ond heddiw, fel llawer hen ffrind, nid oedd ganddi ddim i'w ddweud wrthynt.

Yr oeddynt wedi gorffen eu cinio ym Mryn Terfyn, a gofynnodd Jane dros ei hysgwydd a oedd arni eisiau rhywbeth i'w fwyta. Heb egluro dywedodd hithau nad oedd, ac aeth ati i wneud y deisen gruglus i'r plant. Ond ni bu erioed de mor ddifwynhad, er bod Owen a'r plant yn canmol ac yn bwyta'n harti o'r deisen. Edrychai Jane a Lora'n druenus.

Wedi te aeth Lora allan i'r cae i esgus chwarae gyda'r plant. Wedyn eistedd wrth odre mwdwl ac edrych arnynt. Ers wythnosau bellach ni allai edrych ar blant heb i'w meddwl neidio i'r dyfodol ryw ugain mlynedd. Fe ddeuai rhywbeth i gymryd lle'r llawenydd yma y pryd hynny. Byddent hwy eu hunain wedi camu i ryw dir dieithr heb i neb gyfarwyddo eu cam. Ond nid oedd yn rhaid i'r tir dieithr hwnnw fod fel cors sigledig, chwaith, hyd yn oed os bu felly iddi hi.

Gadawodd Margiad y lleill a dod ati. Rhys oedd yr unig un a droes i edrych arni, ond yr oedd yntau mor llawn o asbri chwarae fel na ddilynodd mohoni.

'Am be ydach chi'n poeni, Anti Lora?'

'Dim byd lawer. Dydi dy fam a finna ddim yn dallt ein gilydd yn dda iawn.'

'Mae hi'n gas iawn efo minna weithiau hefyd.'

'Ydi hi?'

'Ydi, rydw i'n cael drwg os do i adra'n hwyr o'r cwarfod plant, ne oddi wrth y bws ysgol, ne os sonia i am fynd i lawr i'r pentra gyda'r nos.'

Cofiodd Lora mor hoff y byddai Jane o fynd i lawr i'r

129

pentref gyda'r nos ers talwm, ac fel y rhedai adref o bobman wedi colli'i gwynt.

'Ac mi fasa'n licio'n cadw ni ar y mynydd yma Sul, gŵyl a gwaith,' meddai Margiad.

'Mi fasa hynny'n biti.'

'Ond mae'r wsnos yma wedi bod yn braf, Anti Lora,' a rhoes ei braich drwy fraich ei modryb.

'Wel rydw i'n siŵr 'i fod o wedi gwneud lles inni i gyd, ac i Rhys yn enwedig.'

'Ydi wir, mae o'n rêl boi. Mi fydd arna i hiraeth mawr wedi i chi fynd.'

'Liciat ti ddŵad acw am wsnos, dŵad o ganol yr wsnos nesa?'

'O, Anti Lora, dyna beth oeddwn i dest â'i ofyn i chi. Mae Guto a Now Bach yn mynd i Lanberis at frawd 'nhad. Does arna i ddim eisio mynd i fanno.'

Ar hynny daeth Owen atynt, a rhedodd Margiad at y lleill.

'Wel,' meddai Owen dan eistedd, 'welis i rioed ffasiwn beth â Jane y bore yma. Sbwylio wsnos braf efo rhyw gulni gwirion.'

'Do, mi aeth yn rhy bell.'

'Mae arna i ofn 'mod i wedi bod reit gas wrthi hi.'

'Mae'n ddrwg gen i, Owen, dydw i'n gwneud dim ond achosi poen ble bynnag yr a' i. Mae pawb yn ffraeo o'm hachos i.'

'Paid ag edrach ar y peth fel yna. Wneith o ddim drwg i Jane glywed beth glywodd hi'r bore yma. Chafodd neb well gwraig, ond dwn i ddim be 'di'r ofn yma sydd arni hi i rywun ddŵad â sgras ar ben 'i deulu.'

'Mae o'r un fath yn union â thasa un o'n hen deidiau ni wedi bod yn torri pobol allan o'r seiat wrth y rhesi am syrthio.'

'Ydi, a dydi Jane ddim yn dduwiol o bell ffordd. Mae hi'n mynd i'r capel unwaith y Sul a dyna'r cwbwl.'

'Mae arna i ofn mai fel yna yr ydan ni i gyd rŵan. Does gan neb ohonon ni brofiadau crefyddol, ne mi fasan yn medru dallt mwy ar brofiadau pobol arall. Pagan cybyddlyd fel Dewyth Edward sy'n busnesu leia.'

'Ia, does gynno fo ddim ond un amcan mewn bywyd, a

hel pres ydi hynny. Dydi moesoldeb nac anfoesoldeb neb o ddim diddordeb iddo fo.'

'Rydw i dest â mentro dŵad ato fo i fyw.'

'Mae gynno fo dŷ hwylus i'w rannu. Fasa dim rhaid i chi fod ar wynt eich gilydd.'

'Does yna ddim byd yn y dre acw bellach ond atgofion, a mi leiciwn i ddechrau o'r newydd.'

Cododd Owen ei glustiau. Nid oedd gronyn o wir, mae'n amlwg, yn straeon pobol na chyhuddiad Jane.

Cyn iddynt gychwyn adre fore trannoeth yr oedd Jane wedi dod ati ei hun ddigon i fod yn eitha clên. Gwrthododd gymryd tâl am eu llety a rhoes fenyn a thatws iddynt fynd adre.

Yr oedd crio mawr ymhlith y plant wrth ganu'n iach. Now Bach a Guto wedi mynd at glawdd y buarth a beichio i mewn iddo. Yna dechreuodd Rhys a Derith ymuno â'r corws, a Margiad yn mynd o gwmpas pawb i dreio codi'i galon fel emyn yn gaddo y caent weld ei gilydd yn fuan eto.

Torrodd Lora ei chalon ac ymuno. Yr oedd hiraeth y plant am ei gilydd yn esgus iddi hithau adael i'r argae dorri, argae yr holl gronni poenau a fu arni y misoedd diwethaf. Yn atodiad i hyn i gyd yr oedd y gofid ei bod wedi sbwylio te'r diwrnod cynt ar gownt rhyw hen ffrae wirion efo'i chwaer. Ac eto, dangosai'r ffrae honno y pellter a oedd rhyngddynt.

Yr oedd tipyn o lythyrau dan y drws pan gyraeddasant y tŷ, un ohonynt oddi wrth ei ffrind Linor o Lundain yn dweud y byddai'n dod i edrych amdani yr wythnos wedyn.

Cododd ei chalon a disgynnodd wedyn. Efallai na fyddai ganddi hithau ddim i'w ddweud a dawelai ei meddwl. Efallai mai ymbellhau fyddai eu hanes yr un fath â hanes rhai eraill y buasai'n gyfeillgar â hwy. Cofiodd am lythyr Mr Meurig, ond codi problem yr oedd hwnnw. Yr oedd ei awgrym yn golygu rhywbeth mwy na chyfeillgarwch. Eisteddodd ar y gadair freichiau yn y gegin yn ddi-ffrwt hollol, heb awydd gwneud dim. Ar ambell funud fel hyn, pan oedd y munudau ar ôl dychwelyd adref yn rhai di-lun, gwrthryfelai ei holl ysbryd yn erbyn rhyw drefn galed a bennai helyntion bywyd. Daeth Rhys ati ac eistedd ar fraich y gadair.

'Mi gawsom amser braf, on'd do, Mam?'

'Do, 'ngwas i.'

'Am be ydach chi'n ddigalon, ynta?'

'Hen beth digalon ydi dŵad adre oddi ar wyliau bob amser.'
Cysidrodd yntau.

'Mi ddaw Miss Owen heno.'

'Na, dydd Llun meddai hi yn y llythyr yma. Mae Anti Linor yn dŵad yr wsnos nesa.'

'A Margiad. Ond dydan ni ddim ond newydd weld Margiad.'

'Hitia befo! Mi fydd yn newid iddi hi.'

'Mae hi wedi newid hefyd. Dydi hi ddim hanner mor ryff ag y bydda hi.'

'Nac ydi hi?'

'Nac ydi, mae hi'n ofnadwy o ffeind wrth Guto a Now Bach, ond 'i bod hi'n trin nhw fel babis.'

'Mi ân yn rhy fawr i hynny toc. Yli, be tasan ni'n chwyrlïo drwy'r tŷ yma rŵan? Mi wnawn ni salad efo'r tatws yma i ginio.'

'A be taswn i'n mynd allan i wneud negesi rŵan, er mwyn i chi gael sbario mynd allan y pnawn?'

'Ardderchog.'

A daeth rhyw sbardun iddi o rywle. Dechreuodd baratoi cinio. Tynnodd y cynfasau llwch oddi ar y dodrefn. Aeth ati i dynnu llwch y tŷ i gyd. Erbyn te yr oedd pob dim wedi 'i wneud, a hwythau'n mwynhau te plaen iawn o fara menyn a jam.

Teimlai Lora yn falch o un peth; dangosai prynhawn heddiw fod rhyw arial yn ei chalon a'i codai i ailddechrau o hyd.

Erbyn gyda'r nos nid oedd ganddi ddim i'w wneud. Yr oedd yn rhy hwyr i ddechrau tynnu gwaith trwm yn ei phen. Yr oedd y plant allan yn chwarae, wedi ymuno â'u hen fywyd fel pe na buasent oddi wrtho awr. Sylweddolodd Lora mai dyma'r tro cyntaf iddi fod mor unig â hyn er pan fuasai Iolo yn y fyddin. Ond yr oedd llythyrau i'w disgwyl a'u hateb y pryd hynny, pethau a lanwai wacter ei bywyd. Gresynai na allai Loti Owen ddod yn ôl heno. Efallai y troai Mr Meurig i mewn. Yr oedd arni eisiau ei weld ac nid oedd arni eisiau ei weld chwaith — effaith ei lythyr y diwrnod cynt. Pe na chawsai hwnnw buasai'n falch o'i gwmni. Dirwynai'r munudau ymlaen yn araf. Yr oedd ganddi ddigon o wyau. Aeth allan i'r ardd i gasglu persli a theim i wneud omled.

Daeth Mrs Roberts, y drws nesaf, at y gwrych.

'Gawsoch chi amser braf, Mrs Ffennig?'

'Do wir, diolch. Digon o awyr iach a gwaith a chwarae.'

'Mi wna les i chi.'

Nid atebodd Lora ddim, ac nid oedd ganddi ragor i'w ddweud wrth ei chymdoges. Buasai gan ei chymdoges lawer iawn i'w ddweud wrthi hi, ond fel na feiddiai sôn. Sylweddolodd Lora fod y sgwrs yn cau ac ailagorodd hi trwy ofyn,

'Oes gynnoch chi ddigon o deim a phethau felly, Mrs Roberts?'

'Wel, mi gymera i dipyn gynnoch chi, os ca i.'

'Â chroeso.'

Sylwodd Mrs Roberts pa mor hiraethus yr edrychai Lora, wedi dod yn nes ati.

'Piti i chi ddŵad yn ôl mor fuan, Mrs Ffennig, mi fasa wsnos arall wedi gwneud lles mawr i chi.'

'Dwn i ddim. Mae Miss Owen yn dŵad yn ôl fore Llun.'

'Ond mi fasa'n edrach ar ôl 'i hun.'

'Basa, ond rhywsut, gartre mae ar rywun eisiau bod.'

Ochneidiodd.

'Rhaid i chi dreio anghofio, Mrs Ffennig. Cofiwch fod arnoch chi ych hun eisiau byw.'

Dyna cyn belled y mentrasai ei chymdoges byth mewn sgwrs, ar ôl y diwrnod bythgofiadwy hwnnw ym mis Mai.

'Rydw i'n gwneud fy ngorau i anghofio, Mrs Roberts, ond rhywsut mae yna bethau erill o hyd sydd yn eich pwnio chi fwy i mewn i'ch poen. Nid y peth 'i hun sy'n poeni rhywun, ond y pethau sy'n dŵad yn 'i gysgod o.'

Nid oedd gan ei chymdoges yr amcan lleiaf at beth y cyfeiriai, ond dywedodd yn deimladwy,

'Ia, 'nte? Ydach chi'ch hun heno?'

'Ydw, nes daw'r plant i mewn.'

'Wel dowch yma am funud.'

A chydsyniodd Lora yn llawen. Yr oedd cegin Mrs Roberts

133

yn gysurus, mor gysurus â'i hun hithau, ond yn wahanol, ac yr oedd pleser yn y gwahaniaeth.

'Ga i wneud paned o de i chi, Mrs Ffennig?'

'Diolch yn fawr, ond fedra i ddim rŵan. Does fawr er pan gawson ni'n te, a hel pethau at wneud swper yr oeddwn i yn yr ardd rŵan.'

Ond am beth i sgwrsio ni wyddai ei chymdoges, heb iddi ddweud wrthi yn blwmp ac yn blaen ddarfod i Iolo Ffennig fod o gwmpas yr wythnos hon, ac nid adwaenai ei chymdoges yn ddigon da i dorri newydd mor syfrdanol iddi. Yn lle hynny, dywedodd,

'Mae Rhys yn edrach yn well o lawer.'

'Ydi, y mae o. A mae o'n well fel arall, mae o'n cymysgu'n well efo phlant erill. Roeddwn i'n poeni yn 'i gylch o, 'i fod o'n aros yn y tŷ efo mi bob munud. Ond wir, mi fwynhaodd bob eiliad o'i wyliau ym Mryn Terfyn efo phlant fy chwaer.'

'Da iawn.'

Yr oedd Lora ar fin dweud wrth ei chymdoges fod arni flys mynd i'r wlad i fyw. Ond ymataliodd, rhag ofn i'r newydd fynd o gwmpas, ac efallai y newidiai hithau ei meddwl.

Yr oedd Mrs Roberts, wrth weld Mrs Ffennig mor gyfeillgar, bron â dweud wrthi am Iolo Ffennig. Ond ymataliodd am reswm nas gwyddai.

Wrth droi yn ôl am ei thŷ, dywedodd Lora,

'Diolch yn fawr iawn i chi am y sgwrs, Mrs Roberts. Wyddoch chi ddim faint o gymwynas wnaethoch chi efo mi wrth ofyn imi ddŵad i mewn. Mae dŵad yn ôl i dŷ ar ôl bod i ffwrdd yn beth ofnadwy o fflat.'

A theimlodd ei chymdoges nad oedd Mrs Ffennig yn ddynes mor bell ag y tybiai ei chymdogion.

Yr oedd y tri yn mwynhau eu homledau ac yn loetran uwchben eu swper. Am unwaith nid oedd eisiau brysio i godi oddi wrth y bwrdd swper i wneud rhywbeth arall, ac nid oedd ar y plant eisiau mynd allan i chwarae. Byrhâi'r dyddiau, ac yr oedd bron yn dywyll cyn iddynt orffen.

'Radeg yma neithiwr roeddan ni ym Mryn Terfyn,' meddai Rhys. (Ac yn sobr o ddiflas, meddyliai Lora, wrth feddwl am y ffrae.)

'Fyddwch chi'n licio chwarae gêm o "yr adeg yma ddoe", neu "yr adeg yma wsnos i heddiw", neu "fis i heddiw"?' gofynnodd Rhys drachefn.

'Bydda, wrth fy modd, os bydd o'n beth braf,' meddai ei fam.

'Gel oeddwn i'n 'i licio,' meddai Derith.

'Ydi, mae o'n hen gi annwyl.'

'Mae Now Bach yn cael gwneud be fynno fo iddo fo,' meddai hi wedyn, 'ond roedd arna i dipyn o'i ofn o.'

'Heb gynefino efo chdi yr oedd o. Fasach chi'n licio mynd i'r wlad i fyw?'

'O basan,' meddai'r ddau efo'i gilydd.

'Ond does yno ddim tŷ gwag,' meddai Rhys.

'Mi fasan yn cael mynd at Dewyth Edward.'

'Y dyn efo'r mwstás?' meddai Derith.

'A'r merlod mynydd. Ond does gynno fo ddim lle,' meddai Rhys.

'Oes, mae gynno fo dŷ reit fawr, a fasan ni ddim yn gweld ein gilydd o hyd.'

'Ond mi fasa'n rhaid inni adael Miss Owen a Miss Lloyd ar ôl,' meddai Rhys.

'Wnawn ni ddim meddwl am hynny rŵan, mi feddyliwn ni am rywbeth arall. Beth pe tasan ni'n mynd dros dipyn o adnodau erbyn fory?'

'Gewch chi 'u darllen nhw, Mam,' oddi wrth Rhys.

'Ol reit. Mi wnawn ni efo'n gilydd. Be gawn ni?'

'Yr Arglwydd yw fy mugail,' meddai Derith.

Ac felly y bu. Aeth y tri dros y salm, y fam a Rhys yn llithrig, a Derith dan faglu.

'Am be ddaru chi feddwl?' meddai'r fam yn sydyn.

'Am afon bach Bryn Terfyn,' meddai Rhys fel bollt, 'am be ddaru chi, Mam?'

'Am lwybrau'r defaid yn ymyl Tŷ Corniog. Am be ddaru ti, Derith?'

'Am bora fory.'

'Pam?'

'Am y bydd raid imi ddeud y rheina o flaen pobol.'

Er loetran wedyn drwy olchi'r plant a'u rhoi yn eu gwelyau,

nid oedd y noson ond cynnar. Disgwyliai a disgwyliai am ganu'r gloch. Agorodd ddrws y ffrynt ac edrych i fyny ac i lawr y stryd. Nid oedd yno neb. Tywyllwch dros y ffordd yn nhŷ Mr Meurig. Aeth i eistedd i'r gegin. Ceisiodd ddarllen, a methu. Nid oedd ganddi flas i ysgrifennu yn ei dyddlyfr. Sylwasai mai ar funudau o gynnwrf y gwnâi hynny, ac nid ar funudau o ddiflastod fel heno. Dechreuodd feddwl am lythyr Mr Meurig eto, ac ni allai ei gysoni â'i ddieithrwch heno. Nid eisiau ei weld ef yn arbennig oedd arni, ond eisiau gweld rhywun. Sylweddolodd nad oedd wedi cynefino ag unigrwydd. Aeth i'w gwely rhag diflasu mwy. Dechreuodd ei meddwl weithio ac ail-droi'r ffrae rhyngddi a'i chwaer, a gwrthryfela. I beth yr oedd eisiau iddi falio am syniadau ei chwaer na neb arall? Buasai wedi mwynhau cwmni Aleth Meurig heno. Efallai hefyd, wedi'r cwbl, fod y ffrae gyda'i chwaer wedi rhoi mwy o fwyniant iddi nag wythnos dawel, ddidramgwydd. Yr oedd rhyw fwyniant mawr mewn dod i adnabod pobl yn y gwaelod fel y gwneid drwy ffraeo, rhagor na dod i'w hadnabod ar yr wyneb.

PENNOD XV

I Aleth Meurig yr oedd yr wythnos y bu Lora Ffennig i ffwrdd y fwyaf unig a gwag a gawsai ers blynyddoedd. Yr oedd ei dŷ ef yn wacach am fod y stryd yn wacach. Ceisiai ei gysuro ei hun nad oedd wythnos yn hir. Âi i'r Crown am ryw awr bob nos i gael sgwrs â hwn a'r llall, ac wedi dod i'r tŷ treuliai ryw awr arall i synfyfyrio yn fwyaf arbennig ar ei deimladau tuag at Lora Ffennig. Sylweddolai ei fod yn dyheu fwy a mwy am ei chwmni, a'i fod yn mynd i'w hoffi mewn dull tawel, heb lawer o gyffro. Harddwch felly oedd harddwch Lora Ffennig, fel dyffryn tawel y clywsid llawer o sôn am ei harddwch, ond na welid mohono wrth fynd trwyddo mewn trên neu fws neu wrth dreulio deuddydd neu dri ynddo, ond dyffryn y deuid i weld ei harddwch wrth fyw ynddo. Ni chawsai Aleth Meurig lawer o gyfle i ddod i adnabod gwraig ei glarc, am na ddeuai i hoffi ei glarc yn fwy wrth i'r blynyddoedd ddirwyn ymlaen, ac felly heb ddymuno rhagor o'i gwmni ar ôl cau drws ei swyddfa yn y nos. Amlwg hefyd nad oedd ei wraig yn un hawdd ei hadnabod, a bod yn rhaid ei gweld yn aml i dorri trwy'r oerni ymddangosiadol yn ei chymeriad. Gwelai ryw ochr newydd i'w chymeriad o hyd, ac adolygai ef wedi dod i'r tŷ. Y noson honno pan ddaeth ei chwaer-yng-nghyfraith yno mor sydyn, teimlai mai ffŵl ydoedd. Ond nid ffŵl a welsai wedyn.

Ar y nos Fercher pan ddeuai adref o'r Crown, wedi cyrraedd ei stryd ei hun gwelai yn y llwyd tywyll ddyn tal yn cerdded ar ochr arall y stryd ac yna'n croesi tuag ato. Gwyddai ei fod yn adnabod y cerddediad, ac adnabu'r dyn pan ddaeth yn nes, neb llai na Iolo Ffennig. Cyn iddo gael amser i synnu, yr oedd yr 'Hylô, Ffennig, pwy fasa'n meddwl ych gweld chi yn y fan yma?' allan o'i enau.

'Wedi bod yn chwilio am Lora yr ydw i.'

Aeth syndod y twrnai yn ddychryn.

'Dydi hi ddim gartre, mae hi wedi mynd efo'r plant at 'i chwaer.'

'Ysgwn i pryd y daw hi adre?'

'Dwn i ddim, heblaw nad ydi Loti Owen ddim yn dŵad tan fore Llun.'

'Beth sy a wnelo . . . ?'

'Mae hi'n aros yno rŵan.'

'Mae arna i eisiau cael gair efo chitha hefyd, os ca i, Mr Meurig.'

'Dowch i mewn am funud.'

Wedi eistedd yn y parlwr, cychwynnodd Iolo Ffennig ar ei neges.

'Eisiau gwybod sydd arna i sut y mae hi'n edrach ar i mi gael ysgariad.'

Cododd calon Aleth Meurig.

'Ia . . . wel . . .'

'Rydw i'n dallt ych bod chi'n troi o gwmpas Lora.'

'Beth ydach chi'n feddwl yn hollol wrth "droi o gwmpas?" O, mi wn i yn iawn beth ydi'i ystyr o ar lafar gwlad, ond beth ydach chi'n 'i feddwl wrtho fo?'

'Eich bod chi'n mynd ar 'i hôl hi.'

'Be 'di ystyr hynny?'

'Peidiwch â chymryd arnoch nad ydach chi yn fy nallt i, Mr Meurig — mi wyddoch yn iawn beth ydw i'n 'i feddwl — eich bod chi'n caru efo hi.'

'Dyma'r tro cyntaf i mi wybod am y peth.'

'Peidiwch â chymryd mor ddiarth. Mae pawb arall yn gwybod.'

'Ydyn, mae'n siŵr, maen nhw'n gwybod llawer mwy na fi. Os ydach chi'n galw gweld dynes mewn cwmni o bedwar, ryw ychydig nosweithiau mewn wythnos, yn garu, mae o'r caru rhyfedda y clywais i rioed sôn amdano fo.'

'Mi'r ydach chi *yn* mynd trosodd yno felly?'

'Ydw.'

Yr oedd ar fin egluro wedyn heb ystyried ei fod megis yn ymddiheuro i ddyn nad oedd yn rhaid iddo ymddiheuro am

138

ddim yn y byd iddo. Wrth edrych ar Iolo Ffennig yn eistedd yn y fan honno yn ei holi mor ddigwilydd, dechreuodd ei waed ferwi, ond gwyddai ddigon trwy brofiad y gallai wneud drwg iddo ef ei hun wrth ddangos hynny. Daeth ato'i hun ddigon i gofio pethau hefyd — rhai pethau.

'Ydw,' meddai drachefn, 'mi'r ydw i'n hoffi mynd trosodd, ond fel mae'r anlwc ni byddaf byth yn gweld Mrs Ffennig ar 'i phen 'i hun. Mi'i gwelais hi ar 'i phen 'i hun unwaith hefyd yn yr offis acw — y hi ddaeth i'm gweld i y pryd hynny, mewn trybini mawr.'

'O.'

'Oes arnoch chi eisiau gwybod?'

'Nac oes, mae gen i syniad pam.'

'Yr oeddach chi'n sôn am ysgariad. Mae'n debyg eich bod chi'n meddwl y caech chi hynny am 'i bod hi'n cymdeithasu efo mi.'

'Ddim yn hollol.'

'Yr unig ffordd, hyd y gwela i, ydi i Mrs Ffennig ofyn am ysgariad oddi wrthoch chi, a mi fydd yn rhaid iddi aros tair blynedd cyn y gall hi wneud hynny ar y sail eich bod chi wedi'i gadael hi.'

'Mi hoffwn i briodi Mrs Amred rŵan.'

'Mae ar Mrs Amred eisiau eich priodi chi?'

'Wel, mae arnom ni eisiau priodi ein gilydd.'

'Ac mi'r ydach chi'n disgwyl i Mrs Ffennig wneud y ffordd yn rhydd er eich mwyn chi?'

'Mi allasa wneud hynny er 'i mwyn 'i hun, petasa . . .'

'Petasa hi'n meddwl priodi rhywun arall?'

'Ia.'

'Does gen i mo'r syniad lleia beth mae Mrs Ffennig yn bwriadu 'i wneud, ond mi fuaswn i'n meddwl mai'r peth dwaetha ar 'i meddwl hi rŵan ydi priodi.'

'Sut y gwyddoch *chi*?'

'Peidiwch chi â meddwl 'mod i'n gwybod 'i chyfrinachau hi, dwn i ddim mwy na neb arall; ond dydi golwg fel petai hi wedi cael tynnu ei pherfedd allan ddim yn arwydd fod arni eisiau priodi, mi debyga i.'

'Mae'n amlwg nad ydi hi ddim yn fy nisgwyl i'n ôl.'

'Dwn i ddim am hynny.'

'Mae hi wedi gofalu cael cloeau newydd ar y drysau. Feddyliais i rioed y basa hi'n meddwl am beth fel yna. Mae hi mor ddifeddwl-ddrwg.'

'Wel ella bod amgylchiadau bywyd yn ein gwneud ni'n fwy amheus.'

Cododd Iolo Ffennig i fynd. Y munud hwnnw y sylwodd Aleth Meurig nad oedd mor drwsiadus ag yr arferai fod. Nid oedd ei goler yn lân, ac yr oedd ôl llawer o wisgo ar ei siwt. Yr oedd arno eisiau torri'i wallt. Yr oedd golwg hanner siomedig, hanner pwdlyd arno, fel plentyn wedi methu cael ei ffordd ei hun am dro. Ond ymsythodd a dweud 'Nos dawch'.

Wedi iddo fynd, yr oedd yn dda gan Aleth Meurig gael gorwedd ar ei hyd ar y soffa am ei fod yn crynu drwyddo i gyd. Yr oedd dyfodiad Iolo Ffennig mor sydyn wedi rhoi cryn ysgytwad iddo. Gallai roi clustan iddo ef ei hun na buasai wedi meddwl am yr holl bethau y gallasai eu dweud wrtho, neu na buasai'n ddigon esgud i ddweud wrtho na châi ddod i'r tŷ o gwbl. Erbyn hyn, synnai ei fod wedi gallu siarad hyd yn oed ag Iolo Ffennig. I feddwl ei fod wedi gallu bwrw dros gof y tro anonest a wnaethai ag ef wrth fynd â'i arian. Gallai fwrw'i ben yn erbyn y wal am fod ei hen glarc wedi'i wneud eto! Ond erbyn meddwl, fel yna yr oedd Iolo Ffennig wedi gwneud pawb — drwy ymddwyn yn ddidaro, nid wrth siarad yn glên. Dechreuodd feddwl mewn difrif beth *oedd* ei neges heno, beth a wnâi yn y dref o gwbl, a beth a wnâi yma yr wythnos hon pan oedd ei wraig oddi cartref. Mwyaf yn y byd y pendronai ynghylch y peth, mwyaf dyrys yr âi'r cylymau amdano, hyd oni ddaeth pen ar y llinyn mewn un lle — yn Esta Ffennig. Dechreuodd weithio tuag yn ôl o'r fan yma. Llwyddai Esta Ffennig i ddod i dŷ ei chwaer-yng-nghyfraith pan fyddai ef yno. Onid oedd yn bosibl ei bod hi a'i mam yn gwybod ym mhle yr oedd ei brawd? Neu, mewn ffordd arall, onid oedd yn bosibl fod y brawd wedi anfon ei gyfeiriad i'w fam a'i chwaer? Os oedd am briodi Mrs Amred, a gallai ddyfalu sut y buasai honno fel nyth cacwn yn ei ben nes cael ei ffordd, yr oedd yn rhaid iddo gael

140

ysgariad oddi wrth ei wraig, heb aros y tair blynedd, a beth yn fwy naturiol felly nag iddo ddod i geisio canfod sut yr oedd y gwynt yn chwythu, a gweld beth oedd teimladau ei hen feistr tuag ati. Gorau yn y byd iddo ef, ei gŵr, fyddai cael ysgariad trwy allu cyhuddo ei wraig.

Efallai ei fod yn tybio fod ar ei wraig eisiau ysgariad ei hun er mwyn cael priodi ei hen feistr, ac y buasai hi'n fodlon mynd i ffwrdd efo fo er hyrwyddo ei hachos ei hun, a thrwy hynny wneud cymwynas ag ef. Na, nid oedd hynny'n debyg chwaith, oblegid adwaenai Iolo Ffennig ei wraig yn ddigon da i wybod na wnâi hynny. Wedi'r holl bendroni ni châi unrhyw eglurhad a'i bodlonai ar ymweliad Iolo Ffennig. Yr un tebycaf iddo ef oedd fod Mrs Amred wedi ei yrru i weld a oedd yn bosibl rhywsut iddynt gael ysgariad, a'i fod yntau wedi ufuddhau er yn gwybod yn wahanol.

Yr oedd yn rhaid meddwl rŵan sut i weithredu yn y dyfodol agos. Byddai Lora Ffennig yn dod yn ôl nos Sadwrn yn bur debyg. Gan na byddai Loti Owen yn dod yn ôl hyd fore Llun, byddai hi a'r plant yno eu hunain dros y Sul. Os galwai ef yno nos Sadwrn neu nos Sul, efallai y galwai Esta Ffennig yno. Byddai Iolo Ffennig yn sicr o gael gwybod, efallai y noson honno, os byddai yn y dref o hyd. Fe brofai hynny ei air ef wrtho ychydig funudau yn ôl yn gelwydd. Nid oedd waeth ganddo amdano ef ei hun, ond nid oedd yn deg â Mrs Ffennig. Penderfynodd felly yr âi'n syth o'r swyddfa ganol dydd Sadwrn i Landudno ac aros yno hyd fore Llun.

Yna aeth i feddwl am y driniaeth a gâi Lora Ffennig gan ei theulu-yng-nghyfraith. Nid oedd ganddynt ronyn o gydymdeimlad tuag ati. Ond nid ei fusnes ef oedd hynny, a digon tebyg nad oedd Mrs Ffennig ei hun yn poeni llawer am hynny. Modd bynnag, penderfynodd yr ysgrifennai ati drannoeth i ddweud pa mor chwith yr oedd bod hebddi. Fe hoffai rywsut allu torri crib Esta Ffennig hefyd. Daeth y siawns iddo yn gynt nag y tybiodd. Pan ymlwybrai at y stesion ddydd Sadwrn, daeth i'w hwyneb ar y stryd, a daeth yn union at y pwynt.

'Yr oedd yn ddiddorol iawn gweld eich brawd yn y dre yr wythnos yma.'

Cochodd Esta Ffennig at fôn ei gwallt.

'Mi fedrodd ei 'nelu hi yn dda iawn at yr wythnos yr oedd Mrs Ffennig i ffwrdd.'

Dyna'r cwbl. Ond yr oedd yn ddigon i Aleth Meurig wybod bod Iolo Ffennig wedi bod yn aros gyda'i fam a'i chwaer, onid oedd yno o hyd.

Bore Llun, galwodd Loti Owen i'w ystafell.

'Ylwch, Miss Owen,' meddai, 'wnewch chi gymwynas â mi?'

'Â chroeso.'

'Mae arna i eisiau eich iwsio chi yn lle postmon am dro.'

'Popeth yn iawn.'

'Mae Iolo Ffennig wedi bod o gwmpas tra bu Mrs Ffennig i ffwrdd.'

'Naddo rioed!'

'Os ydi hi'n gwybod, fasa hi ddim yn cael siawns i ddweud wrthoch chi yn yr ychydig funudau y buoch chi yn y tŷ y bore yma. Oes arnoch chi ddim eisiau mynd i'ch lojin yn yr awr ginio?'

'Rydw i'n cael cinio efo Mrs Ffennig rŵan bob dydd nes bydd yr ysgol wedi dechrau.'

'Wel dyma'r neges. Gofyn iddi, os gwelwch yn dda, ddŵad i lawr i 'ngweld i ar fater o fusnes. Mi ges i sgwrs efo'i gŵr hi nos Fercher, a rydw i'n credu y dylai Mrs Ffennig wybod beth oedd 'i neges o yma. Mi gedwais i draw oddi yno nos Sadwrn a nos Sul, rhag ofn i'w chwaer-yng-nghyfraith alw yno. Mae'n hollol bwysig na wêl hi mohona i pan fydd neb arall yno.'

'Wela i.'

'Doedd arna i ddim eisiau anfon llythyr at Mrs Ffennig, neu mi fuasai'n poeni drwy'r bore yn ceisio dyfalu beth oedd yn bod, a fasa fo ddim yn deg i'w thynnu hi allan ar fore Llun.'

'Tasa chi wedi postio y bore yma, mi fasa wedi 'i gael o ganol dydd.'

'Wnes i ddim meddwl am hynny.'

Ond yr oedd wedi meddwl am hynny. Yr oedd rhoi'r neges i Loti Owen yn ei throi hithau oddi ar y trywydd — buasai'n sicr o'i gweld yn dod i'r swyddfa.

'Steddwch, Mrs Ffennig' (yn ei lais mwyaf twrneiol).

'Peidiwch â dychryn' (yn ei lais cyfeillgar). 'Mi gewch glywed rŵan pam y gyrrais i amdanoch chi i ddŵad i lawr yma yn lle dŵad i'r tŷ i'ch gweld chi. Mae pob rheswm yn dweud y dylech chi gael gwybod beth sydd wedi digwydd.'

Felly, meddyliai hi, nid eisiau ei gweld ynghylch y llythyr oedd arno.

Petrusodd ef ychydig.

'Oes rhywun wedi dweud wrthoch chi fod eich gŵr wedi bod hyd y fan yma?'

Gwelodd hi'n gwelwi.

'Nac oes, fuo fo?'

'Do.'

Aeth pob mymryn o liw o'i hwyneb. Meddyliodd ef y buasai'n llewygu, ac yr oedd ar fin canu'r gloch am ddŵr. Ond daeth ati ei hun. Yna dywedodd wrthi, cyn ddoethed ag y medrai, y cwbl a fuasai rhyngddo ef a'i gŵr nos Fercher. Nid yn hollol fel y digwyddodd. Yr oedd y pwyslais yn wahanol. Gwnaeth ei feddwl yn gwbl glir ei fod yn sicr mai dymuniad Mrs Amred oedd cael priodi.

Y cwbl a ddywedodd hi am funud oedd,

'Druan o Iolo.'

'Pam yr ydach chi'n dweud hyn'na?'

'Rydach chi'n dweud eich bod chi'n sicr mai ar Mrs Amred y mae eisiau priodi, ac mi'r ydach chi'n cofio i chi sôn dro'n ôl mai dyn gwan ydi Iolo.'

'Ydw.'

'Wel, druan o bob dyn gwan ddyweda i, os bydd o wedi mynd i grafangau dynes fel Mrs Amred.'

'Mi aeth â'i lyga'd yn agored.'

'Does neb yn gwneud peth fel yna â'i lyga'd yn agored. Petaswn i wedi priodi Iolo â'm llyga'd yn agored, nid y fo faswn i wedi'i briodi.'

'Ella 'i fod o'n iawn y pryd hynny. Ella mai wedyn y daeth y pethau eraill yma.'

'Mi'r oeddan nhw ynddo fo'r pryd hynny, ond 'y mod i'n rhy ddall i'w gweld nhw. Trwy drugaredd, mi fûm yn ddall hyd fis Mai dwaetha.'

'Pam drwy drugaredd?'

'Mi ges i fyw mewn rhyw fath o baradwys, paradwys ffŵl mae'n wir.'

'Ond mi'r oedd hi'n ergyd fwy pan ddaeth hi.'

'Oedd, ond mi arbedodd lawer o bethau cas i'r plant.'

'Mae'n anodd dweud p'run fyddai orau yn y pen draw. Ond, os ca i ddweud, mi'r oedd arno fo ofn eich poeni chi y pryd hynny.'

'A rhoi poen fwy imi wedyn.'

'Ia, mi'r oedd o allan o'ch golwg chi erbyn hynny.'

'Ia,' meddai hi yn araf a synfyfyriol, 'dyna ddrwg Iolo, gwneud pethau allan o olwg pobol.' (Yr oedd dywediad mwy gwerinaidd bron wedi dod dros ei min.)

'Mae hynny'n wir am ei chwaer, beth bynnag.' Yna dywedodd wrthi yr hyn a ddywedodd wrth Esta Ffennig.

'Maddeuwch imi os bûm i'n busnesa gormod, ond yr oeddwn i'n meddwl y byddai o fantais i chwi wybod p'un ai dod ar sgawt wnaeth o i'ch gweld chi, ai ynteu oedd o'n aros efo'i fam. Maddeuwch imi os es i yn rhy bell.'

'Na, mae'n well gen i gael gwybod ymhle'r ydw i efo phobol. Dyna oedd drwg yr amser a aeth heibio, nad oeddwn i ddim yn gwybod. A diolch i chi am adael i mi gael gwybod hyn, a'i gael o lygad y ffynnon, yn lle ei gael yn hanner gwir a hanner celwydd, drib drab gan hwn a'r llall.'

'Mi beidiais â dŵad acw, ac mi anfonais amdanoch chi yma heddiw rhag ofn i'ch chwaer-yng-nghyfraith ddigwydd galw a minnau acw. Ni thalsai hynny wedi'r hyn ddywedais i wrth eich gŵr. Cofiwch, fasa fo ddam o'r ots gen i. Ond mi fasa gynnoch chi, dwi'n siŵr.'

'Basa. Diolch yn fawr i chi am feddwl am hynny, a diolch am bob dim.'

Aeth allan fel dynes wedi ei tharo â gordd.

Pan agorodd ddrws ei thŷ teimlai fod y lobi yn rhy drwm a thywyll iddi allu anadlu ynddi, a dyheodd y munud hwnnw, drwy chwarae gêm Rhys, fod yn ôl ym Mryn Terfyn a theimlo awelon y mynydd yn chwythu o gwmpas ei phen.

Yr oedd sŵn y plant yn y gegin, a chlywai aroglau poeth y stof o'r gegin bach. Yr oedd te wedi'i osod ar y bwrdd, a

Derith a Rhys wrthi'n gorffen ei hwylio, y brechdanau wedi eu torri a phob dim yn barod, y tegell yn canu ar y stof.

'Dyna fo, Mam, dydi'r brechdanau ddim yn denau iawn, ond roeddwn i'n meddwl y basa chi dest â disgyn.'

'Wel dyma be'di trêt, paned heb 'i ddisgwyl.'

'Y fi roth y cwpanau a'r soseri ar y bwrdd,' meddai Derith.

'Ia, pwt?'

A rhag iddi weiddi crio dyma hi'n dechrau canu, 'Hwb i'r galon, doed a ddêl'.

'Rydach chi'n hapus, Mam?' oddi wrth Rhys.

'Ydw, dyma fi wedi cael te yn barod am y tro cynta ers blynyddoedd.'

'Oedd gin Mr Meurig rywbeth pwysig i' ddweud?'

'Nag oedd, dim byd pwysig iawn.'

Edrychodd Rhys arni, ond ni welodd ddim yno.

'Be tasan ni'n mynd am dro i Golwyn Bay ryw ddiwrnod cyn i'r ysgol ddechrau?'

'O Mam!' meddai'r ddau.

'Mi awn ni.'

Y noson honno gofynnodd Loti a gâi ei swper efo Lora a'r plant yn y gegin, ac ar ôl i'r plant fynd i'w gwelyau y cawsant gyfle i gael sgwrs. Yr oedd golwg ddigon brychaidd ar Loti. Buasai o'r naill fan i'r llall yn gweld ffrindiau a pherthnasau, pawb yn ffeind wrthi, meddai, ond gwyddai ar hyd yr amser nad oedd iddi ddinas barhaus yn unman.

'Roedd yn dda gen i gael dŵad yn ôl,' meddai.

'Ond mi fydd gweld hen ffrindiau wedi gwneud lles i chi, Miss Owen. Dydi o ddim yn beth da gweld yr un wynebau o hyd, os nad ydach chi'n caru nhw'n ofnadwy.'

'Ella wir.'

'Rydw i wedi cael rhyw newydd digon cynhyrfus heddiw.'

'O?'

Ni wyddai faint y gallai Loti Owen fod yn ei wybod, gan mai hi a ddaethai â neges Mr Meurig. P'run bynnag, fe fyddai'n siŵr o gael gwybod gan rywrai fod Iolo wedi bod gartref. Mae'n siŵr nad Mr Meurig yn unig a'i gwelsai.

'Dyna oedd neges Mr Meurig i mi, dweud bod fy ngŵr wedi bod gartre, hynny ydi, yn y dre yma, ac ella yn nhŷ ei

145

fam; a doedd arno fo ddim eisiau dŵad i'r tŷ i ddweud hynny, rhag ofn i Esta ddigwydd galw. Fel y gellwch chi feddwl, mae'r peth wedi fy nghynhyrfu fi'n arw.'

'Yn naturiol.'

'Mae'n debyg y clywch chi bob math o straeon, ond mi welodd Mr Meurig Iolo ei hun, a mi ŵyr o beth oedd 'i neges o. Ond y peth mwya i mi ydi gwybod rŵan fod 'i fam a'i chwaer yn gwybod lle mae o, a'i fod o wedi'u gweld nhw, fwy na thebyg.'

'Druan ohonoch chi.'

'Mi'r oedd o'n beth rhyfedd iawn iddo fo ddŵad a minnau i ffwrdd.'

'Wel oedd.'

'Mae o'n edrach i mi fel tasa fo'n gwybod hynny, ond ella 'mod i'n camgymryd. Ond mae'n anodd iawn peidio â meddwl nad ydyn nhw'n sgwennu at 'i gilydd.'

Daeth rhyw ddewrder byrbwyll i Loti.

'Mrs Ffennig, fedrwch chi ddiodde clywed rhywbeth annymunol am eich teulu-yng-nghyfraith?'

'Medra erbyn hyn.'

'Y rheswm 'mod i'n gofyn ydi, 'mod i'n gwybod trwy brofiad y gall rhywun deimlo o hyd, er i bethau fynd yn groes. Does dim eisiau i chi boeni dim ynghylch eich chwaer-yng-nghyfraith. Does neb yn y dre yma yn meddwl dim ohoni hi. A mi fyddwch chi eich hun yn well eich parch wedi cael gwared ohoni.'

Ni ddywedodd Lora Ffennig ddim.

'Rydw i wedi'ch brifo chi, Mrs Ffennig?'

'Rydw i wedi mynd tu hwnt i gael fy mrifo, Loti. Cysidro'r ydw i. Meddwl gymaint o ffŵl ydw i wedi bod.'

'Ydi pethau cyn waethed â hynna?'

'Ydyn. Ond ella wedi imi gyrraedd y gwaelod fel hyn, y medra i ddechrau crafangio i'r top eto.'

'Digon posibl.'

'Dydi bod teimladau rhywun yn hanerog o ddim help i neb.'

'Rydach chi'n rhy ffeind o lawer wrth Miss Ffennig.'

'Nac ydw, wir. Treio dal y ddysgl yn wastad yr oeddwn i,

er mwyn Iolo, ond dydw i ddim yn meddwl y bydd angen hynny eto.'

A gwelodd Loti Owen fod rhyw derfynoldeb yn ei llais.

O ysgytwad i ysgytwad, o boen i boen. Pan roddais i'r cloeau newydd ar y drysau, nid oeddwn yn meddwl y dôi Iolo yn ei ôl. Ofn y pelldremydd draw oedd arnaf, meddwl y gallai ddigwydd, ond heb gredu y gwnâi. Meddwl peth mor ofnadwy fyddai iddo ddod yn ôl i'r tŷ a adawsai o'i wirfodd heb falio dim, a cherdded i mewn fel petai'n eiddo iddo o hyd, cerdded i mewn i dŷ, a phoen wedi bod yn cerdded drwyddo am fisoedd. Er ofni hynny, ni chredwn y gwnâi. Oherwydd fy ngweithred i, fe gafodd Iolo ddrws wedi ei gloi yn ei erbyn. Ond ni waeth heb na phoeni am hynny, er y gallai ef wneud môr a mynydd ohono mewn llys barn. Ni waeth imi gyfaddef y gwir — yr wyf wedi cael tipyn o siom — ni feddyliais erioed y byddai ar Iolo eisiau priodi Mrs Amred. Yn wir, fy ofn pennaf oedd y buasai Iolo'n gofyn imi ei gymryd yn ôl, ac yn rhoi'r penbleth hwnnw i mi. Yr wyf yn gwbl sicr na buaswn yn ei dderbyn yn ôl, ond yr un mor sicr y buasai wedi porthi fy malchder wrth ofyn. Gall Mr Meurig fod yn iawn mai hi sy'n pwyso arno i wneud, ond mae'n amlwg nad yw yntau'n hollol anfodlon. Ni chredaf ei bod yn bosibl i ddyn fod mor ofnadwy o wan a bodloni i briodi dynes yn hollol yn erbyn ei ewyllys. Gwn yn eithaf da mai troi'n styfnig a wnâi Iolo pe digwyddai hynny. Rhaid felly ei fod yn hanner bodlon, os nad yn hollol fodlon.

Mae Mr Meurig yn ei hadnabod yn well na mi, ac mi ŵyr o na ollwng hi mo'i gafael ar chwarae bach. Trwy ddymuno ei phriodi hi mae Iolo wedi torri crib fy malchder innau. Ond yr oedd fy nhosturi fi drosto fo yn berffaith ddiffuant ar y munud. Gweld y pen draw yr oeddwn i, ei gweld hi wedi'i gael, yn mynd fel Ffaro Nego, ac yntau heb lwybr i ddianc ond yr un a gymerodd i ddianc oddi wrthyf fi. Dim iws dweud, 'Eitha gwaith', am un a fu'n golygu cymaint i chwi. Ni hoffwn i weld neb yn frwnt wrtho, er na wnâi o ddim drwg iddo fo ddioddef peth anghysur. Mae fy nheimladau at ei chwaer yn wahanol. Teimlaf mai hi yw adyn y ddrama, am ei bod wedi dangos ei chasineb tuag ataf. Ysgwn i a ŵyr hi rywbeth am ei anonestrwydd, ai ynteu a yw hi'n byw yn y baradwys o feddwl bod Iolo'n ddyn gonest, bod ganddo rywbeth yn fy erbyn i, a'i fod wedi dianc fel condemniad arnaf fi? Fe wnâi les iddi wybod ei hanes. Ond i beth y dywedaf wrthi? Gennyf fi y mae'r carn, ond i beth y defnyddiaf y carn hwnnw? Faint gwell yw dyn yn y diwedd o fod wedi cael ei elyn ar lawr a sefyll yn fuddugoliaethus a'i droed ar ei gefn? Nid oes gan y buddugoliaethus ddim byd i'w ddisgwyl wedyn. Mae'r wybodaeth yna gennyf fi fel peth i'w ddisgwyl, peth na ŵyr Esta. Mae'r oruchafiaeth gennyf, ac ni ddaw dim ond diflastod o'i defnyddio. Mae Esta ar ben ei digon rŵan o bosibl. Hir y parhao hynny iddi. Ond y mae hi'n marchogaeth ar gors. Mae fy nghyflwr i'n well, fe agorwyd fy llygaid. Ar siglen y bûm innau'n byw ers tro. Nid anghofiaf byth y tywyllwch a ddaeth imi wrth ddod i'r tŷ yma brynhawn heddiw. Pa ryw ragluniaeth a roes ym mhen y plant yma i wneud te imi? Hynny a'm hachubodd. Gofynnaf i mi fy hun, 'Fy achub rhag beth?' Ni wn, os nad fy achub rhag cyrraedd gwaelod anobaith, a phan mae dyn wedi cyrraedd y fan honno, nid yw'n gyfrifol am ei weithredoedd wedyn. Mae wedi mynd rhy isel i geisio codi. Ond ar ôl y te yna, a'r sgwrs efo Loti heno, teimlaf y gallaf gael rhyw ddiddanwch o fywyd eto. Daw Linor yma drennydd. Os wyf yn ei hadnabod o gwbl, fe fydd yn deall. Ond wedyn, mae cyfeillion dyn hyd yn oed yn newid.

PENNOD XVI

Pan aeth Lora a'r plant i'r stesion i gyfarfod â Linor, teimlai Lora ei bod yn hynod siabi yn ei hen ffrog gotyn, wrth ochr ei ffrind a edrychai fel petai newydd gerdded allan o fambocs ac nid o drên. Edrychai'n drwsiadus yn ei siwt ysgafn o las tywyll, gyda het a menig ac esgidiau i gyd-fynd â hi, a'i sanau neilon. Yr oedd Linor Ellis yn wraig weddw ifanc, wedi colli'i gŵr yn y bomio a fu ar Lundain, ac yntau yn y gwasanaeth tân, a hithau erbyn hyn yn athrawes hŷn mewn ysgol. Yr oedd golwg lewyrchus arni o'i bag dillad hyd ei bag llaw. Ond wedi bod bum munud yn ei chwmni teimlai Lora fod y gwahaniaeth yn y dillad wedi diflannu, a'u bod yr un fath ag oeddynt gynt pan oeddynt yn fyfyrwyr ym Mangor, a phob amser ar eu cythlwng. Nid tro arbennig oherwydd amgylchiadau arbennig oedd y tro hwn, gan y deuai i edrych am Lora bob haf o gartref ei thad a'i mam. Er hynny, yr oedd y tro hwn yn wahanol, ac nid oedd yn syndod i Linor weld ei ffrind wedi newid llawer. Ysgrifenasai Lora bob dim am ei helyntion diweddar i Linor, heb gelu dim am yr arian; rhoddasai'r holl fanylion, cymaint ag y gellir ei roi o fanylion ar unrhyw bwnc mewn llythyr. Y pethau na allai eu cyfleu oedd ei hagwedd a'i thymer at y cyfan.

Byddai'n dda gan Lora pe gellid anghofio'r helynt a pheidio â sôn amdano o gwbl. Ond yr oedd hynny'n amhosibl gan mai dyna'r peth uchaf ar feddwl y ddwy am amser. Y peth mawr i Linor oedd sut y *teimlai* ei ffrind, sut y derbyniai hi'r holl beth. Y peth mawr i Lora oedd sut yr *edrychai* Linor ar yr holl fater.

Yr oeddynt yn mwynhau te hwyr o frechdanau a thomatos a chacennau, ac yn sgwrsio am y naill beth a'r llall, gan mwyaf am hen gyfeillion coleg.

149

'Rwyt ti'n cofio Maggie Bifan, yn dwyt?' meddai Linor.
'Ydw.'

'Mi fydda i'n 'i gweld hi weithiau yn Llundain; mae hi'n dŵad i ryw gwarfodydd Cymraeg a phethau felly, a gynni hi y bydda i'n clywed hanes hwn a'r llall oedd yn y coleg yr un pryd â ni. Mae hi fel llyfr cofnodion hanes ar grwydr. Mae hi'n gwybod beth sydd wedi digwydd i bawb.'

'Rhyw hobi ryfedd iawn.'

'Ia, a thrasiedïau sydd wedi digwydd i'r rhan fwyaf. Mae hi'r un fath yn union â phetai hi wedi cymryd pawb oedd yn y coleg yr un pryd â hi at ei chalon a'u mwytho, a wedi iddyn nhw chwalu, maen nhw fel plant iddi ar wasgar, a mae o'n boen iddi feddwl eu bod yn anhapus.'

'Wel, dyma un arall iddi rŵan at ei rhestr o drasiedïau.'

'Wyddost ti, mi fydda i'n meddwl y medrai rhywun fel Maggie Bifan sgwennu nofel, a'i gwneud hi'n ddwy ran. Y rhan gynta am lot o genod ifanc yn hapus efo'i gilydd yn y coleg, a'r ail ran am beth a ddigwyddodd iddyn nhw wedyn.'

'Mi fasa'r ail ran dipyn llai hapus na'r rhan gyntaf dwi'n siŵr.'

'Synnwn i ddim, yn enwedig ar ôl rhyfel fel hyn.'

Ar hynny dyma ddrws y cefn yn agor ac Esta Ffennig yn cerdded i mewn. Edrychai Lora yn hurt. Ni ddaeth i'w meddwl y buasai ei chwaer-yng-nghyfraith yn t'wllu ei thŷ byth wedyn heb iddi ofyn iddi. Edrychai'n bwdlyd ddigon, ond pan welodd Linor newidiodd ei hwyneb yn wên drosto.

'Gymerwch chi baned?' gofynnodd Lora.

'Diolch,' meddai hithau yn sych.

Ni allai Lora ddweud gair o'i phen nac ymuno yn y sgwrs. Yr oedd hyn yn ormod hyd yn oed i'w natur gysglyd hi, a theimlai ei gwaed yn codi. Siaradai Esta â Linor fel pe na bai Lora yno o gwbl. Ymddangosai fel petai yn nhŷ Linor ac yn yfed ei the, ac fel petai wedi meddiannu rhywbeth a fuasai'n eiddo i'w chwaer-yng-nghyfraith cyn hynny. Gwnaeth Linor y camgymeriad o ofyn i Esta ai yn yr Ysgol Ramadeg yr oedd o hyd, ac nid oedd dim a roddai fwy o fwynhad i'r olaf na chael siarad am yr ysgol a Miss Immanuel. Pan ddychwelai Lora o'r gegin bach efo dŵr poeth ymhen tipyn, clywodd Esta yn gofyn i Linor,

'Fuasai yna ryw siawns imi gael lle fel sy gen i rŵan yn Llundain?' a Linor yn ateb yn bendant,

'Dim o gwbl. Mae miloedd o rai'r un fath â chi yn Llundain, wedi cael addysg dda o achos bod ar gymaint o awduron ac aelodau seneddol a phobol felly eisiau ysgrifenyddion, ac y mae'n rhaid i bawb fod yn smart iawn acw ym mhob ffordd.'

Bu'r demtasiwn yn ormod i Lora.

'I beth mae arnoch chi eisio mynd i Lundain, a chitha mewn lle mor dda?' Ymddangosai fel petai'n cysidro. 'O, wrth gwrs, mae arnoch chi eisio bod wrth ymyl Iolo.'

Cochodd Esta, a duodd drwyddi. Gwnaeth esgus i fynd yn fuan wedyn.

'Fasat ti'n credu, Linor?'

'Na faswn, mi fasa'n amhosibl imi gredu y basa neb yn cymryd bwyd mewn tŷ, ac anwybyddu gwraig y tŷ.'

'Dyna iti fel mae Esta yn fy nhrin i ers misoedd. Fu hi ddim yn y tŷ yma er pan ddois i o Fryn Terfyn o'r blaen, a fasa hi ddim wedi dŵad heddiw oni bai 'i bod hi'n gwybod dy fod ti yma.'

'Sut y gwyddai hi?'

'Mae Derith yn ôl a blaen yno o hyd.'

'Mi roist gnoc farwol iddi, beth bynnag, a mi fûm inna'n reit gas. Saeth ar antur oedd honna gen i am ysgrifenyddion. Dwn i ddim am bobol felly.'

A'r pryd hwnnw y cafodd Lora siawns i sôn am ymweliad Iolo ag Aberentryd a'i sgwrs â Mr Meurig. Rhwng cromfachau, oblegid yr oedd y plant o gwmpas.

Wedi swper, a'r plant yn eu gwelyau, y buont yn trin y mater.

'Rydw i wedi bod yn meddwl am fater y drws cefn yna,' meddai Linor. 'Mi ddylet 'i gloi o ar ôl te.'

'Mi faswn yn siŵr o 'nghloi fy hun allan neu rywbeth wedyn, beth sy bwysicach, mi rôi fwy o le i Esta amau bod Mr Meurig yn dŵad yma.'

'Dim ots am hynny. Fasa neb yn 'i chredu hi mewn llys ond yr hyn fasa hi wedi'i weld. Mi gaet ti roi'r esgus fynnet ti dros gloi'r drws. Peth arall, does arnat ti ddim eisiau iddi dorri i mewn pan mae rhywun fel fi yma. Mi llasa fod wedi clywed rhywbeth y pnawn yma na ddylsai hi ddim. Mae'n rhaid iti amau pobol nes y dali di nhw.'

'Ddoi di byth i ben wrth amau pobol. Dwyt ti ddim ond yn gwneud dy hun yn anhapus.'

'Wyddost ti, Lora, o hogan weithgar, mae yna rywbeth reit lonydd ynot ti. Rwyt ti wedi gadael i bethau fynd, yn lle 'u gwylio nhw. Piti na basat ti wedi amau mwy ar Iolo.'

'Faint well faswn i?'

'Mi llasat fod wedi rhwystro hyn rhag digwydd.'

'Na faswn, mi faswn wedi rhoi poen fawr i mi fy hun, a mi faswn yn meddwl drwg lle na basa fo bob amser.'

'Ella wir. Mae'n anodd gwybod. A mae'n debyg dy fod ti'n tirio a thirio i dreio gwybod pam y dechreuodd o gyboli efo'r Mrs Amred yna.'

'Wel, yn ôl 'i deulu fo, am fy mod i'n rhoi gormod o sylw i'r tŷ a'r plant.'

'Tasat ti ddim yn gwneud hynny mi fasa rhywbeth o'i le wedyn.'

'Roeddwn i'n meddwl mai'r unig ffordd i gadw cartre wrth 'i gilydd oedd gwneud y cartre hwnnw'n gysurus. Ond mae Esta yn perthyn i ryw set o bobol grach ddeallus yn y dre yma sy'n meddwl fel arall. Cytiau colomennod o dai sy gennyn nhw. Mae hynny'r un peth iddyn nhw â chlyfrwch.'

'Wel ia,' meddai Linor, 'ond cofia y medar rhywun fynd yn slaf i'w dŷ.'

'O, doeddwn i ddim. Darllen y byddwn i yn fy amser sbâr, ac nid mynd i siarad i dai bwyta'r dre yma. Ond mi ffeindiais i ar ôl y rhyfel nad oedd gan Iolo ddim diléit mewn dim, rywsut. Yn arwynebol yr oedd o'n meddwl am bob dim.'

'Mae'n debyg 'i fod o yr un fath â phawb, yn beio'r rhyfel am bob dim.'

'Nid yn hollol. Ond mi'r oedd o'n dweud nad oedd gynno fo ddim i'w ddweud wrth y capel ar ôl y rhyfel.'

'Pam?'

'Am fod y capeli, medda fo, mor aneffeithiol i rwystro rhyfel ac i wella'r byd.'

'Yr un hen gân, a'r un hen esgus. Cymdeithas, cymdeithas, a neb yn meddwl am wella'i galon ei hun fel y bydda pobol ers talwm. Mae'n siŵr bod Iolo yn beio'r rhyfel am yr hyn wnaeth o, yn lle ymholi tipyn â'i gydwybod 'i hun.'

'Mae'n dda gen i dy glywed ti'n dweud hynna,' ebe Lora ac ochneidio.

'Mi'r ydw i'n meddwl fod mynd â d'arian di yn waeth na rhedeg i ffwrdd efo dynes. Temtasiwn arall ydi honno. A mae yna ryw bobol aflonydd fel Iolo. Does dim eisiau rhyfel i'w gwneud nhw felly. Fedran nhw byth droi i mewn iddyn nhw'u hunain i gael llonyddwch. A mae'n siŵr fod Mrs Amred wedi bodloni rhywbeth yn natur Iolo.'

'Rydw i'n cyd-weld, a mae arna i ofn fod Iolo yn ddyn go wan.'

'A chofia, mae merched yn ddrwg. Wyddost ti beth ydw i'n 'i feddwl am achosion fel hyn? Bod yna ferched yn y byd sy'n dychmygu eu bod nhw mewn cariad efo gwŷr priod. Yna maen nhw'n dechrau rhoi sylw iddyn nhw, a gwenieithio iddyn nhw, ac os oes gan y gŵr ryw fymryn o gŵyn am 'i gartre, mae o'n dechrau dweud 'i gŵyn wrth y ddynes arall. A dyna iti nefoedd rhai merched sengl, cael gwŷr priod i ddweud cyfrinachau am eu cartrefi wrthyn nhw. Nid caru'r dyn y maen nhw, ond caru'r oruchafiaeth sy ganddyn nhw ar wraig y dyn.'

'Mae yna lot o wir yn hynna. Wnes i rioed feddwl amdano fo o'r blaen.'

'D'wad i mi, sut ddynes ydi'r Mrs Amred yna?'

'Dynes reit ddel a chlws pan weli di hi'r tro cynta, a weli di ddim gwahaniaeth ynddi hi yr eildro na'r trydydd. Mae hi'n galed fel haearn Sbaen, ac yn ôl Mr Meurig, os na chaiff hi'r hyn mae arni eisio, mi fynn ddial.'

'Druan o Iolo.'

'Dyna ddwedais innau.'

'Mae'n siŵr mai hi sydd am fynnu priodi.'

'Dyna farn Mr Meurig. Ond cofia, mi fedar Iolo fod yn styfnig.'

'Medar, reit siŵr, ar ôl iddo fo stopio bod mewn cariad.'

'Cym baned arall o de.'

'Diolch. Dyna fi wedi dweud hynna yn union yr un fath ag Esta. D'wad i mi, wyt ti'n licio Mr Meurig?'

'Ydw'n arw. Hyd y gwela i, mae o'n ddyn iawn. Mae Loti Owen yn 'i ganmol o'n fawr fel mistar.'

'Fasat ti'n medru'i briodi fo rywdro?'

'Dyna ti'n gofyn cwestiwn rŵan. Na, dydw i ddim yn meddwl. Pan wyt ti'n priodi, rhaid iti wirioni digon am ddyn i beidio â gweld dim o'i ffawtiau o.'

'Oes gen Mr Meurig ffawtiau?'

'Dwn i ddim. Oes, reit siŵr. Ond dydw i ddim wedi gwirioni amdano fo, er bod lot o bobol ffor'ma yn meddwl 'y mod i, yn ôl fel mae'r siarad.'

'Ydyn, reit siŵr. Dyna'r gwaetha o fyw yng nghanol pobol sy wedi cyd-dyfu efo'i gilydd o'r un gwreiddiau. 'U busnes nhw ydi dy fusnes dithau. Maen nhw'n cymryd gofal ohonot ti pan fyddi di mewn rhyw helynt, a maen nhw'n cymryd gofal ohonot ti pan fyddi di ar y ffordd i uffern, uffern yn ôl 'u barn nhw, felly. Y nhw sy'n gwarchod dy foesoldeb di. Rydw i wedi fy nadwreiddio, does neb yn poeni ydw i'n byw'n anfoesol ai peidio.'

'Ia! Dwn i ddim pam mae pobol yn penderfynu dy fod di'n caru efo dyn, a gwaeth na hynny, pan mae o'n croesi'r stryd i dy dŷ di.'

'Am eu bod nhw'n bobol ddrwg, dyna iti pam; yn gwybod eu gwendidau'u hunain, ac yn meddwl bod pawb yr un fath. Ond rŵan, y peth mawr iti ydi peidio â malio. Fedri di ddim peidio â phoeni. Cerdda a dy ben i fyny drwy'r dre yma.'

'Mi fasa'n dda gen i fedru gwneud. Ond rydw i'n teimlo bod pawb yn fy meirniadu fi.'

'Lol i gyd. Ond mi adawn ni'r pwnc yno, a pheidio â mynd yn ôl ato fo eto. Mae gen i awgrym. Rydw i am dy dretio di i Landudno neu Golwyn Bay yfory. Oes yna rywun fasa'n edrach ar ôl y plant, er mwyn inni gael mynd ein hunain, fel erstalwm?'

Petrusodd Lora eiliad.

'Be wna i, d'wad? Roeddwn i wedi addo mynd â'r plant i Golwyn Bay cyn diwedd y gwyliau.'

'Na, mi awn ni â nhw efo ni. Erbyn meddwl, mae arnyn

nhw lawn cymaint o eisiau tret â thithau, chwarae teg i bawb. Dydi hi ddim yn nefoedd arnyn nhwtha chwaith.'

'Nac ydi.'

'Mae'n ddrwg gen i awgrymu mynd hebddyn nhw.'

'O na, mi fasa'n braf cael mynd heb lyffethair, ond fel yna y mae hi.'

Aeth Lora i gysgu'n hapusach y noson honno nag y gwnaethai ers talwm. Yn lle ysgrifennu yn ei dyddlyfr, bu'n ailsgwrsio y sgwrs a fu rhyngddi a'i ffrind a theimlo'n fodlon fod rhywun a'i deallai yn cysgu o dan yr un gronglwyd â hi.

Rhag iddi fynd i dŷ ei nain i brepian, ni chafodd Derith wybod eu bod yn mynd i lan y môr hyd y munud dwaethaf. Buont yn eistedd y rhan helaethaf o'r prynhawn a'r plant yn trochi eu traed. Nid oedd lathen o le yn sbâr ar y traeth, ond yng nghanol y cannoedd dieithriaid hynny gallai'r ddwy ffrind siarad a chysgu bob yn ail. Yr oedd sŵn y môr, sŵn siarad a chwerthin plant a phobl, y môr ei hun, yr awyr las yn ymdoddi i'w gilydd, a'u siarad hwythau eu dwy yn rhywbeth ar wahân iddo i gyd, fel pe baent allan o diwn i'r gweddill ond nid i'w gilydd.

Wrth syllu yn ffenestri'r siopau ar eu ffordd i gael te, gwelsant yn un ffenestr ffrog o liw llwydlas, ffrog hydref a llewys tri chwarter iddi, un blaen ac o doriad da. Meddai Rhys y munud y gwelodd hi,

'O, Mam, dyna ffrog neis i chi.'

'Ia, Rhys,' meddai Linor, 'dest y ffrog i dy fam. Mi awn ni i mewn i weld beth ydi'i phris hi.'

A chyn i neb allu ateb, yr oeddynt i mewn yn y siop, Lora wedi treio'r ffrog a chael ei bod yn ffitio, a Linor wedi talu amdani. Nid yn unig hynny, wedi mynnu cael prynu blows i Derith, a siwmper ddi-lewys i Rhys.

Yr oeddynt yn yfed te yng nghanol tyrfa arall o bobl ac yn ei fwynhau. Ar y diwedd cynigiodd Linor sigarét i Lora. Wrth ei gweld yn hanner petruso eiliad, dywedodd Rhys,

'Cymerwch un, Mam, i chi gael bod yn hapus.'

'Ia,' meddai Linor, 'dechrau dy arferiad o beidio â malio.'

Fe wnaeth.

Daeth Loti Owen atynt i'r gegin ar ôl swper i gael sgwrs, a thra bu Lora yn y llofft, aeth y ddwy ati i olchi llestri.

'Deudwch i mi, Miss Owen, sut ddyn ydi'ch mistar?'

'Dyn rhagorol fel mistar, dyn hollol strêt, ac egwyddorol, a dyn reit hael.'

'Mae'n siŵr eich bod chi'n fy ngweld i'n od, yn gofyn cwestiwn fel yna fel bwled o wn.'

'Ddim o gwbl. Ella'ch bod chi'n meddwl am y siarad sydd ymysg pobol am 'i fod o'n dŵad yma.'

'Ella 'mod i.'

'Ond does dim byd yn hynny, mi alla i'ch sicrhau chi. Mae o'n taro i mewn weithiau ar ôl swper i gael sgwrs a gêm o gardiau efo ni'n tair. A phetai o'n dŵad i rywbeth arall, dydi o ddim o'r ots i neb.'

'Nac ydi, ran hynny.'

'Rydw i'n gobeithio, er hynny,' meddai Loti, 'na ddaw straeon pobol ddim yn wir yn y pen draw. Mae gan ambell stori-gelwydd yr arferiad o droi'n wir erbyn y diwedd.'

'Oes. Ond pam yr ydach chi'n gobeithio na thry hon ddim yn wir?'

'Wel yn un peth, i fod yn berffaith onest, faswn i ddim yn licio colli lojin da. Ond ail beth ydi hwnna, wrth reswm. Dwn i ddim ddylwn i ddweud y rheswm arall. Dydw i ddim yn meddwl y gwnâi o ŵr da i Mrs Ffennig. Mae yna ambell ddyn mor agos i berffaith ag y geill dyn fod, ond fedrwch chi mo'i garu o rywsut. Felly y bydda i'n meddwl am Mr Meurig. Cofiwch, dim ond fy ngreddf i sy'n dweud hynny wrtha i. Mae o'n ddyn buan, cwit o gwmpas 'i betha, a mae gen i ryw syniad y basa fo'n rhy fywiog i Mrs Ffennig. Mae hi'n gweithio'n galed, ond rydw i wedi sylwi bod arni eisiau llonydd weithiau, a does arni hi ddim eisiau mynd allan i ddangos 'i hun fel lot o ferched y dre yma. Mi fasa ambell un yn rhoi ffortiwn am 'i harddwch hi. Rydw i'n siŵr y basa ar Mr Meurig eisiau i'w wraig fynd allan lawer efo fo. Mae o'n licio hel pethau hardd i'w dŷ, yn bictiwrs a phethau felly. A meddyliwch lle basa'r plant arni wedyn. Cofiwch, mi'r oedd yna bethau hoffus yn Mr Ffennig.'

'Oedd, mi'r oedd, hyd i fan neilltuol.'

Daeth Lora i lawr o'r llofft a gorffennwyd y sgwrs.

Wedi i Loti fynd i'w hystafell ei hun, nid oedd gan y ddwy ffrind lawer i'w ddweud wrth ei gilydd wedyn. Cadwasant at eu penderfyniad o beidio â mynd yn ôl at bwnc Iolo, ac erbyn hyn nid oedd ar Lora fymryn o eisiau mynd yn ôl ato. Ymddangosai fel petai Linor wedi dweud y gair olaf ar y mater. Ond nid oedd bwnc arall y gallent ei drin fel yn y dyddiau gynt, chwaith. Yr oedd y clo ar y mater hwn yn glo ar lawer pwnc arall. Rhyfedd cymaint o faterion dibwys y gellid eu mwynhau pan oedd pob dim yn iawn.

Mae pob dim da yn dŵad i ben yn rhy fuan. Dyma Linor wedi mynd, a minnau wedi cael deuddydd hapus, a heno mae bywyd yn wag eto. Nid oes dim byd brafiach na bod dwy neu ddau yn medru siarad yn rhydd efo'i gilydd. Mi wnaeth les imi gael siarad efo Linor. Dyna un peth sydd o'i le efo'r dyddlyfr yma. Ni all fy ateb yn ôl, na dweud fy mod yn iawn nac yn anghywir. Bûm yn fy holi fy hun pam yr oeddwn i'n hapusach wrth sôn am fy nhrybini efo Linor mwy nag efo neb arall. Ai am ei bod hi'n deall yn well, ai am ei bod hi'n cyd-fynd â mi? Mae pawb arall fel petai arnynt ofn fy mrifo wrth ddweud dim am Iolo. Efallai eu bod, ond fe ddywedodd Linor echnos yr union beth yr hoffwn ei glywed — pam na fasa Iolo yn holi ei gydwybod ei hun. Ai am fod Linor wedi fy nghyfiawnhau yr wyf yn hapusach ar ôl iddi fod? Ni allaf ddweud, ond fe ddysgodd un peth imi am imi beidio â malio. Dylwn beidio â malio, hyd yn oed os gwnaf rywbeth o'i le. Na, nid yw hynyna'n iawn, achos dyna beth a wnaeth Iolo. Mi ddaw Margiad yma yfory. Mi fydd hynny'n llenwi tipyn ar y tŷ yma, ac yn newid. Ond i beth mae arnom eisiau newid? Eisiau newid oedd ar Iolo. Ac eto, mae'r newid yn digwydd heb inni ei weld. Petai Iolo a minnau wedi dal ymlaen i fyw fel yr oeddem, mi fyddai yna newid, fel y newid wrth fynd o un pen i wastadedd i'r llall. Nid yr un peth fyddai diwedd y gwastadedd â'i ddechrau, er iddo edrych yn debyg. Mae'r newid a ddaeth i'm bywyd i fel dod at fynydd heb ei ddisgwyl. Yr wyf innau rŵan yn ceisio dringo ei lethrau heb edrych yn ôl am fod y dringo ei hun mor anodd. Ofer edrych yn ôl pa'r un bynnag, oblegid mae'n amhosibl cario dim o'r hyn a fu gyda mi. Yn y gorffennol y mae hwnnw, ac yno y mae'n rhaid iddo aros. Cofio pan fu Mam farw, gweld ei gwely yn union wedi iddynt symud ei chorff oddi arno i'w roi ar styllen — gweld ôl ei phen wedi suddo i'r gobennydd. Dymunais y munud hwnnw gael cadw'r gobennydd yn union fel yr oedd am byth, dim ond er mwyn cael edrych ar ôl pen un a olygai gymaint i mi. Ond ni fuaswn ddim gwell. Yr oedd y bywyd wedi mynd, a dyna'r unig beth a allasai greu newid arall. Yr oedd yn well i mi fy nghof i gofio am fy Mam na'r twll hwnnw yn y gobennydd. A dim ond fy nghof y buasai hynny. Dim ond yn fy nghof y bydd ymadawiad Iolo yn fuan iawn. Mae digwyddiad mewn teulu yn union fel taflu carreg i lyn, y tonnau'n crychu am ychydig, y crychni'n ymledu, ac yna'n diflannu. Cyn pen ychydig iawn o amser, bydd y rhan fwyaf o bobl wedi anghofio am fy helynt i, ac ni fyddaf yn neb ond y peth dirmygedig hwnnw, rhyw ddynes â'i gŵr wedi ei gadael, heb neb i gofio pam. Daw Miss Lloyd yn ôl ymhen ychydig ddyddiau, ac mi fyddwn eto yn dechrau byw fel yr oeddem ddiwedd y tymor diwethaf, pob dim wedi mynd i'w le yn ei ôl, yr un fath â llyn wedi cymysgu ar ôl cenlli, ac yna'n gwaelodi wedi iddi fynd heibio. Fel yna y bydd y pethau tu allan beth bynnag. Ysgwn i a ddaw fy meddwl byth i'r un cyflwr o dawelwch?

PENNOD XVII

'Oeddach chi'n licio hogia erstalwm, Anti Lora?' oedd cwestiwn Margiad pan eisteddent yn y gegin ar ôl swper y noson gyntaf wedi iddi ddod yno i aros.

'Beth yn y byd wnaeth iti ofyn y fath gwestiwn?'

'Am fod gen i boen fawr ar fy meddwl.'

Edrychodd ei modryb arni wedi dychryn. Sylwasai fod rhyw olwg freuddwydiol ar ei nith er pan ddaethai i'r tŷ, ond ni feddyliodd fod dim mwy i hynny na'r olwg freuddwydiol a fyddai ar enethod o'i hoed.

'O, does dim eisio i chi ddychryn, ond mi liciwn i siarad am y peth wrth rywun, a fedra i ddim siarad am y peth wrth Mam.'

Aeth iasau o ofn ychwanegol dros Lora. Aeth Margiad ymlaen,

'Mae'n siŵr ych bod chi'n methu gwybod i ble'r oeddwn i'n mynd heno.'

'Wel oeddwn wir.'

'Mynd i chwilio am Iorwerth yr oeddwn i.'

'Pa Iorwerth?'

'Iorwerth Richards sydd yn yr ysgol. Mi'r ydw i wedi gwirioni fy mhen amdano fo. Peidiwch â deud dim byd cyn i mi gael deud. A mi'r oeddwn i'n meddwl 'i fod yntau wedi gwirioni amdana innau.'

Stopiodd.

'Ia?'

'Dwn i ddim sut i ddeud. Ydach chi'n gweld, mi'r oedd o'n pasio *notes* i mi yn y clàs i ofyn gâi o 'ngweld i ar ôl yr ysgol yn y pentra. A mi fyddwn i'n mynd i' weld o.'

'I ble?'

159

'I lawr at y capel, a mi fyddan ni'n mynd am dro bach, a mi fydda fynta yn mynd adre.'

'Dyna'r cwbwl?'

'Dyna'r cwbwl, wir-yr, Anti Lora. O, dwi'n gwybod beth ydach chi'n feddwl, meddwl bod ni'n mynd i'r mynydd ac yn cusanu a rhyw lol felly. Does arna i eisio gwneud dim ond sbio arno fo a gwrando arno fo'n siarad a deud 'i fod o'n fy licio fi.'

'Faint ydi d'oed di, Margiad?'

'Tair ar ddeg a hanner.'

'Mi'r wyt ti'n llawer rhy ifanc i feddwl am hogiau.'

'Nid meddwl am hogiau yr ydw i, Anti Lora, ond meddwl am Iorwerth. Does arna i ddim eisio meddwl am neb arall. A does gen i ddim help 'mod i'n meddwl amdano fo.'

Dechreuodd Margiad grio yn y fan yna.

'Mae o'n amser digalon pan ydach chi'n dechrau bod yn ferch ifanc, yn tydi Anti Lora?' meddai drachefn ar ebwch o stopio crio.

'Ydi,' meddai ei modryb. 'Tyd yma.'

Tynnodd hi ar ei glin. Wrth roi ei braich amdani a theimlo ei chorff hydwyth, meddyliai ei modryb rhyngddi a hi ei hun mai dim ond plentyn ydoedd, plentyn yn dechrau gadael ei phlentyndod, wedi'i tharo yn drwm y tro cyntaf y syrthiodd mewn cariad, y ffordd yn hollol ddieithr, a phobl mewn oed yn ddiddeall yn eu creulondeb.

'Ydi dy fam yn gwybod am hyn?'

'Nac ydi,' meddai'r eneth yn swil. 'Faswn i ddim yn cymryd y byd â deud wrth Mam. Mi fasa yn hanner fy lladd.'

'Basa. Ond wyt ti'n gweld, mi fasa hi'n poeni ofn i ti ddŵad i drwbwl, a hithau'n rhoi addysg i ti. Mi fedri ddallt hynny, yn medri?'

'Medra, ond ro i ddim poen i neb eto.'

Dechreuodd feichio crio.

'Dyna fo. D'wad ti'r cwbwl wrtha i. Mi ro i fy ngair iti na ddweda i ddim wrth dy fam.'

'Wel, ydach chi'n gweld, Anti Lora, roedd o wedi gaddo sgwennu i mi yn yr holides, a wnaeth o ddim. Dyna pam roedd arna i eisio dŵad yma atoch chi i aros. A mi es i allan heno i edrach welwn i o, a mi gwelis i o efo hogan arall o 'nghlàs i — Dorothy Evans.'

Criodd fwy, a gadawodd Lora iddi grio ei gorau, a theimlo ei higian bron yn ei mynwes ei hun.

'Gwrando di arna i rŵan, Margiad. Sut hogyn ydi Iorwerth? Ydi o'n hogyn galluog yn 'i waith yn yr ysgol?'

'Ydi, ofnadwy.'

'Ydi o'n gweithio'n galed?'

'Na, dydw i ddim yn meddwl. Mae o'r un fath yn union â phetai gwaith ysgol yn rhy ysgafn iddo fo.'

'A mae o'n medru siarad lot?'

'Ydi, a mae o'n hogyn clws.'

'A mi'r wyt ti yn 'i licio fo'n ofnadwy?'

'Ydw, ne mi'r oeddwn i.'

'A dwyt ti ddim yn licio neb arall?'

'Nac ydw, neb.'

'A dwyt ti ddim wedi bod yn cusanu, a rhyw lol felly?'

'Nac ydw, wir-yr, Anti Lora.'

'A mae o'n dy frifo di am 'i fod o wedi mynd efo Dorothy Evans, yn tydi?'

'Ydi, achos doeddwn i ddim wedi mynd efo neb arall.'

'Rydw i'n siŵr na fyddi di ddim yn licio fy nghlywed i'n dweud dim am Iorwerth, na fyddi?'

'Dydi o ddim ots gen i i *chi* ddeud, Anti Lora.'

'Rydw i'n treio rhoi fy hun yn dy le di, wel'di, a fel hyn yr ydw i'n sbio arni, os ydi Iorwerth wedi gwneud tro sâl efo chdi, 'tydi o ddim yn un y gelli ddibynnu arno fo, yn nac ydi?'

'Nac ydi.'

'D'wad ti rŵan dy fod ti saith mlynedd yn hŷn, a dy fod ti wedi bod yn ffrindiau efo Iorwerth am dair blynedd, a'i fod o wedi mynd efo rhywun arall heb ddweud wrthat ti, mi fasa'n brifo mwy, yn basa?'

'Basa, dwi'n meddwl.'

'Mi fasa wedi mynd i lawr yn ddyfn i ti, a mi fasa'n fwy anodd gen ti feddwl am neb arall nac am ddim arall. Wyddost ti beth ydi'r peth gorau y medri di 'i wneud rŵan?'

'Na wn i.'

161

'Gweithio fel blac efo dy waith yn yr ysgol. Mi'r wyt ti'n licio dy waith, yn dwyt?'

'Ydw, y rhan fwya ohono fo, ond mi'r ydw i wedi'i esgeuluso fo, er pan ydw i wedi gwirioni am Iorwerth.'

'Do, reit siŵr. Dyna'r gwahaniaeth rhyngot ti a Iorwerth. Mae o wedi dal i wneud 'i waith yr un fath.'

'O, does raid iddo fo ddim ffagio llawer.'

'Rŵan, os wyt ti am 'i anghofio fo, penderfyna dy fod ti am wneud cystal ag yntau yn yr arholiadau, a'i guro fo os medri di.'

Gwenodd Margiad.

'Mi wna i addo, Anti Lora.'

'Meddylia mor falch y bydd dy dad, a roeddat ti'n dweud gynnau nad ydi o ddim cystal.'

'Na, ddim cystal o lawer. Mi fedra i weithio'n well rŵan, a fydd arna i ddim ofn cael fy nal, chwaith.'

'Na fyddi, peth ofnadwy ydi bod ag ofn cael dy ddal.'

'Ia wir. Wyddoch chi be ddigwyddodd ychydig bach yn ôl, Anti Lora?'

'Na wn i.'

'Wel mi welodd chwaer Yncl Iolo fi ryw bnawn efo Iorwerth ar ôl yr ysgol, a fynta'n cerdded efo mi, a drannoeth dyma Miss Immanuel yn fy ngalw fi i'w rŵm.'

'Beth oedd arni hi'i eisio?'

'Gofyn imi beth oeddwn i'n wneud allan efo Iorwerth, ar ôl yr ysgol.'

'A be ddeudis di?'

'Mi ddeudis glamp o gelwydd. Mi ddeudis 'mod i wedi bod yn siop y drygist yn nôl pethau i 'Nhad, a mi'r oedd hynny'n wir, a 'mod i wedi cael fy nal yn hir yno — doedd hynny ddim yn wir — a 'mod i wedi colli'r bws, a bod Iorwerth wedi dŵad heibio a 'ngweld i, ac wedi treio ffeindio rhyw ffordd imi fynd adre, heb aros y bws chwech. Ond wedi colli'r bws o bwrpas oeddwn i.'

'A mi credodd di?'

'Do, beth arall fedra hi'i wneud?'

'Wel ia, 'ran hynny.'

'Ond mi fydd yn brafiach mewn ffordd arall rŵan; fydda i ddim yn byw ar frigau'r drain gin ofn cael fy nal.'

Ar hynny canodd cloch drws y ffrynt, a daeth Mr Meurig i mewn. Wedi cyfarch a siarad gair ag ef, dywedodd Margiad ei bod am fynd i'w gwely.

'Nos dawch, Anti Lora, a diolch yn fawr.'

Gallai ei modryb deimlo ei dagrau poethion yn rhedeg i lawr ei gruddiau wrth iddi ei chusanu.

'Dyna chdi, ella y rho i fy mhen heibio i ddrws dy lofft di ar fy ffordd i 'ngwely. Nos dawch.'

'Nos dawch, Margiad,' oddi wrth Aleth Meurig.

'Rhywbeth wedi'i tharfu hi, mae'n amlwg,' meddai yntau wedi iddi fynd allan.

'Oes. Helynt a hanner. Wedi gwirioni'i phen am ryw hogyn o'r ysgol, a wedi gweld hwnnw efo ryw hogan arall heno.'

'Druan â hi!'

'Ia, rydw i wedi bod yn treio cael gynni hi weld tipyn o synnwyr.'

'Fel tasa hynny'n bosib yn yr oed yna!'

'Mae hi wedi addo treio, beth bynnag. Mae hi'n hogan dda am weithio, ac yn ffeind. Mi helpiodd lot arna i heddiw.'

'Chwarae teg iddi.'

'A mae digon yn 'i phen hi.'

'Piti na lyna hi wrth 'i llyfrau.'

'Mae hi wedi addo.'

Yr oedd hyn i gyd i lenwi amser. Bu seibiant anghyfforddus.

'Rydw i newydd gael llythyr oddi wrth eich gŵr!'

'Am beth eto?'

'Yr un peth. Mae'n amlwg 'i fod o'n awyddus iawn i gael ysgariad, neu mae Mrs Amred.'

'Pam mae o'n sgwennu atoch chi?'

'Dwn i ar y ddaear. Mae'n anodd gwybod oddi wrth lythyr. Fedar neb wneud dim ond dyfalu. Heblaw mi wŷr yn iawn mai chi fedar symud gyntaf yn y mater, gan mai fo sydd wedi'ch gadael chi.'

'Gan fod y ddau wedi byw mewn pechod cy'd â hyn, fedra i ddim gweld pam na eill y ddau ddal i fyw felly.'

163

'Dydach chi ddim yn nabod Mrs Amred.'

'Ia?'

'Wel, fel hyn. Petai rhywbeth yn digwydd i Ffennig rŵan, y chi fasa'n cael 'i bensiwn, ac unrhyw beth a fuasai ar 'i ôl, a rydw i'n nabod Mrs Amred yn ddigon da i wybod y mynn hi gael unrhyw beth sy'n dŵad i wraig os bydd ganddi ŵr.'

'Rydw i'n gweld. Ond pam mae o'n sgwennu atoch chi?'

'Wel, mae o'n gwybod 'i bod hi'n haws i mi eich rhoi chi ar ben y ffordd na neb arall, ac ella, o achos y straeon mae pobol yn 'u hel, 'mod i'n dŵad yma a phethau felly, 'i fod o'n tybio y byddwn i'n hybu'r peth yn fwy er fy mantais fy hun.'

'Rydw i'n gweld rŵan,' meddai Lora tan gochi.

'Ond a dweud y gwir i chi, mi fydda'i well gen i 'i weld o'n sgwennu atoch chi. Mae o'n fy rhoi fi mewn lle cas iawn.'

Distawrwydd eto.

'Dwn i ddim fedra i egluro,' meddai yntau gyda mwy o hyder, 'mi hoffwn i'ch gweld chi'n cael ysgariad er fy mwyn fy hun.'

Edrychodd Lora tua'r llawr. Aeth yntau ymlaen.

'Ond wrth eich annog i wneud hynny, mi fyddwn yn helpu eich gŵr, neu Mrs Amred yn hytrach; a dweud y gwir, does arna i ddim eisiau gwneud hynny. Wyddoch chi ar y ddaear pa ddefnydd wnâi'r ddau o'r peth, petawn i'n dangos rhyw orawydd i hybu'r mater ymlaen. Mae'r peth yn tynnu ddwy ffordd. Does arna i ddim eisiau helpu'r un o'r ddau, ac eto mae arna i eisiau helpu fy hun. Ar yr un pryd, rydw i'n dal i ddweud y dylech chi gael help i'ch cadw chi a'r plant. Meddyliwch chi beth mae Mrs Amred yn 'i gael ar draul Ffennig.'

Anwybyddodd hi'r rhan olaf o'i osodiad, a mynd i gyfeiriad arall.

'Cofiwch, faswn i ddim yn naca gadael iddo fo gael ysgariad ddim ond er mwyn dial arno fo. Wnâi hynny ddim lles iddo fo na minnau.'

Nid oedd teimladau o'r natur yna o unrhyw ddiddordeb i Aleth Meurig.

'Ga i ofyn cwestiwn i chi, Mrs Ffennig?'

'Gofynnwch chi beth liciwch chi.'

'Ydach chi'n dal i gredu y geill o ddŵad yn ôl atoch chi?'

'Does gen i ddim lle i gredu hynny rŵan os ydi o'n dal i ofyn am ysgariad.'

'Neu Mrs Amred. Mi gofynna i o fel hyn. Ydach chi'n meddwl, petai o'n gofyn am gael dŵad yn ôl, y gwnaech chi'i dderbyn o?'

'Na faswn rŵan,' meddai hi heb betruso.

'Doeddach chi ddim mor sicr ychydig wythnosau yn ôl, oeddach chi?'

'Nac oeddwn.'

'Oes drwg imi ofyn pam?'

'Dim o gwbl. Mae pethau eraill wedi digwydd er hynny sy'n gwneud imi wrthod meddwl 'i gymryd o'n ôl.'

'Pethau o'i ochor o?'

'Ia, a'i deulu. Mi ddaeth yma pan nad oeddwn i ddim gartre, a rydw i'n gwbl sicr erbyn hyn ei fod o'n gwybod nad oeddwn i ddim gartre. Mae hynna wedi fy ngorffen i.'

Teimlai Aleth Meurig fod hynna gam ymlaen, er na ddangosai ddim byd ond teimlad negyddol. Ond y munud nesaf dywedodd hi,

'Diolch yn fawr i chi am eich llythyr i Fryn Terfyn.'

'Fedrwn i ddim peidio â'i anfon o. Roedd y stryd yma fel mynwent. Mi teimlais hi'n chwith iawn ar eich ôl chi. Gawsoch chi amser go braf?'

'Do a naddo. Mi'r oedd yn newid imi gael mynd i'r mynydd a chael cymint o wynt a haul wrth gwrs, ond mi fu'n ffrae, rhwng Jane a minnau, cyn imi ddŵad adre.'

'Tewch â deud.'

Dywedodd hithau fel y bu gyda'r llythyr.

'Petawn i'n gwybod hynny, faswn i ddim wedi'i anfon o.'

'Peidiwch â phoeni dim. Rydw i'n credu y bydd y ffrae wedi gwneud lles iddi, achos mi gafodd glywed tipyn o'r drefn gan Owen hefyd. Mae hi mor gul â chyllell, er nad ydi hi ddim yn grefyddol o gwbl.'

'On'd ydi o'n beth rhyfedd fel mae rhyw gulni fel yna yn dal yn y gwaed.'

'Rydw i'n credu mai dyna hanner y drwg efo'r hogan bach

yma. Mae'i mam hi fel defni parhaus ar 'i hôl hi os bydd hi allan yn hir neu rywbeth felly.'

'Sut bu hi rhyngoch chi wedyn?'

'Digon tyn oedd hi, ond mi ddaeth pethau'n well cyn imi gychwyn oddi yno. Drwy drugaredd, mi ddaeth fy ffrind o Lundain yma yr wythnos yma, a mae hi wedi medru dangos imi yn well na neb arall beth ydi synnwyr cyfartaledd.'

'Roeddwn i'n meddwl eich bod chi'n edrach yn hapusach heno.'

Aeth Aleth Meurig yn ôl i'w dŷ a thipyn mwy o obaith ganddo ynghylch teimladau Lora Ffennig. Mae'n wir mai negyddol oeddynt hyd yn hyn, ond yr oedd hynny'n well na'i bod hi'n cario rhyw deimlad meddal y medrai hi dderbyn ei gŵr yn ôl, a rhyw ffwlbri felly.

*   *   *   *

Yr oedd Margiad wrthi'n darllen pan aeth Lora i'w llofft efo chwpanaid o lefrith.

'Hwda, ŷf hwn.'

'O diolch yn fawr, Anti Lora.'

'Methu cysgu'r wyt ti?'

'Na, darllen er mwyn cadw'n effro, imi gael siarad efo chi. Mae arna i eisio diolch i chi am fod mor ffeind efo mi, ond fedrwn i ddim o flaen Mr Meurig.'

'Wyt ti'n teimlo'n well rŵan?'

'Ydw, o lawer. Mi'r ydw i'n gweld rŵan 'mod i wedi bod yn ffŵl, a mae arna i gwilydd.'

'Cofia, dwyt ti ddim gwahanol i lot o blant yn d'oed di, a mae pob un yn meddwl mai hi a neb arall sydd wedi bod yn hogan ddrwg. Tria anghofio.'

'Mi'r ydw i am weithio o ddifri.'

'Mi'r ydw i am fynd â chdi at y barbar yfory i dorri dy wallt.'

'Be ddeudith Mam?'

'O, nid 'i dorri fo i ffwrdd i gyd, ond torri dan 'i odre fo, mae o'n gynhinion blêr — mi dwchith iti wedyn.'

'Anti Lora, wnewch chi ddim dweud gair am hyn wrth Mam, wnewch chi?'

'Dim peryg, os na chlyw hi drwy rywun arall. Pryd y gwelodd Esta di?'

'O, mae tua mis, er cyn i'r ysgol dorri.'

'Digon posib na chlyw dy fam ddim bellach. A rŵan dos i gysgu. Nos dawch.'

'Nos dawch, Anti Lora.'

Bore Sul yr oeddynt i gyd yn mynd i'r capel a Lora Ffennig yn gwisgo ei ffrog newydd. Yr oedd gwallt Margiad wedi'i dorri ac yn blethen dwt i lawr ei chefn. Teimlai Margiad yr un fath â phetai'n mynd i'r capel yng nghwmni'r frenhines, a cheisiai gerdded yn addas i sefyllfa felly. Wrth iddynt ddod allan o'r capel yr oedd yn ymwybodol fod Iorwerth Richards yn sefyll gyda thwr o fechgyn eraill o flaen y capel, ond ni throes ei golwg i'w gyfeiriad, eithr cerdded yn syth a'i gên i fyny ac yn falch mai wrth ochr ei modryb y cerddai.

PENNOD XVIII

Yr oedd Annie Lloyd yn ôl ers deuddydd, Lora yn gweithio ers dros wythnos, Rhys wedi dechrau yn yr Ysgol Ramadeg, a phob dim yn ôl yn y rhigolau unwaith eto, y dyddiau yn byrhau, ac ychydig flas ar dân. Nid oedd Lora wedi gweld neb o Fryn Terfyn na chlywed gair er pan aethai Margiad yn ei hôl. Teimlai y dylai fynd yno wedi clywed gan Margiad nad oedd Owen cystal, ac fe âi pe gwyddai y byddai Jane yn fwy rhywiog ei thymer. Gwyddai y dylai fynd pa dymer bynnag a fyddai arni. Ond yr oedd wedi blino gwneud y pethau anodd, a gohiriai'r peth o'r naill ddiwrnod i'r llall, nes i Miss Lloyd ddweud wrthi ryw brynhawn ei bod yn meddwl bod ei brawd-yng-nghyfraith yn bur wael. Wedi gweld golwg sobr o ddigalon ar Margiad yn yr ysgol yr oedd, ac wedi bod yn holi hwn a'r llall, a rhywun yn ystafell yr athrawon wedi dweud bod ei thad yn bur wael. Holodd Lora Rhys, ond ni welsai ef ddim ond cip o bell ar Margiad er pan aethai i'r Ysgol Ramadeg. Penderfynodd fynd i fyny felly i weld drosti ei hun. Yr oedd y tywydd wedi oeri tipyn er pan fuasai yno ym mis Awst, a gwynt oerach a âi drwy ei dillad heddiw wrth iddi gerdded i fyny llwybr y mynydd o'r ffordd. Gwelai'r plant ar ben y clawdd o flaen y drws yn edrych i'w chyfeiriad, a gwelai hwynt yn rhedeg wedyn tuag at y llidiart, wedi ei hadnabod, mae'n siŵr. Oherwydd y gwynt, yr oeddynt wedi ymochel wrth y clawdd tu ôl i gilbost y llidiart, ac yno y gwelodd Lora hwynt, fel tair iâr yn llechu ar ddiwrnod gwyntog, a golwg llawn mor ddigalon â thair iâr ar dywydd mawr arnynt, a mor swil. Now Bach oedd y cyntaf i siarad,

'Mae 'Nhad yn sâl iawn.'

Dychrynodd Lora.

'Pam na fasat ti'n gyrru acw i ddweud efo Rhys, Margiad?'

'Roeddwn i wedi cael siars gin Mam i beidio, rhag ych poeni chi, a thydi o ddim mor sâl â mae Now yn 'i ddweud.'

'Da hynny.'

Rhuthrasant i'w dwylo wedyn a cherdded yn rhes tuag at y tŷ. Yr oedd pen Jane i'w weld heibio i gilbost y drws, a safodd yno i'w disgwyl. Lora oedd y gyntaf i siarad.

'Sut mae Owen?'

'Digon symol ydi o. Mae'r doctor wedi'i yrru fo i'w wely i orffwys am rai misoedd. Eisio gorffwys a maeth sydd arno, medda fo. Mi eill y peth arall gilio wedyn.'

Gwyddai Lora mai'r diciáe oedd y peth arall. Eisteddasant wrth y tân, a'r plant yn sefyll o gwmpas. Edrychai Jane i'r tân o bellter ei chadair, gan grychu ei thalcen a rhwbio pen ei glin. Yr oedd llyfrau Margiad hyd y bwrdd, ac ni wnaeth Jane unrhyw osgo i'w symud na hwylio te.

'Rhaid iti beidio â phoeni gormod,' meddai Lora.

'Hawdd iawn deud hynny.'

'Ydi,' meddai Lora gan ochneidio, a chododd a mynd i'r llofft. Aeth Margiad at ei llyfrau. Yr oedd wyneb Owen wedi newid ers mis Awst. Erbyn hyn yr oedd yn fudr felyn fel pwti, ond yn union o dan ei wallt yr oedd rhimyn o groen gwyn. Rhedai ffrydiau bychain, main o chwys i lawr ei arlais. Gafaelodd yn llaw Lora â'i law galed, a'i lygaid yn disgleirio.

'O, mae'n dda gen i dy fod ti wedi dŵad, Lora!'

'Wyddwn i ddim hyd neithiwr dy fod ti ddim cystal.'

'Nid eisio iti ddŵad yma i edrach amdana i oedd arna i, ond eisio iti ddŵad yma. Rydw i wedi bod yn poeni ac yn poeni ar ôl iti fynd oddi yma ar gownt yr hen ffrae yna.'

'Doedd dim rhaid iti boeni o gwbl. Mi faswn i *yn* dŵad rywdro, a mi faswn wedi dŵad cyn hyn petaswn i'n gwybod dy fod ti yn dy wely.'

'Mi wn i hynny, ond doedd Jane ddim yn fodlon i Margiad ddeud hynny wrth Rhys yn yr ysgol.'

'Mi fûm innau yn ddigon helbulus fy meddwl ar ôl bod yma.'

'Rhywbeth newydd?'

'Ia. 'Ddyliwn i fod Iolo wedi bod o gwmpas pan oeddwn i

yma, ac wedi gweld Mr Meurig. Mae arno fo eisio ysgariad, mae'n debyg.'

'Chdi sydd i benderfynu hynny, yntê?'

'Ia, siŵr gen i, ond mae Mr Meurig yn meddwl mai Mrs Amred sy'n 'i wthio fo ymlaen er mwyn iddyn nhw gael priodi. Mae'n siŵr nad ydyn nhw ddim yn licio byw fel maen nhw.'

'Nac ydyn erbyn hyn, reit siŵr, er nad oedd o ddim o'r ots gynnyn nhw pan ddaru nhw ddengid.'

'Na, mae'n rhaid i bobl gael bod yn barchus ar ôl iddyn nhw oeri.'

'Beth wyt ti am wneud?'

'Dwn i ddim eto. Os ydyn nhw wedi penderfynu priodi, does dim byd i'w rhwystro nhw ond y fi, a pheth gwirion fyddai imi ddial trwy beidio â gwneud. Ond os ydi o'n costio llawer, fedra i mo'i fforddio fo.'

'Heb iddyn nhw addo talu?'

'Dim iws dibynnu ar addewid yr un o'r ddau. Y peth sy'n fy ngwylltio fi ydi gweld fel mae Esta yn sgwennu atyn nhw.'

'Ydi hi?'

'Mae'n rhaid 'i bod hi. Mae'n siŵr gen i mai efo hi a'i fam yr oedd o'n aros pan oedd o yma, a sut yr oedd o wedi ffitio'i amser cystal, o ddŵad adre pan oeddwn i i ffwrdd?'

'Mae o'n gwneud iti deimlo fod nadroedd o dy gwmpas di.'

'Ydi, a pheth sy'n waeth, mi wn i 'u bod nhw'n rhoi'r argraff ar bobol mai arna i y mae'r bai i gyd.'

'Fel yna y gweli di bobol euog bob amser.'

'Ond paid â sôn am y peth dwaetha yma wrth Jane; mae hi'n cael pob dim yn groes yn 'i meddwl, rywsut.'

'Ydi,' meddai Owen yn drist. 'Cyn imi anghofio, diolch yn fawr iti dros Margiad. Diar, mi'r oedd hi wedi mwynhau'i hun na fu 'rioed ffasiwn beth.'

'Mae hi'n blentyn hoffus, ac yn hogan dda am weithio.'

'Ydi, mae hi wrthi'n helpu Jane gymint fyth y dyddiau yma.'

Daeth Jane i fyny efo hambwrdd mawr a the a brechdanau tomatos arno, a Margiad efo un llai i'w thad. Yr oedd golwg llawer siriolach ar Jane.

'Beth wyt ti'n feddwl ohono fo?' gofynnodd i'w chwaer.

'Meddwl y dyla fo gymryd seibiant hir a threio bwyta'i orau,' meddai Lora.

'Mae gen i stumog dda at fwyd o hyd,' ebe Owen.

'Da hynny. Ydi llefrith y gwartheg yma'n iawn?'

'Ydi, medda'r *inspector*. Maen nhw wedi bod yma yn 'i brofi fo.'

'Ŷf gymaint â fedri di.'

'Rydw i wedi bod yn dweud wrtho fo, Anti Lora,' meddai Margiad.

'Mae Margiad wedi cael rhyw ffit o yfed llefrith er pan fuo hi acw,' meddai ei mam, 'a diolch yn fawr iti drosti hi.'

Edrychodd Margiad yn awgrymiadol ar ei modryb.

'Diolch yn fawr iti am ddŵad,' meddai Owen, wrth i Lora droi i gychwyn ymaith, 'a brysia eto.'

'Mi ddo i'n reit fuan.'

'Mae gen tithau ddigon o waith,' meddai Jane yn ddigon teimladwy.

'Oes, ond trwy drugaredd mae Mrs Jones sy'n dŵad acw i llnau yn ddynes dda, ac mae'r genod acw yn 'chydig iawn o drafferth.'

'Diolch iti am fedru anghofio,' meddai Owen, cyn iddi adael y llofft, a'r lleill wedi mynd i lawr y grisiau.

'Mi ddown ni i'ch danfon chi at y bws,' meddai Guto.

'O'r gorau.'

'A brysia yma eto,' meddai Jane.

'Ella do i ddydd Sadwrn.'

'Dyna fo.'

'Beth oeddach chi'n feddwl o 'Nhad?' gofynnodd Guto fel hen ddyn.

' 'I weld o'n well nag yr oeddwn i'n ofni.'

'Ydach chi'n meddwl y gwneith o fendio?' meddai Now Bach.

'Mae o'n siŵr o wneud, dim ond iddo fo fodloni i aros yn 'i wely, a chymryd digon o fwyd.'

'Mi'r ydw i'n gweithio'n iawn,' oddi wrth Margiad.

'Felly'r oeddwn i'n clywed, wir.'

'Gan bwy?'

'Gan dy dad.'

'O na, nid helpu Mam ydw i'n feddwl, ond yn yr ysgol.'

'Wel da iawn.'

'Ella y bydda innau'n mynd i Ysgol y Dre y flwyddyn nesa,' meddai Guto.

'Fyddi di?'

'Rydw i'n gobeithio.'

'Pryd ydach chi'n dŵad eto, Anti Lora?'

'Mi dreia i ddŵad ddydd Sadwrn.'

'Pryd ceith Guto a finnau ddŵad acw i gysgu 'run fath â Margiad?' gofynnodd Now Bach.

'Wel, 'y ngwas i, does acw ddim lle i gysgu rŵan.'

'Mi gysgwn ni ar lawr,' meddai Guto.

'Mi gawn ni weld. Mi wnawn ni le rywsut. Ta-ta rŵan.'

*　　*　　*　　*

Pan oedd Lora ym Mryn Terfyn, eisteddai Loti ac Annie yn eu parlwr — Loti'n ceisio astudio ac Annie'n synfyfyrio. Cododd Loti'i phen a syllu ar ei ffrind.

'Rwyt ti'n drwmbluog iawn.'

Edrychodd Annie ar ei chyd-letywr fel petai heb ei gweld o'r blaen.

'Rwyt ti wedi bod felly ar hyd y term,' ychwanegodd Loti. 'Oes rhywbeth yn dy boeni di?'

'Oes, rydw i'n teimlo'n reit anhapus.'

Rhoes Loti ei llyfr o'i llaw.

'Rydw i wedi hen ddiflasu,' meddai Annie wedyn.

'Ar bwy?'

'Ar bawb, am wn i.'

'Rhyfedd iawn dy glywed *ti* yn dweud peth fel hyn. Ydw i ar dy stumog di?'

'Dim o gwbl, ddim mwy na neb arall. Rydw i wedi diflasu ar yr ysgol. Rydw i wedi diflasu ar y dre yma. Does dim byd yr un fath rywsut.'

'Wel na, dydi dim byd byth yr un fath.'

'Nac ydi, ond mi'r ydan ni'n disgwyl 'i gael o felly. Mi sylweddolais ddechrau'r tymor yma 'mod i'n rhoi'r un gwersi i'r safonau isa am yr wythfed tro ar ôl 'i gilydd. Rydw i wedi bod saith mlynedd yn yr ysgol yma.'

'Dim byd o'i le yn hynny.'

'Nac oes, ond meddylia sut y bydda i ymhen deng mlynedd arall.'

'Mi fyddi wedi priodi cyn hynny.'

'Does dim argoel o hynny. A mae'r Esta yna yn ddigon i droi rhywun yn llofrudd.'

'Brenin Mawr!'

'O, ella mai arna i y mae'r bai, 'mod i'n gwybod gormod o hanes 'i brawd hi, a'i gweld hi fel rhyw gi bach o gwmpas y brif, a chyn wired â 'mod i'n hwyr yn fy nosbarth, mae Esta'n siŵr o ddŵad allan o rŵm y brif, a mi fedra i ddal am unrhyw beth fod honno'n cael gwybod. Fedra i ddim byw mewn lle mae arna i ofn cerdded ynddo fo.'

'Mae hi'n waeth ar Mrs Ffennig. Does dim dwywaith nad ydi Esta yn gwybod lle mae'i brawd, a mae'n edrach yn debyg 'i fod o'n gwybod fod Mrs Ffennig i ffwrdd, pan ddaeth o ar sgawt ffordd yma.'

'Druan â Mrs Ffennig!'

'Mae Esta fel cath yn watsio pob dim sy'n digwydd yma, a mae'n siŵr iti fod adroddiad manwl yn mynd i'w brawd, sawl gwaith mae Mr Meurig yn dŵad yma a phob dim.'

'Be sy ar yr hogan?'

'Mi faswn i'n dweud mai methu wynebu euogrwydd 'i brawd y mae hi. Mi fasa'n licio i rywun arall fod yn euog heblaw y fo.'

'Sgwn i faint ŵyr hi?'

'Mae hi'n gwybod 'i fod o wedi dengid efo'r ddynes yna, a mi fasa'n licio gweld Mrs Ffennig yn euog o rywbeth tebyg.'

'Sgwn i ŵyr hi rywbeth am arian yr offis?'

'Faswn i ddim yn meddwl.'

'Biti na châi hi wybod, mi dorrai dipyn ar 'i chrib hi.'

'Mae Rhys yn sâl!'

'Yn lle?'

'Yn y gegin.'

Rhuthrodd y ddwy yno a gweld Rhys yn taflu i fyny.

173

Rhedodd Annie i nôl dŵr oer, a Loti yn dal ei llaw o dan ei ben.

'Well rŵan, Rhys?' gofynnodd Loti.

'Ydw, diolch.'

Aeth hithau i nôl pwced a chadach llawr i glirio'r llanast, a rhoes Annie Rhys ar ei led-orwedd ar y gadair a chlustog tan ei ben, a'i wylio. Ar hynny cerddodd Esta i mewn trwy'r gegin bach.

'Be sy'n bod?' meddai.

'Rhys sydd wedi bod yn sâl.'

'A'i fam wedi mynd i gymowta, reit siŵr.'

Gwelodd Annie dân coch o'i blaen.

'Os aeth hi i gymowta, mi aeth ar 'i harian 'i hun, beth bynnag.'

'Beth ydach chi'n feddwl?'

'Ewch i holi'r bobol sy'n gwybod.'

Aeth Annie i'r parlwr, a meddai Loti,

'Mae Mrs Ffennig wedi mynd i Fryn Terfyn, mi glywodd neithiwr fod 'i brawd-yng-nghyfraith yn bur sâl.'

'Mae'n amlwg fod 'i phlentyn hi'n sâl hefyd,' meddai Esta.

'Roedd Rhys yn iawn pan gychwynnodd Mrs Ffennig, on'd oeddach chi, Rhys?'

'Oeddwn, ond mae'n rhaid i Anti Esta gael rhoi'r bai ar Mam am bob dim,' meddai yntau heb godi ei ben.

Bu distawrwydd am dipyn, ac yna clywyd drws y ffrynt yn agor, a daeth Lora i mewn.

'Be sy?' oedd ei gair cyntaf.

'Rhys sy wedi bod yn sâl, Mrs Ffennig.'

'Be gest ti i ginio yn yr ysgol, Rhys?'

'Stiw cig, eirin wedi'u stiwio a chwstard powdwr.'

'Roeddwn i'n meddwl. Well iti ddŵad i dy wely.'

Gallai Lora synhwyro sefyllfa anghysurus wrth weld agwedd Esta, a safai ar lawr y gegin yn edrych mor guchiog, a Loti yn edrych yn hollol anghysurus fel petai hi'n gyfrifol am yr holl sefyllfa. Golwg Esta a roes nerth ym mreichiau Lora i afael yn Rhys a'i gario ar ei braich fel babi i'r llofft.

Aeth Esta allan a Loti i'r parlwr.

'Dyna fi wedi'i gwneud hi rŵan,' meddai Annie.

174

'Y peth gorau allai ddigwydd,' meddai Loti. 'Ella y daw hi at 'i choed wedi cael gwybod ffaith ne ddwy arall.'

'Mi wylltiais gymaint wrth 'i chlywed hi'n sôn am gymowta fel na fedrwn i weld dim. Ond rhaid imi egluro i Mrs Ffennig.'

Ac wedi iddi glywed Lora yn dod i lawr o'r llofft fe aeth i'r gegin i ddweud y cwbl wrthi.

'Peidiwch â phoeni, Miss Lloyd. Mae o wedi digwydd, a fedar neb wneud dim. Na, doedd hi'n gwybod dim cynt, ddim drwydda i, beth bynnag. Hwyrach na fydd o ddim yn ddrwg i gyd. Does gan neb ddim help am bethau fel hyn. Mae Rhys yn poeni mwy arna i rŵan.'

'Ydi wir? Mae'n drwg gen i.'

'Mae o'n cwyno gan ryw boen yn 'i stumog ers tro, ond dyma'r tro cynta iddo fo daflu i fyny. Rhaid imi gael y doctor i'w olwg.'

Bu Lora yn synfyfyrio yn hir ar yr aelwyd. Rhoes ei swper i Derith a mynd â hi i'w gwely. Galwodd ar ei ffordd i lawr i weld Rhys. Nid oedd wedi cysgu. Yr oedd ganddo boen fawr yn ei ben. Eisteddodd hithau wrth ochr ei wely a rhoi ei llaw ar ei dalcen.

'Mae'ch llaw chi yn oer braf,' meddai yntau.

Buont felly am hir heb ddweud dim.

'Sut oedd Yncl Owen?'

'Digon symol, ond nid mor sâl ag oeddwn i'n ofni. Rhaid iddo fo fod yn 'i wely am hir yn gorffwys.'

'Biti, yntê?'

'Biti mawr. Ond mae o'n siŵr o fendio. Wyt ti'n meddwl y medri di gysgu rŵan?'

'Ydw. Mi'r ydw i'n well rŵan. Ond dydw i ddim wedi gorffen fy nhasgau.'

'Hitia di befo'r rheiny. Mi sgwenna i i'r ysgol i egluro. Dos di i gysgu, a mi fyddi'n iawn erbyn y bora.'

Dyna'r helynt a glywodd Aleth Meurig pan ddaeth i mewn yn ddiweddarach, a Lora bron yn rhy boenus ei meddwl i siarad.

'Ylwch, Mrs Ffennig, does dim sens mewn peth fel hyn. Y chi yn gweithio fel slaf, ac yn cael y fath boen meddwl, a phobol erill yn medru mwynhau eu hunain.'

'Gadewch iddyn nhw. Does arna i ddim eisio'u harian nhw.'

Ac ychwanegodd fel petai'n siarad â hi ei hun,

'Ond mi fydd yn rhaid imi dreio cael cinio gartre.'

'Rhagor o waith i chi eich hun eto.'

'Na, drwy dalu mymryn mwy i Mrs Jones, mi fedar hi baratoi cinio inni i gyd. Mae hi'n gwneud cinio iddi hi ei hun rŵan. Rhyw hanner awr yn hwy fydd raid iddi fod yma.'

'Chi ŵyr. Ac mi'r ydach chi'n poeni fod eich chwaer-yng-nghyfraith wedi cael achlust am yr arian yna, yn dydach?'

'Ydw braidd, ond doedd mo'r help.'

'Efallai y gwna fo les iddi. Mae'r bobol yna y mae hi'n troi efo nhw yn y gymdeithas gelfyddyd yna'n ymorchestu yn eu syniadau llydan am garu a phethau felly, ond mater arall ydi dwyn arian, hyd yn oed i'r set yna.'

'Ella wir. On'd ydi o'n beth rhyfedd, pan fydd hi'n dechrau bwrw glaw, 'i bod hi'n gwneud glaw tranau mawr am hir?'

'Mae pob dim yn bwrw am ych pen chi rŵan, beth bynnag, ond mi ddaw gwawr rywdro.'

'Sgwn i?'

'Ylwch, ewch i'ch gwely.'

Aeth yntau adref, a daeth Loti Owen i mewn i ddweud na chymerai Annie ddim cwpanaid o de fel arfer.

'Mae hi wedi torri i lawr yn lân, ac yn poeni'i henaid allan,' meddai.

'Dwedwch wrthi,' meddai Lora, 'na raid iddi ddim poeni o'm hachos i. Ella'i bod hi wedi gwneud cymwynas â mi yn y pen draw.'

Daeth mwy o oleuni ar y mater i Lora wedi i Loti ddweud am y sgwrs a fu rhyngddynt eu dwy cyn i Rhys fynd yn sâl.

Yr oedd Rhys yn cysgu pan roes Lora ei phen heibio i ddrws ei lofft ar ei ffordd i'w gwely. Sylwodd fel yr oedd ei wyneb wedi newid mewn ychydig fisoedd. O fod yn wyneb crwn aethai'n wyneb hir, a'i ben yn dechrau cymryd ffurf bachgen hŷn o lawer. Byddai'n rhaid iddi fynd i weld y meddyg yn ei gylch yn y bore. Gresynai fod y nos rhyngddi a'r bore a bod yn rhaid aros cy'd â hynny. Yr oedd yn rhy effro i gysgu ei hun, ac wedi dringo i'r atig cymerodd ei dyddlyfr a dechrau ysgrifennu.

176

Mae fy helyntion yn cynyddu, a phoen o natur wahanol erbyn hyn — salwch. Ar adeg arall buaswn yn poeni fod Esta wedi dweud yr hyn a wnaeth heno, ond fe ymlidiodd wyneb Rhys hwnna. Mae'r plentyn yn poeni, ac nid yw'n cael y bwyd a ddylai. Ni allaf chwaith gael wynebau plant Bryn Terfyn i ffwrdd o flaen fy llygaid. Maent yn amlycach o'm blaen nag wyneb Owen. Mor ddigalon yr edrychai'r tri heno! Erbyn meddwl, ni welsant hwy neb erioed yn sâl ym Mryn Terfyn. Gwelodd Jane ddigon cyn iddi briodi, ond ni welodd y plant erioed fwy na phwl o inffliwensa yn y tŷ. Ac y maent wedi eu torri i ffwrdd o'r byd yn y mynydd yn y fan yna. Digon tebyg nad ydynt yn gweld plant eraill ar ôl dwad adre o'r ysgol, ac y mae Bryn Terfyn, eu rhieni, y gwartheg a'r moch, y ci a'r gath yn fyd cyfan iddynt. Oherwydd hynny, mae salwch eu tad yn beth real iawn iddynt. Yr oeddynt mor falch o'm gweld, a heb ofni dangos hynny, yn wahanol i'w mam. O diar, yr ydym yn bobol fychain, y fi wedi oedi mynd i Fryn Terfyn, er imi glywed fod Owen yn waelach, a Jane heddiw mor oer a phell. Ac eto, mae'n siŵr ei bod yn eitha balch o'm gweld, neu ni buasai'n gofyn imi frysio yno eto. Onid yw'n beth rhyfedd ein bod mor amharod i fynegi ein teimladau gorau tuag at ein gilydd? Pan fyddwn yn ffraeo gallwn fwrw ein teimladau casaf allan yn huawdl iawn a gollwng glafoerion ein casineb am bennau ein gilydd. Digon posibl y byddwn yn difaru wedyn. Ond ni ollyngwn ein teimladau da tuag at ein gilydd allan bron o gwbl, nac yn ddistaw nac yn huawdl. A phe gwnaem fe ddifarem wedyn o gywilydd. Yn wir mae arnom gywilydd o'n teimladau da cyn inni eu mynegi. Pam na fuaswn i'n medru dweud wrthyf fi fy hun heno wrth edrych ar Rhys, fy mod i yn ei garu o waelod fy nghalon? Yr oedd arnaf ofn cydnabod hynny hyd yn oed i mi fy hun. Gresyn garw na allem edrych bob amser ar bobl fel pe baem yn eu gweld am y tro olaf am byth, fe fyddem yn llawer mwy maddeugar. Ond mae rhyw hen falchder gwirion ynom sy'n cadw ein cefnau yn rhy syth i blygu, fel petaem yn colli rhywbeth ofnadwy wrth wneud hynny. 'Wna i mo hyn, wna i mo'r llall', gyda'r pwyslais ar yr i bob amser. Yr wyf innau yr un fath efo fy mam-yng-nghyfraith, a hithau yr un fath efo minnau. Mor hawdd y medrwn ein twyllo ein hunain fod yr achos hwn yn wahanol.

Ond y mae gennyf fwy o biti dros y plant yna na'u rhieni. Margiad druan! Ond mi eill salwch ei thad dynnu ei meddwl oddi ar y peth arall. Mae hi'n ifanc iawn i wynebu poen hefyd. Os bydd ei thad yn sâl yn hir, neu os bydd o farw, fe ddisgwylir iddi aberthu llawer.

A beth sydd o'i le ar Miss Lloyd? Rhaid bod rhywbeth ofnadwy wedi cynhyrfu hogan dawel fel hi i ffrwydro efo Esta. Ond beth wn i beth sy'n digwydd tua'r ysgol yna? Y fi'n dymuno'r bywyd undonog a gawn, a hithau'n dymuno newid. Yr oeddwn innau yr un fath yn ei hoed hi. A'r fath newid sydd wedi dod drosof innau. Ni frifir fi rwan pan ddywed rhywun rywbeth cas am Iolo. Ychydig fisoedd yn ôl, mi'r oeddwn i'n teimlo i'r byw. Gobeithio y bydd Rhys yn well — ac Owen. Yr wyf yn teimlo fod y tŷ yma yn cau amdanaf. Hoffwn hedeg i rywle.

PENNOD XIX

Daethai pethau'n weddol dawel eto. Rhys yn well, a'r meddyg wedi dweud nad oedd fawr fwy o'i le arno na bwyta rhywbeth anaddas. Yr oedd Owen yn dal ei dir, ac yn cryfhau rhyw gymaint. Ei feddyg yn ffyddiog y gellid ei wella heb fynd ag ef i ysbyty. Yr oedd rheswm yn dweud ei bod yn fain arnynt ym Mryn Terfyn yn ariannol, ond ni chlywodd Lora mo'i chwaer yn cwyno. Yr oedd Lora yn eithaf cysurus yn yr ysgol — ei hen ysgol. Yr oedd rhai o'r athrawesau a oedd yna yr un pryd â hi cyn iddi briodi, yno o hyd. Yr oedd yn hwylus iddi fod Derith yn adran y babanod. Câi fynd a dod gyda hi. Nid oedd y gwaith yn rhy drwm, ond yr oedd yn waith dygn tra parhâi. Deuent i gyd adre i ginio erbyn hyn, ac eithrio Miss Lloyd. Deuai Mrs Jones yno bum bore yr wythnos. Eto yr oedd gan Lora ddigon i'w wneud gyda'r nos, rhwng smwddio, trwsio, paratoi gymaint ag a fedrai ar gyfer cinio drannoeth, a pharatoi ei gwaith i'r ysgol. Darganfu yn fuan nad oedd ganddi byth fawr o arian wrth gefn ar ddiwedd mis. Penderfynasai un peth, fodd bynnag, ei bod yn cadw ei phrynhawniau Sadwrn i fynd â'r plant allan am dro. Nid oedd ganddynt ond y stryd a rhyw gae chwarae yn ymyl i chwarae ynddo, a chyfyng oedd eu libart yn y ddau le. Nid âi â hwy i Fryn Terfyn gyda hi bellach. Deuai plant ei chwaer i lawr atynt hwy ambell brynhawn Sadwrn. Câi ambell ddiwrnod o ŵyl heb ei ddisgwyl, a rhwystrai hynny hi rhag blino'n llwyr. Ymddangosai Miss Lloyd fel pe bai wedi dod dros y pwl digalon a gafodd ac âi o gwmpas fel cynt yn ddigon wyneb lawen. Gweithiai Loti Owen yn ddiwyd gyda'r nos, ac fe roddai hynny fwy o ryddid i'r ffrind a rannai'r parlwr gyda hi. Deuai Aleth Meurig i mewn fel arfer, ond fel y byrhâi'r dydd deuai yn gynt, a chael Lora ar ei phen ei hun gan amlaf. Byth er pan gawsai hi ei lythyr ym Mryn Terfyn gallai synhwyro pwrpas ei ymweliadau a cheisiai osgoi meddwl am y pwrpas hwnnw. Gwthiai ef i du ôl ei meddwl, er yn gwybod yn iawn ynddi ei hun ei fod yn gwestiwn y byddai'n rhaid iddo ddod i flaen ei meddwl, os na newidiai'r twrnai a throi ar ei sawdl i ryw gyfeiriad arall.

Gresynai na allai fynd i ffwrdd i rywle am fwy o amser nag y buasai erioed o'r blaen, er mwyn gweld beth fyddai ei theimladau tuag ato, ac er mwyn gweld beth yn hollol oedd ei deimladau yntau. Yr oedd hynny'n amhosibl, ac ar hyn o bryd gwelai Lora ei bywyd eto yn llithro i'r un merddwr ag y buasai ynddo yn ei bywyd priodasol, bywyd o dderbyn cyfeillion i'w chegin a siarad gyda hwy, ac un o'r cyfeillion hynny a chanddo efallai amcan pellach na tharo i mewn am sgwrs. Sylweddolai hefyd ei bod yn medru twyllo ei dyddlyfr, a bod yntau'n mynd yn rhywbeth yr un fath â'r sgwrsio yn y gegin gyda'r nos, yn rhywbeth anniffuant, rhywbeth fel llenyddiaeth, yn addurn i fywyd, yn lle ei fod yn mynegi ei gwir deimlad yn ei hofnau o gyfeiriad Aleth Meurig. Teimlai ei bod yn ei ddenu yno wrth beidio â dweud wrtho am gadw draw. Teimlai yr âi llawer allan o'i bywyd llwm petai ef yn cadw draw. Teimlai fod yn rhaid iddi fod yn anghyson ac yn annheg, am ei bod yn rhy ddi-ffrwt ac yn rhy ddi-asgwrn-cefn i fod yn ddim byd arall. Felly yn union, meddyliai, y buasai gydag Iolo, yn gadael llonydd iddo fynd yn ei ffordd ei hun heb ddweud gair i'w rwystro yn unman. Nid atal ei thafod er mwyn heddwch y byddai chwaith, ond gadael i bethau lithro am fod hynny'n llai o drafferth. Yr oedd gweithio yn y tŷ hefyd yn llai o drafferth na pheidio â gweithio. Pe gadawai i bethau fynd yn y tŷ, fe roddai hynny fod i bob math o drafferthion. Yr oedd ei wneud a'i orffen yn rhoddi llyfnder i'w bywyd, ac ymddangosai'r cadw tŷ gorffenedig yn beth hollol ddidrafferth i bawb arall. Codai'r pethau yma o waelod ei hymwybyddiaeth ambell dro a pheri iddi wrido, ond ychydig o'r pethau y gwridai yn eu cylch a roddai hi i lawr yn ei dyddlyfr. Ar noson fel hyn, a hithau wedi bod yn meddwl ychydig am ei dyfodol, cymaint ag y gadawai ei natur ddiegni iddi feddwl, daeth Aleth Meurig yno a'i chael yn trwsio sana o flaen y tân. Edrychodd arni am dipyn yn brodio'n ôl a blaen heb godi ei phen oddi ar yr hosan.

'Mrs Ffennig,' meddai, 'dydach chi ddim am ddal ymlaen fel hyn?'

Cododd hithau ei golwg.

'Pa fel hyn?' heb allu cuddio ei bod wedi deall yn iawn.

'Mi wyddoch yn iawn beth ydw i'n feddwl; dydach chi ddim yn meddwl dal ymlaen i weithio'n galed fel hyn nes byddwch chi'n drigain oed?'

'Wel na, mi fydd y plant yn ennill erbyn hynny, ac mi fydd y gwaith yn llai.'

'Mae rhyw ddeuddeng i bymtheng mlynedd tan hynny.'

'Beth arall fedra i 'i wneud?'

'Rydw i wedi awgrymu un ffordd i chi gael arian at eich cadw, ond fynnwch chi mo hynny.'

'Na fynna.'

'Fasech chi'n medru fy mhriodi fi, petaech chi'n cael ysgariad?'

Rhoes Lora ei phen i lawr, ac ailddechrau ar ei thrwsio'n chwyrn.

'Fedrech chi?' meddai yntau drachefn.

'Mae arna i ofn na fedrwn i ddim. Ond mae'r peth mor sydyn.'

'Hoffech chi amser i feddwl dros y peth?'

'Mae arna i ofn mai'r un fyddai f'ateb i.'

'Ond dydach chi ddim yn fy nabod i'n dda iawn, ydach chi?'

'Does neb yn nabod 'i gilydd yn dda iawn cyn priodi, a dydi rhai ddim wedyn, chwaith. Does a wnelo amser ddim â fo rhywsut.'

'Nac oes,' meddai yntau yn synfyfyriol, a thanio sigarét, 'mater o fentro direswm ydi o.'

'Ia,' meddai hithau, 'dim ond unwaith y mae rhywun yn taflu'i glocsen dros yr Wyddfa, ne dim ond unwaith y medrwn i 'i wneud o, beth bynnag, ac mi wnes hynny efo Iolo. Dydw i ddim yn meddwl y medrwn i wneud hynny eto.'

'Ydach chi'n siŵr?'

'Y munud yma, ydw. Petaswn i wedi gwirioni amdanoch

chi, nid dŵad yma i ofyn i chi 'mhriodi fi y basech chi, mi faswn wedi'ch cyfarfod chi hanner y ffordd yn rhywle, a mi fuasem ein dau wedi penderfynu priodi efo'n gilydd.'

'Ond mae yna fath arall o briodi hefyd, wyddoch chi, ac efallai mai dyna'r unig ffordd i rai 'run fath â chi a fi.'

'Os felly, byddai'n rhaid inni agor ein llygaid ar bob dim.'

'Beth sydd yna yn erbyn?'

'Dim o'ch ochor chi, ond mae'r plant gen i.'

'Wela i ddim rhwystr yn y fan yna.'

'Welwch chi ddim heddiw, ond mi welwch ryw ddiwrnod, a buasai ei weld ar ôl priodi yn rhy hwyr.'

'Dydyn nhw ddim gwahanol i blant erill, ydyn nhw?'

'Nac ydyn, am wn i, ond ella mai wedi imi ddangos 'mod i'n hoffi rhywun arall y basan nhw'n troi'n wahanol.'

'Fyddai hynny ddim yn beth anodd i'w wynebu.'

'Ddim o gwbwl, petawn i'n berffaith sicir pa un ai chi ai nhw fyddai'n golygu fwyaf imi.'

'Rydw i'n gweld,' meddai yntau, a throi yn sydyn yn ei gadair, 'ond mi adawn ni bethau heno. Sgwn i ddaw Miss Lloyd a Miss Owen i gael gêm o gardiau cyn imi fynd?' Dyma'r unig ffordd allan o'r anhawster o fynd allan o'r tŷ yn drwsgl heb ddweud dim. Fe rôi hyn ben twt ar y mwdwl y noson honno. Digon posibl y byddai'n chwalu'r mwdwl eto.

'Mi ofynna i,' meddai hithau, 'ond rhaid i Rhys ddŵad i gael 'i lefrith gynta.'

'Sut mae'r ysgol newydd, Rhys?'

'Iawn diolch, Mr Meurig. Digon o waith ar y dechrau, a phob dim yn ddiarth, ond mae'r titsiars yn glên iawn.'

* * * *

'O, gadewch inni roi'r gorau i'r chwarae yma wedi gorffen hon, rydw i wedi diflasu,' meddai Lora.

'A finna,' meddai Loti.

'Un eto,' meddai Mr Meurig.

'Ia,' meddai Annie Lloyd.

Rhoes y ddwy arall i mewn dan wrthwynebu. Heno yr oedd

182

dioddef chwarae a gasâi, a chymaint cynnwrf yn ei chalon, yn ormod i Lora.

'Gadewch inni siarad wrth ben paned o de,' meddai. 'Mae gweld pedwar o bobol yn syllu ar gardiau fel petai eu tynged ynddynt, heb air i ddweud wrth 'i gilydd, yn fwy nag y medra i 'i ddiodde.'

Aeth Loti i helpu gyda'r te.

'Am be gawn ni siarad?' meddai Aleth Meurig wrth gymryd ei gwpanaid. 'Does yna ddim pwnc i siarad amdano fo, a dyna lle mae cardiau yn handi, does dim rhaid i chi siarad. Dyma ni'n pedwar yn y fan yma heno, a dim byd yn gyffredin gynnon ni.'

'Rydan ni'n byw yn yr un stryd,' meddai Loti.

'Rydan ni i gyd wedi cael rhywfaint o addysg,' meddai Annie.

'A does yr un ohonon ni â diddordeb mewn dim ond ei waith,' meddai Lora.

'Os ydi'n diddordeb ni yn hwnnw, rydan ni'n wahanol i'r rhan fwya o bobol heddiw,' meddai'r twrnai.

'Mae arna i ofn nad oes gen i ddim diddordeb yn hwnnw, chwaith,' meddai Annie.

'Be sy'n bod, Miss Lloyd?' oddi wrth y twrnai.

'Dechrau syrffedu'r ydw i.'

'Ar waith?'

'Naci, ar wneud yr un gwaith y naill flwyddyn ar ôl y llall.'

'Mi ddylech briodi,' meddai yntau.

'Gwaith gawn i wedyn.'

'Ond un gwahanol. Wnaech chi ddim syrffedu ar weithio i'ch gŵr.'

Gwelodd pawb fod y siarad yn mynd i sianel beryglus.

'Rydw i'n credu,' meddai Loti, 'fod yn rhaid cael rhyw sbardun i ddal ymlaen o hyd.'

Cytunai pawb.

'Ond,' meddai hi wedyn, 'rydw i'n ffeindio bod yn rhaid i'r sbardun fod y tu mewn ac nid y tu allan.'

'Un i mi ydi honna,' meddai Annie.

'Un inni i gyd. Roeddwn i felly ddechrau'r haf yma. Rydan ni'n dal i ddisgwyl i rywbeth ddigwydd y tu allan inni, er mwyn inni gael rhyw newid. Mae'r newid hwnnw yn sbardun inni am dipyn nes down ni i gynefino efo fo, wedyn mi fyddwn yn disgwyl i rywbeth arall ddigwydd.'

'Hynny ydi,' meddai Aleth Meurig, 'os oes ar rywun eisiau priodi, mae'n rhaid iddo fo dreio priodi heb ddisgwyl i'r cynnig ddigwydd iddo fo neu iddi hi.'

Troes Lora ei phen ac edrych i'r tân.

'Beth ydach chi'n 'i ddeud, Miss Lloyd?' gofynnodd yntau wedyn.

'Mae'n dibynnu p'run ynte mab neu ferch ydi o.'

'Does dim gwahaniaeth heddiw.'

'Pam mae'n rhaid inni fynd i fyd priodi o hyd?' meddai Loti.

Cytunai Lora, ond ni wnaeth osgo i siarad rhagor. Byddai ganddi lawer i'w ddweud ar bwnc y sbardun, ond nid yn y fan yma yr oedd dweud hynny, mewn sgwrs nad oedd yn ddiffuant, ac mewn sgwrs rhwng pedwar. Teimlai ei bod yn chwysu fel y gwnâi yn y seiat yn ei hen gartref wrth wrando ar bobl yn dweud eu profiadau. Yr oedd mor gwbl sicr y pryd hwnnw mai profiadau gwneud oedd y profiadau hynny yn y seiat, yr un fath â'r siarad hwn yn ei chegin heno, siarad er mwyn i bobl eraill eu clywed yn siarad a cheisio rhoi argraff bod rhyw ddyfnder yn eu cymeriadau. Condemnient hwy eu pedwar y set yr oedd Esta yn perthyn iddi am fynd i siarad uwchben coffi mewn tŷ bwyta, a dyma hwythau'n gwneud yr un peth yn union.

'Rydw i'n cynnig bod ni'n cau'r drafodaeth,' meddai Lora.

'Ar bwy'r oedd eisiau dechrau siarad?' meddai ef.

'Ddaeth hi ddim yn naturiol iawn, yn naddo?'

'Naddo, siarad er mwyn siarad yr oedden ni,' meddai Miss Lloyd, 'petaen ni'n dechrau dweud ein profiad, ein *gwir* brofiad, mi fasa'r gegin yma'n wag mewn eiliad.'

'Mater i ddau fyddai hynny,' ebe Aleth Meurig.

'Neu i un,' meddai Lora yn siort.

*   *   *   *

Wedi mynd i'r tŷ y noson honno, bu Aleth Meurig yn synfyfyrio am hir ar y sgwrs a gawsant. Sgwrs ffug, mae'n wir, ond yr oedd llawer o wir ynddi. Pwy fuasai'n meddwl am Loti Owen fel dim ond geneth abl yn ei gwaith, ac Annie Lloyd hithau, yn ôl pob hanes, a ddeuai amdani o'r ysgol. A dyna hithau'n anfodlon. O'r tair, Lora Ffennig oedd yr anhawsaf i'w hadnabod. Aethai cyn glosied â chneuen heno ar ôl dechrau siarad. Yr oedd hi'n gynnes ei natur, yn oer a phell yr un pryd. A oedd yn wir, wedi'r cwbl, fod gan Iolo Ffennig le i gwyno oherwydd ei hymlyniad wrth ei phlant, ynteu a oedd plant yn broblem ynddynt hwy eu hunain? Yr oedd yn berffaith iawn ynghylch gwironi digon i anghofio pob dim arall. A oedd ef ei hun wedi gwironi amdani hi? Tybiai pan oedd hi i ffwrdd ei fod. Ond yr oedd yn berffaith sicr erbyn hyn na allai ei darbwyllo i gael ysgariad oddi wrth ei gŵr, na'i chael i ddod i ffwrdd gydag ef, er mwyn i'w gŵr ddod ag achos o ysgariad yn ei herbyn hi. Mor fuan y buasai Sais neu Ffrancwr yn setlo mater fel hyn. Gwelsai Lora Ffennig fai ar ei chwaer am fod mor gul, ond dim ond rhyw ddwy radd yr oedd hithau'n well. Yr oedd y tair yn y fan yna heno, meddyliai, yn gwbl amddifad o lawenydd bywyd, am fod dyletswydd yn dod gyntaf iddynt. Fe aent yn hen o un i un, fel yna, ac ar ddiwedd bywyd llwyd, fe ddywedai rhywun wrth ben eu bedd, 'Yr hyn a allodd hon hi a'i gwnaeth'. Am Loti Owen a Mrs Ffennig, beth bynnag. Yr oedd syrffed Miss Lloyd ar ei gwaith yn arwydd iach.

*　*　*　*

Wedi mynd i'w gwely, bu Lora yn ail-fyw'r noson, yn meddwl am yr holl bethau y gallasai eu dweud, ond nas gwnaethai. Yr oedd Aleth Meurig wedi corddi llyn o'r tu mewn iddi na allai wneud dim iddo ond gadael i amser ei waelodi, er mwyn iddi allu edrych i'w waelod yn glir. Yr oedd yn ormod o gymysgedd iddi feddwl ysgrifennu amdano, ac yn ei tharo yn rhy bersonol. Nid peth i ddweud ei barn amdano mewn dyddlyfr ydoedd, ond peth i'w ateb. Yr oedd yn falch iawn nad aeth ymlaen efo'r sgwrs arall pan oedd y pedwar gyda'i gilydd, er bod Loti wedi dweud yr hyn a deimlai hi, fod yn rhaid cael sbardun o'r tu mewn. Ffydd mewn bywyd y buasai hi yn ei alw, a'r peth mawr oedd peidio â gadael i bethau o'r tu allan ei diffodd pan fyddai'r fflam yn isel. Ond ni chymerasai'r byd â dweud hynna o flaen y tri arall. A feiddiasai hi ei ddweud wrth un arall? Ni thybiai hynny, heb i'r un hwnnw fod o'r golwg.

PENNOD XX

Fe gododd problem y plant o le hollol annisgwyl. Ac eto, pan anfonodd prifathrawes Ysgol y Babanod i'r ysgol fawr ryw ddiwrnod i ofyn a ddeuai Mrs Ffennig i'w gweld ar ddiwedd y prynhawn, y peth cyntaf a ddaeth i'w meddwl oedd fod Derith wedi gwneud rhywbeth o'i le. Ni ddaeth i'w meddwl am eiliad fod y brifathrawes yn anfon amdani i ddweud dim byd pleserus am Derith. Rhoesai'r gorau i ddisgwyl am y pethau hynny o unrhyw gyfeiriad.

'Eisteddwch, Mrs Ffennig,' meddai'r brifathrawes, a dod at y pwnc yn ddiymdroi. 'Hen fater digon cas sy gen i, ond mae'n rhaid imi sôn amdano wrth gwrs, achos y chi fedar ddelio orau efo fo. Mae'n ofnadwy o anodd imi ddweud wrthoch chi — rydan ni wedi dal Derith yn dwyn.'

Disgwyliasai Lora am bob dim ond hyn.

'Yn dwyn?'

'Ia, 'rhoswch funud. Dydi o ddim yn achos cyffredin o ddwyn. Dwn i ddim a gawson ni achos tebyg iddo fo o'r blaen. Fedra i ddim egluro'n iawn.'

Cafodd Lora ddigon o nerth i ofyn,

'Beth mae hi wedi bod yn 'i ddwyn, felly?'

'Da-da'r plant ran amla. Roedd rhai o'r plant yn dŵad aton ni o hyd i gwyno eu bod yn colli da-da, o bocedi eu cotiau yn y stafell gotiau, neu o'u desgiau. A weithiau mi fydda'u brechdanau yn mynd.'

'Doedd arni hi ddim angen yr un o'r ddau. Mae'n cael arian yn gymedrol i brynu fferins, a digon o frechdanau ar gyfer amser chwarae.'

'Wel ia, ond hyn sy'n beth rhyfedd. Doedd hi ddim yn bwyta'r un o'r ddau. Mi ddaru ni dreio cael ffeindio i ddechrau drwy ofyn i'r plant gyfadde. Ond doedd neb yn gwneud, a

187

wedyn mi fu'n rhaid inni fynd trwy'r desgiau, ac yn y diwedd chwilio'u pocedi, ac mi gafwyd fferins un o'r plant bore heddiw ym mhoced Derith. Roedd y plentyn yn medru dweud yn hollol sut fferins oedden nhw, a sawl un oedd yno. Wyddoch chi fel y mae plant yn cyfri pob dim. A ddaru Derith ddim gwadu.'

'Mae'n ddrwg iawn gen i,' meddai Lora, 'ond er hynny, fedra i ddim dallt, achos mae'n amlwg nad oedd arni ddim o'u heisio nhw.'

'Dyna mae ei hathrawes a minnau yn methu'i ddallt. Er inni ei holi a'i holi, mi fethson gael dim allan ohoni. Doedd hi'n gwneud dim ond chwerthin yn ein hwynebau ni. Mi ddaru ni ddangos y drwg oedd hi wedi'i wneud, ond dal i wenu yr oedd hi. Felly, yr oedden ni'n meddwl mai'r peth gorau ydi i chi ddelio efo hi, Mrs Ffennig.'

'Diolch yn fawr i chi, Miss Huws, mi wnaf fy ngorau, er 'mod i'n meddwl mai'r un fath y bydd hi efo minnau. Mae hi'n blentyn anodd cael gafael ynddi.'

'Dyna'n union fel yr yden ninnau'n 'i gweld hi.'

'Mae'n ddrwg iawn gen i 'i bod hi wedi rhoi'r fath boen i chi a'i hathrawes.'

'Peidiwch â phoeni. Dyna ran o'n gwaith ni, ac mae pethau fel yna'n mynd yn waeth rŵan.'

Aeth Lora i chwilio am Derith, ond nid oedd hanes ohoni o gwmpas yr ysgol, a bu'n rhaid iddi fynd adre hebddi. Daliodd hi ar ben eu stryd hwy, yn cerdded a'i phen i lawr ac yn cicio'r dail meirwon ar y palmant.

'Hylô, Derith, mi'r wyt ti wedi cael y blaen arna i heddiw.'

Ni chododd Derith ei phen, dim ond cerdded yn ei blaen.

'Dyro dy law i mi.'

Ond tynnodd hi'n styfnig oddi arni wedi iddi ei chymryd.

'Be sy arnat ti?'

Dim ateb.

'Tyd, brysia rŵan, iti gael helpu Mam i hwylio te i Miss Lloyd a Miss Owen. Rydan ni'n mynd i gael pysgod i de heddiw.'

Rhoes Derith ei llaw i'w mam yn y diwedd, ond heb godi'i phen.

'Ydan ni'n mynd i gael *chips* efo nhw?'

'Ydan, os bydd amser.'

Wedi cyrraedd y tŷ rhoes y fam fatsen yn nhân y parlwr a phrociad i dân y gegin, a dechreuodd hwylio ar gyfer y te.

'Yli, Derith, tyd yma at Mam i'r gegin bach iti gael tamed o deisen.'

Daeth hithau yn ufudd ddigon.

'Rwyt ti wedi bod mewn helynt yn yr ysgol heddiw, yn do?'

'Do,' meddai hithau a rhoi ei phen i lawr.

'Rŵan, cariad, dwyt ti ddim yn mynd i gael drwg gin Mam, nes clywa i pam oeddat ti'n gwneud be ddaru ti. Rwyt ti wedi bod yn cymryd brechdanau a fferins y plant, yn do?'

'Do,' yn ddistaw.

'A doedd arnat ti ddim o'u heisio nhw, yn nac oedd?'

'Nac oedd.'

'Wel pam oeddat ti yn 'u cymryd nhw? D'wad ti wrth Mam rŵan. Ella dy fod ti'n sâl, wyt ti'n gweld.'

Cododd Derith ei phen.

'Na, dydw i ddim yn sâl. Gwneud i gael hwyl wnes i. Hwyl am ben y titsiars.'

'Yli di, pwt, nid fel'na mae cael hwyl. A mae o'n beth drwg iawn i gael hwyl am ben pobol.'

'Arni hi oedd y bai.'

'Ar bwy?'

'Ar Miss Oli — titsiar ni.'

'Miss Oli? Dyna beth ydach chi yn 'i galw hi?'

'Ia.'

'Beth oedd hi wedi'i wneud i chi?'

'Hen bitsh ydi hi.'

'Lle cest ti'r gair yna?'

'Mae pob un o'r plant yn 'i ddeud o.'

'Am bwy?'

'Am Miss Oli.'

'Ydi hi'n gas efo chi?'

'Ydi, mae hi'n gweiddi, ac yn ein pinsio ni'n ddistaw bach.'

'Pam ddaru ti ddwyn pethau'r plant?'

'Er mwyn cael hwyl am 'i phen hi'n chwilio amdanyn nhw ac yn methu cael hyd iddyn nhw.'

189

Gafaelodd ei mam yn ei llaw a mynd â hi i'r gegin, a'i gosod ar ei glin o flaen y tân.

'Yli di, Derith, mi'r wyt ti wedi bod yn hogan ddrwg iawn.'

Edrychodd Derith ym myw llygad ei mam dan wenu.

'Roedd y titsiar wedi bod yn gas wrthat ti, yn doedd?'

'Oedd, wrth bawb.'

'Oedd y plant wedi bod yn gas wrthat ti?'

'O, nac oeddan.'

'Ddim un o'r rhai ddaru iti gymryd 'u fferins nhw?'

'Nac oeddan.'

'D'wad ti rŵan, petasa rhywun wedi cymryd dy fferins di, beth fasat ti'n wneud?'

'Poeni.'

'Wel, mi'r oedd y genod bach yna yn poeni'r un fath, a chdi oedd wedi gwneud iddyn nhw boeni.'

'Ond eisio cael hwyl am ben Miss Oli oedd arna i.'

'Ond chest ti ddim. Y hi gafodd hwyl am dy ben di. A fydd y plant erill ddim yn dy licio di rŵan. Wnân nhw ddim chwarae efo chdi na dim.'

Dechreuodd Derith grio.

'Rwyt ti'n gweld rŵan mor wirion y buost ti, a mor ddrwg. Fasa ti'n licio bod yn ffrindia efo'r plant yna eto?'

'Baswn.'

'Wyddost ti sut y dôn nhw'n ffrindia? Wrth iti beidio byth â gwneud hynna eto. Wnei di addo i Mam rŵan na wnei di ddim dwyn byth eto?'

'Gwna.'

'Dydi Mam ddim am dy guro di y tro yma. A wyddost ti beth arall wyt ti wedi'i wneud? Rwyt ti wedi rhoi poen fawr i Mam.'

Dechreuodd Derith grio mwy. Nid oedd yn ddrwg gan ei mam am hynny. Ar achlysuron eraill, pan fu ei mam yn rhoi gwers iddi ar gamymddwyn, fe fyddai Derith yn rhedeg allan, heb ymddangos ei bod yn malio dim. Ond y tro hwn eisteddodd wrth y tân gan ochneidio. Cafodd Rhys, wrth ddod i'r tŷ drwy'r gegin bach, awgrym gan ei fam i beidio â dweud dim wrth Derith.

Penderfynodd Lora nad arhosai yn y tŷ heno i siarad â

neb. Yr oedd y bywyd yma o weithio ac aros i mewn a siarad lol yn gwneud iddi deimlo fel hen esgid wedi bod ar y comin am flynyddoedd. Wedi rhoi Derith yn ei gwely, ac yr oedd hithau wedi dod ati ei hun erbyn hynny, rhoes gôt gynnes amdani, ac aeth allan i'r cei am dro i geisio cael ei meddwl yn glir. Yr oedd yn noson nodweddiadol o ddiwedd Medi gydag ychydig niwl yn yr awyr a wnaeth iddi gau ei chôt yn glosiach at ei gwddf. Cofiodd yn sydyn fel y byddai cyn priodi yn prynu dillad isaf cynnes at y gaeaf yn niwedd gwyliau'r haf, ac yn dechrau eu gwisgo wedi i'r ysgol ailagor i sbario cario dillad isaf haf yn ôl gyda hi, a chael y dillad isaf gaeaf yn anghysurus o gynnes i'r amser o'r flwyddyn. Eisteddodd ar wal y cei, ac edrych ar y dŵr yn ddibwrpas. Yr oedd yn braf cael gwneud rhywbeth yn ddibwrpas, pe na bai'n ddim ond edrych a sbio. Rhedai goleuni oddi wrth y tai cyfagos fel slefr ar hyd y dŵr. Llepiai'r tonnau yn dawel ar y wal odani. Winciai goleuadau'r lan arall yn y pellter. Yma ac acw gwelai ffurfiau annelwig cyplau ar hyd y cei. Cofiodd mai ar noson fel hyn yn yr hydref y penderfynodd Iolo a hithau briodi. Nid oedd yr atgof yn cynhyrfu dim arni heno fel y gwnâi am flynyddoedd ar ôl priodi. Bu'r penderfynu ei hun yn beth mawr iddi, yn llam tyngedfennol, gwahanol i ddim arall mewn bywyd, ac eithrio marw, a'r anwybod yr un faint â'r llam hwnnw. Yn ei hewyllys i ddewis y llam yr oedd y gwahaniaeth. Ni pheidiodd ecstasi'r newid o'r noson honno hyd y rhyfel. Trodd ei meddwl at y boen ddiweddaraf hon ynglŷn â Derith. Ni theimlai mor ddigalon ynghylch y peth ag yr ofnai. Tybed ai cynefino â phoen yr oedd. Yr oedd rhesymeg y plentyn yn iawn os gellid ei choelio. Ie, os gellid ei choelio. Dyna oedd y cwestiwn. Yr oedd wedi ymddangos yn edifeiriol heno wrth iddi ei rhoi yn ei gwely. Rhoesai ei dwylo am ei gwddf cyn mynd i orwedd, yr hyn na wnaethai ers talwm. Ond nid aeth ei meddwl ddim pellach na hynna ar ôl Derith. Yr oedd llepian y dŵr mor feddal odani, a'r goleuni draw yn ei hud-ddenu i freuddwydio.

Daliai i edrych ar oleuni'r tai yn chwarae yn y dŵr, a'i belydrau'n dawnsio ac yn newid lle bob eiliad. Suai'r olygfa hi i ddiymadferthedd lle nad oedd yn rhaid iddi feddwl na gweithio. Ers hanner blwyddyn ni bu'n gwneud dim ond y ddau beth yna, a chysgu ychydig oriau bob nos. Aethai i feddwl na allai ei dwylo na'i meddwl fod yn llonydd byth mwy. Yr oeddynt fel petaent yn gwau, gwau bob munud, er mwyn i amser fynd heibio heb iddi wybod ei bod yn byw. Deuai ambell chwerthiniad distaw oddi wrth gwpl a eisteddai ar fainc gyferbyn. Cofiodd am 'Ywen Llanddeiniolen' W. J. Gruffydd, 'Daw eich tro'. Gobeithiai er hynny na ddeuai'n fuan, pwy bynnag oeddynt. Eisteddodd felly am hir, ei meddwl a'i chorff yn llipa. Toc, gwelodd ffurf yn cerdded tuag ati, ac adnabu'r cerddediad. Esta ydoedd. Nid oedd yn bosibl ei hosgoi.

'Hylô,' meddai Esta.

'Hylô.'

'Rydw i wedi bod acw, ac mi ddwedwyd wrtha i eich bod chi wedi mynd am dro, a mi ddois draw ffordd yma i chwilio amdanoch chi.'

'A'm cael ar fy mhen fy hun er eich siom,' meddyliai Lora. Yr oedd golwg wahanol ar Esta heno. Yn lle'r olwg bwdlyd sur, edrychai'n ddigalon, a thybiai Lora yn llawer plaenach nag yr arferai fod. Sylwodd Lora ei bod wedi codi coler ei chôt at ei gwddf, a'i dal i fyny efo phin bach, er bod yno dwll botwm.

'Ydach chi ddim yn oer yn fan yma?' oedd cwestiwn nesaf Esta.

'Na, mae hi'n braf yma rhagor nag yn y tŷ, mae hi mor fyglyd i fod i mewn o hyd.'

Gweithiai meddwl Lora sut i gael allan ei hamcan yn dod i chwilio amdani i'r cei.

'A mi'r ydw i wedi cael newydd digalon heddiw,' meddai ymhellach.

'O,' meddai Esta yn hollol ddideimlad.

'Mi clywch o reit fuan, mae'n siŵr, achos mi fydd allan drwy'r dre i gyd. Mae Derith wedi cael 'i dal yn dwyn yn yr ysgol.'

'O,' meddai Esta yn fyr, a dal ei hanadl, 'Dwyn be?'

'Dwyn fferins a brechdanau'r plant, dim byd arall. A doedd hi ddim yn 'u bwyta nhw.'

192

'Beth oedd hi'n wneud efo nhw ynte?'

'Dim ond 'u cadw nhw.'

'I be?'

'I gael hwyl am ben yr athrawon yn chwilio am y pethau, meddai hi, sbeit am fod y titsiar yn gas.'

'Rydw inna wedi clywed fod titsiar Derith yn un gas. Fasa ddim gwell i chi'i thynnu hi o'r ysgol yna a'i gyrru hi i rywle arall?'

'Na, os ydi o ynddi hi, wna hynny mo'i stopio hi. Mi gawn weld beth ddigwydd rŵan.'

Ni ddywedodd Esta ddim am dipyn. Yna meddai hi,

'Rydw innau a Mam wedi bod reit ddigalon ar ôl beth ddywedodd Miss Lloyd y noson o'r blaen.'

'Mae'n debyg nad oedd o ddim yn beth iawn i'w ddweud, ond yr oedd hi wedi'i chynhyrfu am rywbeth arall.'

'Rydw i'n credu y dylid gwneud iddi ddal at y peth ddwedodd hi a'i brofi mewn llys barn.'

'Ylwch, Esta, gorau po leia y gwnewch chi ymhél â thwrneiod. Wnewch chi ddim ond llosgi'ch bysedd.'

'Beth ydach chi'n feddwl?'

'Rhowch eich meddwl ar waith, Esta. Mae'n siŵr gen i fod gynnoch chi amcan beth oedd cyflog eich brawd' (fe'i daliodd ei hun yn dweud 'eich brawd' ac nid 'Iolo') 'ac na fedra fo ddim rhoi moethau i Mrs Amred a chadw'i deulu ar 'i gyflog.'

Ni ddywedodd Esta ddim. Yr oedd y ddwy yn cerdded erbyn hyn. Pan oeddynt yn troi i wahanol ffyrdd,

'Ddowch chi ddim draw acw?' gofynnodd Lora.

'Ddim diolch.'

Eisteddai Rhys wrth y tân yn y gegin, a sylwai ei fam nad oedd fawr o olwg gweithio arno.

'Lle buoch chi, Mam? Mae Mr Meurig wedi bod yma.'

'Mi fûm am dro yn cael tipyn o awyr iach, mae hi wedi bod yn dipyn o helynt efo Derith yn yr ysgol.'

'Ron i'n meddwl bod rhywbeth yn wahanol i arfer.'

Wedi dweud yr holl hanes, aeth Rhys i grio.

'Paid â chrio. Dydw i ddim yn meddwl 'i bod hi'n lleidr,

achos chadwodd hi ddim o'r pethau yna iddi hi ei hun. Sbeit yn erbyn y titsiar oedd o.'

'Gobeithio hynny, wir.'

'Rydw i am sgwennu at Linor i ofyn beth mae hi'n 'i feddwl.'

'Ia, gwnewch.'

'Cofia, Rhys, paid â chymryd arnat wrth Derith fod dim wedi digwydd. Dyna'r ffordd orau iddi beidio â gwneud eto, rydw i'n meddwl. Rydw i'n credu 'mod i wedi rhoi digon o wers iddi hi. A mae hi'n ifanc.'

'Dydi hi ddim fel tasa hi'n cysidro dim.'

'Ond paid â synfyfyrio ynghylch y peth. Faint o dasgau sydd gen ti eto?'

'Dim llawer. Dim erbyn fory. Mi fuo Anti Esta yma am eiliad.'

'Do, mi gwelis i hi ar y cei.'

'Oedd hi wedi dŵad i fanno?'

'Oedd. Mi awn ni i'n gwlâu reit fuan a threio peidio â phoeni.'

'Mi fasa'n braf cael mynd oddi yma i fyw, yn basa, Mam?'

'Basa. Ella'r awn ni i dŷ Dewyth Edward. Mae'i ddrws o yn gored inni.'

Yr wyf yn teimlo'n wahanol heno ar ôl y gnoc yma. Ni feddyliais o gwbl y buaswn yn medru teimlo yr un fath. Teimlaf yn gryfach ac yn fwy abl i ymladd. Bu agos imi fynd i'r ddaear pan glywais y newydd gyntaf, ond wedi clywed stori Derith, teimlwn y medrwn ymladd drosti, a theimlwn nad oedd ei hathrawesau yn ei deall. Eu hagwedd ac nid eu geiriau a roes yr argraff honno arnaf. Efallai fy mod innau yr un fath â'm mam-yng-nghyfraith, am ymladd dros fy nghenawon trwy'r tew a'r tenau. Mae hi'n blentyn anodd ei deall, mae hi fel sliwen yn llithro trwy ddwylo rhywun. Ambell funud yr wyf yn meddwl nad yw hi ddim yn gall, efo'r wên ddi-ystyr yna sydd ar ei hwyneb. Ac eto mae hi'n dysgu yn yr ysgol. Dyna pam yr oeddwn i mor falch ei bod hi wedi crio, er y gall hi ffugio efo hynny. Plentyn wedi ei magu ar ddyddiau anodd ydyw hi, pan oedd fy mhryder am Iolo yn ormod imi feddwl am fy mhlant. Yr oedd Rhys wedi cael ei gefn ato cyn hynny.

Teimlaf yrŵan y dylwn fod wedi dweud rhagor wrth Esta. Pan wyf ar wahân iddi, teimlaf yn ddewr ac y medrwn ddweud pob dim sydd ar fy meddwl wrthi, ond pan wyf yn ei chwmni yr wyf fel llwfrgi. Mae'n debyg ei bod wedi meddwl fy nal allan efo Aleth heno. Ac nid oes ganddi ddim synnwyr digrifwch. Mi gollodd gyfle da heno i roi un i mi ar draws fy ngheg, pan soniais am 'ymhél â thwrneiod'. Mor giwt y buasai ambell un wedi dweud wrthyf y dylwn i wybod rhywbeth am dwrneiod. Ni wn pam mae'n rhaid iddi hi a'i mam gael eu cadw mewn wadding rhag i boen ddod o hyd iddynt. Maent yn hollol hunanol. Teimlaf yn brafiach wedi cael dweud hynna, a heb orfod siarad â neb cyn dŵad i'r gwely heno. Mae Derith yn cysgu'n braf.

PENNOD XXI

Penderfynodd Lora fynd i Fryn Terfyn ar ôl yr ysgol drannoeth, a mynd ei hun. Wedi iddi ddweud hynny wrth Loti Owen yn yr awr ginio, dyma'r olaf yn dweud wrthi am fynd gyda bws plant yr ysgol er mwyn iddi gael mwy o amser, ac y gwnâi hi de i bawb, os gallai'r plant aros hyd y deuai hi o'r swyddfa. Rhowd ar Rhys i wneud tamaid i'r ddau blentyn i aros eu pryd mawr.

Yr oedd Owen o hyd yn ei wely, yn edrych rhywbeth yn debyg, a Jane yn edrych yn ddigon symol. Rhaid ei bod yn mynd yn fain arnynt am arian erbyn hyn. Penderfynodd na soniai wrthynt am Derith. Wrth weld Jane yn torri tafell ar ôl tafell o fara menyn i'r plant a hithau i de, meddyliai am Dewyth Edward wrth eu hymyl, yn werth ei filoedd, ac fe gymerai gan Jane yn hytrach na rhoi petai hi'n cynnig rhywbeth iddo. Nid oedd ganddynt ddim i'w te ond bara menyn a jam. Yr oedd y menyn a'r bara a'r jam yn bethau cartref, mae'n wir. Ond meddyliai tybed a gaent rywbeth a maeth ynddo i swper. Yr oedd Margiad yn prifio ac yn mynd yn denau, ac nid oedd Now Bach gymaint o lwmp ag y bu.

'Ydach chi'n leicio wyau?' meddai Lora'n sydyn.

'Ydan,' meddai pawb a Jane yn ychwanegu,

'Maen nhw'n brin iawn rŵan wrth fod yr ieir yn bwrw'u plu, ne dyna beth fydd yma i de bob dydd. Mae Owen yn cael hynny sydd yma rŵan. Pam, beth oedd yn bod?'

'Dim byd, ond bod o'n pasio drwy 'meddwl i fod Margiad yn prifio gormod, ac y dylai hi fwyta lot o wyau.'

'Mae hi'n yfed hynny o lefrith licith hi, a'r lleill.'

Cadarnhawyd Lora.

'Rydw i'n bwyta lot o gaws,' meddai Now Bach.

'Wyt ti, was? Peth da iawn iti.'

196

Daethai rhyw fath o ofn dros Lora y gallai ei chwaer gynilo mewn un man er mwyn ennill mewn man arall, ond gwyddai y cymerai hi ar ei chyrn petai hi'n rhoi hanner awgrym y dylent fwyta digon o fwyd maethlon. Ys gwyddai hi a allai hi awgrymu i Margiad ddod yno i ginio bob dydd. Yr un cinio a gâi hi ag yr arferai Rhys ei gael yn yr ysgol.

'Mi fydd arna i eisio bwyd bob dydd cyn gynted ag y bydda i wedi gorffen cinio'r ysgol,' meddai Margiad.

'Eisio iti ddŵad acw i gael dy ginio,' meddai ei modryb.

'Mae gen ti ddigon yn barod,' meddai Jane.

'Wnâi un yn rhagor ddim llawer o wahaniaeth. Beth wyt ti'n ddweud, Margiad?'

'Mi faswn i'n licio'n ofnadwy, ond gweld gynnoch chi lot ydw i.'

'Mi fydd acw sbâr i'r gath bob dydd.'

'Wel diolch yn fawr, Anti Lora.'

'Mi fuo Dewyth Edward yma ddoe,' meddai Jane, 'a thendia gael ffit, mi roth sofren i mi.'

Rhoes Lora ei chwpan i lawr yn ei soser yn sydyn.

'Be yn y byd welodd o?'

'Gweld 'i ddiwedd yn dŵad y mae o, mae arna i ofn. Mae o wedi mynd yn fwy musgrell, ac yn fwy ofnus yn y tŷ 'i hun hefyd.'

'Mi ddylai fod rhywun efo fo.'

'Pam na ddowch chi, Anti Lora?' meddai Guto.

'Ia,' meddai Margiad, 'mi fasan yn cael ych gweld chi'n amlach wedyn.'

'Fasa fo ddim yn syniad dwl. Roedd Rhys yn dweud neithiwr y basa fo'n licio symud i'r wlad i fyw.'

'Mae un peth yn dda,' meddai Jane, 'fasa raid iti ddim malio llawer ynddo fo na'i gybydd-dra, mae gynno fo dŷ digon handi i hynny. A mi llasa rhywun wneud y lle yn lle hwylus iawn. Mae yno hen hiwal fawr allan a dim ynddi hi ond poethwal a phethau felly. Mi fasa'n ddigon hawdd gwneud honno'n lle golchi.'

'Be sy gynno fo'n goleuo'r lle?'

'O, oel lamp elli feddwl, ond maen nhw wedi dŵad â thrydan i'r ddau dŷ yna ar ben y ffordd yn ymyl lle mae'r bws yn stopio, a fasa fo ddim yn anodd dŵad â fo i'w dŷ yntau.'

'Ond mi fasa reit anodd i'w ddarbwyllo fo i wneud hynny.'

'Dwn i ddim. Mae o'n 'i gweld hi'n anodd mynd i nôl oel lamp.'

'Mi fasa'n gyrru Rhys wedyn.'

'Dwn i ddim. Treia fo. Dydw i ddim yn meddwl 'i bod hi'n anodd cael arian ohono fo erbyn hyn.'

Ar hynny cnociwyd llawr y llofft. Owen yn galw.

'Beth sy?' meddai Jane o waelod y grisiau.

'Ych clywad chi i gyd yn cael hwyl ar siarad i lawr yna a finna'n cael dim ohono fo.'

Aeth Lora i fyny ato.

'Sôn am Dewyth Edward oeddan ni.'

Dechreuodd Owen chwerthin.

'Fuo Jane yn dweud fel mae o'n dechrau rhannu'i arian?'

'Punt, mi allsa roi pumpunt i chi'n hawdd.'

'Ond mae punt gynno fo yn lot. Tasa fo'n ddim ond hanner coron, mae o'n dangos 'i fod o wedi dechrau daffod carrai'i bwrs. Wyddost ti ar y ddaear beth ddaw allan nesa.'

'Wyddost ti, Owen, rydw i'n meddwl o ddifri am ddŵad ato fo i fyw. Mae arna i eisio dechrau o'r newydd. Rydw i wedi blino ar fancw, a neithiwr roedd Rhys yn dweud y licia fo ddŵad i fyw i'r wlad.'

'O, Lora, mi faswn i wrth fy modd. Dydi hynna o step sydd oddyma i Dŷ Corniog yn ddim byd i bobol y wlad. Mi fasa'n braf . . . Dydw i ddim yn gweld digon o bobol, Lora.'

'Nac wyt, Owen?'

'Nac ydw. Mi wyddost fel yr oedd hi yn y chwarael! Digon o hwyl a chwerthin bob dydd. Chwarae teg iddyn nhw, maen nhw'n dal i ddŵad yma. Ond mi liciwn i gael mwy o gwmpeini. A does dim ond Jane a chditha o'r hen deulu rŵan.'

'Nac oes,' meddai hithau yn synfyfyrgar, 'mae o'n rhyfedd meddwl, a ninnau mor ifanc.'

'Ond mi gawn ni i gyd lot allan o fywyd eto,' meddai yntau'n obeithiol. 'Mae rhywbeth bob dydd yn dweud wrtha i y ca i fyw am hir eto, dim ond imi ymdrechu.'

'Cael y sbardun i ymdrechu sy'n anodd.'

'Ia, ond mae dyn yn 'i gael o yn 'i deulu. Mae Jane yn dda wrtha i, a'r plant. Meddylia di am Dewyth Edward. Chaiff o byth mo'r sbardun yna.'

'Arno fo mae'r bai am hynny.'

'Ia, rhyw hobi ryfedd ydi hel pres.'

'Fydd rheiny ddim o help iddo fo yn 'i henaint.'

'Na, ond gwrthrych tosturi ydi o, a mi ddwedodd y basa fo wrth 'i fodd petait ti'n dŵad ato fo i fyw.'

'Mae o'n gwybod pwy sy'n wirion a phwy sy ddim.'

'Ydi, mae o'n beth rhyfedd mai'r mul sydd wedi arfer cario gaiff ddal i gario.'

'Ydi, ond iti beidio â'i alw fo'n ful. Galwa fi'n ffŵl os lici di, mae yna ffyliaid a ffyliaid gwirion.'

Chwarddodd yntau a dechrau cael pwl o besychu.

Yr oedd gwaith codi mawr ar Owen, meddyliai Lora, wrth edrych ar y tyllau tu ôl i'w glustiau a'i wegil main. Fe hoffasai aros yno'n hwy i gadw cwmni iddo ac i fwynhau mwy o'i sgwrsio. Mor gas oedd ei adael a'r nos hir o'i flaen, a thrannoeth heb fod yn ddim iddo ond fel heddiw, y tywydd braf yn dechrau mynd, y niwl yn cuddio mynydd a môr. Oedd, yr oedd eisiau sbardun i ymdrechu.

'Mae gen ti olygfa braf o'r ffenest yma,' meddai hi.

'Fydda i byth yn edrach trwyddi rŵan,' meddai yntau. 'Mi fyddwn y dyddiau cynta. Mae arna i ofn 'mod i wedi dechrau byw efo fy meddyliau.'

'Ac efo Williams Parry,' meddai hithau, gan gydio yn *Yr Haf,* a orweddai ar y bwrdd wrth ymyl ei wely.

'Ia, mae o'n gysur mawr. Mae o'n dweud meddwl rhywun.'

Troes ei ben yn hiraethus wrth iddi fynd drwy'r drws.

'A chofia frysio yma eto.'

'Mi wna yn siŵr.'

Daeth y plant i'w danfon i'r ffordd, a chafodd yr un cwestiwn gan Guto y tro hwn.

'Sut oeddach chi'n 'i weld o, Anti Lora?'

'Yn well o gryn dipyn,' meddai hithau.

'Mae'r doctor yn dweud 'i fod o'n dal 'i dir,' meddai Margiad.

'O, mi ddaw o eto, gewch chi weld.'

'Pryd ydan ni am gael dŵad acw?' meddai Now Bach.

'Dydw i ddim wedi anghofio, mi fydd acw wely gwag pan eith Miss Lloyd i ffwrdd dros yr hanner tymor.'

'Mae hi'n oer,' meddai Margiad tan grynu.

'Wyt ti ddim wedi newid i dy ddillad gaea?' gofynnodd ei modryb.

'Na, ddim eto, mae eisio'u trwsio nhw, a rydan ni wedi bod yn rhy brysur.'

Rhoes swllt yn llaw pob un ohonynt.

Yn y bws, meddyliai Lora y byddai'n beth doeth iddi brynu edafedd gwlân i wau crysau isaf i Margiad.

Pan gyrhaeddodd y tŷ, roedd Rhys ei hun yn y gegin, heb olwg gwneud ei dasgau arno o gwbl, a'i wyneb yn glaerwyn.

'Wyt ti'n sâl?'

'Nac ydw' (yn ddiargyhoeddiad).

'Be sy'n bod ynte?'

'Dim llawer o ddim.'

'Mae rhywbeth yn bod.'

'Dim ond bod y plant yn y stryd wedi bod yn chwarae heno.'

'A chditha'n methu gwneud dy dasgau.'

'Na, dim hynny.'

'Oeddan nhw'n gwneud rhywbeth o'i le?'

'Dim llawer. Chwarae gêm am ddyn yn rhedeg i ffwrdd efo dynes oeddan nhw.'

'Twt lol. Be 'di'r ots?'

'Roedd yna un o'r hogia wedi gafael yn Derith yn 'i freichia ac yn rhedeg i ffwrdd efo hi dan weiddi, "Dyma fi wedi cael Mrs Amred".'

''U gweld nhw trwy ffenest y parlwr oeddat ti?'

'Ia, a mi ddoth Derith i'r tŷ tan grio, a phan welson nhw fi yn agor y drws, mi ddaru nhw redeg i ffwrdd.'

'Pryd aeth Derith i'r gwely?'

'Mi aeth ar 'i hunion wedyn.'

'Twt, raid iti beidio â malio, a threio chwerthin.'

'Dydach chi byth yn chwerthin.'

'Nac ydw, a mi'r ydw i ar fai.'

'Pam?'

'Rydw i wedi poeni gormod heb ddim eisio.'

'Doedd gynnoch chi ddim help.'

'Ella, ond mae yna bethau gwaeth. Be taswn i'n sâl fel Dewyth Owen?'

'Ydi o'n sâl iawn?'

'Na, ddim yn sâl iawn, ond mae'n rhaid iddo fo fod yn 'i wely am fisoedd. Ac ella y byddan nhw'n brin o arian. Mi'r ydan ni'n iach ac rydw innau'n cael cyflog.'

'Mae Margiad yn mynd yn denau.'

'Ydi, rydw i wedi dweud y caiff hi ddŵad yma i ginio bob dydd.'

Gwingodd Rhys fel petai mewn poen, a gwelwi.

'Beth sy?'

'Poen sy gen i.'

'Yn dy stumog eto?'

'Ia, mae o wedi bod yna o hyd.'

'Mi gei aros yn dy wely fory a chael y doctor yma. Dos i dy wely rŵan. Mi ddo i â chwpaned o *Benger's* iti.'

Wrth weld ei gefn yn tueddu i gwmannu, daeth lwmp i'w gwddw, a chofio am drannoeth y diwrnod wedi i Iolo ddengid, ac yntau yn ei ddwbl ar y gadair.

Eisteddodd wrth ochr y gwely gydag ef wedi iddo fwyta.

'Dyna fo'n well rŵan, Mam, mae'r llwgfa wedi mynd.'

'D'wad rŵan ers faint mae'r boen yna arnat ti.'

'Erstalwm iawn.'

'Faint ydi hynny?'

'Yn fuan wedi i 'Nhad fynd i ffwrdd.'

'A chditha ddim yn dweud, ynte?'

'O, doedd o ddim yna o hyd, dim ond ambell dro, a phoen bach oedd o.'

'Mi gawn weld rŵan wedi i'r doctor fod. Treia gysgu rŵan.'

'O mae hi'n braf rŵan, rydw i'n well o lawer.'

Aeth i'r atig i weld sut yr oedd Derith. Yr oedd hithau'n effro a'r golau ymlaen, a'i dol yn ei chesail.

'Be sy, Derith?'

'Dim byd.'

'Wyt ti ddim wedi mynd i gysgu?'

Dechreuodd grio.

'Hen blant cas,' meddai.

'Ia, hitia di befo nhw. Mi awn ni i ffwrdd oddi wrthyn nhw.'

'Yn bell, ynte?'

'Ia, yn bell bell. Gymi di baned o *Benger's*?'

'Cyma i, plis. Ga i o yn fanma?' Pwyntiodd at sbotyn wrth ei hochr ar y gwely.

'Cei, mi fydd yn well iti yn fanma. Mae Rhys yn sâl.'

Ni ddywedodd Derith ddim, ac ni allai ei Mam ddweud pa un ai meddwl dros y peth yr oedd, ai bod yn hollol ddihidio o'i brawd.

Pan aeth i lawr yr ail dro, yr oedd rhywun wedi agor y drws i Aleth Meurig, ac yr oedd yn sefyll yn y gegin a'i gefn at y tân.

'Hylô,' meddai, 'dynes ddiarth iawn; rydw i heb eich gweld chi ers cantoedd.'

Nid oedd arni eisiau ei weld ar y munud hwn, ac ni allai deimlo'n naturiol yn ei gwmni ar ôl ei ymweliad diwethaf.

'Na, rydw i wedi bod allan y nosweithiau dwaetha yma.'

Cododd yntau ei aeliau mewn syndod fel pe na bai ganddi hawl i fynd allan o gwbl.

'Mae pobman yn ddistaw iawn.'

'Ydi, mae'r plant yn 'u gwlâu. Dydi Rhys ddim yn dda o gwbwl. Rydw i am yrru am y doctor fory.'

'Mi deleffonia i yn y bore.'

'Na, gwell gen i i chi beidio, os gwelwch chi'n dda.'

'Diar, mi'r ydach chi'n un ryfedd. Mi gaiff Miss Owen wneud ynte.'

Ni ddywedodd hi ddim, ond nid oedd heb sylwi ar yr arlliw lleiaf o goegni yn ei lais.

'Mi'r ydach chi'n poeni.'

'Mae hynny'n naturiol efo'ch plentyn.' Ei thro hi oedd bod yn goeglyd yn awr.

'Ers pryd mae o'n cwyno?'

'Mi gafodd un pwl o'r blaen i mi wybod, ond roedd o'n dweud heno fod gynno fo boen yn 'i stumog er pan aeth 'i Dad i ffwrdd.'

'Ydi o'n taflu i fyny?'

'Doedd o ddim heno, ond mi'r oedd y noson o'r blaen.'

'Does arnoch chi ddim awydd siarad? Ella y basa'n well imi fynd.'

'Na, arhoswch os gwelwch chi'n dda, mi fydda i'n falch o gael cwmni.'

Yr oedd y 'cael cwmni' yn lle 'eich cwmni' fel pigiad ar ei groen.

'Mi rydw i wedi bod ym Mryn Terfyn.'

'A sut oedd eich brawd-yng-nghyfraith?'

'Yn dal ei dir, ond mi gymerith amser hir, a sut maen nhw'n mynd i fyw ar y siwrans dwn i ddim.'

'A mi'r ydach chithau'n poeni. Y chi eich hun fydd yn sâl nesa.'

'Anodd iawn peidio â phoeni. Wedi'r cyfan, nid wedi bod ar fy ngwyliau yr ydw i yr hanner blwyddyn dwaetha yma.'

'Na, mi wn i,' meddai ef yn dynerach, 'ond dydi poeni ynghylch pobol erill ddim yn mynd i wneud dim lles i chi.'

'Mae o'n symud y boen o un lle i'r llall, ac yn tynnu fy meddwl oddi wrtha i fy hun.'

'Ond nid hynny sy'n mynd i wneud i chi anghofio, ond newid eich bywyd yn gyfan gwbl. Wyddoch chi, bob tro y bydda i'n eich gweld chi yn cerdded y stryd yma, mi fydda i'n meddwl y dylai dynes hardd fel chi gael mwynhau eich hun mewn trefi, a gweld y byd, ac i'r byd gael eich gweld chitha, yn lle'ch bod chi wedi'ch cau mewn twll fel hyn.'

'Faint gwell fyddwn i wedi cael hynny? Chaiff y llygad ddim digon o weld.'

'Os felly, faint gwell ydan ni o ddim?'

'Mae mwy o fodlonrwydd i'w gael fel hyn. Wna i byth wybod am y pethau na ches i monyn nhw. Petawn i'n mynd i grwydro, wnawn i ddim ond bod yn anfodlon, a dyheu am ddŵad adre o bobman.'

'Ond ia, mae'n rhaid i chi adael cartre yn ddigon amal i deimlo bod arnoch chi eisio dŵad yn ôl. Nid y fi biau hwnna chwaith.'

'Dwn i ddim. Meddyliwch chi am gantorion ac actorion a phobol felly sydd wedi cael sylw'r byd yn anterth 'u bywyd; mae lot ohonyn nhw wedi cael diwedd oes truenus, a neb yn cofio am ddyddiau mawr 'u bywyd nhw. A pheth arall, fedrwch chi ddim gwneud i Gymraes o'r werin fyw a bihafio yr un fath â phobol fawr Lloegr.'

'Maddeuwch i mi os ydw i'n eich poeni chi; fedrwch chi feddwl am rywbeth llai, dŵad yn wraig i mi er mwyn i chi gael crwydro dipyn bach, cael peidio â gweithio cymaint, a chael rhywun wrth eich cefn. Mae'n debyg y gellir profi fod Ffennig a Mrs Amred yn byw efo'i gilydd, ac mi allech ddod ag achos o ysgariad yn eu herbyn. Ond y ffordd fwyaf di-drafferth fyddai i chi ddod i ffwrdd efo mi i rywle dros y Sul, er mwyn i Ffennig ddod ag achos yn ein herbyn ni.'

Ysgydwodd hithau ei phen, heb feiddio edrych i'w wyneb.

'Na, mae arna i ofn na fedrwn i ddim.'

'Fedrech chi ddim wynebu'r cywilydd?' meddai ef.

'Fedrech **chi?**'

'Medrwn er eich mwyn chi, ond mae'n amlwg na fedrech chi ddim er fy mwyn i.'

'Rydw i wedi treio dweud fy meddwl y noson o'r blaen. Rhaid i rywbeth mawr iawn fy symbylu fi i fynnu ysgariad.'

'A dydi'r rhywbeth mawr hwnnw ddim gynnoch chi tuag ata i?'

'Mae arna i ofn nad ydi o ddim. Petasa fo, nid dadlau yn 'i gylch o yn y fan yma heno y buasen ni, ond mi fasa wedi digwydd heb 'i drafod.'

Goleuodd yntau sigarét a synfyfyrio i'r tân.

'Ydach chi'n sylweddoli,' meddai ef, 'y buasech yn rhoi ei ryddid i Ffennig gael priodi Mrs Amred petaech yn cael ysgariad?'

'Beth ydach chi'n feddwl?'

'Meddwl y buasech chi'n hoffi rhoi'r hapusrwydd hwnnw i'ch gŵr.'

'Hynny ydi, meddwl yr hoffwn i daflu pob gronyn o hunan-barch i ffwrdd, er mwyn i un y bûm yn ei garu unwaith gael ei ddymuniad?'

'Os liciwch chi ei roi o fel'na.'

'Mae arna i ofn na fedra i ddim gwneud hynny chwaith. Mi'r ydach chi'n gweld mai fi fy hun sy'n dŵad gynta bob tro.'

'Doeddwn i ddim yn meddwl awgrymu hynny.'

'Ella'i fod o'n ddigon gwir. Mae siom yn gwneud llawer o bethau. Mae o wedi gwneud fy llygaid i'n gliriach, rydw i wedi callio. A does neb call yn mentro llawer.'

Chwarddodd yntau am eiliad a stopio'n stond. Chwerthiniad caled, sych.

'Dwn i ddim pam yr ydw i'n chwerthin, chwaith,' meddai, 'achos rydw i'n teimlo'n reit ddigalon. Mi faswn i'n cael llawer o hapusrwydd wrth roi hapusrwydd i chi.'

'Dydw i ddim yn meddwl y ca i byth y math yna o hapusrwydd eto, o achos yr un peth sydd wedi digwydd imi. Mi faswn ar fy ngwyliadwriaeth o hyd ac yn byw mewn ofn.'

'Dyna un peth na fedra i mo'i ddallt, wrth gwrs.'

'Ceisiwch f'anghofio fi.'

Ni ddywedodd ef ddim, ac ni wnaeth unrhyw osgo i ymadael, chwaith. Wrth weld hynny, aeth hithau ati i hwylio swper. Ni allai symud er gweld hynny. Yr oedd yn hyfrydwch iddo gael ei gweld yn symud o gwmpas, yn hwylio bwyd mor ddistaw a deheuig, a phopeth a ddeuai o'i llaw mor dda. Trawsblannai hi yn ei dŷ ei hun am eiliad, ond nid oedd yn ffitio yno fel y ffitiai yma mewn tŷ â bagiau ysgol a theganau plant yn y corneli. Y fo ddylsai fod yno gyntaf ac nid Iolo Ffennig, yn cyd-dyfu gyda hi trwy fywyd hyd i oedran teg.

'Ydach chi ddim yn trafferthu gwneud swper er fy mwyn i?' meddai wrthi.

'Na, rhaid i minnau gael tamaid; ym Mryn Terfyn y ces i fwyd adeg te.'

'A does neb arall yn dŵad aton ni?'

'Na, chwarae teg i Miss Owen, mi wnaeth hi bryd i bawb rhwng pump a chwech, ond mi a' i â'u paned te iddyn nhw i'r parlwr.'

'Mae hyn fel nefoedd bach,' meddai ef wedi iddi eistedd.

Teimlai hithau ei fod, ond ni ddywedodd mo hynny. Yr oedd yn ddrwg ganddi drosto a theimlai'n garedig tuag ato ar y foment. Nid twrnai oedd y munud hwnnw, ond bachgen hoffus yn mwynhau pryd o fwyd, yn union fel y gwelodd un o'i brodyr ei hun yn mwynhau ei bryd olaf cyn cychwyn yn ôl i Ffrainc yn y Rhyfel Byd Cyntaf — a chyda'r un hiraeth yn ei lygaid.

'Gresyn na châi o bara am byth,' meddai ef wedyn.

'Ond mi ddaw pethau eraill,' meddai hi.

'Mae bywyd yn galed.'

'Roeddwn i'n meddwl hynny ym Mryn Terfyn heno.'

'Poen wahanol.'

'Ella. Ond mi eill adael ei hôl ar y plant.'

'Dwn i ddim. Fydd y plant ddim yn cofio am hyn wedi iddo fynd heibio.'

Wrth iddo fynd allan, ysgydwodd law â hi, heb ddweud dim.

'Mae'n ddrwg gen i,' meddai hi.

'Da boch chi,' meddai yntau, 'mi fydda i ar gael os byddwch chi mewn unrhyw gyfyngder.'

Aeth hithau'n ôl at y tân, ac edrych yn hir ar y bwrdd a'i gyllell a fforc ar y plât. Yr oedd rhyw derfynoldeb yn y llestri. Dyma, mae'n debyg, eu pryd olaf gyda'i gilydd.

Clywodd Miss Lloyd a Miss Owen yn mynd i'w gwely. Rhoes yr olaf ei phen heibio i'r drws i ddweud 'Nos dawch'. Ond ni wnaeth Miss Lloyd. Wrth fynd i'w gwely agorodd Lora ddrws llofft Rhys a'i gael yn cysgu'n dawel, ei wyneb yn ddigon llwydaidd a llinellau duon dan ei lygaid. Pryderai wrth feddwl beth a ddywedai'r meddyg drannoeth.

O'r tryblith pethau a ddigwyddodd heddiw, saif un peth allan yn amlwg — wyneb dewr, dymunol Owen. Mae hynny wedi gadael mwy o argraff arnaf nag wyneb trist Aleth Meurig wrth iddo fynd allan drwy'r drws heno. Wyneb Owen a chefn Rhys wrth iddo fynd i'w wely. Rŵan y sylweddolaf beth a olygai ymadawiad Iolo i Rhys. Mae'n debyg na chaf wybod beth yw ei wir boen, ai'r golled o golli ei dad, ai poen am fod hynny wedi golygu poen i mi. A dyma finnau ar noson gythryblus fel heno yn gorfod gwneud penderfyniad pwysig. Ond efallai nad oedd mor bwysig wedi'r cwbl. Yr ydym yn rhoi gormod pwys ar fod pobl yn priodi neu beidio â phriodi. Mae'n debyg y poenai lawer mwy arnaf petai'r pethau eraill heb fod. Beth petai Owen yn iach, a phawb ym Mryn Terfyn yn llawen? Beth pe na bai Rhys yn malio dim fod ei dad wedi mynd i ffwrdd? A'm bod innau fel petawn yn sefyll ar ynys unig heb ddim o'm cwmpas, heb ddim arall i boeni yn ei gylch ond fy mod yn unig, ac nad oedd neb yn malio ynof, dyna'r union amgylchiadau a'm gwnâi'n ddihitio, ac a'm rhoddai yn y dymer o fedru taflu fy nghlocsen dros yr Wyddfa, a derbyn Aleth Meurig gan feddwl fy mod yn ei garu. Gwir a ddywedodd Linor mai mater o ddychymyg yw caru yn aml. Ai ynteu rhywbeth arall a wnaeth imi ei wrthod? Yr wyf yn ddigon hoff o Aleth, a gwn nad wyf yn caru Iolo mwyach, yn yr ystyr y bûm yn ei garu. Ond tybed a oes rhyw haen o gariad at Iolo yn fy is-ymwybod yn fy nghadw yn ôl, ac yn fy rhwystro rhag gwirioni am Aleth? Dwn i ddim. Ond yr wyf yn gweld Owen o hyd a Rhys yn ei boen, ac yn gweld wynebau prudd-ddiniwed plant Bryn Terfyn. Yr wyf yn poeni 'mod i wedi busnesu cymaint ynghylch eu bwyd yno heno. Modd bynnag, cefais sicrwydd nad ydynt yn dioddef o eisiau maeth. Meddwl am Margiad yn crynu yn yr oerni heno. O bobol! Mor frwnt y gallwn ni bobol mewn oed fod wrth blant! Sgwn i a ystyriodd Iolo hynny? Naddo, mae'n debyg, ddim mwy nag y buaswn innau'n ystyried petawn i wedi penderfynu priodi Aleth Meurig. A rhyw hen siarad clyfar di-bwynt a fu rhyngof ac ef heno wrth ddweud fy meddwl. Mor wahanol oedd y sgwrs ym Mryn Terfyn, ac mor naturiol! Ond rhaid imi fynd i gysgu. Meddwl pam na ddaeth Miss Lloyd i ddweud 'Nos dawch' heno. Sgwn i beth a fydd yfory? Gobeithiaf nad oes dim byd mawr ar Rhys. Rhaid imi fynd i lawr eto i gael un golwg arno.

PENNOD XXII

Aeth Aleth Meurig yn ôl i'w dŷ, rhoes y tân trydan ymlaen yn y parlwr ffrynt, ac eisteddodd mewn cadair esmwyth. Tynnodd sigarét yn araf o'i flwch heb sylwi ar yr hyn a wnâi, eithr edrych ar ffon y tân. Aethai dros y ffordd heno yn llawn hyder y byddai Lora yn ei dderbyn. Ers rhai wythnosau bellach, hi oedd wedi llenwi ei feddwl. Ni wyddai pa bryd yn hollol y dechreuasai feddwl amdani, os nad y bore hwnnw pan ddaeth i'r swyddfa a mynnu cael gwybod ganddo am yr arian. Ni feddyliasai amdani erioed cyn hynny ond fel gwraig i'w glerc, dynes hardd a'i cyfarchai yn ddigon boneddigaidd, ond yn bell, bob tro y gwelai hi. Ond y bore hwnnw, yr oedd wedi gweld rhywbeth o'i chymeriad wrth weld ei phoen. Ni allai ddweud ei fod yn ei hoffi y bore hwnnw. Yr oedd hi mor gyndyn a mor ddi-droi'n ôl. Gweld dynes a fynnai wybod ym mhle y safai a wnaeth, gwelsai hi wedyn, gwelsai rywbeth newydd ynddi. Eithr dynes anghyraeddadwy oedd hi iddo hyd y prynhawn cyn iddi fynd ar ei gwyliau at ei chwaer, pan aeth yntau drosodd i ofyn a gâi fynd â hi a'r plant yn y car ac iddi wrthod. Yr un ystyfnigrwydd annibynnol ag a welsai yn ei swyddfa oedd hynny. Ond pan eisteddai wrth y bwrdd te gyda hi a'r ddau blentyn, sylweddolodd beth oedd cysur wrth fwyta tamaid o fwyd plaen. Yr oedd rhywbeth ynddi a wasgarai gysur oddi wrthi. Pe caeai ei lygaid teimlai ei fod gyda'i fam. Mamol oedd y gair. Dechreuodd ei holi ei hun pam yr oedd tynfa iddo yn ei thŷ, ai hi ei hun a'i chorff lluniaidd, ai hi ei hun yn ei thŷ. Yr oedd doethineb ym mhob dim a ddywedasai heno. Siarad dros ben amser i'r anwybod yr oedd am ei bod wedi profi amser. Eto, yr oedd yn siomedig, gobeithiai y buasai hi wedi gwneud rhywbeth i gael yr hyn y gallai ef ei roi iddi — cysur arian, llai o waith — ac y buasai yntau yn cael cysur o'i chwmni a'i gofal yn ei dŷ. Er hynny, wrth geisio ei gosod yn ei dŷ ei hun, ni allai. Heb y plant, efallai, ond nid efo'i phlant. I'r tŷ arall tros y ffordd y perthynai'r plant, gyda'i gadeiriau hanner treuliedig, cadeiriau a hanes iddynt.

Gwyddai yntau yng ngwaelod ei fod nad oedd wedi gwirioni a ffoli fel y ffolasai ar Elisabeth, ond ni ddisgwyliai hynny byth mwy. Gwyddai y câi gysur gyda Lora am gyfnod, beth bynnag. Fe allai problemau godi yn y dyfodol gyda'r plant; ni wyddai neb sut y datblygent hwy. Gwyddai, erbyn hyn, pe cymerai hi'r llam a mentro y byddai'n ddigon teg i ddal y fantol rhyngddo ef a'r plant. Digon posibl mai dyna a'i rhwystrai rhag cymryd y llam pe gellid gwybod ei meddwl. Er ei bod yn egluro ac yn rhoi rhesymau, teimlai mai o'i rheswm, ac nid o'i theimlad, y dôi'r rhai hyn. Efallai bod ganddi gariad at Iolo Ffennig o hyd a bod hwnnw'n ei chadw'n ôl. Yr oedd ambell berthynas felly. Gallai rhai pobl garu rhai ac ynddynt wendidau, yn fwy na phobl nes i berffeith-rwydd. Yr oedd rhywbeth yn y gwendidau yn galw am dosturi o'r ochr arall. Pe byddai hi wedi bodloni heno i fynd gydag ef a rhoi achos i'w gŵr gael ysgariad oddi wrthi, a fyddai ef, Aleth Meurig, yn meddwl mwy ohoni? Onid am ei bod yn anghyraeddadwy y dyheai amdani? Ni allai ateb ei gwestiynau ei hun. Tynnodd y tân trydan i ffwrdd, ac eistedd drachefn tra fu ei wres yn gorffen oeri. Cododd a thynnu'r llenni, edrych dros y ffordd i gyfeiriad tŷ Lora, a meddwl tybed beth oedd ei meddyliau hi. Yr oedd goleuni yn un ffenestr, yn llofft Rhys, mae'n siŵr. Tra oedd hi yno, yr oedd hynny'n gwmpeini. Beth petai hi'n symud oddi yno i fyw? Ni allai feddwl am y peth. Yn wahanol i bobl a wrthodid, nid oedd arno eisiau mynd a bod allan o'i golwg, praw iddo ef, petai arno eisiau un, nad oedd dros ei ben a'i glustiau mewn cariad â hi. Llusgodd ei draed i fyny'r grisiau gan obeithio y câi gysgu ac anghofio.

*　　*　　*　　*

Pan oedd Lora ym Mryn Terfyn yr oedd Annie a Loti wedi mwynhau'r te a baratoisai Loti, o salad, sardîns a chaws wedi ei ratio hyd-ddynt, yr unig beth y gellid meddwl amdano yn y dyddiau prin hyn. Aethai Loti â'r llestri drwodd i'r gegin bach, eu golchi hwy a rhai'r plant. Yr oedd yn ôl eto yn y parlwr yn trwsio'i dillad, ac Annie'n syllu i'r tân a'i gên ar ei llaw chwith, heb ddweud dim.

'Be sy'n bod arnat ti?' gofynnodd Loti.

'Dim ond fy mod i'n synfyfyrio,' meddai Annie, heb dynnu'i golwg o'r tân.

'Mi'r wyt ti'n synfyfyrio mwy nag wyt ti'n siarad ers pan ddoist di'n ôl oddi ar dy wyliau.'

'Mi rhybuddiais i di wrth ddŵad yma y gallwn i fod yn un anodd.'

'O, does dim byd yn anodd mewn byw efo mudan, ond 'i fod o'n beth rhyfedd pan fydd gan y mudan hwnnw lot i'w ddweud fel rheol.'

Nid atebodd ei ffrind.

'Liciet ti imi fynd oddi yma?' gofynnodd Loti wedyn.

'Mi elli wneud fel y mynnot ti. Dim gwahaniaeth gen i.'

'Dyna fo. Mi chwilia i am le arall. Siawns na chawn i le yn rhywle, er mor gas gen i fyddai mynd oddi yma.'

'Paid â siarad yn wirion. Mi wyddost mor anodd ydi cael lle, a mi wyddost mor lwcus wyt ti yma.'

'Dyna ydw i'n weld, ond does arna i ddim eisio bod yn stwmp ar dy stumog di, gan mai chdi oedd yma gynta.'

Troes Annie ei phen ati ac edrych yn ei hwyneb.

'Yli, Loti, paid â siarad fel ffŵl, yr un fath y baswn i tasat ti'n lojio yn New Zealand. Rydw i wedi hen ddiflasu ar fy mywyd.'

'Ydi'r ysgol cyn waethed â hynny?'

'Dwn i ddim ai'r ysgol ydi'r drwg. Mae'n debyg mai'r un fath y baswn i taswn i yn dy le di.'

'Tybed?'

'Beth wyt ti'n feddwl?'

'Wel, mi fasat yn gweithio efo dynion, ac nid efo merched.'

'Dyna pam yr wyt *ti* mor fodlon, mae'n debyg.'

'Raid iti ddim bod mor ffyrnochlyd. Mi wyddost o'r gorau nad oes gen i ddim i'w ddweud wrth ddynion erbyn hyn.'

'Mae'n ddrwg gen i.'

Bu distawrwydd hir wedyn. Yna dywedodd Annie ei bod am fynd allan.

'Dydw i ddim yn credu y do i,' meddai Loti, 'rydw i'n credu y byddai'n well imi gadw fy llygaid ar y plant yna nes daw Mrs Ffennig yn ôl.'

'Ddaru i mi ddim gofyn iti ddŵad, yn naddo?'

'Naddo, ond mi welis amser hyd y term yma pan fyddai'n dda iawn gen ti fy nghael i allan am dro efo chdi.'

'Rydw i'n credu y bydda'n well imi fynd fy hun heno.'

Daeth yn ei hôl i roi ei chap ar ei phen yn y drych.

'Cofia,' meddai, 'mi elli wneud dy hun yn ormod o forwyn bach i bobol.'

'Dydi rhyw fymryn fel hyn o gymwynas ddim yn fy ngwneud i'n forwyn i neb. Dwyt ti ddim yn gwerthfawrogi'r cysur wyt ti'n gael.'

'Mi'r ydw i'n talu amdano fo.'

'Ac yn 'i gael o'n rhad iawn. Piti na faset ti wedi bod efo Mrs Jones am dri mis, a thalu'r hyn y byddwn i'n 'i dalu. Mi faset yn gweld gwerth yn hwn wedyn.'

'O, dwn i ddim,' meddai Annie, 'mae'r tŷ yma wedi newid yn hollol er pan aeth Mr Ffennig i ffwrdd.'

'Oeddet ti rioed mewn cariad efo fo?'

'Paid â siarad fel het. Wyddost ti ddim beth oedd y tŷ yr adeg honno.'

'Rhaid mai fi sydd wedi gwneud y lle'n annymunol iti.'

'Naci. Rhyw fynd a dŵad tragwyddol, a rhuthro i mewn ac allan.'

Aeth allan a chlywodd Loti'r drws ffrynt yn clepian ar ei hôl.

Eisteddodd Loti ar gadair a meddwl yn hir. Ni welsai Annie fel hyn o'r blaen. Mae'n wir nad oedd yn hollol fel hi ei hun er y noson honno ym mis Mai pan ddaeth i ddweud am ddiflaniad Iolo Ffennig, ond ni welsai hi erioed fel heno. Mae'n wir fod y digwyddiad hwnnw wedi newid pob dim yn y tŷ. Yr oedd popeth yn dawel cynt, ac yn edrych fel petai am fod yn ddigyfnewid, ac ni byddai pall ar ganmol Annie i'w llety. Hyd y gwelai, nid oedd cysur Annie ddim llai yn awr, ac eithrio ei bod hi (Loti) yno. Bwriai felly mai'r ffaith ei bod yn gorfod rhannu ei pharlwr a wnâi iddi fod yn ddrwg ei thymer ac yn gecrus o hyd. Ac eto, ambell dro yr oedd yn iawn. Penderfynodd y byddai'n dweud yn bendant ei bod am chwilio am le arall. Yna cofiodd rywbeth, fod Annie yn hapus iawn bob tro y byddai yng nghwmni Aleth Meurig. Y noson o'r blaen cymerasai ei ochr ef yn y ddadl, a chofiai fel y byddai'n edrych arno, a'i llygaid yn foliog fel marblis gwydr. Tybed a oedd hi mewn cariad efo fo? Neu ynteu a oedd arni eisiau priodi efo dim ots pwy? Yr oedd yn tynnu am ei naw ar hugain oed erbyn hyn, ac yr oedd wedi dweud ei bod wedi llwyr ddiflasu ar yr ysgol. Yr oedd wedi bod yn greulon heno, tybiai Loti, wrthi hi ac wrth Mrs Ffennig yn ei chefn. Yna meddyliodd fod Annie yn teimlo efallai ei bod hi'n mynd â chyfeillgarwch Mrs Ffennig oddi arni, trwy fod yno ar amser pan fyddai hi ar ei gwyliau. Cofiodd pan ddaethai hi yno fod Annie a Mrs Ffennig yn dipyn o ffrindiau. Ond yr oedd Loti yn benderfynol y chwiliai am lety arall, ac yr oedd am ddweud wrthi heno. Yna daeth rhyw deimlad o dosturi ati hi ei hun drosti. Meddwl mor gysurus y dylai Annie fod — cartref da i fynd iddo bob gwyliau, cyflog gwell na hi (nid oedd yn rhaid i Annie drwsio ei dillad isaf), a hithau heb gartref o gwbl, os na ellid galw tŷ ei modryb yn gartref, lle y derbynnid hi yn oddefgar ac yn gynnil, lle y cenid yn iach â hi ar ddiwedd pob gwyliau gyda sirioldeb gwastraffus.

Ac eto teimlai rywsut na allai adael Mrs Ffennig. Digon posibl fod Annie yn iawn wrth ddweud fod tymer yr holl dŷ wedi newid. Clywodd Mrs Ffennig yn dod i mewn. Sychodd ei llygaid rhag ofn iddi ddigwydd dod i mewn a gweld ôl crio arni. Teimlai'n well eisoes, ac aeth ati o ddifrif gyda'i llyfrau. Wedi'r cwbl, yr oedd ganddi'r sbardun i weithio.

Ymhen sbel, clywodd ddrws y ffrynt yn agor a sŵn chwerthin a phlefio yno, Mr Meurig ac Annie. Yr oedd sŵn Annie yn hollol wahanol i'r hyn ydoedd pan aeth allan. Ni chymerodd unrhyw sylw ohoni pan ddaeth i mewn, dim ond mynd ymlaen â'i darllen. Eisteddodd Annie wrth y tân ac edrych yn fras-ddiofal trwy gylchgronau merched. Ymhen tipyn, daeth Mrs Ffennig i mewn efo hambwrdd a the a bisgedi. Sylwodd Loti fod ei hwyneb yn fflamgoch. Diolchodd iddi, ond ni chododd Annie ei phen oddi ar yr ñyn a ddarllenai. Wrth yfed te, dywedodd Loti,

'Yli, Annie, rydw i wedi penderfynu 'mod i'n mynd i chwilio am le arall i aros.'

'Pam?'

'Rydw i wedi dweud wrthot ti pam.'

'A rydw innau wedi dweud nad oes eisio iti fynd.'

'Rydw i'n teimlo mai fi sydd wedi dŵad â'r holl annifyrrwch yma i ti. O'r blaen, mi'r oedd y parlwr yma gen ti i di dy hun. Doedd yma neb i dorri ar dy heddwch di, ac i fynd yn stwmp ar dy stumog di.'

'Rydw i wedi dweud wrthot ti eisoes nad wyt ti ddim yn stwmp ar fy stumog i. Wyt ti'n cysidro, petasa ti'n mynd, y basa Mrs Ffennig ella'n cymryd rhywun arall, ac yn gofyn imi rannu efo honno, neu'n gofyn i mi chwilio am le arall, er mwyn iddi gael dwy fasa'n fodlon rhannu'r parlwr efo'i gilydd.'

'Na, wnes i ddim meddwl am hynny.'

'Mae'n siŵr fod arni eisio arian, ac mae'n siŵr gen i 'i fod o'n talu'n well iddi gael dwy nag un. Yr un faint fasa'n rhaid iddi dalu i'r ddynes sy'n helpu petawn i yma fy hun.'

Gwelodd Loti rym y ddadl.

'Ond fedrwn ni ddim dal ymlaen yr un fath â heno, er dy fwyn di a mi. Os leici di, mi a' i i'r gegin at Mrs Ffennig, heblaw na fedrwn i ddim gwneud llawer o waith yn fanno.'

'Does dim rhaid iti. Ella'n wir mai fi ddylai chwilio am le.'

'Dyna *chdi*'n siarad fel het rŵan.'

'Ia, dwn i ddim beth sy'n bod arna i.'

'Fedri di ddim dweud wrth neb?'

'Mae o'n beth anodd iawn. Rydw i'n teimlo y dylwn i gael cartre i mi fy hun. Does arna i ddim eisio mynd ymlaen yn yr ysgol, ne mi faswn yn chwilio am le mewn ysgol arall. Ond nid dyna sydd arna i eisio.'

'Wyddost ti *beth* sydd arnat ti eisio? Ynta wyt ti'r un fath â'r bobol aflonydd yma na wyddan nhw ddim beth sydd arnyn nhw eisio, ond 'u bod nhw wedi syrffedu ar 'u bywyd fel y mae o?'

'Mi wn yn iawn beth sydd arna i eisio. Eisio priodi sydd

arna i. A mi rydw i'n synnu ataf fi fy hun 'mod i'n medru dweud y fath beth wrthot ti.'

'Does dim un gyfrinach yn rhy ddyfn rhwng ffrindiau.'

'O, Loti, rydw i wedi dy drin di'n ofnadwy.'

'Mi wyddwn i fod rhywbeth o'i le. Ond mi feddylis i dy fod ti ar fin cael rhyw salwch mawr neu rywbeth felly.'

'Ella mai rhyw salwch ydi hwn, a gwaethygu y mae o, nid gwella.'

'Ella mai anghysur yr ysgol sy'n cyfri am hynny.'

'O naci.'

A dechreuodd Annie grio.

'Rydw i'n gwybod yn iawn be sy. Gwenwyn a phob dim. Dyna hi Mrs Ffennig a chanddi ŵr, a dyn arall wedi gwirioni amdani, a finna'n hollol rydd i briodi, a neb yn gofyn i be ydw i'n da.'

'Maddau i mi am ofyn. Oes gen ti rywbeth i'w ddweud wrth Mr Meurig?'

'Rydw i wedi gwirioni amdano fo, ond fedar o edrach ar neb ond ar Mrs Ffennig pan ddaw o yma.'

Crafodd Loti ei phen ac ysgwyd ei gwallt byr gan edrych ar Annie mewn dryswch. Teimlai'n hollol yr un fath â'r hen wraig a fu'n byw mewn esgid a chanddi ormod o blant i wybod beth i'w wneud â hwy. Yr oedd Mrs Ffennig, Mr Meurig, Derith, Rhys ac Annie wedi mynd yn dyrfa fawr o filoedd ohonynt hwy eu hunain, a hithau'n ceisio cadw gwastrodaeth arnynt.

'Dwn i ddim be sy wedi dŵad troson ni i gyd,' meddai, 'rydan ni fel rhyw lot o bysgod aur mewn dysgl wydr, yn mynd rownd a rownd a rownd a byth yn dŵad allan. Sôn am grochon yn berwi!'

'Rwyt ti'n iawn,' meddai Annie, 'am wn i nad Mr Ffennig sydd wedi gwneud y peth calla yn y stryd yma — wedi dengid i gael 'i bleser.'

'Ia, a dim ond am dipyn y caiff o'r pleser hwnnw hefyd. Mi syrffeda ar hynny, ac os gwn i rywbeth am Mrs Amred, mi syrffeda arni hi ynghynt nag ar neb arall.'

'Oes rhywun yn fodlon?'

'Oes ddigon, mae rhai pobol wedi'u creu felly, a maen

nhw mewn rhyw stad o addoliad am byth. Ond unwaith yr ei di i ddechrau ffeindio bai — ta-ta i heddwch.'

'Ac eto mae digon o bobol hapus yn y byd.'

'Wel oes, os medri di alw twpdra llonydd yn hapus. Mae'r hapusrwydd hwnnw gan bobol ddi-ben. A chan bobol lle mae cariad yn unochrog.'

Ni ddywedodd Annie ddim, dim ond dal i rythu i'r tân. Ni wyddai Loti pa un ai chwerthin ai crio a ddylid mewn achos fel hyn. Edrychodd ar ei ffrind. Nid oedd ei hymddangosiad yn ddim i ddenu neb, ac eithrio ei chroen a oedd fel y lili. Ond yr oedd ei hymddangosiad yn un na buasai neb yn blino arno ychwaith. Tueddai at fod yn dew a byr ei gwddf, ac erbyn y byddai'n hanner cant fe fyddai'n ddynes gyfforddus ei golwg, a'i gwallt gwinau heb wynnu, a'i chroen yn ddi-grych. Fe wnâi wraig dda i rywun, ac fe'i cadwai'n gysurus.

Wrth fynd i'w gwely sylwodd Loti na ddaeth Annie i ddweud 'Nos dawch' wrth Mrs Ffennig.

PENNOD XXIII

'Does arna i ddim eisio mynd i'r *hospital*,' meddai Rhys yn ei wely nos drannoeth, a'i fam yn ceisio ymliw ag ef.

'Oes arnat ti eisio mendio?' gofynnodd ei fam.

'Oes, ond does dim rhaid imi fynd i'r *hospital* i fendio, mi fedra i fendio adra yn iawn.'

'Pwy sy'n mynd i dendio arnat ti?'

'Mi fydda i'n iawn tra byddwch chi yn yr ysgol, fydd hynny ddim llawer o amser, a mi fydd Mrs Jones yma bob bore i roi diod i mi.'

'Basa, mi fasa hynny'n iawn, tasa dim o'i le ar dy stumog di, ond mae ar y doctoriaid eisio dy watsio di bob dydd.'

'Dydw i ddim yn sâl iawn.'

'Nac wyt, siŵr iawn, ond mae arnyn nhw eisio gweld yn iawn beth sydd o'i le, a wedyn mi fedran dy fendio di.'

'Wel ia, mi allan wneud hynny a finna yn fy ngwely adra.'

'Fedar y doctor ddim dŵad yma o hyd ac o hyd i dy watsio di, a mi fydd yna fwy nag un doctor yn yr *hospital*. Wyt ti'n gweld, Rhys, mi eill y peth sydd arnat ti fynd yn friw a thorri, a mi allet gael helynt ofnadwy, a bod yn sâl ar hyd dy oes, a methu bwyta'r pethau rwyt ti yn licio'n ofnadwy.'

Stopiodd Rhys, wedi'i gornelu yn y ddadl, a chwarae efo llawes siwmper ei fam, gan ei throi'n ôl a blaen, ôl a blaen. Rhoes ei fam ef i orwedd yn ôl ar y gobennydd a sychu'r chwys oddi ar ei dalcen. Teimlai'n euog ei bod wedi gadael i'r bachgen fynd i'r fath stad, heb fod wedi sylwi arno. Rhaid ei fod wedi dioddef yn enbyd i fynd mor wael â hyn, a hithau'n troi a throi efo'i phryderon ei hun heb feddwl fod ei phlentyn yn dioddef. Yr oedd yn denau o dan ei ddillad.

216

'Mi faswn i'n ddigon bodlon mynd i'r *hospital* petaech chi'n cael dŵad efo mi, Mam.'

'Dydw i ddim yn sâl.'

'Nid felly oeddwn i'n feddwl, ond i chi gael dŵad yno i dendio arna i.'

'Lle basan ni'n cael arian i gael bwyd wedyn?'

Cysidrodd yntau dipyn.

'On'd ydi o'n biti fod pethau wedi mynd fel hyn, Mam?'

'Ydi, 'ngwas i,' meddai hithau, a rhoi ei bysedd drwy donnau ei wallt, 'ond mi ddaw pethau'n well, a ddôn nhw ddim gwell wrth inni boeni. Meddylia am Dewyth Owen, mae o am fynnu mendio.'

'Ia, ond mae o'n cael aros adra.'

'Ydi, am rywfaint. Nid yr un peth sydd arno fo â chdi. Ella y bydd yn rhaid iddo yntau fynd i'r *hospital* a chofia does gynnyn nhw fawr o bres.'

'Mae hi'n braf ar Dafydd, yn tydi, Mam? Mae o'n iach a mae gynno fo ddigon o bres.'

'Rhaid iti beidio â siarad fel'na. Ella na fydd hi ddim yn braf ar Dafydd ymhen tipyn, ac y bydd hi'n braf arnon ni.'

'Ond dydach chi ddim yn siŵr?'

'Does dim posib bod yn siŵr o ddim. Ond rhaid iti dreio mynd i gysgu. Mae'r doctor wedi dweud bod arnat ti eisio lot o gysgu.'

'Mi wna i dreio 'ngora.'

'Dyna chdi. Fel yna mae siarad. Mi ddo i i edrach fyddi di'n cysgu ar fy ffordd i 'ngwely.'

Wrth iddi droi at y drws, meddai o,

'Mam, os a' i i'r *hospital,* ddaw 'Nhad i wybod?'

'Dwn i yn y byd.'

'Wel, mi ellith Anti Esta sgwennu ato fo, yn gellith?'

'Ella.'

'Wel, does arna i ddim eisio iddo fo ddŵad i edrach amdana i.'

'Ddaw o ddim, siŵr iawn.'

'Rydach chi newydd ddweud na fedrwn ni ddim bod yn siŵr o ddim.'

Cornelwyd hithau am eiliad.

217

'Mae'n ddigon hawdd imi 'i rwystro fo rhag dŵad i dy weld ti, os nad oes arnat ti eisio'i weld o.'

'Wnewch chi addo hynny i mi, Mam?'

'Wel gwna.'

'Dydach chi ddim yn siŵr.'

'Gwna, mi wna.'

'Ydach chi'n gweld, Mam, does arna i ddim eisio'i weld o, achos mae o wedi bod yn frwnt wrthon ni, a mae o wedi rhoi poen inni, a mi faswn i yn licio'i ladd o weithia.'

'Rhys, rhaid iti beidio â meddwl pethau fel yna, dydi o ddim yn iawn.'

'Wnaeth yntau ddim yn iawn chwaith.'

'Naddo, ond fyddwn ni ddim yn fwy hapus wrth 'i gasáu o.'

'Ydach chi ddim yn 'i gasáu o, Mam?'

'Brensiach, nac ydw!'

'Ydach chi'n licio fo o hyd?'

'Nac ydw, ond dydw i ddim yn 'i gasáu o.'

'Pam?'

'Fedra i mo'i wneud o'n glir i hogyn bach fel chdi.' (Nac i mi fy hun, ychwanegodd yn ei meddwl.)

'Ond does arna i ddim eisio'i weld o. Ella y gwna i beidio â'i gasáu o wrth beidio â'i weld o.'

'Dos i gysgu rŵan.'

Wrth fynd i lawr y grisiau yr oedd hi'n fwy poenus ei meddwl na phan âi i fyny. Synnodd weld Aleth Meurig yn y gegin. Yr oedd wedi ffarwelio ag ef y noson o'r blaen ac yr oedd ei weld heno fel dal trên ar ôl colli'r un cyntaf.

'Sut mae Rhys?'

'O diar, rhyw ddigon symol.'

Dechreuodd ei gwefus isaf grynu.

'Dydi'r doctor ddim yn meddwl fod briw ar ei stumog hyd yma, ond y geill o fynd. Mae ei nerfau'n ddrwg iawn, medda fo. A mi alla i ddychmygu 'u bod nhw.'

'Pam, ydi o wedi bod yn gwneud pethau rhyfedd?'

'Wrth imi edrach yn ôl, ydi, ond doeddwn i ddim yn gweld hynny ar y pryd. Mae o wedi glynu fel gelain wrtha i, a fel petai arno fo ofn i ddim byd ddigwydd i mi, a rŵan mae o newydd ddweud y basa fo'n licio lladd 'i dad.'

'Y nefoedd fawr! Mae'n rhaid bod yr hogyn wedi bod yn magu'r pethau yma er pan aeth 'i dad o i ffwrdd.'

'Mae o'n teimlo pob peth i'r byw.'

' 'Run fath â'i fam.'

'Naci wir, yr un fath â phlentyn.'

'Ŵyr Rhys ddim byd am yr arian?'

'Ddim hyd y gwn i.'

'Oes yna rywbeth fedra i 'i wneud?'

'Oes, mi rydw i am ofyn cymwynas i chi rŵan, os medrwch chi. Cadw Iolo draw o'r *hospital.*'

'Dydach chi rioed yn meddwl y daw Ffennig i edrych am Rhys?'

'Ddim ohono'i hun, ella. Ond wyddoch chi ar y ddaear beth a wna Esta. Ella yr anfonith hi ato i ddwedud bod yr hogyn dest â marw, neu rywbeth felly. A mi eill beidio hefyd.'

'Mi wna i â chroeso. Ond mae o'n fater reit ddelicet. Anodd gwybod pa un ai siarad efo'i chwaer o fyddai orau neu gael Ffennig 'i hun ar y teleffon.'

'Neu sgwennu ato fo ac achub y blaen ar Esta.'

'Ia, mi eill feddwl bod pethau'n waeth nag ydyn nhw wrth 'i alw fo ar y teleffon. Ydi Miss Ffennig yn gwybod fod Rhys yn sâl?'

'Ddim i mi wybod.'

'Mae amser rŵan tan y post. Mi'i daliaf o, ond i mi frysio.'

'Rydw i'n ddiolchgar iawn i chi.'

Yr oedd yn ôl yn ddiweddarach ar y noson, ac wedi ysgrifennu, meddai, mor ddoeth ag y medrai i ddwedud y sefyllfa. Ni soniasai o gwbl am Esta Ffennig, ond y gallai glywed trwy rywun arall. Dywedodd nad oedd y bachgen yn wael iawn, ond y gallai ymweliad o'i eiddo ei wneud yn waeth, oherwydd stad ei nerfau. Teimlai ef ei hun mai peth dwl oedd ysgrifennu; efallai, pe clywai tad y bachgen, nad oedd yn fwriad ganddo o gwbl ddod i weld ei blentyn. Buasai hynny yn rhoi achos iddo gael hwyl am ben ei hen feistr a'i wraig, am eu bod yn meddwl y gallai fod ganddo unrhyw deimlad tuag atynt erbyn hyn. Ond o ddau gamgymeriad, efallai mai hwn oedd y lleiaf. Am Lora ei hun, tawelwyd ei meddwl ar un peth beth bynnag, er iddi hithau feddwl y gallai Iolo gael testun difyrrwch; ond yr oedd cael gwared o un ofn yng nghanol lluoedd yn beth da, er iddi ei bychanu ei hun wrth gael y sicrwydd. Nid oedd arni eisiau styrbans arall i Rhys nac iddi hi ei hun. Tra buasai ef allan, bu hi'n meddwl y dylsai ddweud hanes Derith wrtho, rhag ofn iddo glywed trwy rywun arall.

'Dwedwch os ydw i ar y ffordd,' meddai ef.

'Ddim o gwbwl. Mae'n dda i rywun gael siarad weithiau, er na fedra i ddim siarad llawer o sens heno. Dwn i ddim glywsoch chi am Derith?'

'Na, chlywais i ddim byd.'

Dywedodd hithau hanes y dwyn yn yr ysgol.

'Wel, druan â chi.'

'Ia, ond mae hynna wedi effeithio llai arna i nag oeddwn i'n feddwl. Mae'n anodd egluro, os nad am y rheswm 'mod i wedi derbyn 'i heglurhad hi yn 'i grynswth.'

'Dwn i ddim am blant, wedyn fedra i ddim dweud. Ond y mae o'n edrych yn debyg i sbeit, gan nad oedd hi ddim yn bwyta dim oedd hi'n 'i ddwyn. Y peryg ydi, os bydd gynni hi rywbeth yn erbyn rhywun arall, y gwna hi'r un peth. A phetai o'n dal i ddigwydd, wnâi ustusiaid a phobol felly ddim derbyn yr eglurhad. Peth arall, mae'n rhaid i bobol fod yn sicr fod eu heiddo yn saff.'

Ni ddywedodd hi ddim. Yr oedd yn siomedig mai dyna'r agwedd a gymerodd. Ond nid ei blentyn ef oedd Derith.

Wedi mynd i'r tŷ, bu Aleth Meurig yn meddwl llawer am y sefyllfa dros y ffordd. Un munud, teimlai fod y peth gorau wedi digwydd wrth i Lora ei wrthod, pan feddyliai am broblem y ddau blentyn. Daethai'r un diniweidrwydd i'r golwg yn y fam eto, ynglŷn â sgrifennu at ei gŵr, ac yn ei chred am Derith. Yr oedd hi'n wirion o ddiniwed os tybiai y deuai Derith allan o'r arferiad mor rhwydd â hynna. Efallai ei bod yn hollol gywir yn ei dehongliad o'r peth. Efallai hefyd fod y plentyn ei hun, er ei bod yn ifanc, yn ddigon cyfrwys i ddweud celwydd. Amser a ddangosai. Am y bachgen, mater i feddyg meddwl oedd ef, er y gallai amser a newid ei newid yntau. Y munud nesaf, teimlai mai peth da fyddai petai Lora wedi ei dderbyn, ac iddo yntau ei chymryd hi a phroblem ei phlant gyda'i gilydd, a chael cymaint ag a allai o hapusrwydd o'r byw newydd drwy gymryd baich ar ei gefn am unwaith a chychwyn ar fenter ac antur. Efallai na byddai hynny ddim gwaeth na'i fywyd unig, digysur fel yr oedd. Chwilio am ddiogelwch y buasai ar hyd ei yrfa, diogelwch oddi wrth unrhyw anghysur, megis tlodi neu gymryd gormod o gowlaid i'w chario. Yr oedd yn ddigon parod i wneud cymwynas lle'r oedd angen, ond ffolineb, fe dybiai, fyddai mynd i gyfarfod â thrwbl. Amser a ddangosai yn ei hanes yntau hefyd, pa un ai ffodus ai anffodus a fuasai drwy i Lora Ffennig ei wrthod. Rhyfedd y beichiau a ddodid ar gefn Amser. Dangos, profi yr oedd Amser o hyd, dangos i ddyn sut i anghofio oedd y baich mwyaf a gariai dros bobl. Ei gario am ychydig i rai, am amser maith i eraill. Teimlai'n hapusach heno o feddwl nad oedd raid iddo edifaru am ofyn iddi nac o boeni llawer ychwaith am ei bod hi wedi ei wrthod.

Dyma fi eto. Bob tro yr agoraf hwn i sgrifennu ynddo, mae rhywbeth newydd wedi digwydd. Y tro o'r blaen, Derith a'i dwyn. Y tro hwn, Rhys yn sâl. Mae hi'n tywallt am ben dyn. A nid yw o ddim cysur dweud mai'r awr dywyllaf yw'r nesaf i ddydd. Fe all fod dyfnjiwn i syrthio iddo rhwng yr eiliad dywyllaf a'r eiliad y tyrr y wawr. Nid yw ddim gwaeth arnaf fi am fod fy mhlentyn yn yr ysbyty nag ar rywun arall yn yr un amgylchiadau. Nid oes arnaf ofn yr hyn sy wedi digwydd i'w gorff, ond mae arnaf ofn yr hyn a eill ddigwydd i'w feddwl. Ni allaf gael ei grio torcalonnus o'm clyw, pan gludid ef i'r ambiwlans ddoe, a'i weiddi, 'Mae arna i ofn, Mam'. Bu agos iawn i minnau ildio a mynnu ei gael yn ôl i'r tŷ. Ond rhaid imi fod yn galed. Efallai mai'r gwahanu hwn, sy'n greulon iddo fo ac yn beth poenus i mi, fydd ei wellhad am byth. Bydd yn rhaid imi fy nghaledu fy hun fwy eto, a rhoi cic ymddangosiadol i Iolo oddi ar fy meddwl am byth. Gwelaf rŵan gymaint y bûm ar fai. Bydd yn rhaid imi hefyd ymadael â'r lle yma. Ysgwn i faint o boen a roddodd chwarae'r plant yna i Rhys y noson o'r blaen? Ac ofn beth oedd arno wrth weiddi? Ai ofn marw? Byddai ofn marw yn fy mhoeni fi bob dydd pan oeddwn yn blentyn, ac y mae ar blentyn ofn sôn am yr ofn hwnnw wrth neb arall, am ei fod yn gwybod na all neb roi cysur iddo oherwydd anwybodaeth pawb am y ffordd ddidramwy honno. Ai ofn bod ar ei ben ei hun hebof? Mae'n dda gennyf nad oes berygl rŵan i Iolo ddod yn ôl i wneud pethau'n waeth. Bu'n rhaid imi roi fy malchder heibio i ofyn i Aleth wneud y gymwynas, derbyn y lleiaf o ddau ddrwg. Ond nid yw'n deall. Yn naturiol i dwrnai, sy'n gorfod byw ar ddial, meddwl am eiddo pobol eraill yr oedd wrth sôn am Derith. Oer ac amhersonol oedd dwyn Derith iddo fo. Sut y poenaf cyn lleied am hynny, ni wn, a sut y gallaf sgrifennu hwn a Rhys yn yr ysbyty ni wn ychwaith. Ni wn beth sydd ar Miss Lloyd. Prin y gallodd hi ofyn sut yr oedd Rhys. Arferai fod mor gyfeillgar ac mor siriol. Mae hi fel petai hi'n byw mewn pot llaeth cadw rŵan. Beth sy'n bod ar bawb ohonom? Sut mae Owen tybed? A yw yntau'n methu cysgu, ac yn darllen ei Williams Parry, ac yn cael cysur o 'Ond rhywun ym mhangfeydd gwylfeydd y nos'. Bûm yn meddwl ac yn meddwl am yr hyn a ddywedodd y noson o'r blaen, nad yw byth yn edrych drwy'r ffenestr ar yr olygfa erbyn hyn. A yw hynny'n golygu ei fod wedi rhoi'r gorau i obeithio, ac nad oes ar ei lygaid eisiau gorffwys ar bethau a garai gynt? Rhyw sylw rhyfedd ydoedd. Nid yw Derith fel petai hi'n sylweddoli dim. Mae hi'n mwynhau ei chwarae gyda'r plant, a da hynny. Nid oedd ddewin a allai ddweud ei meddyliau wrth iddi weld yr ambiwlans yn mynd i ffwrdd. Edrychai arno fel y bydd pobl fydd yn gweithio ar ochr y ffordd yn edrych ar fws yn mynd heibio.

PENNOD XXIV

Yr oedd y gynffon wrth fynediad yr ysbyty yn un hir, a Lora, ar ôl ffwdan a brysio, yn ei chanfod ei hun ar y diwedd, ac yn ei beio ei hun am adael iddi fynd mor bell cyn cychwyn. Yr oedd Now Bach a Guto yn dod i fwrw'r Sul am fod Miss Lloyd yn mynd i ffwrdd dros yr hanner tymor, ac yr oedd hithau wedi ei chynhyrfu gan ymddygiad Miss Lloyd. Gofynasai iddi a fyddai wahaniaeth ganddi i'r plant gysgu yn ei llofft am y tro, neu iddi hi a Derith fynd yno, ac i'r plant fynd i'r atig. Wrth sefyll yn awr ar gynffon y dyrfa yma wrth ddrws yr ysbyty, ni allai gofio yn iawn beth oedd ei hateb, gan ei bod hi ei hun wedi cynhyrfu cymaint yr eiliad y clywodd ef. Gwnaeth Miss Lloyd ryw sŵn fel iâr ag eisiau gori arni yn ei gwddf, ac yr oedd ei hwyneb yn hollol ddi-fynegiant a gwag. Yr oedd yn amlwg yr hoffai wrthod petai modd iddi wneud mewn ffordd yn y byd. Bu'r eiliad lleiaf heb ddweud gair, ac yna daeth ei 'Na, dydi o ddim gwahaniaeth gen i' (os dyna a ddywedodd) allan mor amhendant a digroeso, fel y gwelodd Lora ar unwaith yr hoffai wrthod. Cododd ei gwaed hithau i'r wyneb am eiliad, a bu agos iddi ddweud wrthi am fynd, a chwilio am lety arall, ond tybiodd y byddai'n well iddi beidio â cholli ei hurddas yn elo cyn lleied o amser, a hithau'n meddwl am ymadael â'r dref. Dywedodd yn gwbl hunanfeddiannol wrthi,

'Ond na hitiwch, Miss Lloyd, erbyn meddwl, mi alla i wneud yn iawn. Caiff Derith fynd i wely Rhys, y plant i'r atig, a mi gysga innau ar y soffa yn y parlwr ffrynt.'

'Does dim raid i chi,' oedd ateb yr athrawes gydag arlliw o well teimlad.

Wedi hynny, bu'n gogr-droi gyda'i meddyliau a'r amser yn mynd heibio, a dyma hi'n awr yn colli amser o'r hanner awr

223

byr a gâi gyda Rhys. Wedi cyrraedd y drws, synnodd glywed y swyddog yn dweud fod dwy wraig gyda Rhys, ac na châi fynd i mewn nes dôi eu hamser hwy i ben. Yr oedd ei siom yn ormod iddi geisio dyfalu pwy oeddynt, a dechreuodd guro'i thraed ar y llawr yn ddiamynedd. Wedi deall mai hi oedd ei fam, dywedodd y swyddog wrthi am fynd i mewn a gofyn i un o'r lleill ddod allan.

Ni allai gredu ei llygaid pan aeth i mewn i'r ward. Dyna lle'r oedd ei mam-yng-nghyfraith ac Esta yn llenwi un ochr i'r gwely ar ddwy gadair, yn gysgod llythrennol rhwng y gwely a'r ochr honno i'r ward, a Rhys wedi troi ei gefn atynt, yn gorwedd yn llonydd fel planc. Aeth hithau ato a'i gael â'i lygaid ynghau a dagrau'n disgyn oddi ar ei amrannau.

'Hylô, Rhys.'

'Hylô, Mam. Roeddwn i'n meddwl nad oeddach chi ddim am ddŵad.'

'Mi ges fy nghadw dipyn, ac mi fethis fod wrth y drws pan oeddan nhw'n agor. Wyt ti'n well?'

'Ydw o lawer, nes daeth rheina yma.'

Cododd Lora ei phen ac edrych ar ei theulu-yng-nghyfraith. Yr oedd y fam yn dewach nag y gwelsai hi erioed. Ni chynigiodd godi ei golygon wrth i Lora edrych arni. Edrychai Esta yn anghyfforddus.

'Deudwch wrthyn nhw am fynd i ffwrdd, Mam.'

'Fedra i ddim gwneud hynny, Rhys. Mae gan bawb hawl i ddŵad yma.'

'O, does arna i ddim eisio'u gweld nhw.'

'Y chi sy'n gyfrifol am hyn, Lora,' meddai ei mam-yng-nghyfraith, gan godi'i phen y mymryn lleiaf, a throi ei llygaid at wegil Rhys.

'Nid yr *hospital* yma ydi'r lle i ddadlau peth fel yna,' atebodd Lora, 'ond petaech chi'n dŵad i'r tŷ mi fedrwn i brofi'n wahanol i chi.'

'Rydach chi wedi cadw'r plant oddi wrth deulu Iolo.'

'Mae Derith yn dŵad acw fel y mynno hi, a ddwedais i rioed wrth Rhys am gadw draw.'

Ar hynny, troes Rhys yn sydyn at ei nain a'i fodryb a sgrechian,

224

'Cerwch o 'ma! Cerwch o 'ma!'

Distawodd y ward i gyd, a phawb yn edrych i'w cyfeiriad, Lora'n ceisio tawelu ei bachgen, ac yntau'n mygu ei igian crio yn y gobennydd. Daeth nyrs yno i weld beth oedd yn bod, a'r ddwy arall ar eu ffordd allan erbyn hynnny.

'Mae popeth yn iawn, nyrs, mi ddaw ato'i hun rŵan — tipyn o helynt teulu.'

'Mae o wedi bod yn well o lawer y dyddiau dwaetha yma, ac yn dechrau mwynhau ei hun yma, yn dydach Rhys?'

'Ydw,' meddai yntau, 'mae'n ddrwg gen i, nyrs.'

Ar hynny, dechreuodd Lora ei theimlo'i hun yn rhyfedd, a gweld pob man yn mynd yn dywyll o'i chwmpas.

'Nyrs, ga i lymaid o ddŵr gynnoch chi, os gwelwch chi'n dda?'

'Steddwch, Mrs Ffennig.'

Yr oedd y nyrs yn ôl mewn eiliad. Yr oedd Lora â'i phen i lawr ar y gwely erbyn hyn ac yn clywed Rhys yn siarad o bell.

'Be sy, Mam?'

'Dyna fo, yadch chi'n teimlo'n well rŵan, Mrs Ffennig?'

'Ydw, diolch yn fawr.'

'Mi alwa i ar y doctor.'

'Does dim o'i eisio fo rŵan, diolch, ond mi hoffwn i gael gair efo fo cyn mynd adre.'

'Beth oedd, Mam?' meddai Rhys wedi i'r nyrs fynd.

'Dim byd, ond 'mod i wedi fy nhaflu dipyn wrth weld dy nain a dy fodryb.'

'Wedi'ch taflu i ble?'

'Wedi cynhyrfu tipyn. Ond mi fasa'n well i ti ac i minnau fod yr un fath â Derith, peidio â gadael i ddim ein cynhyrfu ni.'

Cododd ei phen ac edrych ar Rhys. Gallai ei weld erbyn hyn. Edrychai'n well o lawer, ac ni buasai neb yn meddwl ei fod wedi creu'r fath stŵr funud ynghynt.

'Beth oedd arnoch chi, Mam?'

'Mae'n debyg mai cael gwasgfa wnes i.'

'Ydach chi'n iawn rŵan?'

'Rydw i'n well.'

'Ydi Guto a Now Bach yn dŵad i fwrw'r Sul?'

'Ydyn.'

'Biti na faswn i gartra, yntê?'

'Fasa yna ddim lle inni gysgu i gyd. A mae'n well iti beidio â sôn am ddŵad adre. Rhaid iti fendio'n iawn.'

'Rydw i'n well o lawer.'

'A mi'r wyt ti'n licio dy le yma, yn dwyt?'

'Ydw,' meddai yntau, gan edrych ar ei fam yn swil.

'Does dim rhaid iti fod ag ofn dweud hynna.'

'Pam?'

'Rhaid iti ddysgu licio llefydd eraill cystal â dy gartre.'

'Pam?'

'Er mwyn iti fedru byw.'

Bu yntau'n ddistaw am funud.

'Ond does gen i ddim help 'mod i'n licio fy nghartre, yn nag oes?'

'Nac oes. Ond rhaid iti dreio licio llefydd erill hefyd.'

'Ond dydan ni ddim yn cael siawns i fynd i lefydd erill, yn nag ydan?'

'Na, ddim rŵan, ond mi gawn ryw ddiwrnod.'

Yr oedd ar fin dweud bod yn rhaid iddo ddod i hoffi pobl eraill hefyd, ond tawodd, rhag ofn iddo gael pwl arall. Teimlai ar y munud yn ddig iawn wrtho, am wneud y fath stŵr o flaen y ward i gyd, a theimlai hefyd ar y munud fod dull yr hen bobl o chwipio rhyw sterics fel hyn allan o blant yn well na dull yr oes newydd o'u hwmro am bob dim. Penderfynodd nad âi i weld y meddyg. Yr oedd yn dda ganddi gael gwneud esgus o'i phenysgafndod i fynd adref yn syth, a magodd ddigon o greulondeb i ddweud wrth Rhys,

'Ella na ddo i ddim nos yfory.'

'Pam?'

'Dydw i ddim yn teimlo'n rhy dda, ac ella yr a' i i 'ngwely am ddiwrnod neu ddau cyn i Now Bach a Guto ddŵad.'

'Ydach chi'n teimlo'n sâl iawn?'

'Nac ydw, ond mi fydda i yn sâl iawn os na chymera i sbel. Ta-ta rŵan.'

'Ta-ta, Mam.'

Ni throes Rhys ei ben o gwbl wrth i'w fam fynd ymaith,

226

a'i gefn a welodd wrth ymadael. Gwnaeth hynny iddi betruso pa un ai digalon ydoedd, ai ynteu wedi penderfynu dechrau ei galedu ei hun.

Daeth Loti i'r gegin cyn gynted ag y cyrhaeddodd y tŷ i holi ynghylch Rhys, ond pan welodd Mrs Ffennig yn eistedd yn llonydd yn y gadair, a'i hwyneb o'r un lliw â phwti, stopiodd wrth y drws,

'Dowch i mewn, Loti, dydw i ddim yn teimlo'n dda iawn.'

'Be sy, Mrs Ffennig?'

'Mi ges rywbeth tebyg i wasgfa yn yr *hospital* — wedi cynhyrfu'r oeddwn i cyn mynd, a mi'r oedd fy mam-yng-nghyfraith ac Esta wrth y gwely pan es i mewn, a mi aeth Rhys i sterics glân. Ond rhaid imi beidio â sôn amdano.'

'Ewch i'ch gwely, Mrs Ffennig. Mi ro i Derith yn 'i gwely.'

'Mae arna i ofn fod yn rhaid imi fynd, fedra i ddim dal ar fy nhraed. Mae'n gas gen i roi trafferth i chi, ond fasech chi'n medru dŵad â photel ddŵr poeth imi, a gwneud dŵr lemon poeth imi, os gwelwch chi'n dda?'

'Ar f'union.'

Yr oedd yn dda ganddi gael gorwedd yn y gwely, a phan ddaeth Loti â'r dŵr lemon poeth cymerodd dabled i gysgu; yn y stad hanner ffordd honno i gwsg, yr oedd arni awydd siarad a siarad.

'Rydw i wedi cyrraedd y gwaelod heno, Loti, a rhaid imi suddo neu godi.'

'Wnewch chi ddim suddo, Mrs Ffennig.'

'Rydw i wedi penderfynu heno'n bendant fynd at f'ewyth i fyw. Mae'r tŷ yma yn fy mygu fi.'

'Rydw i'n siŵr y basa rhyw fath o newid yn lles i chi. Fasa ddim gwell i chi fynd i Lundain at Mrs Ellis dros yr hanner tymor?'

'Rydw i wedi gaddo i blant fy chwaer y cân nhw ddŵad yma, a fedra i mo'u siomi nhw, a dyma'r unig siawns gân nhw a finnau tan y 'Dolig.'

'Rydach chi'n meddwl gormod am bobol erill, Mrs Ffennig.'

'Mi fydda i'n meddwl llai o hyn allan, a mi wna les i blant yr un fath â Rhys gael llai o sylw. Dydi plant fy chwaer ddim yn cael digon.'

'Cael gormod o sylw yn yr un fan y mae Rhys, os ydi o'n cael gormod. Does ganddo unlle arall i fynd iddo fo ond yr ysgol a'i gartre.'

'Ia, erbyn meddwl. Petasa gynno fo daid a nain yn fan'ma, a thaid a nain yn fan'cw, a modryboedd ac ewythrod yn rhywle arall, mi fasa'n cael mynd atyn nhw, ond mae o'n cael 'i wmro gen i yn fan'ma o hyd.'

'Does gin neb help, wrth gwrs; ar yr amgylchiadau y mae'r bai.'

'Druan o blant!'

'Hitiwch befo plant neb rŵan, ewch i gysgu.'

'Dwn i ddim beth sydd ar Miss Lloyd chwaith, roedd hi'n arfer bod yn eneth mor ddymunol.'

Yr oedd ei llygaid bron wedi cau pan ddywedodd hyn, a chyn iddi lithro yn llwyr i gysgu, gwelai ei mam-yng-nghyfraith yn gadael yr ysbyty, a golwg dynes wedi torri'i chalon arni, ac yn blith draphlith â hynny, gwelai fod ei bywyd yn y dyfodol ynghlwm wrth un Loti.

'Rŵan, Derith, am eich llefrith i chi gael mynd i'ch gwely.'

'Pam ydach chi'n rhoi fi yn fy ngwely?'

'Mae'ch Mam yn sâl.'

'Ydi hi am gael mynd i'r *hospital*?'

'Dim ffasiwn lwc, cheith hi ddim aros yn 'i gwely.'

'Dydw i ddim yn licio mynd i 'ngwely.'

'Nac ydach, mi wn. Piti na fasa'ch Mam yn cael ych siawns chi o gael mynd yno'n gynnar bob nos, a phobol i dendio arni drwy'r dydd.'

'Mae Guto a Now Bach yn dŵad yma.'

'Ydach chi'n 'u licio nhw?'

'Esgob, ydw.'

'Mae'u tad nhwtha'n sâl, yn tydi?'

'Ydi o'n sâl iawn?'

'Mae o yn 'i wely.'

'Ydi Mam yn sâl iawn?'

'Dwn i ddim. Na, dydw i ddim yn meddwl.'

'Ydi hi am farw?'

'Nac ydi, siŵr iawn.'

'Ydach chi'n licio Bryn Terfyn?'

228

'Dwn i ddim. Fuo mi rioed yno. Ydach chi?'

'Esgob, ydw.'

'Fasach chi'n licio mynd yno i fyw?'

'Baswn, ond does yno ddim lle.'

'Ydach chi'n licio Tŷ Corniog?'

'Lle mae dyn y mwstás yn byw?'

'Ia, am wn i, mae gynno fo fwstás. Fasach chi'n licio mynd yno i fyw?'

'Baswn efo Mami, a Tada yn lle dyn y mwstás.'

Stopiodd Loti holi. Dyma'r unig dro i Derith sôn am ei thad yn ei chlyw hi. Ys gwyddai hi beth a âi drwy feddwl y plentyn.

'Ga i weld Mami cyn mynd i 'ngwely?'

'Mae hi'n cysgu, bach.'

'Fydd hi'n cysgu fory?'

'Na, dydw i ddim yn meddwl.'

Wedi yfed ei llefrith, aeth i'w gwely yn ufudd ddigon. Pan aeth Loti yn ôl i'r parlwr, yr oedd Annie'n sefyll o flaen y drych yn hwylio i fynd allan.

'Beth oedd yn bod rŵan?' meddai hi.

'Mae Mrs Ffennig yn reit sâl.'

Stopiodd Annie ar ganol rhoi powdr ar ei thrwyn.

'Beth oedd yn bod?'

'Dwn i ddim yn iawn; roedd rhywbeth wedi'i chynhyrfu hi cyn iddi fynd i'r *hospital,* a phan aeth hi yno, roedd yr hen Mrs Ffennig ac Esta wrth y gwely, a mi aeth Rhys yn holics glân. Dwn i ddim beth sydd wedi digwydd, roedd hi rhwng cwsg ac effro yn treio dweud wrtha i. Heblaw mae hyn wedi'i gorffen hi, a mae hi wedi penderfynu mynd at 'i hewyth i fyw.'

Aeth rhywbeth fel cysgod gwên dros wyneb Annie, a diflannu'n araf i gorneli ei cheg.

'Oeddat ti wedi bod yn siarad efo Mrs Ffennig cyn iddi fynd allan?' gofynnodd Loti.

'Oeddwn. Pam?'

'Dim ond 'mod i'n gofyn.'

'Mi wnait ti dditectif iawn. Eisio gwybod sydd arnat ti beth gynhyrfodd Mrs Ffennig cyn iddi fynd allan, yntê?'

'Mi fasa'n reit ddiddorol cael gwybod.'

'Wela i ddim bod achos cynhyrfu o gwbwl yn yr hyn fu rhyngo i a hi. Mi ofynnodd fydda'n ots gen i i blant ei chwaer gael cysgu yn fy rŵm i dros y Sul, a mi ddywedais innau nad oedd o ddim.'

'Doedd dim achos i neb gynhyrfu wrth hynny.'

'Nac oedd, am wn i. Ond mi ddwedodd wedyn y medrai wneud y tro drwy iddi hi fynd i gysgu ar y soffa i'r parlwr, a rhoi Derith yng ngwely Rhys.'

Wedi iddi fynd allan, bu Loti'n dyfalu ac yn dyfalu beth oedd wedi cynhyrfu Mrs Ffennig, a fesul tipyn, fel dehongli sym, fe wawriodd arni mai dull Annie o gynnig ei gwely oedd wedi ei chynhyrfu, oblegid yr oedd ateb annibynnol Mrs Ffennig yn dangos nad oedd arni eisiau derbyn ei ffafr, er ei bod wedi gofyn amdani.

Nos drannoeth, aeth Loti i'r ysbyty i edrych am Rhys. Syrthiodd ei wep pan welodd hi, ond ddim ond am eiliad. Newidiodd ei wyneb yn hollol erbyn iddi gyrraedd erchwyn ei wely.

'Peidiwch â dychryn fy ngweld i. Mae'ch Mam wedi mynd i Dŷ Corniog.'

'I beth?'

'I be ddyliech chi? Mae hi wedi penderfynu symud yno i fyw.'

'Ydi hi'n well?'

'O, lawer iawn. Mi gysgodd fel top neithiwr, ac roedd hi fel y boi y bore 'ma.'

'Pa bryd ydan ni'n symud?'

'O, dwn i ddim. Peidiwch â chyfri'ch cywion yn rhy fuan.'

'Dydach chi ddim yn siŵr, felly?'

'Cyn siwred â 'mod i yn fan'ma.'

'Gobeithio yr awn ni'n fuan.'

'Wel ia, meddwch chi. Ond dydw i ddim yn gobeithio hynny. Dwn i ddim i ble'r a' i wedyn. Mae mor anodd cael lle da, a rydw i'n licio'ch Mam.'

Aeth gwên hoffus dros wyneb Rhys. Edrychodd ar Loti ym myw ei llygaid, fel petai'n ceisio datrys rhyw ddryswch, a bod yr ateb yn ei hwyneb.

'Wel pam na ddowch chi efo ni?' meddai. 'Mae yna fws yn dŵad i lawr i'r dre bob bore reit o ymyl Tŷ Corniog.'

'Ond does yno ddim lle, reit siŵr.'

'Ella bod yno. Mae yno bedair llofft a mae Dewyth Edward yn cysgu yn y parlwr ers talwm, a mae yno lobi reit drwy'r tŷ. Fel hyn, sbïwch.'

A gwnaeth Rhys ddarlun efo'i fys ar y gwely.

'A mae yno hen hiwal fawr tu allan, a digon o le i gadw pethau. Cofiwch, does yno ddim bathrwm.'

'Dim ots. Mi molchwn ni fesul tipyn.'

Chwarddodd Rhys dros bob man.

'Hen ddyn rhyfedd ydi Dewyth Edward hefyd.'

'Dim ots am hynny. Mi'r ydan ni yn rhyfedd i gyd.'

'Ydw i'n rhyfedd?'

Mi'r oeddach chi'n reit ryfedd neithiwr, meddai'ch mam. Hynny wnaeth eich mam yn sâl.'

Rhoes Rhys ei ben i lawr a rhedeg ei fys hyd gynfas y gwely. Cododd ei olwg wedyn a gwneud ymdrech i'w amddiffyn ei hun.

'Ond roeddwn i wedi poeni am fod Nain ac Anti Esta wedi bod yn gas wrth Mam, a roedd arna i eisio'u lladd nhw neithiwr wrth 'u gweld nhw wedi dŵad yma o flaen Mam.'

'Ydach chi'n teimlo'n well heddiw?'

'Rydw i'n difaru heddiw, a dydw i ddim yn meddwl y gwna i eto.'

'Allwn i feddwl, wir. Rhaid i chi gofio fod ych nain yn mynd yn hen.'

'Mae hen bobol yn medru bod yn frwnt iawn.'

'Yr un fath yn union â phlant, Rhys.'

'Ydach chi'n gweld, Miss Owen, roedd o yn fy mrest i erstalwm iawn, bron â fy mygu fi, bob tro y byddwn i'n gweld Anti Esta'n dŵad acw, a rydw i'n teimlo'n well rŵan, 'run fath â byddwn i bob tro ar ôl taflu i fyny.'

'Ydi o ddim wedi dŵad yn ôl?'

'Nac ydi. Oedd Mam yn teimlo'n gas ata i?'

'Dwn i ddim. Ond yr oedd o wedi'i gwneud hi reit sâl.'

Mygodd Rhys ochenaid.

231

'Rŵan, Rhys, meddyliwch am Dŷ Corniog ac am y ddwy ferlen fynydd, ac am y plant newydd . . .

Neidiodd Rhys yn sydyn, ac estyn llyfr oddi ar ei gwpwrdd.

'O, Miss Owen . . . sbïwch . . .'

'Galwch fi'n Loti.'

'Mi galwa i chi'n "Anti Loti".'

'Na, dydw i ddim yn anti i neb.'

'Sbïwch be ges i trwy'r post y bore yma, llyfr gan fy nosbarth o'r ysgol.'

'Wel dyna lyfr iawn, digon o waith darllen am oes. Chwarae teg iddyn nhw am fod mor ffeind.'

'Doeddwn i ddim yn disgwyl cael dim, achos dydw i ddim yn yr ysgol ers dim gwerth, a dydw i ddim yn 'u nabod nhw'n dda iawn.'

'Wel wir, mae'n rhaid 'u bod nhw'n hogia ffeind.'

'Wnes i ddim disgwyl dim byd, achos ydach chi'n gweld, Anti Loti, dydw i ddim yn medru bod yr un fath efo'r hogia ers pan mae 'Nhad wedi mynd i ffwrdd. Mae plant Bryn Terfyn yn wahanol. Maen nhw'n dallt.'

'Mae pawb iawn yn dallt, siŵr iawn. Does dim eisio i chi falio dim yn neb na phoeni. Ylwch, Rhys, wedi inni fynd i Dŷ Corniog, os ca i ddŵad, mi weithiwn ni fel dau flac ar gyfer ein ecsams. Mi drown ni'r hiwal yna'n stydi, a mi drown y byd â'i ben ucha'n isa.'

Chwarddodd Rhys eto, a dweud,

'A mi fydd yn braf arnon ni eto, yn bydd?'

'Bydd. Brysiwch fendio ac anghofiwch bob dim sydd wedi digwydd.'

'Ydach chi'n siŵr, Loti, nad ydi Mam ddim yn sâl?'

'Rhys, dydw i ddim yn arfer dweud celwydd ond pan fydd hi'n gyfyng arna i. Mi gewch weld eich mam eich hun nos yfory, ac mi synnwch 'i gweld hi.'

Wrth gerdded yn ôl, bu Loti'n meddwl yn hir am yr holl amgylchiadau yn ei llety. Cawsai olwg wahanol hollol ar Rhys heno. Yn lle'r bachgen digalon a welsai yn cerdded o gwmpas y tŷ, gwelodd fachgen a digon o blwc ynddo.

Ni theimlai fod ei fam yn iawn pan ddywedodd ei fod wedi cael gormod o sylw. Gormod o un math o sylw, efallai, ac nid y sylw iawn. Darllenasai ddigon am wŷr yn gadael eu gwragedd a'u plant, a gwragedd yn gadael eu gwŷr a'u plant, ond ni ddaethai i'w meddwl erioed beth oedd effaith hynny ar neb. Yn y distawrwydd a gaeai am hanes y bobol yma wedyn, ni roddai neb funud i feddwl beth oedd teimladau'r rhai a adewid. Cymerid yn ganiataol fod pawb yn gwella o'i boen gydag amser. Yn ei thyb hi, yr oedd Rhys wedi cael gwared o rywbeth wrth ffrwydro pan ddaethai ei nain a'i fodryb i'r ysbyty. Edrychai yn llawer hapusach heddiw. Efallai y byddai Mrs Ffennig yn well hefyd pe câi hi wared o'i siom mewn rhyw ffordd ffrwydrol. Yr oedd hi'n llawer rhy dawel a goddefgar, a thrwy hynny, efallai, yn gwneud i'w bachgen ddyfalu a phendroni. Ond nid ei lle hi oedd rhoi ei bys ym mrywes Mrs Ffennig. Cafodd syndod mawr pan gyrhaeddodd y tŷ o weld ei gwraig lety yn eistedd wrth y tân, ac wedi troi'n ôl oddi wrth y bws cyn cychwyn i Dŷ Corniog. Nid oedd yn wael, meddai, ac ni chynigiodd unrhyw reswm dros droi'n ôl, ond gallai Loti ddyfalu mai ansicrwydd ynghylch cymryd y cam terfynol o symud a wnaethai iddi beidio â mynd yn ei blaen.

Ni bu ymweliad Guto a Now Bach yn llwyddiant o gwbl. O'r munud y rhoesant eu traed dros y trothwy teimlai Lora fod rhywbeth ar goll, a'r rhywbeth hwnnw oedd Rhys. Un peth oedd diddori plant mewn dosbarth, peth arall oedd diddori dau blentyn mewn tŷ heb gymorth rhyw blentyn arall ddigon hen i gymryd y blaen mewn diddori. Yr oedd Derith a Now Bach yn rhy ifanc i'w diddori eu hunain ar ôl mynd trwy hynny o lyfrau a oedd gan Derith. Gellid mynd trwy hynny o ryfeddodau a oedd yn siopau'r dref mewn rhyw awr, ac nid oedd y rhyfeddod o weld Rhys mewn gwely mewn ysbyty yn para ond am ychydig funudau. Bu'r cae chwarae yn help am ychydig brynhawn Sadwrn, ond yr oedd holl adnoddau Lora wedi eu dihysbyddu erbyn y nos. Gwyddai fod ar Now Bach hiraeth, ac fel y tynnai at amser gwely dilynai Guto i bobman hyd y tŷ, a bwytâi ei swper fel petai ar fin tagu wrth roi pob tamaid yn ei geg. O drugaredd daeth eisiau cysgu yn weddol fuan, ac yr oedd Guto'n ddigon meddylgar i weld mai mynd i'w wely gydag ef fyddai'r peth gorau. Tybiai Lora y byddai'n well drannoeth, ac yr oedd felly wrth fwyta ei frecwast a hwylio i'r capel. Rhoes ei ben i lawr ar y bwrdd pan ofynnodd ei fodryb iddo a oedd am fynd ymlaen i ddweud adnod ar ôl y bregeth. Edrychai'n hapusach o lawer pan ddywedodd hi nad oedd yn rhaid iddo wneud. Yna yn y capel, ar ganol y bregeth, fe agorodd y fflodiat. Yr oedd meddwl Lora yn crwydro ac yn dod yn ôl at y bregeth, yn crwydro ac yn dod yn ôl wedyn. Nid oedd y plant ar ei meddwl o gwbl. Ond yn hollol sydyn dyma Now Bach wrth ei hochr yn torri allan i grio, ac yn gweiddi, 'Mae arna i eisiau mynd adre at fy nhad.' Yr oedd ei gri mor ramadegol fel y tybiodd Lora am eiliad mai dweud adnod yr oedd.

Cymerodd hithau ef ar ei glin ac fe stopiodd yntau grio ymhen ychydig, ond bu gweddill y gwasanaeth yn hir.

Edrychai'n druenus wrth ben ei ginio, a phawb yn ei wmro, ei frawd yn addo y câi bopeth wedi mynd adre. Fe lwyddwyd rywsut i fynd trwy weddill y dydd trwy ddarllen, tynnu hen ddarluniau allan o'r atig, dweud straeon, bwyta fferins a chwarae. Bore trannoeth fe aeth y plant i'r cae chwarae, ac fe benderfynodd Lora fynd i'w danfon adre yn union ar ôl cinio. Yr oedd am roi rhywfaint o amser i'w chwaer i olchi, beth bynnag. Penderfynodd hefyd fynd i Dŷ Corniog a gofyn i Mrs Roberts, y drws nesaf, edrych ar ôl Derith.

Mor wahanol oedd Bryn Terfyn heddiw rhagor nag ydoedd yn yr haf. Yr oedd popeth o'i gwmpas yn ddigon i roi'r felan i ddyn. Y llwybr at y tŷ yn wlyb a lleidiog, yr ieir yn swatio'n ddigalon mewn corneli, y gwartheg yn disgwyl wrth yr adwy. Llofft Owen yn ddi-dân, ac yn oer i unrhyw un a eisteddai yno. Owen yn siriol trwy'r cwbl ac yn teimlo'n well meddai, disgwyl cael codi ymhen ychydig wythnosau. Ymhen ychydig oriau wedyn, meddyliai Lora, byddai'r lamp wedi ei golau a'r llenni wedi eu tynnu, a'r nos faith o'i flaen. Drannoeth yr un fath. A thradwy. Ys gwyddai hi beth a ddaliai ddyn mewn cystudd? Efallai. Cofiodd am sylw Owen na throai ei lygaid at y môr mwyach. Tybed a oedd ef yn gobeithio, yntau cuddio ei deimladau yr oedd? Ni theimlaf fod Bryn Terfyn yr un fath heddiw. Yr oedd hi a'r plant wedi dod i dŷ nad oedd yn eu disgwyl mor fuan, ac yr oedd rhyw ddiflastod yn yr awyr, fel siom dyn yn disgwyl ei gyfaill ac yntau heb ddod. Teimlai Lora fod ei chalon fel llechen oer. Meddyliodd am ei thŷ ei hun yn y dref. Tŷ llawn ar symud o hyd, heb gornel i orffwys. Yna aeth ei meddwl i Dŷ Corniog, tŷ heb unrhyw gysylltiad rhyngddo a hi. Tŷ gwyryf. Tŷ lle y gallai ail-ddechrau byw. Tŷ y gallai greu cartref arall ynddo, efo Loti a'i phlant. O ganol y meddyliau yma, fe gododd fflam fechan fel cannwyll gorff. Yr oedd yn rhaid i Owen fendio, a byddai'n rhaid iddi hi helpu i wneud hynny. O Dŷ Corniog y gallai wneud hynny. O'r munud hwnnw nid oedd troi'n ôl i fod. Yr oedd wedi troi'n ôl oddi wrth y bws y noswaith o'r blaen am nad oedd yn ddigon sicr ei meddwl ei bod yn gwneud y peth callaf.

Nid edrychai Now Bach lawer hapusach wedi cael dod adre, ac wrth iddi gychwyn oddi yno dechreuodd grio a dweud bod arno hiraeth ar ei hôl.

'Ŵyr o ddim beth sydd arno eisio,' meddai Guto.

Teimlai hithau mai felly yr oeddynt i gyd, ac eithrio Owen. Yr oedd ei angen cyntaf ef yn bendant ddigon. Yn sŵn crio Now Bach y cerddodd hithau at y llidiart.

Cerddodd y ffordd drol rhwng Bryn Terfyn a Thŷ Corniog gyda llawer mwy o asbri nag a deimlasai ers wythnosau. Yr oedd yr awyr uwchben y môr yn ddu-las, a chymylau yn hongian yn fflabardiau blêr yn yr awyr. Yr oedd y gwynt yn oer ac yn fain ac yn chwythu'r dail meirw i'r corneli. Yr oedd rhywbeth yn iach ynddo wrth ei deimlo yn mynd trwy ei ddillad, a deuai aroglau mawn i'w ffroenau. Yr oedd digon o olau dydd ar ôl iddi weld y pyllau dŵr yn y fawnog, fel llygaid ar wyneb potes. Dim rhyfedd bod yr hen bobl yn eu galw yn 'llygaid gloywon'. Nid oedd arwydd bywyd yn Nhŷ Corniog, ei bum ffenestr ffrynt yn gaead, ac yn edrych fel pum llygad dall yn syllu tua'r môr. Wrth basio ffenestr y gegin ar hyd y llwybr a arweiniai at ddrws y cefn, gallai weld ei hewythr yn ei dopcot a'i gefn tuag ati, yn syllu i'r tân yn y llwyd tywyll — heb olau'r lamp. Pan glywodd sŵn ei throed, hanner troes ei ben i ystum gwrando.

'Lora, chdi sy 'na?' meddai heb droi ei ben.

'Does dim byd ar eich clyw chi, beth bynnag.'

'Oes, mi mae, ond mi faswn i'n nabod sŵn dy droed ti tasat ti'n hedeg drwy'r awyr. Yli, 'ngenath i, gwna damaid o fwyd, rydw i'n rhy fusgrell i symud. Mi ges i dun cig y diwrnod o'r blaen. Agor hwnnw.' Sylwodd Lora nad oedd y tŷ cyn laned â'r tro cynt, y lloriau fel petaent wedi eu sychu efo chadach llawr ond heb eu golchi. Cododd ei hewythr ac aeth i'r gornel i nôl poethwal a'i roi ar y tân, a thorrodd yn fflam ar unwaith. Ymhen dim bron yr oeddynt yn bwyta ar aelwyd eithaf cysurus. Gwyliai Lora am ei chyfle. Nid oedd am ddweud wrtho yn blwmp ei bod wedi penderfynu dod ato i fyw, rhag ofn iddo ddweud ei fod wedi newid ei feddwl.

'Mae'r bwyd yma'n dda. Dwn i ddim pryd y ces i damaid cystal. Biti na fasat ti'n medru dŵad ata i i fyw.'

'Beth fasach chi'n ddweud petaswn i'n dweud 'mod i'n meddwl dŵad?'

'Mi faswn wrth fy modd. A deud y gwir iti, rydw i bron wedi penderfynu mynd odd'ma i ryw gartre hen bobol neu'r wyrcws neu rywle. Dydi'r ddynes yma ddim yn dŵad yma i llnau rŵan chwaith.'

'Rydw innau wedi penderfynu 'mod i'n mynd odd'acw hefyd. Fedra i ddim byw acw ddim hwy.'

'Pam, wyt ti ddim yn cael digon o arian at fyw, ynte beth?'

'O na, nid hynny. Rydw i wedi diflasu acw ac yn teimlo 'mod i'n mygu.'

'Can croeso iti ddŵad yma. Mae'r pedair llofft yna i chi. Rydw i wedi dŵad â'r gwely bach i lawr i'r parlwr i mi fy hun.'

'Oes yna le i mi roi hynny o ddodrefn sy gen i?'

'Mi fedra i gael gwared â phob dim nad oes arna i ddim o'i eisio fo, a'u troi nhw'n arian, a rhoi'r pethau yr ydw i am 'u cadw yn y gegin yma a'r parlwr lle mae fy ngwely fi. Mi gaet tithau weddill y tŷ.'

'Os liciwch chi, mi ro i fy nodrefn yn yr hiwal.'

'I be? Does gen i ddim gafael mewn dim sydd yn y tŷ yma, ond yr hyn fedra i 'i iwsio, a mae yna ryw ddyn tua'r dre yna yn rhoi pris go dda am hen bethau.'

'I beth oeddach chi'n prynu nhw i gychwyn, Dewyth?'

'Hen ddodrefn Mam ydi rhai ohonyn nhw, a mi brynais innau rai erill, gan feddwl gosod y tŷ yma i fyddigions yn yr ha, a mynd i'r hiwal i fyw fy hun. Ond mi aeth un giang ohonyn nhw o'ma heb dalu, y geriach!'

'Ydi o'n ots gynnoch chi os a' i drwy'r tŷ unwaith eto?'

'Dos di i le fynnot ti.'

Sylwodd Lora ar un peth na sylwasai arno o'r blaen, sef bod y gegin lle'r oedd ei hewythr yn byw, a'r parlwr lle'r oedd ei wely, tua'r un faint, ond fod y gegin bach ar yr ochr arall i'r lobi yn llai na'r gegin fawr, ac felly bod y parlwr yr ochr honno yn fwy. Yr oedd y llofftydd o'r un maint â'r ystafelloedd odanynt. Aeth i'r hoywal a'i chael yn well nag y disgwyliasai.

Yr oedd iddi lawr priddfaen fel llawr beudy, a lle i'r dŵr redeg allan oddi wrth y boiler golchi. Yr oedd feis ddŵr wrth y drws cefn, ac ni chostiai lawer i ddod â dŵr i'r tŷ. Byddai'n rhaid iddynt fod heb ddŵr poeth, ond fe ddoent dros ben hynny rywsut.

Cyn mynd adref daethai hi a'i hewythr i ddealltwriaeth berffaith, rhy berffaith i Lora allu credu y cedwid ati. Nid oedd ar ei hewythr eisiau rhent. Câi wneud fel y mynnai gyda'i rhan hi o'r tŷ. Câi Loti ddod yno gyda hwy. Câi, fe gâi roi trydan yn y tŷ, os mynnai. Fe gâi hefyd edrych ar ei ôl ef. Yr oedd yn ddigon parod i gredu y byddai ei hewythr yn torri ei addewidion i gyd, ond gallai hithau dorri'r addewid i edrych ar ei ôl yntau. Ond yr oedd yn gyfyng arno, ac yn ei gyfyngder ni allai fod yn llai na dyn.

Wrth gerdded yn ôl at y bws, teimlai mor ysgafn â phluen. Yr oedd ar dân o eisiau cael gosod ei chynlluniau ar waith, nid yn unig yn y tŷ, ond yn yr hoywal hefyd. Gwelai honno yn dŷ bychan o bedair ystafell ryw ddiwrnod. Gweithiai ei meddwl ffigurau o'r hyn a arbedai wrth gael peidio â thalu rhent. Sylweddolai y byddai'n colli arian Miss Lloyd, ac y costiai'r bws ôl a blaen rywbeth. Byddai'n rhaid iddi dalu i Aleth Meurig hefyd. Ond yr oedd ganddi rywbeth i anelu ato yn awr, a cheffyl da oedd ewyllys i gyrraedd at unrhyw nod. Troes ei phen ac edrych ar y llethrau a'u goleuadau prudd. Gwyddai nad oedd wiw iddi edrych ymlaen at unrhyw bleser yn y gymdeithas a gâi yn ei chartref newydd. Ei siomi a gâi pe gwnâi hynny. Rhywbeth yn debyg oedd pobl ym mhobman, ac ni byddai'r llechweddau hyn byth yr hyn oeddynt yn ei phlentyndod. Efallai nad oeddynt y pryd hynny ychwaith, ond drwy lygaid rhamantus plentyn. Un o'r goleuadau oedd golau llofft Owen. Un o dyrfa o oleuadau ydoedd wrth edrych o'r fan hon, ac ni wyddai pa'r un. Yn ei ymyl yr oedd yn olau arbennig iawn a dieithrwch salwch o'i gwmpas. Ymhen ychydig oriau, byddai'r golau hwnnw yn unig ac yn gwahanu'r tŷ oddi wrth ei gymdogion, hyd oni ddeuai gwawr a'i wneud wedyn yr un fath â'i gymdogion. Yna daeth iddi ffieidd-dod o feddwl bod y ffasiwn beth â hoywal a thŷ wedi cymryd ei meddwl am un munud, a'r fath ddioddef yn digwydd tu ôl i un o'r goleuadau bychain hynny, a'r dioddef hwnnw yn digwydd i un a garai megis brawd.

Cofiodd fod llythyr Linor yn ei bag. Ni chawsai ond cip arno ar ôl ei godi oddi ar lawr y lobi cyn cychwyn i Fryn Terfyn. Edrychai ymlaen at ei ddarllen yn fanwl wrth y tân cyn mynd i'w gwely. Yr oedd ei gynnwys yn sicrwydd iddi ei bod wedi gwneud y peth iawn wrth benderfynu ailddechrau byw mewn lle newydd.

Annwyl Lora,

Ni wn am neb sydd wedi disgyn i'r fath olchfa o boen, a hynny mor sydyn. Wrth feddwl am dy fywyd tawel ryw hanner blwyddyn yn ôl a'i gymharu â heddiw, yr wyf yn arswydo bod y fath newid yn bosibl yn hanes neb mewn cyn lleied o amser. Mae Iolo yn ei ymadawiad wedi agor drysau i greaduriaid rhyfedd redeg i'th dŷ.

Paid â phoeni gormod ynghylch Derith. Digon posibl mai ei hesboniad hi yw'r un cywir. Clywais am achos tebyg yn yr ysgol yma, ac wedi i'r plentyn gael athrawes newydd fe stopiodd. Mae plant, a phlant ifanc iawn, yn medru bod yn gyfrwys.

Druan o Rhys! Dwn i ddim beth wna 'i wella fo. Mae'n ymddangos fel petai ei boen meddwl wedi rhoi'r boen yn ei stumog. Rhaid iddo gael gwared o'i dad oddi ar ei feddwl gyntaf, a'i ddiddyfnu oddi wrthyt tithau hefyd. Sut mae'n bosibl gwneud i fachgen o'i oed o sefyll mwy ar ei wadnau ei hun, mae'n anodd dweud. A wyt ti'n meddwl ei fod o wedi amau y byddit ti ryw ddiwrnod yn priodi efo Aleth Meurig, a'i fod o'n ei weld ei hun yn mynd i'th golli dithau hefyd? Yr wyf fi'n credu fod llawer o blant ryw bum mlynedd yn hŷn na'u hoed, ac efallai mai'r hyn a rydd hwb i Rhys i sefyll ar ei wadnau ei hun fydd dy weld ti yn byw bywyd rhydd ar dy ben dy hun. A oedd gan ein teidiau a'n neiniau broblemau fel hyn?

Teimlaf dy fod wedi gwneud yn ddoeth iawn trwy wrthod mynd i ffwrdd efo Aleth Meurig. Paid â'm camddeall, nid er mwyn dy barchusrwydd, ond er mwyn dy gysur dy hun, ac yr wyf yn meddwl mwy am hynny nag am ddim arall iti. Nid cysur amgylchiadau, fe gaet hynny gan A.M., ond cysur dy feddwl a'th fywyd. Mae'n debyg fod A.M. yn ddyn da, ond nid dynion felly sy'n gwneud y gwŷr gorau bob amser. Mae'n dibynnu pwy a briodant, wrth gwrs. Ond y mae A.M. yn ôl pob dim a glywaf yn ddyn hunanddigonol, ond fe fyddit ti'n hapusach wrth roi cysur i ddyn ac arno fwy o angen cysur na fo. Mae'n siŵr fod arno yntau angen peth cysur, ond nid digon iti fedru ei dywallt am ei ben. Mae rhai pobl yn y byd yma wedi'u creu i lenwi'r tyllau sydd mewn pobl eraill, a mae arnaf i ofn na chaet ti ddim digon o le yn A.M. i dywallt yr holl dosturi sy'n colli drosodd yn dy gymeriad di, ac ni fedri dithau ddim derbyn dim gan neb arall. Efallai ymhen tair blynedd y byddi dithau'n medru gweld yn gliriach ym mhle y bydd dy hapusrwydd di. Yr wyf yn dy garu ormod i feddwl y gelli di gael dy siomi yr eildro.

Yr wyf yn hoffi'r Loti yna sy'n aros efo thi. Gobeithio y daw'r poenau presennol yn well.

Fyth,

Elinor.

Cafodd Lora ysgytwad wrth ddarllen y llythyr, o feddwl bod y pethau y soniai ei ffrind amdanynt wedi mynd yn hen bethau iddi mewn cyn lleied o amser. Nid oedd achos Derith yn poeni llawer arni erbyn hyn, ni throai ei meddwl yn ôl lawer at Aleth Meurig, yr oedd iechyd Rhys yn poeni llai arni. Ac eto, nid oedd ond ychydig ddyddiau er pan oedd wedi ei hiselhau ei hun i ofyn cymwynas i Aleth Meurig er mwyn iechyd Rhys. Ie, wedi bod ar dân iddo wneud y gymwynas y munud hwnnw. Nid oedd le i ddim arall yn ei meddwl ar y pryd. Heno, nid oedd le i ddim ond y symud i Dŷ Corniog. A fyddai hi felly ar hyd ei bywyd — y byddai'n rhaid iddi gael rhywbeth newydd i fynd â'i bryd o hyd, cyn y medrai fyw o gwbl? Os felly, nid oedd y gorffennol yn golygu dim iddi, er y byddai ei ddylanwad arni o hyd. Beth mewn gwirionedd

oedd y sbardun y soniai Loti amdano? Oedd, yr oedd llythyr
Linor wedi heneiddio yn y post rhwng Llundain ac Aber-
entryd. Ond yr oedd un peth yn aros, ei ysbryd cyfeillgar a'i
ddealltwriaeth.

PENNOD XXVII

Mwrllwch Tachwedd, a dyma fi mewn tŷ gwag, heb na chadair na bwrdd, yn sgrifennu ar fwrdd y ffenestr yn y gegin. Mae'r tŷ yn edrych yn ofnadwy ar ôl tynnu'r pictiwrs a mynd â phob dim o'i le. Edrychai'n ddigon del cynt, ond mae fel sgerbwd rŵan a'i gnawd wedi mynd. Mi gefais i amser digon hapus yn yr hen dŷ yma er mai hapusrwydd wedi'i wyngalchu ydoedd. Wrth ysgrifennu hwn yr wyf wedi cael gwir hapusrwydd, am fy mod yn ysgrifennu â'm llygaid yn agored. Erbyn hyn ni wn yn iawn pam yr ysgrifennais. Fe wyddwn ar y cychwyn, ysgrifennu yn fy ing yr oeddwn y pryd hwnnw er mwyn medru byw o gwbl, fel dyn yn griddfan i'r ddaear. Ond yr wyf yn sylwi fod hwn, fel popeth arall, yn symud oddi wrth ei amcan cyntaf. Ambell dro, teimlaf fy mod wedi ei ddefnyddio i'm cyfiawnhau fy hun yn erbyn Iolo, am fod fy nheulu-yng-nghyfraith yn fy nghondemnio. Bûm yn fy amddiffyn fy hun mewn llys barn, a theimlo fel petawn yn dwyn euogrwydd yr euog. Dro arall, teimlaf mai wedi bod yn chwilio am Iolo yr wyf. Fe aeth o'm golwg, ac ni ddaeth yn ôl, er imi feddwl yn fy hunan-dyb y byddai'n blino ar Mrs Amred. Dyna ei fai mawr i mi, mynd o'm golwg, troi ei gefn arnaf, fy nhwyllo. Yr wyf finnau'n teimlo wrth chwilio amdano ei fod yn llithro o'm gafael mor sydyn â'r llygoden fawr ym meudy Bryn Terfyn erstalwm, ac mai lliw ei gynffon sy'n aros hwyaf ar fy llygaid, ac nid ef ei hun. Ond wrth dirio a thirio ar ei ôl, ac ar ôl fy mherthynas i ag ef, teimlaf fy mod wedi dod i'm hadnabod fy hun yn well; gwelaf fy mod, wrth fy nghaledu fy hun, wedi prifio, a bod ynof fi fy hun ryw ffynnon a ddeil i godi, a rhoi sbardun i mi at fyw. Ni ddof byth i ben draw fy adnabyddiaeth o Iolo nac ohonof fy hun. Yr wyf wedi tirio hyd i'r anweledig a'r diwybod. Ar y ffiniau yna y mae anfodlonrwydd, ac o'r anfodlonrwydd yna y cyfyd y ffynnon yma. Y noson o'r blaen pan oeddwn yn Nhŷ Corniog, a phan benderfynais yn derfynol symud, teimlwn fod y ffynnon wedi sychu. Ac eto, yn yr anobaith hwnnw y penderfynais.

Gwn fod a wnelo Owen rywbeth ag ef. Yr oeddwn i fy hun wedi peidio â bod, ond yr oedd yn rhaid i Owen fendio, ac y MAE'n rhaid iddo fendio. Gwn na ddaw llonyddwch fyth i'r galon wedi'r hyn a ddigwyddodd. Cefais ddigon o lonyddwch yn y tŷ yma i fyny hyd i hanner blwyddyn yn ôl. Cysgu yr oeddwn y pryd hynny. Rŵan rhaid imi fod yn effro, ac er y byddaf yn ymbalfalu, byddaf yn ymbalfalu â'm llygaid yn agored beth bynnag.

Sylweddolaf hefyd ym mesur ein cariad at rywun neu rywbeth y medrwn gadw ein brwdfrydedd tuag at fywyd. Ni wn beth a garaf fi yn awr, os nad y ffynnon o ddiddordeb yn fy mhersonoliaeth i fy hun, a thrwy hynny mewn pobl eraill. Efallai mai dyna sy'n gwneud i bobl ysgrifennu llyfrau.

Ambell dro, teimlaf nad oes a wnelo Iolo na'm pethau personol i ddim â'r dyddlyfr yma, ond fy mod wedi cael mynegi rhywbeth y rhwystrwyd fi gan y gymdeithas yr wyf yn byw ynddi rhag ei fynegi. Wrth droi ei dudalennau credaf mai lol yw'r cwbl a sgrifennais, ond dyna fo, lol ydyw bywyd hefyd. Dim ond wedi cyrraedd y nefoedd y gobeithiai David Charles, Caerfyrddin, weld troeon yr yrfa yn rhan o batrwm hefyd. Hyd yma, sym heb ei gweithio allan yn iawn ydyw bywyd i mi. Brebwl a fu dyn erioed, a brebwl a fydd byth oherwydd ei feiau ei hun. Wrth ysgrifennu hwn, gwelais lawer o'm beiau i fy hun yn gymysg â beiau pobl eraill, ac yr wyf yn ddigon sicr y cyfrifid llawer o'r beiau hynny yn rhinweddau gan fy nghydnabod. Dylswn fynd i weld fy mam-yng-nghyfraith cyn ymadael, ond nid euthum. Tosturiwn wrthi pan droai ei chefn wrth fynd allan o'r ysbyty y diwrnod hwnnw (mae rhywbeth trist yng nghefnau pobl)

243

ond nid oedd arnaf eisiau gweld ei hwyneb yn ei thŷ.
Gwn y dylswn ddod dros ben hyn, ond ni wneuthum.

Ni bu pobl y capel fawr gwell efo minnau. Cadwasant
draw. Wrth ffarwelio efo mi neithiwr, deuai eu
dymuniadau da imi allan yn herciog fel petaent yn dod
trwy wddw potel. Ni welais Aleth Meurig er y noson y
gofynnais gymwynas ganddo.

Deallaf pam y mae ef yn cadw draw. Bu ei gwmni
yntau yn rhan o hapusrwydd y tŷ yma am ychydig
wythnosau, ond hapusrwydd yng nghanol trybini oedd
hwnnw fel pyst o'r haul tu ôl i gwmwl. Fe allaf ei
anghofio. Clywais mai Annie Lloyd sy'n debyg o brynu'r
tŷ yma. Sgwn i a fydd yna gerdded eto o'r ochr draw
hyd yma, a chwarae cardiau? Gallaf ddweud hynna heb
ronyn o wenwyn, eithr gydag ochenaid bach fel ochenaid
baban.

Dyna'r plant yn galw o'r stryd, 'Mam, ydach chi'n
dŵad?' Maent allan ers meityn yn yr oerni, yn llawn
afiaith am ein bod yn mudo, efo chrafatiau am eu pennau,
a'r hen gath ganddynt mewn sach, yn swalpio fel
pysgodyn, hithau'n rhan o'r teulu. Dyma finnau'n mynd.
Mewn munud byddaf yn rhoi clep ar ddrws y ffrynt, y
glep olaf am byth, a'r tro hwn ni bydd gennyf agoriad i
agor y drws a dod yn ôl, na hawl byth i ddod i'r tŷ a
fu am gy'd o amser yn rhan ohonof fi fy hun. Sylweddolaf
hefyd nad y fi fydd biau'r agoriad i Dŷ Corniog. Lletywr
a fyddaf yno, yn dibynnu ar ewyllys da cybydd. Ond caf
ddechrau bywyd newydd efo Loti a'r plant, ac y mae'n
rhaid i Owen fendio.